Oetinger

Die Bände der großen Meermädchen-Saga:
Alea Aquarius. Der Ruf des Wassers
Alea Aquarius. Die Farben des Meeres
Alea Aquarius. Das Geheimnis der Ozeane
Alea Aquarius. Die Macht der Gezeiten
Alea Aquarius. Die Botschaft des Regens
Alea Aquarius. Der Fluss des Vergessens
Alea Aquarius. Im Bannkreis des Schwurs
Alea Aquarius. Die Wellen der Zeit

Fortsetzung folgt!

Alle Bände der Serie sind ebenfalls als Hörbuch bei Oetinger audio erschienen, mit einem Alea-Song der Autorin.

Auch auf Instagram: @aleaaquarius_oetinger
@tanyastewner

Weitere Informationen zur Serie unter
www.alea-aquarius.de

Bei **Tanya Stewner** und den Büchern war es keine Liebe auf den ersten Blick. Nachdem ihre Grundschullehrerin gesagt hatte, Tanya würde wahrscheinlich niemals richtig lesen und schreiben lernen, entdeckte sie ihre Leidenschaft fürs Schreiben erst spät, mit zehn Jahren. Doch ab diesem Zeitpunkt begannen die Geschichten nur so zu fließen. Geboren 1974, studierte Tanya Stewner Literaturwissenschaften und arbeitete mehrere Jahre als Übersetzerin und Lektorin. Inzwischen widmet sie sich ganz der Schriftstellerei. Ihre Kinderbuchserien *Alea Aquarius* und *Liliane Susewind* und ihre *Hummelbi*-Trilogie sind sowohl in Deutschland als auch international große Erfolge.

TANYA STEWNER

Alea Aquarius

Die Wellen der Zeit

Verlag Friedrich Oetinger · Hamburg

Für Michélle,
die immer da ist, wenn man sie braucht

Klimaneutral
Druckprodukt
ClimatePartner.com/53248-2011-1002

Dieses Buch wurde klimaneutral produziert. Dadurch fördern wir anerkannte Nachhaltigkeitsprojekte auf der ganzen Welt. Erfahre mehr über die Projekte, die wir unterstützen, und begleite uns auf unserem Weg unter www.oetinger.de

FSC
www.fsc.org
MIX
Papier aus verantwortungsvollen Quellen
FSC® C014496

1. Auflage

Max-Brauer-Allee 34, 22765 Hamburg

Satz: Dörlemann Satz, Lemförde
Druck und Bindung: GGP Media GmbH
Karl-Marx-Straße 24, 07381 Pößneck, Deutschland
Printed 2022
ISBN 978-3-7891-0437-4
www.oetinger.de
www.alea-aquarius.de

Inhalt

Sie schwammen einander gegenüber, und die Hochspannung war beinahe mit Händen zu greifen. Sein Blick brannte sich in den ihren. Ihre Finger schnellten auseinander wie die Nackenstacheln eines Gilfen. Auch sie war bereit. Die anderen bildeten einen Ring um die beiden, schufen eine Arena für den bevorstehenden Kampf, in deren Mitte die Kontrahenten langsam die Arme vor die Brust hoben. Nun begannen die Zuschauerinnen, rhythmische Laute hervorzubringen, ein stoßweises Summen, das sich aus Hunderten von Kehlen zu einer Art tiefem Trommeln vereinigte. Die beiden Gegner begannen, sich wie in Zeitlupe umeinander zu drehen, alle Muskeln angespannt, jeder Zentimeter ihrer Körper bereit, loszuschlagen. Da stürzte er sich auf sie …

Darkonerblut

Der Fluss strömte sanft rauschend dahin, gelassen wie ein dösender Drache, der sich seiner Macht voll bewusst, aber gerade nicht zu Furore aufgelegt war. Schillernde Lichtpunkte tanzten auf den Wellenkämmen des Rheins, und Alea Aquarius versank in der Schönheit des Anblicks. Doch für sie, die Walwanderin, war der Anblick nicht nur schön – ihren Augen erschloss sich seine Magie.

»Ahoi?«, sagte Lennox Scorpio, der an Aleas Seite die Uferstraße entlangmarschierte. »Alles okay, oder hat der Fluss dich hypnotisiert?«

Alea lachte. »Ich genieße es, dass ich endlich wieder die Farben des Wassers sehen kann.« Viel zu lange hatte sie auf ihre Meermädchenfähigkeiten verzichten müssen. Aber nun, nach ihrer Rückverwandlung, war der Fluss für sie nicht nur ein Fluss, sondern ein strömendes Regenbogenwunder.

»Was siehst du?«, fragte Lennox neugierig. Als Oblivion besaß er zwar selbst fantastische Gaben, doch im Wasser Besonderes zu erkennen, gehörte nicht dazu. Das vermochten nur die Wanderer.

Alea wies auf die Flussmitte. »Da drüben sind türkisfarbene

Knäuel. Solche Gebilde entstehen immer dann, wenn ein Schiff an einer Stelle entlangfährt, wo kurz vorher ein anderes vorbeigefahren ist. Im Meer kommt das eher selten vor, aber hier im Rhein ist richtig … Türkisgedränge.«

Lennox schaute auf die Stelle, auf die Alea gewiesen hatte. »Ich bin so froh, dass du das wieder sehen kannst.« Nachdenklich lächelte er. »Zwar hat dich Orion dadurch, dass er dir deine Fähigkeiten gestohlen hat, nicht aufhalten können. Aber es fühlt sich trotzdem verdammt gut an, dass du sie wieder zurückhast.«

Alea nickte. Doktor Orion hatte sie durch einen DNA-Wandler zu einer Landgängerin gemacht, und das war eine der lehrreichsten und zugleich beängstigendsten Erfahrungen ihres Lebens gewesen. Doch mithilfe des Blutes ihrer Zwillingsschwester Anthea – Thea – war Alea wieder zum Meermädchen geworden. Der Gedanke an Thea ließ sie unwillkürlich einen kurzen, kaum hörbaren Laut ausstoßen, in dem unendlich viel Traurigkeit lag. Alea hatte ihre Schwester gerade erst gefunden, hier in der kleinen Stadt Sankt Goarshausen, dem Zuhause der Loreley. Es war so schön gewesen, Thea endlich Auge in Auge gegenüberzustehen – als wären Wind und Wellen wiedervereint worden. Aber dann hatte der gerissene Doktor wieder einmal gezeigt, dass sie ihn niemals unterschätzen durften, und sie waren von ihm überrascht worden. Er hatte Thea entführt und plante, sie ebenso wie Alea mithilfe seines DNA-Wandlers zu einer Landgängerin zu machen. Sie hatten keine Ahnung, wohin er Thea gebracht hatte. Alea wusste nur, dass ihre Schwester nicht mehr in Sankt Goarshausen war –

und dass es entsetzlich wehtat, Thea so bald nach ihrer ersten Begegnung wieder verloren zu haben.

Das traurige Geräusch entrang sich abermals ihrer Kehle. Wenn Lennox und sie in den vergangenen Tagen nicht so viel Hilfe gehabt hätten, wären sie beide nun wahrscheinlich ebenfalls in Orions Gewalt. Hagen, ein Landgänger und der Maulwurf in Orions Gefolge, hatte ihnen in der Fischhalle unter Einsatz seines Lebens zur Flucht vor dem Doktor und seinem Partner Jinx verholfen. Doch das Darkonermädchen Siska hatte zuvor bei Orions Überfall am Rheinstrand nicht weniger riskiert. Siska war wie aus dem Nichts aufgetaucht, hatte Jinx die Pistole entwendet und Doktor Orion damit bedroht, sodass Alea, Lennox und zunächst auch Thea fliehen konnten. Sie hatten neben Hagen also auch der Darkonerin ungeheuer viel zu verdanken. Der Gedanke, dass sie nicht wussten, was nach den Ereignissen am Rheinstrand mit Siska geschehen war, hatte Alea die ganze Nacht gequält. War die Darkonerin ebenso wie Thea von Orions Männern aufgegriffen worden, oder hatte sie entkommen können?

Lennox blieb stehen und küsste Alea auf die Schläfe. »Alles in Ordnung, Yavani?«

Alea liebte es, wenn er sie so nannte, denn in der Wassersprache Hajara bedeutete *Yavani* nicht weniger als *Meine ewige Liebe* und war eine der schönsten Liebeserklärungen, die Alea sich vorstellen konnte. Dennoch fühlte sich ihr Herz schwer an. »Kannst du mich mal kurz in den Arm nehmen?« Die Sorge und Unsicherheit darüber, was aus Thea und Siska geworden war, umhüllte ihr Innerstes wie ein schwerer Nebel.

Lennox zog Alea in seine Arme und streichelte mit einer Hand ihren Nacken. »Es wird alles gut«, versprach er.

Alea vergrub ihr Gesicht in seiner Schulterbeuge und murmelte: »Ehrenwort?«

Lennox' Stimme war sanft und voller Optimismus. »Vergiss nicht: Wir haben einen Plan. Am neunzehnten September werden wir Orion in Rom erwischen.«

Alea gab ein zustimmendes Brummen von sich. Sie hatte in einer Silberfadenvision gesehen, dass der Doktor an diesem Tag vor einem Kiosk in der Nähe des römischen Kolosseums einen Espresso trinken würde. Genau dort würden sie ihm auflauern, und sobald sie ihn überfallen und dingfest gemacht hatten, wollten sie ihn einer Lafora übergeben – der höchsten richterlichen Instanz der Meerwelt, die über ganz besonders wirkungsvolle Methoden verfügte, Kriminelle mit ihren eigenen Taten zu konfrontieren. Es hieß, dass kein Verbrecher, der von einer Lafora gerichtet worden war, je wieder eine Straftat begangen hatte. Alea hoffte von ganzem Herzen, dass das auch auf den Doktor zutreffen würde.

Sie trat einen halben Schritt zurück und blickte Lennox in die azurblauen Augen. »Hoffentlich hat Orion nicht genug Zeit für irgendwelche weiteren Labor-Gräueltaten, bevor wir ihn nächste Woche in Rom schnappen.« Alea wurde ganz schlecht, wenn sie daran dachte, dass der Doktor damit Erfolg haben könnte, einen neuen Virus zu erschaffen – einen, der die magischen Völker auslöschen sollte. Auf Korsika war Orion mit seinen Forschungen bereits sehr weit vorangekommen, doch dann war sein Labor von Aleas Mutter, Nelani, in die Luft gesprengt worden. Die Frage war: Hatte Orion inzwischen ein neues Labor errichten können und seine Experimente fortgeführt? »Allerdings wird er vor Rom definitiv nicht genug Zeit haben, um Thea in eine Landgängerin zu verwandeln«, sprach Alea weiter. Das war eine Tatsache, doch am Ende des Satzes schwang trotzdem ein klitzekleines Fragezeichen mit.

Lennox hatte es wohl bemerkt. »Der Doktor braucht insgesamt zwei Wochen, um den DNA-Wandler für Thea fertigzustellen«, fasste er zusammen, was sie wussten. »Wir haben also noch dreizehn Tage Zeit, erwischen ihn aber schon in fünf! Das heißt: Orion wird Thea nicht verwandeln können.« Lennox klang, als wollte er das kleine Fragezeichen mit geballter Zuversicht vertreiben.

Alea ließ sich auf seinen Optimismus ein. »Wir haben außerdem dafür gesorgt, dass die Magischen erfahren, was Orion vorhat. In meiner Nachricht habe ich ihnen ganz klar gesagt, dass der Doktor plant, sie zu töten, und dass sie sich zusammentun und uns anschließen sollen, um das zu verhindern.« Der Gilf Gnorfius, den sie in der Laube der Loreley kennengelernt hatten, war bereit gewesen, ihren Aufruf über Anzeigesäulen in der Meerwelt zu verbreiten.

»Deine Idee, die Magischen auf die Suche nach Orions Lager zu schicken, war genial«, fand Lennox. »Und vielleicht ist ihm bereits jetzt, in diesem Moment, eine ganze Armee von magischen Wesen auf den Fersen …« Wie zur Bekräftigung verschränkte er die Finger seiner Hand mit den ihren. Es fühlte sich anders an als früher, denn nun hatte Lennox ebensolche Knubbel zwischen den Fingern wie Alea – Raffnarben, die an Land wie zusammengefallene Kaugummiblasen aussahen, sich im Meer jedoch in starke, sehnige Schwimmhäute verwandelten. Alea drückte seine Hand und genoss das neue Gefühl.

Gedankenversunken spazierten sie weiter. Lennox' Zuversicht hatte Alea gutgetan. Oft verlieh es ihr eine Extraportion Vertrauen, wenn er Dinge auf seine ganz eigene Art mit voller Überzeugung aussprach. Das war Lennox' Spezialität – das Richtige zu sagen –, und seine Worte waren oft ebenso eine Zuflucht für Alea wie seine Arme.

Aber nicht nur Lennox' Liebe gab ihr Kraft. Auch Ben, Sammy und Tess standen felsenfest an Aleas Seite. Die anderen drei Kernmitglieder der Alpha Cru befanden sich momentan in Venedig, fast tausend Kilometer von Sankt Goarshausen entfernt, und Alea vermisste die drei ganz furchtbar.

Unvermittelt blieb sie stehen. »Wie kommen wir nur so schnell wie möglich zu den anderen? Wie –«

Da hielt plötzlich mit quietschenden Reifen ein Auto neben ihnen. Blitzartig riss Lennox Alea hinter sich und breitete die Arme aus, als wollte er mit seinem Körper einen Kugelhagel abfangen.

Erschrocken duckte Alea sich.

Die Fahrertür flog auf. Alea blinzelte um Lennox herum und konnte im Gegenlicht der Abendsonne kaum etwas sehen. Doch dann erkannte sie, wer am Steuer saß. Ein Gesicht mit nachtschwarzer Haut und leuchtend hellen Augen streckte sich ihnen entgegen.

»Steigt ein!«, rief Siska. »Wir fahren nach Venedig.«

Einen Augenblick lang starrte Alea die Darkonerin wie vom Donner gerührt an. Siska war Orion entkommen! Aber wo hatte sie das Auto her? Und wie hatte sie sie gefunden?

»Steigt ein!«, wiederholte Siska auf Hajara. Sie hatte mitten auf der schmalen Uferstraße angehalten.

Lennox war schon dabei, den Kofferraum zu öffnen und seinen Rucksack hineinzuwerfen. Theas Rucksack, den er ebenfalls getragen hatte, und seine schwarze Gitarre legte er mit größerer Sorgfalt hinzu. Alea erwachte aus ihrer Erstarrung und hievte rasch ihren eigenen Rucksack in den riesigen Kofferraum, bevor sie mit Lennox in den Wagen stieg.

Sobald die Autotüren zuschlugen, fuhr Siska los und steuerte den großen blauen Kombiwagen die Uferstraße entlang. Alea war noch immer ganz überrumpelt von der Situation und starrte Siska von der Rückbank aus an. Das Mädchen hatte zarte, nachtschwarze Pfirsichhaut und eine kurz gelockte Afrofrisur. Ihre gestrafften Schultern verstärkten den Eindruck von Kühnheit und Wagemut, der Siska aus jeder Pore zu dringen schien. In ihrem feurigen, hoch konzentrierten Blick trat zudem deutlich die Kriegerin zutage – ihre hell leuchtenden Augen sprühten geradezu vor Tatendrang und Draufgängertum. Gleichzeitig hatte es aber auch den Anschein, als wäre die Darkonerin ungemein kontrolliert und daran gewöhnt, ihre innere Kriegerin zurückzuhalten.

»Ich bin Siska Ferreira«, stellte das Mädchen sich vor, als wäre es ihr wichtig, ihren vollen Landgängernamen zu nennen.

Lennox, der neben Alea auf der Rückbank saß, schien sich

ein wenig über die Förmlichkeit zu wundern, antwortete aber: »Lennox Lando.«

»Alea Winkler«, sagte Alea und hatte das Gefühl, ihren Nachnamen – den Nachnamen ihrer Pflegemutter Marianne! – schon seit Ewigkeiten nicht mehr benutzt zu haben.

Siska nickte, als könnte sie diesen Punkt nun von irgendeiner Liste streichen. »Gut.« Ihr Blick schien am Straßenrand nach etwas zu suchen. »Wir müssen so schnell wie möglich anhalten«, sagte sie Ausschau haltend. »Die Straße ist hier zu eng, aber sobald ich einen Parkplatz finde …«

»Wieso müssen wir denn gleich wieder halten?«, fragte Lennox.

»Weil ich deine Hilfe brauche«, erklärte Siska knapp. Ihre Hände, die in grauen Handschuhen ohne Fingerkuppen steckten, umfingen das Lenkrad mit sichtlicher Anspannung. Doch dann reckte sie auf einmal ein Stück weit die Nase vor. »Wer von euch beiden riecht so gut?«, fragte sie unvermittelt nach hinten.

Wie aus der Pistole geschossen, erwiderte Alea: »Lennox.« Siska musste seinen besonderen Duft meinen, den unverkennbaren Lennox-Duft nach Weite, Wärme und Wasser.

»Ah.« Siska nickte kurz.

Lennox wurde ein klein wenig rot und fragte rasch, um das Thema zu wechseln: »Hast du einen Führerschein, Siska?«

Das wollte Alea auch gern wissen. Die Darkonerin war doch bestimmt noch nicht volljährig. Etwas anderes interessierte Alea allerdings noch viel mehr, und deshalb stellte sie gleich eine andere Frage: »Woher wusstest du, wo wir sind?«

Siska antwortete ihr, während sie weiterhin nach einem Parkplatz zu suchen schien. »Kit hat gerade eben in der Meerkinder-Chatgruppe eine Sprachnachricht aufgenommen und erzählt, was Lennox und dir alles passiert ist – dass ihr deine Schwester gefunden und wieder verloren habt, dass Orion Thea bestimmt zu einem neuen Versteck bringt und die Magischen für euch herauszufinden versuchen, wo sich dieses Versteck befindet.«

»Kit, ach so!«, rief Alea. Seit Kurzem tauschten Lennox und sie sich mit anderen Meerkindern in einer Chatgruppe aus, und Kit hatte offenbar allen schon das Neueste erzählt. Kit war Tess' feste Freundin und außerdem eine Brim. Erst an diesem Nachmittag hatten Alea und Lennox Kit und Opa Ernst, den Großvater von Sammy und Ben, getroffen, um Müllberge in einer riesigen Lagerhalle zu entsorgen. Kit war dafür wie geschaffen, denn der Stamm der Brim hatte sich in der Meerwelt um die Beseitigung des Abfalls gekümmert.

Siska fuhr fort. »Kit hat in der Chatgruppe auch erzählt, dass sie einen Haufen Müll mit einer einzigen Sengbohne vaporisieren konnte und dass ihr sie und Opa Ernst danach zum Bahnhof gebracht habt. Da bin ich auf gut Glück zum Bahnhof und dann die Uferstraße entlanggefahren, um euch zu finden.«

Alea war Siska unendlich dankbar für ihre Geistesgegenwart, dennoch runzelte sie die Stirn. »Wieso hast du nicht gestern schon geschrieben, dass du vor Orion fliehen konntest? Wir haben uns Sorgen um dich gemacht.«

Die hellen Augen der Darkonerin richteten sich im Rückspiegel auf sie. »Das tut mir leid, aber ich habe mein Handy verloren. Wahrscheinlich, als ich an dem Strand vom Baum gesprungen bin. Ich habe mir inzwischen ein neues Handy … besorgt.«

»Und wie bist du Orion entkommen?«, hakte Lennox nach.

Auf Siskas Gesicht erschien ein hauchzartes Lächeln. »Das erzähle ich euch, sobald ich einen Parkplatz gefunden habe.«

»Warum erst dann?«, fragte Alea verwundert.

Siskas Lächeln verwandelte sich in ein vorfreudiges Grinsen. »Weil ich das richtig machen will.«

Alea hatte keine Ahnung, was Siska richtig machen wollte, aber kurz darauf bog die Darkonerin von der Straße ab und hielt auf einem kleinen Parkplatz direkt am Rhein. Siska stieg aus, und Lennox und Alea taten es ihr mit fragenden Mienen gleich. Bevor sie jedoch weitersprachen, nahmen sowohl die Darkonerin als auch der Oblivion die Umgebung ins Visier und ließen die Blicke konzentriert über jedes Auto, jeden Busch und jeden Stein auf dem menschenleeren Parkplatz gleiten. Alea betrachtete Siska indessen mit einer Mischung aus Dankbarkeit, Freude und Neugier. Das Mädchen wirkte sportlich, dynamisch, als wäre es bereit und in der Lage, jederzeit einen Marathon zu laufen. Außerdem war Siska einen ganzen Kopf größer als Alea, fast so groß wie Lennox, der ja am Tag zuvor auf einen Schlag noch ein ganzes Stück gewachsen war.

Siska schien sich davon überzeugt zu haben, dass keine Gefahr drohte, und wandte sich Lennox zu, der sie nun abwartend anschaute. »Wobei brauchst du meine Hilfe?«, fragte er.

Die Darkonerin kam nun ohne Umschweife zum Punkt. »Autos wie dieses haben in der Regel einen GPS-Tracker und können schnell aufgespürt werden.« Sie deutete auf den Kombi. »Würdest du …«

Sie musste den Satz gar nicht beenden. Lennox war schon auf dem Weg zum Fluss.

Siska und Alea beobachteten, wie er sich am Ufer zum Wasser hinabbückte, die Hand hineinstreckte und leise etwas vor sich hin murmelte. Es dauerte nicht lange, und im seichten Uferwasser erschienen mehrere kleine Schatten. Ein paar davon wirkten wie Aale oder Zander, die sich in der Strömung schlängelten, andere wie die Strömung selbst – je nachdem, wie man darauf schaute. Sie waren Meister der Tarnung und für Landgänger wahrscheinlich überhaupt nicht zu erkennen – Skorpionfische.

Einer der Fische steckte den Kopf aus dem Wasser, als wollte er sich dem Oblivion anbieten, der ihn gerufen hatte. Vorsichtig griff Lennox nach dem magischen Fisch, bedankte sich bei den anderen dafür, dass sie erschienen waren, und kehrte zu Alea und Siska zurück. Gebannt betrachtete die Darkonerin das breitmäulige, glupschäugige Geschöpf in Lennox' Hand. Wahrscheinlich hatte sie noch nie zuvor einen Magischen gesehen.

Lennox lächelte. »Wenn er sich am Navi festsaugt, sind alle Tracker der Welt unbrauchbar.« Schon war er beim Auto und beugte sich mit dem Fisch hinein.

Alea und Siska folgten ihm, und Alea hörte, wie Lennox den Skorpionfisch bat, ihre GPS-Spur zu tarnen. Das magische Geschöpf saugte sich daraufhin mit seinem breiten Maul unter dem Navigationsgerät fest, und Alea war sicher, dass niemand sie jetzt noch würde ausfindig machen können.

Lennox tauchte wieder aus dem Auto auf. »Fertig.«

Siska wirkte höchst zufrieden. »*Swadaan*«, sagte sie – Danke – und wandte sich Alea zu. »Und nun zum schönen Teil.« In ihren leuchtenden Augen brannte ein Feuer, dessen Glanz sich rasch auf ihrem ganzen Gesicht ausbreitete. Im nächsten Moment beugte Siska vor Alea das Knie und neigte den Kopf. »Es ist mir eine Ehre, vor dir zu knien, Alea Aquarius.«

Aleas erster Impuls war, Siska aufzufordern, sofort aufzustehen. Doch sie unterdrückte das Gefühl und ließ die Darkonerin gewähren. Alea hatte inzwischen gelernt, dass es zur Rolle der Elvarion gehörte, den Respekt anderer anzunehmen und es zu gestatten, wenn ihre besondere Position mit ehrerbietigen Worten oder Gesten deutlich gemacht wurde. Siska konnte zudem wahrscheinlich gar nicht anders, denn bestimmt lag es ihr im Darkonerblut, ihr erstes persönliches Zusammentreffen mit einer kleinen Zeremonie zelebrieren zu wollen. Darkoner liebten Feierlichkeit.

Siska sprach weiter. »Ich will dein Arm und deine Hand sein, wenn jemand für dich kämpfen muss. Ich will deine Kraft und deine Ausdauer sein, wenn du Beistand brauchst. Ich bin dein Rückhalt, wenn du nicht mehr weiterweißt. Mit Herz und Hand verschreibe ich mich dir, Alea Aquarius, dir und der Rettung der Ozeane.«

Ihre Worte rührten Alea, und eine Welle der Dankbarkeit

überspülte sie. Formell sagte sie: »Ich danke dir, Siska aus dem Stamm der Darkoner. Du bist willkommen im Kreis meiner engsten Vertrauten. Dies ist mein Krieger, Lennox Scorpio aus dem Stamm der Oblivionen.«

Obwohl das für Siska natürlich nichts Neues war, neigte sie das Haupt vor Lennox, der sich vor ihr wiederum leicht verbeugte.

Jetzt ergriff Alea allerdings Siskas Hände und zog sie nach oben. »Ich bin so froh, dass du Orion und seinen Leuten entkommen bist«, sagte sie in weniger förmlichem Ton und wiederholte die Fragen von vorhin: »Wie hast du das nur geschafft? Und wo hast du das Auto her?«

Siska strich sich den Schmutz vom Knie und begann zu berichten. »Nachdem ihr gestern in den Fluss geflohen wart, habe ich Orion weiter mit der Pistole bedroht. Aber dann schrie einer seiner Männer, dass ich mich bestimmt nicht trauen würde, zu schießen – dass ich nur bluffen würde. Orion hat mich daraufhin in die Seite geboxt, und es ist ein Handgemenge entstanden. Dann ist wie aus heiterem Himmel eine große blonde Frau aufgetaucht, die mit Dreizackpfeilen auf die Männer geschossen hat.«

»Das war die Loreley!«, rief Alea. Die Loreley war eine Unsterbliche, eine ehemalige Nixe, die – anders als in den meisten Sagen und Erzählungen berichtet wurde – noch heute am Grund des Rheins in ihrer magischen Laube lebte. In dieser Laube befand sich der Raum der Ahnen, in dem die Lebenden den Verstorbenen begegnen konnten. Alea und Lennox hatten es selbst erlebt. Die Mutter des Nixenprinzen

Cassaras, Königin Haruko, war ihnen dort erschienen und hatte gesagt, dass der gestohlene Silberumhang von der Nixe Mura zur Nixenhauptstadt Gat'Nambeessa gebracht worden war. Dort war es Mura mithilfe des magischen Gewands gelungen, den Thron zu besteigen. Haruko hatte ihrem Sohn im Raum der Ahnen den Auftrag gegeben, Mura herauszufordern, ihr den Silberumhang abzunehmen und ihn Alea zu bringen. Der Gedanke, dass Cassaras gerade auf dem Weg nach Gat'Nambeessa war, um den Umhang für sie zurückzuerobern, erfüllte Alea sowohl mit Sorge als auch mit Dankbarkeit. Der Nixenprinz hatte sich als wertvoller Verbündeter herausgestellt. Obwohl er so lange Doktor Orions verlängerter Arm gewesen war, hatte sich Cassaras schließlich dafür entschieden, die Seiten zu wechseln und Alea und ihre Mission zu unterstützen. Bestimmt war Thea dabei ein wichtiger Faktor gewesen, denn der Prinz schien es als seine Bestimmung anzusehen, die junge Walwanderin zu beschützen. Alea hatte gesehen, wie nahe sich die beiden standen und wie ernst der Prinz seine Aufgabe nahm. Aber dann hatte seine Mutter ihn fortgeschickt, um den Silberumhang zurückzuholen. Und sobald Cassaras aufgebrochen war, hatte Orion zugeschlagen und Thea verschleppt …

Während Alea in ihren Erinnerungen versunken war und nur mit halbem Ohr zuhörte, erzählte Lennox Siska von der Loreley und davon, wie enorm hilfsbereit sie gewesen war.

Siska lauschte ihm gespannt. »Ohne die Frau – die Loreley – wäre ich gestern wahrscheinlich nicht entkommen. Nur durch ihr Eingreifen konnte ich vom Strand fliehen, und dann bin ich gerannt wie noch nie in meinem Leben. Orions Männer haben mich später zwar gesucht – ich habe sie in der Nacht herumschleichen hören –, aber sie konnten mich nicht finden. Ich habe platt an einer Hauswand in Höhe des dritten Stocks geklebt und mich an der Regenrinne festgehalten.«

»Wow«, stieß Alea beeindruckt hervor. Die Geheimagenten-Fähigkeiten der Darkoner waren wirklich legendär.

»Ich habe die Pistole übrigens noch, mit der ich Orion am Strand bedroht habe«, schob Siska nach. »Irgendwie wollte ich sie nicht wegwerfen, obwohl ich mich nicht getraut hatte, damit zu schießen.«

Alea wusste nicht, was sie dazu sagen sollte. Waffen waren für sie eine heikle Angelegenheit, und sie war froh, als Siska das Thema wechselte. »Diese Männer bei Orion, das sind Darkoner, oder? Sie sehen aus wie ich. Wieso arbeiten sie für jemanden wie den Doktor, wenn sie Meermenschen sind?«

Lennox und Alea tauschten einen Blick. Siska hatte nicht weniger als die Wahrheit verdient.

»Orion hat die Darkoner hinters Licht geführt und sie dazu gebracht, ihm den Herrenschwur zu leisten«, erklärte Alea.

Fragend spitzte Siska den Mund. »Was ist das für ein Schwur?«

»Damit gelobt ein Darkoner seinem Herrn, dass er ihm treu ergeben sein wird und ihm mit all seinen Fähigkeiten dienlich sein will«, erwiderte Lennox.

»Was?«, staunte Siska. »Dann habe ich Alea gerade eben den Herrenschwur geleistet! Ohne zu ahnen, dass das eine Sache aus der Darkonerwelt ist …«

»Ja, im Grunde war das der Herrenschwur«, stimmte Alea zu. »Irgendwie scheint es den Darkonern im Blut zu liegen, sich in den Dienst einer größeren Sache zu stellen.«

»Allerdings hat Orion den Schwur, den die Darkoner ihm damals geleistet haben, manipuliert«, erläuterte Lennox. »Es war Teil des Rituals, dass der Schwörende ein Schwert umfasst, bis Blut hervorquillt. Das Schwert hatte Orion aber mit einem Serum präpariert.«

Ein ahnungsvoller Schatten huschte über Siskas Gesicht. »Was hat dieses Serum bewirkt?«

»Orion hatte herausgefunden, dass Darkoner ein brachliegendes Gen haben. Wenn man es mit diesem Serum aktiviert, bekommen sie Superkräfte.«

Siska riss die Augen auf. »Deswegen haben diese Darkoner so unfassbar gut gekämpft!«

»Ja, aber das ist noch nicht alles«, fuhr Lennox fort. »Orion hat es geschafft, das Ganze mit absoluter Hörigkeit zu verknüpfen. Durch einen Bruderkuss, der das damalige Ritual beendete, hat sich jeder der Darkoner auf ewig genetisch mit ihm verbunden und muss seit diesem Zeitpunkt tun und lassen, was Orion sagt.«

Entsetzen mischte sich in Siskas Miene. »Sie sind seine Sklaven …«, brachte sie erschüttert hervor, während sie Orions Doppelspiel und die ganze Tragweite des Schwurs zu begreifen schien. »Sie *müssen* ihm gehorchen.« Mit beiden Händen fuhr sie sich über die kurzen, stark gelockten Haare und ging ein paar Schritte auf und ab, als müsste sie das erst einmal verdauen.

Lennox nutzte die Pause, um erneut die Umgebung auf Gefahren hin zu scannen. Nach wie vor schienen sie auf dem kleinen Parkplatz allein zu sein, und nur ein paar Autos und der Fluss hörten ihnen zu.

Siska kam zu ihnen zurück. Sie hatte ihre Gefühle offenbar wieder vollständig unter Kontrolle. »Der Herrenschwur ist Fluch und Segen zugleich«, analysierte sie. »Diese Superkräfte sind sehr interessant. Jemand anderem hörig zu sein, ist andererseits ein absoluter Albtraum.«

Ungewollt stieß Alea einen kleinen Seufzer aus.

»Es kommt darauf an, wem man hörig ist«, bemerkte Lennox.

Irritiert sah Siska ihn an. »Wie meinst du das?«

»Ich habe auch jemandem den Schwur geleistet«, eröffnete Lennox ihr, »aber es war nicht Orion.«

Siska trat näher an ihn heran. »Du hast den Herrenschwur geleistet?«, fragte sie verblüfft.

»Ja, das habe ich.« In Lennox' Stimme schwang ein Anflug von Stolz mit. »Und zwar Alea.«

Siskas Mund klappte auf. »Was?«

Alea ergriff das Wort. »Oblivionen besitzen das brachliegende Gen auch. Sie sind den Darkonern wohl sehr ähnlich.« Während Siskas Augen immer größer wurden, fuhr Alea fort. »Orion wollte Lennox ebenfalls zu seiner ganz persönlichen Kampfmaschine machen und hat das Serum durch präparierte Handschellen in seinen Blutkreislauf gebracht. Bevor der Doktor seinen Plan allerdings vollenden konnte, hat Lennox mich geküsst und damit mir den Schwur geleistet.«

Siska kam aus dem Staunen gar nicht mehr heraus. »Das heißt, du hast auch Superkräfte, Lennox?«

»Ich wurde genetisch optimiert«, bestätigte er.

Siskas Blick wanderte über sein eng sitzendes T-Shirt, das die breiten Schultern und Muskeln gut zur Geltung brachte. »Das ist ja …«

»Mar eisa schorr uuket Hajaro.« Das bedeutete so viel wie »Ich bin jetzt vollständig Hajaro«, und das Glück darüber klang aus jedem von Lennox' Worten. »Zwar scheint auch meine Landgängerseite noch da zu sein, aber der Meermensch in mir überwiegt wohl. Ich bekomme endlich Schwimmhäute und Kiemen, wenn ich im Wasser untertauche.«

»Die Kehrseite der Medaille ist, dass Lennox jetzt alles tun muss, was ich ihm befehle«, warf Alea ein, und die Frustration über diese Tatsache war in ihrem Tonfall nicht zu überhören. Alea hasste es, dass Lennox ihr gehorchen musste. Allerdings hatte sie nicht vor, ihm Befehle zu erteilen, und hoffte, dass sie in Zukunft womöglich trotz des Schwurs einigermaßen normal miteinander umgehen konnten.

»So ist es jetzt nun einmal«, sagte Lennox schlicht.

Siska blickte von Alea zu Lennox und schien sich zu fragen, was das Ganze wohl für ihre Beziehung bedeuten mochte. Aber sie sprach die Frage nicht aus. Stattdessen erkundigte sie sich bei Lennox: »Könnten die Darkoner eventuell auch Alea den Schwur leisten, sodass der eine Schwur den anderen ablöst?«

»Das geht nicht«, entgegnete Lennox. »Wenn man einmal an einen Herrn oder eine Herrin gebunden ist, kann man den Schwur mit niemand anderem mehr vollziehen.«

Siska hörte ihm so genau zu, dass ihr Oberkörper sich dabei leicht vorbeugte. Dann richtete sie sich abrupt auf, und ihr Blick verschleierte sich, als ginge etwas in ihr vor.

Einen Augenblick später sagte sie: »Ich finde, du hast recht, Lennox. Es kommt darauf an, *wem* man schwört.« Sie sah Alea eindringlich an. »Lass mich dir diesen Schwur leisten, Alea Aquarius.«

Mit Herz und Hand

Sprachlos starrte Alea Siska an. Die Darkonerin wollte ihr den Herrinnenschwur leisten? Hatte sie ihnen denn nicht zugehört, als sie von dem schrecklichen Gehorsamseffekt erzählt hatten?

Lennox schien ebenfalls mehr als überrascht von Siskas Vorschlag. »Wir haben ja das Serum nicht«, wandte er ein. »Nur dadurch kriegt man die Superkräfte …« – er fixierte Siska – »… und den Gehorsamszwang«, fügte er hinzu, als wäre es ihm wichtig, das noch einmal zu betonen.

»*Schattfa*«, stieß Siska hervor, was in der Meeressprache so viel wie Mist hieß. »Wir müssen herausbekommen, ob man das Gen auch ohne dieses Serum aktivieren kann.« Sie meinte es offenbar ernst.

Auf Lennox' Gesicht erschien ein verwundertes und zugleich beeindrucktes Lächeln.

Alea fand die Idee jedoch alles andere als beeindruckend. »Du wärst nicht mehr frei«, warnte sie Siska. »Das kannst du doch nicht wollen!«

Die Art, wie Siska sie daraufhin anschaute, machte klar, dass sie die Vor- und Nachteile bereits abgewogen hatte. »Ich möchte lieber dir den Schwur leisten, als eines Tages von Orion dazu gezwungen zu werden.«

Alea senkte den Blick. Auch für Lennox war dies das ausschlaggebende Argument gewesen – er wollte lieber Alea gehorchen müssen als Orion. Und Siska hatte natürlich recht damit, dass der Doktor, sollte er je die Chance dazu bekommen, bestimmt hocherfreut wäre, sich die junge Darkonerin hörig zu machen und sie für seine Zwecke nutzen zu können. Wenn Siska zuvor bereits Alea den Schwur geleistet hätte, wäre sie davor jedoch geschützt.

Alea schüttelte den Kopf. »Die ganze Diskussion ist völlig überflüssig, denn wir haben das Serum ja nicht.« Und darüber war Alea sehr froh.

»Richtig.« Siska lächelte schmal. »Du hattest mich eben gefragt, ob ich einen Führerschein habe«, sagte sie nun übergangslos. »Ich habe keinen. Trotzdem kann ich fahren.«

»Ziemlich gut sogar«, fand Lennox.

Siska quittierte das mit einem Kopfnicken. »Ich habe das Fahren von meiner Landgänger-Tante gelernt. Sie wohnt in den portugiesischen Bergen, und immer, wenn ich sie in den letzten Jahren besucht habe, hat sie mich fahren lassen. In ihrem abgelegenen Dorf kräht kein Hahn danach, wenn Teenager sich mal ans Steuer setzen.« Siska zog den rechten Mundwinkel in die Höhe. »Und heute Morgen war ich bei einem Autoverleih hier in der Nähe.«

Alea horchte auf. »Der Kombi ist gar nicht gestohlen, sondern geliehen?«

»Ähm, nun ja.« Siska räusperte sich. »Ich habe den Wagen,

ehrlich gesagt, nicht offiziell ausgeliehen. Ich bin ja noch minderjährig. Ein Blick in meinen Ausweis hätte wohl jeden Verleiher laut auflachen lassen, vom fehlenden Führerschein ganz zu schweigen.« Sie hob die Achseln. »Ich habe den Wagen vielmehr … entwendet. Aber ich habe fest vor, ihn zurückzugeben, wenn wir angekommen sind«, versicherte sie. »Wisst ihr, das war eine ziemlich große Firma, und wenn wir in Venedig sind, stellen wir den Wagen einfach auf dem Parkplatz der gleichen Mietwagenfirma wieder ab. Dabei kommt niemand zu Schaden, oder?« Fragend sah sie Alea an, als wünschte sie sich ihre Zustimmung.

Alea überlegte, was Marianne wohl dazu gesagt hätte. Ihre verstorbene Pflegemutter hatte ihr beigebracht, nie gegen die Vorschriften zu verstoßen. Gleichzeitig kam Alea Bens Lieblingsspruch in den Sinn: *Manchmal muss man die Regeln etwas verbiegen, um das Richtige zu tun.*

Da Alea nichts sagte, redete Siska weiter. »Ich dachte, wir brauchen ein Auto.« Nun klang sie etwas verunsichert. »Du meintest doch, ihr hättet kein Geld für Zugtickets. Und Geld habe ich leider auch nicht viel.«

Anstatt einer Antwort fiel Alea der Darkonerin um den Hals. »Du bist der absolute Hammer!« Sie drückte Siska fest an sich, die ihrerseits jedoch stocksteif dastand. Schnell trat Alea wieder einen Schritt zurück, ließ sich in ihrer Lobeshymne aber nicht bremsen. »Wie du gestern am Strand aufgetaucht bist, das war unglaublich! Genau im richtigen Augenblick. Du hast uns den Hintern gerettet, und dafür werden wir dir ewig dankbar sein. Ebenso wie für diesen Wagen.«

Siska freute sich sichtlich über das Lob, wenngleich sich das lediglich in einem zurückhaltenden Lächeln äußerte. »Ich will dir helfen, Alea. Dir zu Diensten sein.« Trotz der Steifheit, mit der Siska sprach, spürte man ihre große Leidenschaft mit jeder Silbe. »Ich wusste, dass ihr nach Venedig wollt, also habe ich eine Möglichkeit gefunden, euch hinzubringen«, sagte sie, als wäre es das Natürlichste auf der Welt. »In Venedig treffen wir Tess, Ben und Sammy«, setzte sie voller Tatendrang hinzu. »Von dort aus fahren wir mit dem Zug oder Bus nach Rom, damit wir am neunzehnten September vor Ort sind, um Orion am Kolosseum zu überfallen.«

Der Plan klang aus dem Mund einer Darkonerin sogar noch besser.

»Und weißt du, was wir am achtzehnten September machen?«, fragte Lennox Siska. Sein Tonfall war voller Vorfreude, doch Alea rutschte bei der Erwähnung des achtzehnten Septembers das Herz in die Hose. Lennox bemerkte es wohl und sprach mit etwas weniger Begeisterung weiter. »Die Alpha Cru wird als Vorband bei dem großen Umweltkonzert in Rom auftreten.«

Siska schnappte nach Luft. »Bei dieser Riesenshow, über die ständig berichtet wird? Das Konzert mit den vielen Superstars?«

Alea wurde mit jedem ihrer Worte übler. Wenn sie daran dachte, dass sie in wenigen Tagen vor einer gigantischen Menschenmenge in einem überdimensionalen Stadion auftreten sollte, drehte sich ihr der Magen um, und ihre Knie wurden weich wie Wackelpudding.

Lennox bejahte Siskas Fragen. »Wir haben den Auftritt über die *Ocean Knights* bekommen. Eigentlich war geplant, dass –«

Siska fiel ihm ins Wort. »Ist ein solcher Auftritt nicht viel zu gefährlich? Was, wenn Orion davon Wind bekommt?«

»Niemand weiß, dass wir dort auftreten werden«, erklärte Lennox. »Offiziell hält Magnus von den *Ocean Knights* eine Rede zum Meeresschutz. Erst in dem Moment, in dem wir auf die Bühne gehen, kann jemand erfahren, dass an Magnus' Stelle eine Band auftreten wird – die Alpha Cru.« Er nagte kurz an seiner Unterlippe. »Ich war anfangs auch skeptisch. Aber ich glaube inzwischen, dass die Chance für uns als Band und für unsere Botschaft zu wertvoll ist, um sie verstreichen zu lassen. Davon abgesehen, wird unser Auftritt nur dreißig Minuten dauern, und danach verschwinden wir sofort wieder.«

»Es könnte trotzdem etwas schiefgehen.« Siska schien nicht ganz überzeugt von der Ungefährlichkeit der Sache. Anstatt aber zu versuchen, es ihnen auszureden, sagte sie: »Ich werde einen Sicherheitsplan erstellen. Bestimmt gibt es im Internet einen Grundriss des Stadions. Wir könnten an den wichtigsten Stellen kleine Kameras anbringen, die ich während eures Auftritts überwache.« In ihrem Kopf schien sie bereits damit beschäftigt zu sein, den Plan auszuarbeiten.

Lennox zwinkerte Alea zu, und sie teilte das Gefühl, das sie in seinen Augen lesen konnte. Siska erwies sich schon jetzt als Segen für sie.

»Hat das mit deinem Sabbatjahr eigentlich geklappt, Siska?«, wollte Alea nun wissen. »Bist du ein Jahr lang von der Schule befreit?«

Die Darkonerin zog erneut den rechten Mundwinkel in die Höhe. »Nun ja, ich habe den Antrag gestellt …« Sie räusperte sich. »Als ich nach Sankt Goarshausen aufgebrochen bin, habe ich meinen Adoptiveltern gesagt, dass ich eine Zeit lang meiner Tante helfen würde, die sich gerade das Bein gebrochen hat.«

Alea stutzte. Siska hatte ihre Adoptiveltern angelogen? Doch nein, sie wollte lieber gar nicht so genau darüber nachdenken. Sie spürte deutlich, dass sie die Darkonerin brauchten.

»Habt ihr Hunger?«, erkundigte sich Siska, ging zum Kofferraum und zog einen Korb mit Brot, Obst und Gemüse unter einem Schlafsack hervor. »Das habe ich eben noch gekauft, falls ihr …«

Bevor sie weitersprechen konnte, stürzten Alea und Lennox sich bereits auf das Essen. Siska lachte und genoss es sichtlich, von Nutzen zu sein.

Während sich Alea und Lennox satt aßen, schlenderte ein älteres Paar auf den Parkplatz. Siska drehte sich sofort von den Leuten weg und griff in die Innentasche ihrer Jacke. Der Mann und die Frau stiegen in einen der parkenden Wagen, indessen öffnete Siska einen kleinen Behälter. Darin lagen braune Kontaktlinsen. Mit geübten Handgriffen setzte Siska sich diese ein, und als sie Alea und Lennox wieder anblickte, wirkte ihr Gesicht völlig verändert. Ohne die leuchtend hellen Augen war der Eindruck des Übernatürlichen völlig verschwunden, und Siska sah aus wie ein ganz normales Mädchen mit sehr dunkler Haut.

»Ich trage schon seit meiner frühesten Kindheit braune Kontaktlinsen.« Siska blinzelte ein paarmal, als säßen die Linsen noch nicht richtig. »Ich habe das Haus nie ohne sie verlassen, weil ich sonst viel zu sehr auffalle.«

»Das kann ich mir vorstellen«, sagte Alea, bevor ihr Blick wieder zu dem Paar wanderte, das in seinem Auto gerade den Parkplatz verließ – in einem beinahe geräuschlos fahrenden, hochmodernen Elektroauto, von denen in letzter Zeit immer mehr auf den Straßen unterwegs waren.

Siska schaute zu Alea und Lennox. »Sollen wir weiterfahren?«

Alea schluckte den letzten Bissen ihrer Birne hinunter und reckte die Hand in die Höhe. »Venedig, wir kommen!«

Siska nickte zackig, und sie stiegen wieder in den Kombi. Bevor sie sich allerdings auf den Weg nach Venedig machen konnten, mussten sie erst einmal tanken. Siska fand schnell eine Tankstelle in der Nähe, und während die Darkonerin an der Zapfsäule stand, stieg Alea durch das geöffnete Fenster Benzingeruch in die Nase.

Sie sah wohl alles andere als glücklich aus, denn Lennox fragte leise: »Würdest du dich in einem Elektroauto wohler fühlen als in diesem hier?«

Darüber hatte Alea tatsächlich gerade nachgedacht. »Benzin ist … nicht nachhaltig.« Sie war zwar wahnsinnig froh, dass Siska einen Wagen aufgetrieben hatte. Auf der anderen Seite … »Wir haben eine ziemlich weite Strecke vor uns. Anders als ein Zug oder ein Bus fährt dieses Auto allein für uns, und das bedeutet, dass es nur für uns Benzin verbraucht und Abgase erzeugt.«

Lennox schien ihr zuzustimmen, sagte jedoch: »Elektroautos sind auch nicht perfekt.«

»Ich weiß.« Zwar entstanden durch E-Autos keine Abgase, doch die Herstellung der Batterien belastete die Umwelt, und der Strom, mit dem sie fuhren, war meistens auch nicht öko.

»Es wäre dir lieber, wenn wir den Zug nehmen würden, oder?« Lennox seufzte. »Okay, also … Ich könnte jemandem die Geldbörse klauen, und wenn genug Geld drin ist, kaufen wir Zugtickets.« Er war ein versierter Taschendieb.

Doch Alea schüttelte vehement den Kopf. »Jemanden zu bestehlen, wäre definitiv schlimmer, als mit dem Auto zu fahren!«

Lennox schaute sie an, als fände er das auch. Als Alea ein Frustrationsgrummeln von sich gab, nahm er ihre Hand. »Das Benziner-Auto ist die beste Möglichkeit, nach Venedig zu kommen, Yavani.« Er drückte ihre Hand. »Manchmal geht es nicht anders, und man kann nicht perfekt sein.«

Mit Bedauern nickte Alea.

Kurz darauf stieg Siska wieder ein. Sie trug noch immer ihre braunen Kontaktlinsen und hatte sich an der Tankstelle wie eine Erwachsene verhalten. Ihre Körpergröße hatte bestimmt dazu beigetragen, dass niemandem ihre Minderjährigkeit aufgefallen war, und ihr gelangweilter Gesichtsausdruck hatte wohl alle denken lassen, dass sie hier schon tausendmal getankt hatte – dabei war sie noch nie zuvor in Deutschland gewesen und sprach kein Wort der Landessprache!

Mit einem schnurrenden Geräusch sprang der Kombi wieder an, und es ging weiter. Als sie wenig später auf die Autobahn Richtung Süden fuhren, ergriff zarte Freude Besitz von Alea. Nun waren sie endlich auf dem Weg nach Venedig. Siska sagte, wenn sie gut durchkämen, wären sie in zehn Stunden da. Das hieß, bereits morgen würden sie Ben, Tess und Sammy wiedersehen!

Zufrieden machte Alea es sich auf der Rückbank bequem und betrachtete den rotgoldenen Sonnenuntergang über den Baumwipfeln. Ein weiterer ereignisreicher Spätsommertag neigte sich dem Ende zu, und Alea dachte daran, was für eine wilde Achterbahnfahrt die vergangenen Wochen gewesen waren. Dies war definitiv der verrückteste, erschreckendste, wunderbärigste Sommer ihres ganzen Lebens. Sie hatte die besten Freunde gefunden, die man sich nur wünschen konnte, und außerdem die große Liebe. Denn dass Lennox ihre große Liebe war, daran bestand für Alea nicht der geringste Zweifel. Obendrein war nun auch noch eine Sicherheitsexpertin bei ihnen, die sich sogar dann wie ein Profi verhielt, wenn sie sich auf völlig unbekanntem Terrain befand.

Lächelnd strich sich Alea über die Augen, gähnte ungeniert und lehnte den Kopf an Lennox' Schulter. Nach langer Zeit konnte sie sich endlich einmal wieder richtig entspannen.

Als sie gerade eingedöst war, wurde sie jedoch von ihrem Klingelton geweckt. Jemand rief sie auf dem Handy an.

Venezianischer Nachthimmel

Alea kramte ihr Handy hervor und benutzte den Skorpionfisch, der an dem Gerät klebte, wie einen Griff. »Es ist Tess«, stellte sie fest und war mit einem Schlag hellwach. Schleunigst nahm sie den Videoanruf an, und gleich darauf sah sie nicht nur eines, sondern drei wohlbekannte Gesichter auf dem Bildschirm. Ein Gesicht blickte sie ruhig-aufmerksam unter hochgesteckten Dreadlocks an, eines grinste lausbubenhaft-sommersprossig, und das dritte war dreitagebärtig-hübsch und wurde von einer spektakulären Rockstarfrisur eingerahmt. Tess, Sammy und Ben.

Lennox rutschte nah an Alea heran, um ebenfalls auf das Display schauen zu können. »Hallo«, grüßte er, während Alea in die Kamera winkte.

»Hi, ihr zwei!« Überschwänglich winkte Sammy zurück. »Aloha, Schneewittchen, Ahoi, Sir Scorpio, Hallöchen, Lennlea!«

Tess verdrehte die Augen. »Wo seid ihr?«, fragte sie mit ihrem leichten französischen Akzent in die Kamera und reckte sich vor, um besser sehen zu können.

»Wir sind in einem Auto«, erklärte Alea auf Deutsch und

berichtete schnell, dass Siska mit einem Wagen aufgetaucht war, wie sie den organisiert hatte und dass sie sich auf dem Weg nach Venedig befanden. Dann wechselte Alea die Kameraansicht und zeigte den anderen die Darkonerin am Steuer.

»*Hello, you wonderful driving person without a license!*«, rief Sammy begeistert auf Englisch. Hallo, du wundervolle fahrende Person ohne Führerschein!

Siska lachte scheu und sagte »*Hiya*«, ohne den Blick von der Straße abzuwenden. »*I can't wait to meet you.*« Ich kann es kaum erwarten, euch kennenzulernen.

»*It will be wonderbeary!*«, freute sich Sammy. Das wird wunderbärchen.

Alea änderte noch einmal den Kameramodus, sodass Tess, Ben und Sammy Lennox und sie wieder sehen konnten. »Gibt es was Neues?«, fragte sie.

»Das kannst du laut sagen!« Sammy pustete sich eine rote Haarsträhne aus den Augen. Seine Haare waren inzwischen so lang, dass er sich fast einen Zopf machen konnte. »Es gibt was ganz lautes Neues. Also, wenn Neuigkeiten Lautstärken hätten, dann wäre diese hier krasser Krach hoch zehn!«

»Raus damit, bevor du explodierst, Flipper«, sagte Ben schmunzelnd zu seinem kleinen Bruder.

Sammy kam näher an die Kamera heran. »Wir waren eben auf dem Dach von unserem *Ostello*.« Während sie sich in Venedig aufhielten, übernachteten die drei in einer Jugendherberge. Offenbar konnte man dort aufs Dach. »Im September gibt es oft die sternklarsten Nächte des ganzen Jahres, und wir wollten uns die Perseiden angucken.«

Alea wusste, dass es sich bei den Perseiden um Sternschnuppen handelte.

»Wir haben auch was gesehen«, sprach Sammy aufgeregt weiter. »Aber keine Sternschnuppen, sondern was viel Krasseres! So krachkrass, dass ihr ausrasten werdet, wenn ihr das hört!«

»Komm zum Punkt, Draco«, forderte Tess ihn auf.

Ben grinste. »Ich finde seinen Spannungsaufbau eigentlich ziemlich gut.«

Tess knuffte ihn in die Seite. »Wenn du ihn auch immer ermutigst …«

»Er hat aber doch recht«, stimmte Sammy Ben zu. »Spannungsaufbau ist für das Aufnehmen einer großen Neuigkeit von immenser Wichtigkeit – ohne ihn sind die Leute gar nicht bereit dafür.«

»Wäre ja echt schlimm, wenn einen eine Neuigkeit unverhofft von der Seite erwischen würde«, grummelte Tess und fügte ironisch hinzu: »Könnte übel ausgehen.«

»Jetzt hast *du* ihn ermutigt«, warf Ben grinsend ein, als Sammy schon quietschte: »Und ob! Ganz übel! Wenn es richtig mies läuft, liegt man anschließend schreiend im Straßengraben.«

»Was für ein Straßengraben?«, stöhnte Tess und verdrehte noch einmal die Augen.

»Der Straßengraben des Grauens«, antwortete Sammy mit gesenkter Gruselstimme. »Dort landen alle, die von Neuigkeiten ohne Spannungsaufbau erwischt wurden.«

Tess starrte ihn an und schien nach Worten zu suchen. »Du bist bekloppt«, war alles, was dann aus ihr herauskam.

»Ja, schon.« Sammy nickte. »Aber auch super.«

Lennox atmete vernehmlich durch, als würde er langsam ungeduldig und wollte endlich hören, was die anderen denn nun am Nachthimmel gesehen hatten. »Wolltest du uns nicht was Wichtiges erzählen, Draco?«

»Oh, ja genau!« Nun fiel Sammy wohl der Grund ihres Anrufs wieder ein. »Und ihr werdet es nicht glauben!«

»Würden wir vielleicht«, erwiderte Lennox. »Aber nur, falls wir nicht schon eingeschlafen sind, wenn du endlich mit Erzählen anfängst.«

»Ja, ja, Sir Scorpio, immer bei der Arbeit.« Sammy grinste. »Also: Wir haben eben auf dem Dach gesessen und in den venezianischen Nachthimmel geschaut. Da haben wir ein fliegendes magisches Wesen gesehen.«

Nun hatte er Lennox' volle Aufmerksamkeit. »Was für ein Wesen?«

Tess antwortete: »Einen Tasfaren.«

»Jetzt hast du meinen Spannungsbogen kaputt gemacht!«, schimpfte Sammy.

»Moment mal«, mischte Alea sich ein, denn nun wollte sie unbedingt erfahren, was passiert war. »Ein Tasfar ist über den Nachthimmel geflogen?« Tasfaren waren Magische, riesige geflügelte Ozeanpferde, die in der Meerwelt vor allem für ihre Prophezeiungen bekannt waren.

»Nicht nur, dass ein Tasfar über Venedig herumgeflogen ist«, sagte Ben. »Er ist bei uns auf dem Dach gelandet.«

Sammy raufte sich die Haare. »Nein, nein, nein! Jetzt hast du das Beste vorweggenommen!«

»Nein, das Beste ist ja, dass –«, begann Tess.

Ben war jedoch schneller als sie. »Der Tasfar ist vor uns auf dem Dach gelandet, weil er uns gesucht hatte. UNS.«

»Was?« Alea war baff.

»Er hat mit uns gesprochen, mit so einer ganz tiefen, vibrierenden Stimme«, schnatterte Sammy weiter. »Ben hat einiges von dem verstanden, was er gesagt hat.«

Ben nickte. »Ihr wisst ja, mein Hajara hat noch große Lücken.« In den vergangenen Wochen hatte Ben in der Meeressprache große Fortschritte gemacht, trotzdem war sein Hajara natürlich nicht perfekt. »Und der Tasfar hat in Reimen gesprochen, was es zusätzlich erschwert hat, ihn zu verstehen. Wie es scheint, hat er aber uns drei – Tess, Sammy und mich – von Abbildungen an Anzeigesäulen erkannt.«

Alea hob die Brauen. Offenbar waren diese drei Landgänger in der Meerwelt mittlerweile keine Unbekannten mehr.

»Jetzt kommt der Hammer!«, rief Sammy. »Der Tasfar hat uns gesagt, dass jemand Alea Aquarius treffen will.«

»Mich?« Alea stutzte. »Wer denn?«

»Jemand namens Talasija … oder so ähnlich«, antwortete Ben.

Alea erstarrte. »Die Talassiopa?«, fragte sie, und eine Gänsehaut breitete sich auf ihrem gesamten Körper aus. Alea kannte diesen Namen. Sowohl die Loreley als auch die beiden Tasfaren in Sankt Goarshausen hatten ihn erwähnt. Letztere, als sie Alea, Thea und Lennox durch die Tiefen des Rheins vor Doktor Orion in Sicherheit gebracht hatten. Die aus langem Schlaf erwachten Meeresriesen hatten gesagt, sie hätten keine

Prophezeiungen für Alea, weil sie zu lange nicht mehr mit der Talassiopa verbunden gewesen wären. Für Alea hatte das geklungen, als ob Tasfaren ihre Orakel von ihr bekämen – von dem Wesen, das diesen Namen trug. War die Talassiopa womöglich so etwas wie die Königin der Tasfaren?

»Was will sie denn von mir?«, fragte Alea.

»Ich glaube, der Tasfar hat dazu etwas gesagt, aber ich habe ihn nicht richtig verstanden.« Man hörte Ben an, wie leid ihm das tat.

»Wenn dieses Wesen dich sprechen will, Alea, solltest du so schnell wie möglich zu ihm gehen«, sagte Lennox. »Vielleicht kann es uns dabei helfen, Orions Virus gegen Magische zu verhindern.«

»Wo lebt die Talassiopa denn?«, hakte Alea nach und merkte, dass die Gänsehaut noch immer nicht verschwunden war.

»Hmm …« Ben kratzte sich am stoppeligen Kinn, während er überlegte. »Ich glaube, der Tasfar hat gesagt, dass du nach Venedig kommen sollst, und wenn du hier bist, wird die Talassiopa dir weitere Infos für ein Treffen schicken. Warte …« Er zog sein Handy aus der hinteren Tasche seiner Jeans. »Sammy hat die letzten Sätze des Tasfaren aufgenommen.«

Aleas Herz begann, lauter zu klopfen. Sie hatten eine Aufnahme?

»Ich hab nur das Ende drauf, sorry«, entschuldigte sich Sammy. »Es ging alles so schnell.«

Ben spielte die Aufnahme ab. Eine tiefe Tasfarenstimme erklang. *»In dieser Stadt so schön und alt, erreicht IHR Zeichen dich alsbald. Du wirst SIE selbst nicht hier erblicken, doch wird*

SIE dir die Weisung schicken. Im Angesicht des Augenblicks kommst du zum Herz des Weltgeschicks.«

Aleas Gänsehaut verwandelte sich in einen kolossalen Schauder, der vom Scheitel bis zu den Zehen über sie hinwegflutete.

Lennox übersetzte den anderen dreien den Inhalt der Tasfarenbotschaft, und in Aleas Kopf überschlugen sich die Gedanken. »Die Talassiopa lebt im *Herzen des Weltgeschicks*?« Dann musste sie tatsächlich ein sehr wichtiges, mächtiges Wesen sein. »Wie kommt man von Venedig aus dahin?«

Lennox wiegte den Kopf. »Das erfahren wir wahrscheinlich erst vor Ort, wenn die Talassiopa ihre *Weisung* schickt.«

»Meint ihr, sie macht das durch einen weiteren Tasfaren?«, fragte Tess mit gerunzelter Stirn. »Hoffentlich wird der nicht gesehen, und hoffentlich ist auch der von heute Nacht niemandem aufgefallen.«

Lennox stieß ein zustimmendes Knurren hervor und schien es gut zu finden, dass Tess das ansprach. »Magische in einer viel besuchten Landgängerstadt sind nie eine gute Idee.« Eine der Aufgaben der Oblivionen war es, magische Kreaturen vor Entdeckung zu schützen. Die Vorstellung, dass Tasfaren mitten in Venedig herumflogen, musste Lennox ganz nervös machen.

»Zum Glück sind wir schon morgen bei euch«, sagte Alea.

»Morgen schon?« Sammy fing an zu strahlen. »Das ist ganz bald! Und das Gute an bald ist, dass es bald ist!«

Alea lachte, und Tess – die nicht lachte – sprach nun etwas anderes an. »Habt ihr was von Cassaras gehört?«

»Nein.« Alea schüttelte den Kopf. »Wie denn?«

»Na ja …« Tess fuhr sich über die Dreadlocks. »Er hat ja ein Handy.«

Lennox nickte, entgegnete jedoch: »Wir haben seine Nummer aber nicht.«

»Wir hätten Thea danach fragen sollen. Sie kennt seine Nummer bestimmt.« Alea seufzte. »Vielleicht ruft Cassaras mich auch von sich aus an, um zu erzählen, wie der Stand der Dinge ist. Falls er meine Nummer hat.« Es sähe dem Nixenprinzen allerdings nicht ähnlich, sie anzurufen. Cassaras war alles andere als mitteilsam.

»Was, wenn er gegen Mura verliert?«, fragte Tess beklommen.

»Daran dürfen wir gar nicht denken«, erwiderte Alea mit Nachdruck. Cassaras war ein erfahrener, starker Kämpfer, der es durchaus schaffen konnte, Mura zu besiegen.

»Hmm, ja.« Sammy rieb sich die Augen.

»Müde?« Liebevoll strich Ben ihm über den roten Haarschopf. »Ich glaube, wir sollten langsam mal ins Bett gehen.«

Alea war der gleichen Meinung. Es musste schon spät sein.

»Bis morgen, ihr schön schrägen Vögel«, verabschiedete sich Sammy ohne Widerrede.

»Selber schräg! Am schrägsten!«, gab Alea zurück.

»Bestschräg!« Sammy nickte, als wollte er sich selbst beipflichten. »Wir alle. Schrägstbeste Vögel von der Erde auf der ganzen Welt!«

Ben schmunzelte. An alle gewandt, sagte er: »Wir sehen uns morgen, Cru, in alter Fri–«

Sammy krähte dazwischen: »Jaaa! Und dann geht es weiter! Die Abenteuer der Alpha Cru sind noch lange nicht ausgeabenteuert!«

Mit einem breiten Grinsen beendete Alea den Videoanruf. Auch Lennox grinste.

Von vorn hörten sie Siska fragen, worüber sie mit den anderen gesprochen hätten, denn die Unterhaltung war in Deutsch geführt worden. Siska hatte lediglich die Worte des Tasfaren verstanden und sich gefragt, was es damit auf sich hatte.

Während Lennox der Darkonerin alles erzählte, merkte Alea, wie erschöpft sie war. »Bist du eigentlich noch gar nicht müde?«, fragte sie Siska, sobald Lennox seinen Bericht beendet hatte. »Vielleicht sollten wir mal eine Pause machen.«

Siska winkte ab. »Schlaft ihr zwei ruhig ein bisschen. Ich muss mich noch nicht ausruhen.«

Tatsächlich wirkte die Darkonerin taufrisch, und so lehnte sich Alea beruhigt wieder an Lennox' Schulter. Bald darauf war sie eingeschlafen.

Sie träumte von Thea, so intensiv wie noch nie zuvor, und in ihrem Traum schwammen sie Seite an Seite durch Tiefen und Gischt. Auf Theas strahlendem Gesicht zeichnete sich pure Euphorie ab. Sie waren zu Hause, im Meer, und in der Ferne hörten sie Wale singen. Es war der außergewöhnlichste Walgesang, den Alea je vernommen hatte – vollendet schön, doch wehmütig und auf traurige Weise ergreifend. Beinahe war es, als wäre dieser Gesang Ausdruck von Aleas Sehnsucht nach ihrer Schwester. Jeder Ton schien ihren tief empfundenen Herzenswunsch, wieder mit Thea vereint zu sein, über die Stimmen der Wale in die Ozeane hinauszuschicken, damit alle erführen, dass sie zusammengehörten und niemals getrennt sein sollten.

In Aleas Traum wurde die schöne Szene jäh von Cassaras unterbrochen. Der Prinz war fuchsteufelswild und warf Alea vor, dass sie besser auf Thea hätte aufpassen und sie vor Orion beschützen müssen.

Da schreckte Alea aus dem Schlaf hoch. Mit pochendem Herzen blickte sie auf ihre Handyuhr. Es war noch nicht viel Zeit vergangen. Siska wirkte nach wie vor nicht müde, anders als Lennox, der sich zurückgelehnt und die Augen geschlossen hatte.

Alea fuhr sich mit der Hand über die Stirn und versuchte, sich zu beruhigen. Cassaras' Worte aus dem Traum hallten lautstark in ihrem Kopf nach. *Ich weiß, ihr habt keinerlei Anhaltspunkte für Theas Aufenthaltsort, und die Magischen suchen für euch nach ihr. Aber du hast noch nicht alle deine Möglichkeiten ausgeschöpft, Alea. Streng dich mehr an!*

Aufgerüttelt setzte Alea sich aufrecht hin und wollte nun etwas versuchen: Thea in Gedanken zu erreichen. Zuvor hatte sie schon zweimal telepathischen Kontakt mit ihrer Schwester aufgenommen, aber das war eher bruchstückhaft gewesen, und leider hatte sie keine Ahnung, wie genau ihnen das eigentlich gelungen war. Nichtsdestotrotz wollte sie es noch einmal probieren.

Konzentriert schloss Alea die Augen, atmete tief in ihren Bauch und rief in Gedanken nach Thea. Dabei stellte sie sich vor, der Ruf würde ihren Kopf verlassen und durch die Lüfte zu einem unbekannten Ziel vordringen. Alea hatte allerdings schon nach kurzer Zeit das Gefühl, dass ihr Kontaktgesuch auf dem Weg an Kraft verlor, und dann erstarb es wie eine zerplatzende Seifenblase. Sie versuchte es ein weiteres Mal und schickte ihren Ruf hinaus in die Weite. Er erreichte aber auch diesmal niemanden. Schlief Thea womöglich tief und fest, und deswegen funktionierte es nicht?

Mit Telepathie schien sie momentan nichts ausrichten zu können, Alea wollte jedoch noch nicht aufgeben. Kurz entschlossen öffnete sie ihren Bauchgürtel, in dem sich ihre größten Schätze befanden. Einer dieser Schätze waren die beiden Silberfäden. Sie gehörten zum magischen Silberumhang und erlaubten ihr, kleine Schnipsel aus der fernen oder näheren Zukunft zu sehen.

Vorsichtig öffnete Alea die Tüte, in der sich die Fäden befanden, und bereits in dem Augenblick, in dem sie den ersten zwischen Daumen und Zeigefinger nahm, tauchten Bilder vor ihrem inneren Auge auf.

Sammy und Ben auf einer Gondel. Die beiden Brüder sangen aus voller Brust eine italienische Arie. Auf ihren Köpfen Strohhüte mit roten Bändern.

Diese Vision hatte Alea schon mehrmals gesehen, und sie vermutete insgeheim, dass sie sich bald erfüllen würde. Doch was würde ihr der Silberfaden darüber hinaus zeigen?

Schon flackerten die Bilder der nächsten Vision herauf.

Orion an einem hohen Bistrotisch vor einem Kiosk in Rom. Das Kolosseum im Hintergrund. In der einen Hand hielt der Doktor eine Zeitung mit großer Schlagzeile über das gestrige Umweltkonzert, in der anderen Hand eine Espressotasse. Als

Orion den Blick hob, bemerkte er Alea. Offenbar hatte er mit niemandem weniger gerechnet als mit ihr, denn die Überraschung stand ihm deutlich ins Gesicht geschrieben.

Im nächsten Moment war die Vision bereits vorüber. Alea kannte auch diese schon, dennoch war sie heilfroh, sie zu sehen. Denn wenn sie ihr unverändert gezeigt wurde, bedeutete das, dass sie noch immer die wahrscheinlichste Zukunft darstellte. Orion würde am neunzehnten September an diesem Kiosk stehen, und sie konnten ihr Vorhaben wie geplant umsetzen.

Alea wartete nun auf eine weitere Vision, eine, die ihr etwas über Thea verraten würde. Anscheinend hatte der Faden jedoch alles erzählt, was er ihr erzählen wollte.

Aber es gab ja noch einen zweiten! Hoffnungsvoll nahm Alea diesen zur Hand, und tatsächlich zuckten gleich darauf Bilder vor ihrem geistigen Auge auf – Bilder, die sie noch nie zuvor gesehen hatte.

Blauer Himmel. Das Meer. Ein einsamer Strand. Alea lag im Sand, die Füße von der sanften Brandung umspült. Neben ihr saß Lennox, doch er sah mindestens zehn Jahre älter aus. Er war noch schöner geworden, und er lächelte sie verschmitzt an. In seinen Armen etwas Kleines, Zappelndes. Ein Baby. Das Kind hatte klargrüne Augen mit azurblauen Sprenkelsternchen. Lennox küsste es mit einem spielerischen Schmatzgeräusch auf die Stirn, und Alea hörte sich selbst auflachen. Da lachte auch das Kind und blitzte sie mit seinen Adetari-Augen fröhlich an.

Die Vision brach ab. Alea war wie erstarrt. Eine einzelne Träne rann ihr über die Wange.

»Was hast du gesehen?«, hörte sie Lennox' Stimme neben sich. Offensichtlich hatte er gar nicht geschlafen.

»Ich …«, stieß Alea hervor, doch sie war nicht in der Lage, den Satz zu beenden.

»Etwas über Thea?«

Alea konnte es ihm nicht erzählen. Sie war zu überrollt von dem Gefühl, das die Vision in ihr ausgelöst hatte. Die Intensität der Emotion schien ihr Herz regelrecht zum Überfließen zu bringen.

Lennox betrachtete sie. »Irgendwann?«, fragte er in die Stille hinein.

Alea wischte sich eine weitere Träne fort. »Irgendwann«, presste sie hervor, und in diesem Wort lag nicht nur ein Versprechen, sondern die tiefe Hoffnung, dass die Vision eines Tages wirklich wahr werden würde.

Schweigend schauten sie aus dem Fenster, und es dauerte eine kleine Weile, bis Alea wieder sprechen konnte. Dann straffte sie sich und überreichte Lennox den Silberfaden. »Jetzt du.«

Mit aller Sorgfalt nahm Lennox die Kostbarkeit entgegen, und sein Blick richtete sich nach innen. Bereits wenig später legte er den Faden zurück in die Plastiktüte und nahm den anderen. Als er auch mit diesem fertig war, fragte Alea: »Und?«

»Beide Male dieselbe Vision.« Lennox schnaufte. »Sie ist nicht neu: Ich sehe, wie jemand den Silberumhang mit einer Sengbohne vaporisiert.«

Alea hätte gerne etwas anderes gehört, denn diese Vision beunruhigte sie. Wieso vernichtete jemand den Silberumhang?

Während sie die magischen Fäden wieder in ihrer Bauchtasche verstaute, seufzte sie. »Nichts Neues über Thea … aber immer noch die Zerstörungsbilder vom Silberumhang«, rekapitulierte sie und hätte angesichts dessen niedergeschlagen sein müssen. Die Vision mit Lennox und dem Baby hatte allerdings ein überfließend-leuchtendes Licht in ihr entfacht, das noch immer alles andere überstrahlte.

»Hm, ich glaube, im Moment können wir nichts anderes tun, als zu schlafen«, sagte Lennox, der in der vergangenen Nacht kein Auge zugetan hatte.

Siska versicherte, dass sie noch immer keine Verschnaufpause benötigte, und Alea entspannte sich langsam wieder. Sie hatte keinerlei Bedenken, alle Verantwortung an Siska abzugeben, und so lehnte sie sich zurück und schloss die Augen. Beinahe augenblicklich fiel sie in einen erholsamen Tiefschlaf, aus dem sie erst Stunden später erwachte.

Es war tiefe Nacht. Sanft brummend fuhr der blaue Kombi über die Autobahn. Alea reckte sich ein wenig und blickte aus dem Fenster. Ein abnehmender Halbmond blitzte zwischen vereinzelten Wolken hervor, und inmitten der Sterne strahlte der hell leuchtende Jupiter, der im Steinbock stand. Mittlerweile kannte Alea sich gut am Nachthimmel aus.

Abermals hatte sie von Thea geträumt, und der Sehnsuchtsgesang der Wale war auch dieses Mal erklungen – bittersüß, wie eine Verheißung von etwas, das außer Reichweite lag. Wehmütig betrachtete Alea den Himmel und fragte sich, was Thea wohl gerade machte. Schaute sie auch in die Sterne? Sah sie dasselbe oder etwas ganz anderes?

Da fiel ihr etwas ein. Es gab noch eine Möglichkeit, etwas über Theas Verbleib herauszufinden.

Lennox schien fest zu schlafen, und Alea wollte ihn nicht wecken. Was sie vorhatte, musste sie sowieso allein tun. Ein zweites Mal öffnete sie ihren Bauchgürtel, aber diesmal holte sie nicht die Silberfäden daraus hervor.

Weich wie Wasser floss er ihr durch die Finger – der goldene Umhang der Schweige-Schamire. In dem magischen Gewand, dem Gegenstück zum Silberumhang, war alles gespeichert, was jemals geschehen war. Alles.

Behutsam zog Alea sich den Goldumhang über die Schultern. Sobald er sie umhüllte, bat sie ihn, ihr zu zeigen, wo Orion ihre Schwester hingebracht hatte. Und dann hielt sie den Atem an.

Nebelschwaden zogen herauf. Ein »Film« begann. Der Goldumhang bescherte Alea sehr viel ausführlichere Visionen als die winzigen Silberfäden, und anders als diese entführte er sie nicht in die Zukunft, sondern in die Vergangenheit.

Langsam lichtete sich der Nebel, und die Bilder wurden schärfer. Alea erkannte denselben abnehmenden Halbmond, den sie soeben noch durch die Autoscheiben betrachtet hatte. Doch nicht nur das. Zwischen den Sternen prangte der strahlende Jupiter, der im Steinbock stand.

Was ihr auch immer in diesem Film gezeigt werden würde – es musste sich vor sehr kurzer Zeit zugetragen haben. Den Sternen und dem Mond nach in dieser Nacht! Wahrscheinlich sah sie nun etwas, das Thea gerade erst passiert war.

Das Gewand zeigte Alea die Bilder wie durch die Linse einer

Kamera. Diese drehte sich nun um neunzig Grad, und Alea erkannte mehr. Der Halbmond leuchtete über einer scheinbar uferlosen Wasserfläche. Jetzt tauchten sie sogar ins Wasser ein. War Thea etwa im Meer? Doktor Orion würde sein neues Lager doch keinesfalls unter Wasser errichten – oder?

Immer tiefer drangen sie in die See vor, rasch und stetig, bis zum Meeresgrund. Mit hohem Tempo näherten sie sich über den sandigen Boden einer Art Ansiedelung. Beim Näherkommen erkannte Alea, dass es sich um eine gewaltige, prunkvolle Unterwasserstadt handelte. Da begann sie zu ahnen, dass das, was sie zu sehen bekommen würde, möglicherweise nichts mit ihrer Schwester zu tun hatte. Diese Vermutung bestätigte sich schon kurz darauf, als Alea einen Namenszug an den steinernen Zinnen des prächtigen Stadttores erkannte: Gat'Nambeessa.

Die Nixenhauptstadt.

Gat'Nambeessa

Alea wagte kaum zu atmen. Der Goldumhang nahm sie mit in die Hauptstadt der Nixen, geradewegs durch das bombastische Stadttor hindurch, hinter dem sich eine einzigartige Unterwassermetropole auftat. Turmhohe, steinerne Gebäude reihten sich eng aneinander, umrankt und überwuchert von einem farbenfrohen Meer schönster Korallen. Alles wirkte erhaben und Ehrfurcht gebietend, doch die opulenten Korallen verliehen den würdevollen Straßen Gat'Nambeessas eine blumenhafte Leichtigkeit. Es war, als wären alte, kriegserprobte Ritterfestungen von Tulpen, Gänseblümchen und Klatschmohn erobert worden.

Wissbegierig saugte Alea jedes Detail in sich auf. Sie drang immer tiefer in die Stadt ein, bis im Zentrum der verschlungenen Wege ein eindrucksvolles, kreisrundes Gebäude mit stolz gewölbter Kuppel vor ihr auftauchte. Es war unschwer zu erkennen, dass dieses Bauwerk eine besondere Funktion haben musste, denn unter seinen korallenprunkenden Wänden strahlte es nichts als Bedeutsamkeit und Altehrwürdigkeit aus. Unzählige Nixen strömten durch seine offenen Torbogen ins Innere, und Alea wunderte sich nun nicht mehr darüber, dass die Straßen so verlassen gewirkt hatten. Offenbar waren alle Stadtbewohnerinnen hier!

Alea wurde ebenfalls hineingezogen. Einen breiten, säulengefassten Rundlauf ging es entlang, der in eine Halle mündete – eine riesige, offene Räumlichkeit, direkt unter der majestätischen Kuppel, in der sich eine beachtlich große, schweigende Menge angesammelt hatte. Türkisfarbene Leiber drängten sich Haut an Haut, wallende Haarschöpfe vermengten sich zu einem leuchtend weißen Meer wehender Nixenmähnen. Hunderte der magischen Kriegerinnen mussten sich hier eingefunden haben, und alle starrten auf einen Punkt weiter vorn. Unwillig knirschte Alea mit den Zähnen, als sie erkannte, was sich dort befand: ein Thron aus flammend roten Korallen. Auf diesem Thron saß niemand anderes als Mura, genau jene Mura, die die Alpha Cru wochenlang verfolgt und Alea den Silberumhang gestohlen hatte.

Wut stieg in Alea hoch. Auf Muras Kopf befand sich eine kunstvolle Krone aus Fischknochen, und den Silberumhang trug sie wie eine Siegestrophäe am linken Oberarm. Flaggenartig waberte er mit dem schneeweißen Haar der Nixe in der leichten Strömung um die Wette. Auf dem Rücken trug Mura einen Köcher und einen Bogen, in der rechten Hand einen überdimensionalen Dreizackspeer. Die Königin war bis an die Zähne bewaffnet. Und sie blickte alles andere als zufrieden drein.

In respektvollem Abstand zu Muras Thron hatte sich ein Halbkreis gebildet, und die Nixen in der ersten Reihe sahen aus, als hätten sie ein wichtiges Anliegen. Unter ihnen erspähte Alea jemanden, den sie kannte! Es war Shiro, eine wunderschöne Nixe mit runzeligem Gesicht und blausilbernen Augen, der Alea vor ein paar Wochen im Nordatlantik begegnet war. Shiro hatte Alea damals von der Legende der Nixenkönigin Haruko erzählt – davon, dass Haruko den Silberumhang nicht ihrem einzigen Nachkommen Cassaras vererben wollte, wie es bei den Nixen seit jeher Brauch war, sondern der Elvarion der letzten Generation, damit diese damit die Ozeane rettete.

Jetzt erhob eine der Nixen die Stimme, und Alea stellte fest, dass sie auch diese kannte. Es war Tomoko, die sich vor einigen Wochen im Nordmeer an die Alpha Cru gewandt und sie vor dem Leck an der Ölbohrinsel vor Norwegen gewarnt hatte.

Als Tomoko sich nun an Mura richtete, hallte in dem riesigen Saal jedes ihrer Worte von den Wänden wider. »Wir haben den großen Rat einberufen, weil gegen dich ein schwerwiegender Verdacht besteht, Mura«, verkündete Tomoko mit fester Stimme. Ihr glitzernder Fischschwanz strich jedoch angespannt hin und her und wirbelte kleine Sandwolken vom Boden auf. »Du musst Alea Aquarius den Silberumhang gestohlen haben. Wie sonst bist du in seinen Besitz gelangt?«

Alea atmete scharf ein. Es ging um sie! Die Nixen hatten ihretwegen einen Rat einberufen.

Muras Gesichtsausdruck war finster, und in ihren eisblauen Augen spiegelte sich unverhohlene Abneigung. »Ich habe ihn nicht gestohlen, sondern erobert, Tomoko«, entgegnete sie frostig. »Wie eine stolze Kriegerin das eben tut. Und wenn du nicht all deinen Sinn für Ehre und Entschlossenheit verloren hättest, würdest du mich für meinen Sieg feiern.«

Leises Gemurmel kam unter den Nixen auf.

Tomokos Miene blieb undurchdringlich. »Die Elvarion braucht den Umhang, um damit für die Ozeane zu kämpfen«, belehrte sie die Königin.

Mura schnaufte bloß abfällig.

Eine andere Nixe mischte sich ein, eine, der Alea noch nie begegnet war. Diese hatte an den Schläfen besonders auffällige Nixenzeichen, die ihr bis zu den Wangenknochen reichten. »Es ist wichtig, dass wir die Elvarion unterstützen«, sagte sie. »Denn was geschieht sonst mit unserem Volk? Wenn die Ozeane sterben, sterben auch wir. Allein deshalb müssen wir der Elvarion helfen.«

Gelangweilt winkte Mura ab. »Lass gut sein, Chiyoko. Falls die Ozeane wirklich zugrunde gehen sollten, dann bestimmt nicht von heute auf morgen.«

Shiro meldete sich zu Wort. »Wie kannst du die Gefahr derart herunterspielen? Du kennst doch das Ausmaß der Müllteppiche. Du weißt, dass immer mehr Arten aussterben. Wo hast du zuletzt klares Wasser geatmet? Wir haben ein Aerbruk gleich hier vor der Küste!«

Alea erinnerte sich an das Wort *Aerbruk*. Es bedeutete »Todeszone« – ein Gebiet, in dem das Wasser kaum noch Sauerstoff enthielt.

Mura ließ Shiros Frage unbeantwortet, und Tomoko stellte bereits die nächste. »Hast du mit dem Silberumhang denn nicht gesehen, wie kurz die Ozeane vor dem Kollaps stehen?«

Muras Miene verhärtete sich. »Diese Visionen schaue ich mir nicht an.« Ihr Mund verzog sich zu einer bitteren, schmalen Linie. »Jetzt, da ich endlich Königin bin, werde ich keinesfalls dieser Landgängergöre Alea Aquarius meinen Umhang vor die Füße werfen und alles wieder verlieren, was ich mir gerade erst erkämpft habe!« Ihr türkisfarbenes, faltiges Gesicht wurde dunkler. »Die Landgänger sind schuld daran, dass überhaupt alles so schlimm werden konnte. Mit ihrem Egoismus und ihrer Gier haben sie sowohl ihrem eigenen Lebensraum als auch unserem schweren Schaden zugefügt. Und ausgerechnet eine Landgängerin soll den Silberumhang unseres Volkes besitzen?« Mura blickte in die Runde, als wäre allein die Vorstellung absurd. »Alea Aquarius ist ein Witz. Sie beherrscht noch nicht einmal die Meeressprache!«

Alea musste heftig schlucken. Die Abscheu, mit der Mura über sie redete, war erschreckend.

Tomoko widersprach der Königin. »Mit mir hat sich Alea sehr wohl in Hajara unterhalten.«

»Mit mir auch«, pflichtete Shiro ihr bei. »Aber später ist Alea von Doktor Orion in eine Landgängerin verwandelt worden, das wissen wir doch mittlerweile. Sie ist ursprünglich eine Walwanderin –«

»Sie ist an Land aufgewachsen!«, fuhr Mura ihr hart dazwischen.

»Durchaus. Dennoch ist sie die Elvarion der letzten Generation«, konterte Shiro. »Und wenn man den neuesten Nachrichten an den Anzeigesäulen glauben kann, ist Alea Aquarius in der Zwischenzeit wieder zum Meermädchen geworden.«

Kaum hatte sie das gesagt, ging ein Raunen durch den Saal. Für viele der Nixen schien das neu zu sein. Alea bemerkte, dass Mura ebenfalls überrascht wirkte.

Die Nixe mit den ungewöhnlichen Malen, Chiyoko, richtete wieder das Wort an Mura, und sie hatte einen kühnen Vorschlag zu machen. »Du solltest der Elvarion den Umhang zurückgeben.«

Zustimmende Rufe brandeten in der großen Halle auf.

Muras Augen wurden zu Schlitzen. »Wie redest du mit deiner Königin?«, herrschte sie Chiyoko an. »Du hast mir nicht zu sagen, was ich tun und lassen soll!«

»Alea Aquarius wird mit dem Umhang die Gefahren der Zukunft erkennen und verhindern«, lenkte Shiro die Aufmerksamkeit der Königin wieder auf sich.

Muras Kopf ruckte zu ihr herum.

»Alea ist laut der Legende diejenige, die die Zeitenwende bringt«, sagte Shiro unbeirrt. »Landgänger und Meeresvölker werden einander wieder näherkommen, durch Alea. Es heißt, nur gemeinsam können Land und Meer die Katastrophe verhindern. Wir –«

»Genug!«, schnitt Mura ihr brüsk das Wort ab und schien nun richtig wütend zu werden.

Die Rufe in der Halle verstummten.

Shiro ließ sich dennoch nicht davon abhalten, weiterzusprechen. »Wenn der Umhang einer Nixe gebührt, dann viel eher Prinz Cassaras als dir«, wagte sie zu sagen. »Haruko hat allerdings gewollt, dass stattdessen die Elvarion ihn bekommt – aus gutem Grund.«

Da platzte Mura der Kragen. »Nenne nicht seinen Namen!« Die Erwähnung von Cassaras hatte sie auffahren lassen. »Er, der des Thrones niemals würdig war. Er, der der Bezeichnung Nixe niemals würdig war! Ein bleicher Niemand – ein Mann obendrein! – auf zwei schmählichen Landgängerbeinen.«

Shiro fuhr ihr in die Parade. »Cassaras ist der wahre Erbe des Thrones, nicht du.«

Ein weiteres Mal erhob sich Getuschel. Einige der Nixen sahen aus, als ob sie skeptisch wären und sich Cassaras als König nicht so recht vorstellen konnten. Andererseits nickten etliche, darunter Tomoko und besonders heftig Chiyoko.

»Wollt ihr mich etwa als Königin infrage stellen?«, schmetterte Mura den Nixen in der ersten Reihe entgegen. »Mich, die ich im Besitz des Silberumhangs bin?« Sie lachte schroff, und in ihrem Lachen lag eine unüberhörbare Warnung. »Dann ist es wohl an der Zeit, dass ich euch an seine Macht erinnere.« Kalt lächelnd fixierte sie Chiyoko. »Ich habe mit dem Umhang gesehen, wie du sterben wirst.«

Chiyokos Augen weiteten sich.

»Es war jämmerlich«, ließ Mura sie wissen. »Ehrlos. Ein Tod der unwürdigsten Art.« Ihr Lächeln gefror. »Und weißt du, was ich noch gesehen habe?«

Chiyoko wich zurück und schüttelte abwehrend den Kopf.

»Ich habe gesehen …«, begann Mura, aber bevor sie weiterreden konnte, schwamm Chiyoko hektisch über die Köpfe der Nixen hinweg davon.

Mura blickte ihr nach, und ihre Augen schienen Feuer zu sprühen – ein Feuer des Triumphs.

Da verstand Alea, dass der Silberumhang in den falschen Händen ein furchtbares Schreckensinstrument sein konnte. Die Zukunft von Gegenspielerinnen zu kennen, verlieh der Besitzerin des Umhangs unvorstellbare Macht. Gleichzeitig fragte Alea sich, ob Mura Chiyokos Tod wirklich in einer Vision vorhergesehen hatte oder ob das eine Lüge gewesen war.

Mura richtete den flammenden Blick auf Shiro. »Und über dich habe ich vom Umhang auch Informationen erhalten.«

Shiros Gesichtsausdruck versteinerte.

»In einer Vision habe ich dich als Angeklagte vor dem großen Rat gesehen«, erklärte Mura laut. »Dir wurde vorgeworfen, einen Aufstand gegen mich angezettelt zu haben.« Ihre Stimme wurde schneidender. »Du wirst in der Zukunft zur Anstifterin einer heimtückischen Revolte gegen mich!«

Unzählige Nixen in der großen Halle rangen erschrocken nach Luft. »Shiro?«, hörte Alea eine von ihnen rufen. »Sie plant einen Putsch gegen die Königin?«

Gefährlich langsam schwamm Mura auf Shiro zu. »Der Umhang hat dich als Verräterin entlarvt, bevor du es werden kannst.«

Bebend blickte Shiro sie an, unfähig, sich gegen eine solche Anklage zu verteidigen.

»Bevor du deine Revolte anführst«, sagte Mura, »werde ich das zu verhindern wissen.« Mit einer schnellen Bewegung richtete sie ihren Dreizackspeer auf Shiro.

Schlagartig wurde es totenstill in der Halle.

Muras Augen funkelten. »Hiermit verurteile ich dich zum

Tode, Shiro, Tochter der Natsuki. Wegen zukünftigen Hochverrats.«

Alea konnte es kaum glauben. Wollte Mura Shiro etwa umbringen? Wegen etwas, das diese noch gar nicht getan hatte? Das war doch Wahnsinn! Alea wusste, dass die Zukunft niemals in Stein gemeißelt, sondern veränderbar war. Aber es ging Mura nicht um Fairness, das war mehr als offensichtlich. Sie wollte Shiro loswerden, denn diese schien eine ihrer größten Widersacherinnen zu sein.

Muras Speer zeigte geradewegs auf Shiros Herz. »Und ich bestimme hiermit, dass das Urteil sofort vollstreckt wird!«

Tomoko stieß einen Entsetzensschrei aus.

Im selben Moment erklang eine donnernde Männerstimme. »Nimm sofort den Speer herunter, Mura!«

Alea wusste augenblicklich, wem diese Stimme gehörte.

Cassaras.

Auf Leben und Tod

Der Nixenprinz schwamm heran, und unter den Nixen ertönten gellende Rufe. Unzählige starrten Cassaras perplex an, und manch eine Nixe schien ihren Augen kaum zu trauen. Jahrzehntelang hatte der Prinz seinem Volk den Rücken gekehrt, aber nun war er hier.

Alea sah, dass Shiro und Tomoko Cassaras nach dem ersten Verwunderungsmoment offenen Respekt zollten – sie schlugen sich mit der Faust auf die Brust, neigten den Kopf und grüßten ihn damit auf ehrerbietigste Nixenweise.

Der Prinz schien es jedoch gar nicht zu bemerken. Seine Augen waren fest auf Mura gerichtet. »Runter mit dem Speer«, wiederholte er mit seiner tiefen, rauen Stimme.

Mura erbebte sichtlich vor Zorn. »DU!«, spie sie ihm entgegen. »Was willst du hier? Du hast in dieser Stadt nichts verloren!«

Unerbittliche Entschlossenheit lag auf Cassaras' Zügen. »Ich bin hier, um dich zum Kampf herauszufordern«, gab er bekannt. Und dann fügte er hinzu: »*Toran Tracarta.*«

Zahllose Nixen schrien auf.

Alea wusste nicht, was *Toran Tracarta* bedeutete. Es musste ein feststehender Begriff für etwas Bestimmtes sein. Gleich darauf hörte sie Tomoko flüstern: »Auf Leben und Tod.«

Bestürzt presste Alea die Lider zusammen. Sie hatte zwar gewusst, warum Cassaras nach Gat'Nambeessa gekommen war, aber jetzt bekam sie Angst. Der Prinz würde mit Mura auf Leben und Tod kämpfen!

»*Toran Tracarta?*« Mura war offenbar derart verblüfft, dass sie den Speer herunternahm und Shiro nicht länger bedrohte. »Willst du dich an mir rächen?«, fragte sie Cassaras lauernd. »Willst du Rache für all das, was gewesen ist?«

Alea wusste, dass Mura den Prinzen in seiner Jugend auf schlimmste Weise gedemütigt und immer wieder andere dazu angestiftet hatte, ihn zu verlachen und zu verhöhnen.

Cassaras' hartblaue Augen bohrten sich geradezu in Muras. »Es geht mir nicht um Rache, sondern um Gerechtigkeit.« Sein Ton intensivierte sich. »Ich will den Silberumhang.«

»Er war schon immer besessen von dem Umhang«, tuschelte eine der Nixen aus der zweiten Reihe hinter vorgehaltener Hand. »Nun würde er für seine Besessenheit sogar sterben.«

Cassaras hatte es offenbar gehört. »Ich will den Umhang nicht für mich«, klärte er die Nixe auf. »Ich will ihn für die Elvarion der letzten Generation.«

Diese Neuigkeit schlug in der großen Halle wie eine Bombe ein. Es wurde so laut, dass Alea Tomoko nicht verstehen konnte, die gerade etwas zu Cassaras sagte. Auf dem Gesicht der Nixe zeichnete sich erstauntes Begreifen ab, denn nun war klar – der Prinz handelte nicht aus Eigeninteresse.

Cassaras ließ den Blick über die Menge schweifen. Dann erhob er wieder die Stimme, und der Tumult erstickte. »Haruko hat es so gewollt«, eröffnete er den Nixen. »Ich kämpfe für den letzten Wunsch meiner Mutter.«

Shiro stutzte und fragte: »Ihr letzter Wunsch? Du redest von deiner Mutter, als wäre sie tot.«

»Das ist sie auch«, antwortete Cassaras.

Ein erneuter Aufschrei ging durch die Reihen der Nixen. Haruko galt zwar bereits seit langer Zeit als verschollen, dennoch hatte hier wohl niemand damit gerechnet, dass sie nicht mehr lebte.

Cassaras hob die Hand, und augenblicklich wurde es wieder still. »Ich habe die Laube der Loreley und den Raum der Ahnen besucht. Dort ist mir meine Mutter erschienen.«

Tomoko schlug sich die Hand vor den Mund. »Dann ist sie wirklich tot.«

»Ja«, bezeugte Cassaras. »Meine Mutter ist ermordet worden.«

»Was?«, schrie Shiro auf. »Sie wurde ermordet?

»Nicht nur das«, sprach Cassaras weiter. »Meine Mutter und ihr Gefolge wurden von einer der unseren getötet.« In seine eiserne Ruhe mischte sich nun deutlicher Zorn. »Und zwar von niemand anderem als unserer neuen Königin.«

Entsetzen und Empörung schienen die Wände der großen Halle zum Beben zu bringen. Etliche der türkisfarbenen Kriegerinnen in der Menge begannen zu rufen und mit den Fingern auf Mura zu zeigen. Sie schienen sie auf der Stelle für ihre Taten zur Rechenschaft ziehen zu wollen.

Mura warf Cassaras einen Blick zu, als würde sie mit den

Augen ein Messer schleudern. Doch sie stritt seine Anschuldigung nicht ab. Sie ahnte wohl, dass es nichts brachte, zu lügen.

»Mura hat sogar ihren Warkan zu Hilfe gerufen, um meine Mutter und ihr Gefolge zu töten«, führte Cassaras seine Anklage noch weiter, und einige der Nixen erzitterten sichtlich vor Grauen. Jede Nixe hatte einen eigenen Warkan, ein gefährliches Meeresmonster, ähnlich einem riesenhaften Oktopus, das sie jederzeit herbeirufen und in den Kampf schicken konnte. Vor Mura hatte es allerdings noch nie eine Nixe gewagt, ihren Warkan gegen eine Angehörige ihres eigenen Volkes einzusetzen.

»Ich kämpfe gegen Mura, um meine Mutter zu sühnen«, fuhr Cassaras fort, und in seinem Ton schwang eine Todesbereitschaft mit, angesichts derer Alea sich die Nackenhaare aufstellten. »Aber ich kämpfe auch um den Silberumhang, wie es der letzte Wunsch meiner Mutter war – und damit für die Elvarion der letzten Generation.«

Shiros silberblaue Augen ruhten überrascht auf dem Prinzen, und es wirkte, als sähe sie ihn in ganz neuem Licht. Doch sie war nicht die Einzige. Auch in Tomokos Gesichtsausdruck war deutlich zu erkennen, wie viel Erleichterung Cassaras' Worte in ihr auslösten – zusätzlich zu einem Hauch von Stolz.

Unter den Zuhörerinnen erklangen vereinzelte Rufe. »Kämpfe, Cassaras!« und »Du kannst sie besiegen!«

Das Blatt hatte sich gewendet. Selbst jene Nixen, die sich zuvor gefragt zu haben schienen, ob Cassaras ein würdiger Thronfolger war, feuerten ihn jetzt an.

Mit einem spitzen Wutschrei warf Mura ihre Waffen von

sich. Cassaras beobachtete sie mit Adleraugen, und auch er legte Pfeil und Bogen ab. Offenbar wollten sie ohne Waffen gegeneinander kämpfen.

Aleas Herz schlug zum Zerspringen. Jetzt kam es ganz allein auf Cassaras an.

Shiro presste sich den Handrücken gegen die Lippen, als ginge es ihr ganz genau wie Alea. »*E Melhamar e Schadarr va geruu*«, murmelte sie. Das Lächeln der Wellen sei mit dir.

Mit hoch konzentrierter Miene schwamm Cassaras auf Mura zu. Jede seiner Bewegungen strotzte nur so vor urgewaltiger Stärke und kriegerischer Unerschrockenheit. Als *titanisch* hatte Sammy den Nixenprinzen einmal bezeichnet, und an diesem Wort hielt sich Alea nun fest. Einen Titanen konnte man nicht einfach so bezwingen.

Andererseits schien auch Mura auf dem Höhepunkt ihrer Kraft zu stehen. Zwar besaßen alle Nixen einen ungemein muskulösen Oberkörper, Mura wirkte jedoch noch stämmiger als die anderen. Zugleich strahlte sie flammende Wut aus. Cassaras hatte sie in die Ecke getrieben, vor der gesamten Versammlung ihre Verbrechen enthüllt, und das bedeutete, dass Mura nichts mehr zu verlieren hatte. Ihr Hass und ihr Zorn würden in diesem Kampf wohl die gefährlichsten Gegner des Prinzen sein.

Cassaras und die Königin schwammen einander gegenüber, und die Spannung war beinahe mit Händen zu greifen. Der Blick des Prinzen brannte sich in den seiner Erzfeindin. Muras Finger schnellten auseinander wie die Nackenstacheln eines Gilfen. Auch sie war bereit. Die anderen Nixen bildeten indessen einen Ring um die beiden, schufen eine Arena für den bevorstehenden Kampf, in deren Mitte die Kontrahenten langsam die Arme vor die Brust hoben. Nun begannen die Zuschauerinnen, rhythmische Laute hervorzubringen, ein stoßweises Summen, das sich aus Hunderten von Kehlen zu einer Art tiefem Trommeln vereinigte.

Mura und Cassaras fingen an, sich wie in Zeitlupe umeinander zu drehen, alle Muskeln angespannt, jeder Zentimeter ihrer Körper bereit, loszuschlagen.

Da murmelte Cassaras: »Für dich, Mutter. Für Alea. Und für Thea.« Damit stürzte er sich auf die unrechtmäßige Königin.

Die beiden prallten heftig aufeinander und verkrallten sich blitzartig und in aller Härte ineinander. Im nächsten Moment begannen sie, einander zu schütteln und herumzureißen.

Die Heftigkeit ihrer Bewegungen schockierte Alea. Das Reißen und Zerren war brutal, wie bei kämpfenden Hunden, die sich ineinander verbissen hatten.

Mura versuchte, Cassaras mit ihrem Fischschwanz Schläge zu versetzen, aber der Prinz hielt sie eng an sich gedrückt, sodass sie nicht weit ausholen konnte. Er war mit seinen Landgängerbeinen deutlich im Nachteil, denn mit ihnen konnte er längst nicht eine solch durchschlagende Wucht erzeugen wie Mura mit ihrem Schwanz. Allerdings schienen Cassaras' Arme stärker zu sein als die der Nixe, und dies nutzte er klug aus. Unerbittlich wirbelte er Mura herum und schüttelte sie immer wieder. Der Silberumhang wirbelte mit und folgte dem Sog des Kampfes wie eine Kriegsfahne.

Die rhythmischen Laute der Nixen in der großen Halle gewannen an Intensität, als speisten sie sich aus der Heftigkeit des Ringens. Unablässig schwollen sie an, und bereits kurze Zeit später ahnte Alea, dass das Duell in die entscheidende Phase eingetreten war.

Muras Gesicht war mittlerweile schmerzverzerrt, voll wachsender Verzweiflung, und je verbissener Cassaras sie umherwirbelte, desto schwächer wurde der Widerstand der Nixe. Ein ums andere Mal konnte sie seine Attacken nicht mehr abwehren und schien zunehmend die Orientierung zu verlieren.

Dann geschah es. Aus Cassaras' Brust entrang sich ein markerschütternder Schrei, gleichzeitig schleuderte er Mura mit einem gewaltigen Kraftakt auf den Meeresboden. Bevor sie es schaffte, sich aufzuraffen, sprang er ihr mit beiden Beinen auf die Brust, sodass sie nicht wieder aufschwimmen konnte.

Mura schrie und wand sich, versuchte, sich zwischen den Beinen des Prinzen herauszuwinden, und mobilisierte offenbar noch einmal ihre letzten Kraftreserven. Doch Cassaras wankte nicht. Unnachgiebig drückte er sie nieder, hielt sie mit immer deutlicherer Überlegenheit in einer Beinzwinge gefangen, bis Mura schließlich zusammensackte und sich nicht mehr wehrte.

Cassaras hatte sie besiegt.

Die rhythmischen Laute der Nixen verwandelten sich in ekstatisches Schreien. Deutlich hörte Alea, was die Nixen verlangten. »Töte sie!«, drang es von überall aus der großen Halle nach vorn zu Cassaras.

Alea erzitterte. Würde der Prinz Mura wirklich töten?

Schwer atmend hockte er auf seiner Gegnerin, als Sieger, aber würde er sich damit zufriedengeben?

Im nächsten Augenblick entriss Cassaras Mura den Silberumhang, ballte die Faust um das magische Stück Stoff und präsentierte es den Zuschauerinnen.

Die Rufe der Nixen erstarben. Das war es nicht, was sie gefordert hatten. Sie hatten Muras Tod gewollt.

»Dies ist nicht mehr eure Königin«, dröhnte Cassaras' Stimme bis in den letzten Winkel der großen Halle. »Ihre Zeit ist vorüber, ihre Macht gebrochen.«

Stille.

»Lasst Mura mit dieser Schande leben!«, brach es aus Tomoko hervor. »Das ist die schlimmste Bestrafung, die sie erhalten könnte.«

Shiro stimmte ihr lautstark zu. »Der Tod wäre für Mura nichts als eine Erlösung.«

»Sie soll für den Rest ihres Lebens eine Ausgestoßene unseres Volkes sein und niemals nach Gat'Nambeessa zurückkehren dürfen«, verlangte eine andere Nixe. »Das ist weitaus schlimmer als der Tod.«

Cassaras nickte. Diese Forderungen schienen seinen eigenen Vorstellungen zu entsprechen. Mit einer Siegesgeste streckte er den Silberumhang in die Höhe. »Die entthronte Königin wird diesen Umhang nie wieder tragen!«

Da brach donnernder Jubel aus. Die Stimmung unter den Nixen hatte sich ganz offensichtlich aufs Neue gedreht. Sie forderten nicht länger Muras Tod.

Tomoko schwamm zu der besiegten Königin, die noch immer unter Cassaras kauerte, und rupfte ihr die Fischkrone vom Kopf. Für Alea wirkte es, als wollte Tomoko Cassaras die Krone aufsetzen. Bevor sie das aber tun konnte, schlüpfte Mura in diesem Moment der Unachtsamkeit unter ihrem Bezwinger hervor und schwamm ein Stück fort von ihm und Tomoko. Ihr Gesicht war hassverzerrt. »Ich verfluche den Silberumhang!«, schrillte sie.

Abrupt verstummten die Nixen. Sprachloses Entsetzen machte sich auf ihren Mienen breit.

Mit bebender Stimme kreischte Mura: »Der Umhang wird vom heutigen Tag an jeden ins Verderben stürzen, der es wagt, ihn zu benutzen. Wer auch immer ihn anlegt, soll es bitterlich und auf ewig bereuen.«

Cassaras erstarrte. Seine Hand, in der er den Silberumhang wie eine Trophäe hielt, sank langsam herab.

Erschüttertes Schweigen erfüllte die große Halle von Gat'Nambeessa.

Mura drehte sich um und schwamm Hals über Kopf davon.

Gleich darauf zog dichter Nebel über den Bildern des Goldumhangs herauf. Die Farben verblassten. Der Film war vorüber.

Erben des Schicksals

Kaltes Grauen hatte von Alea Besitz ergriffen. Was der Goldumhang ihr gezeigt hatte, war unbegreiflich. Mura hatte den Silberumhang verflucht! Bedeutete das das Ende jeder Hoffnung darauf, er könne Alea jemals dabei helfen, die Ozeane zu retten?

Alea spürte Lennox' Hand auf ihrer Schulter. »Was ist los?«

Aufgelöst öffnete sie die Augen. Siska hatte den Wagen neben der Straße zum Stehen gebracht. Die Autobahn hatten sie offenbar längst verlassen.

Beunruhigt starrten Lennox und die Darkonerin Alea an. »Du bist weiß wie eine Wand«, sagte Siska besorgt. »Was hast du gesehen?«

»Die Nixenhauptstadt.« Langsam und stockend begann Alea zu erzählen, was der Goldumhang ihr gezeigt hatte, und konnte dabei nicht verhindern, dass ihre Stimme heftig zitterte. Die Ereignisse in Gat'Nambeessa hatten sie bis ins Mark getroffen.

Als sie geendet hatte, saßen sie schweigend da, und erst nach einer Weile durchbrach Lennox die Stille. »Cassaras hat den Kampf gegen Mura gewonnen, und dann … hat sie seinen Sieg mit diesem Fluch gleich zunichtegemacht?«

»Der Silberumhang ist nun ohne Wert für uns«, resümierte Siska ruhig. »Er ist sogar gefährlich.« Warnend blickte sie Alea an. »Du darfst ihn auf keinen Fall anlegen, falls du ihn jemals wiederbekommen solltest. Es auszuprobieren, könnte dein Ende sein.«

Lennox nickte, dann schlug er sich vor den Kopf, als fiele ihm etwas ein. »Die Silberfäden!«, rief er. »Sie stammen von dem Umhang, und das heißt, sie sind ebenfalls verflucht!«

Alea fuhr zusammen. Erst vor wenigen Stunden hatte sie die Silberfäden noch benutzt! Aber das war offenbar vor den Geschehnissen in Gat'Nambeessa gewesen, als Mura den Fluch noch nicht ausgesprochen hatte. Nun hatte er jedoch alles verändert. Sie durften die Fäden niemals wieder verwenden!

»Keine Silberfadenbilder mehr?«, flüsterte Alea und musste an die Vision mit Lennox und dem Baby denken. Sollte dies die letzte gewesen sein, die sie jemals gesehen hatte?

»Das bedeutet nicht, dass du deine Aufgabe nicht mehr erfüllen kannst, Yavani.« Angespannt knetete Lennox sich beim Sprechen das Kinn. »Der König der Schweige-Schamire hat ja gesagt, dass der Goldumhang den Verlust des Silberumhangs aufwiegt und die Chancen für Gut und Böse dadurch wieder ausgeglichen sind.«

Das stimmte. Dennoch hatte Alea so sehr darauf gehofft, dass Cassaras ihr den Umhang zurückbringen würde. Ihre Mission war schon schwer genug, und der Silberumhang hätte ihr unermessliche Dienste leisten können. Wie es aussah, musste sie nun ohne ihn auskommen.

Sie schwiegen wieder. Alea fühlte sich wie vor den Kopf gestoßen und starrte ins Leere. Schließlich legte Lennox nahe, einen richtigen Rastplatz zu suchen und eine längere Pause einzulegen, damit Siska, die stundenlang am Steuer gesessen hatte, ausruhen konnte. Dieses Mal widersprach die Darkonerin nicht, ließ den Wagen an und fuhr bei nächster Gelegenheit von der Landstraße ab.

Wenig später hielten sie auf einem nur spärlich beleuchteten, verlassenen Parkplatz und stiegen mit steifen Gliedern aus. Lennox und Siska überprüften die Umgebung, und während Lennox den großen Parkplatz überquerte, um in die Schatten am anderen Ende zu spähen, blieb Siska mit gespitzten Ohren bei Alea stehen und schien lediglich in die Nacht hineinzulauschen. Sie vertraute Lennox' Fähigkeiten offenbar bereits jetzt genug, um ihm die ausführliche Inspektion der Umgebung allein zu überlassen.

Alea ließ den Blick ebenfalls umherschweifen. Allem Anschein nach befanden sie sich in einer bergigen Gegend – allerdings konnte sie außerhalb der Lichtkegel der Laternenmasten nicht viel erkennen.

»Wir sind in der Nähe von Innsbruck, Tirol«, sagte Siska.

»Wow. Dann haben wir schon mehr als die Hälfte geschafft?«

»Ja.« Siska lächelte schmal. »Venedig ist nur etwa vier Autostunden entfernt.« Noch während die Darkonerin sprach, nahm sie ihr Handy und checkte den Wetterbericht. Dabei zeigte sich eine Besorgnis auf ihrer Miene, die Alea nur zu gut von sich selbst kannte. Vor gar nicht allzu langer Zeit – bevor sie erfahren hatte, dass sie ein Meermädchen war – hatte sie geglaubt, an einer seltenen Kaltwasserallergie zu leiden.

Damals hatte sich ein Großteil ihres Denkens mit dem Wetter beschäftigt, und wenn sie auf die Wetterapp ihres Handys geschaut hatte, war ihre Haltung ähnlich unentspannt gewesen wie jetzt Siskas. Die Darkonerin musste wie alle Meerkinder um jeden Preis verhindern, dass sie mit kaltem Wasser in Berührung kam. Doch nicht, weil sie wirklich an Kälteurtikaria litt, sondern weil in kaltem Wasser ein tödlicher Virus steckte, der den Absender Aquilius Orion trug. Ein Platzregen wäre lebensgefährlich für Siska, und das Wetter im Blick zu behalten, war nichts weniger als eine Überlebensstrategie. Wie Alea auf Siskas Handy erkennen konnte, meldete der Wetterbericht jedoch null Prozent Regenwahrscheinlichkeit.

Lennox kehrte zu ihnen zurück. »Alles in Ordnung.«

»*Nscha*«, erwiderte Alea seufzend. Gut. »Suchen wir uns einen sicheren Platz in der Nähe, um ein Lagerfeuer zu machen und uns –« Noch während sie sprach, marschierte Lennox los. Seine Bewegungen waren eigenartig eckig, als würde er von einer unsichtbaren Macht gezogen.

Alea erschrak. Der Herrinnenschwur! Sie hatte im Imperativ gesprochen – in der Befehlsform –, und das bedeutete, Lennox *musste* sofort einen Lagerplatz suchen. Und das, obwohl sie ihn gar nicht allein angesprochen hatte und es doch eher ein Vorschlag gewesen war!

Lennox war bereits bis zum Ende des Parkplatzes geeilt.

»Stopp!«, rief Alea. Es tat ihr furchtbar leid, dass ihr ein Imperativ herausgerutscht war, obwohl sie sich fest vorgenommen hatte, nie wieder einen zu benutzen. »Komm zurück«, bat sie Lennox. Die Art, wie er sich abrupt umdrehte und zu ihnen zurückstapfte, machte allerdings deutlich, dass ihre Bitte nichts anderes als ein weiterer Befehl gewesen war. Alea biss sich auf die Lippe. »Tu, was du selbst tun möchtest«, trug sie Lennox hastig auf.

Augenblicklich entspannte sich seine Körperhaltung.

Alea atmete auf, aber nur ein klein wenig, denn eigentlich war es unentschuldbar, dass das überhaupt passiert war. »Sorry«, brachte sie reumütig hervor.

Brummend fuhr sich Lennox durch das dunkle Haar, das ihm bis tief in die Stirn hing. Aber er sagte nichts.

Siska wirkte fasziniert und entsetzt zugleich, doch auch sie kommentierte das Geschehene nicht.

Mit undefinierbarer Miene ging Lennox zum Kofferraum, nahm ein paar Dinge für die Übernachtung heraus und strebte auf das andere Ende des Parkplatzes zu. Alea und Siska folgten ihm wortlos. Als sie den Lichtkreis der Straßenlaternen verließen, schaltete Alea die Taschenlampe ihres Handys an, um den Weg zu beleuchten.

Kurz darauf fanden sie eine Stelle, an der sie gut lagern konnten. Während Lennox in einem angrenzenden Waldstück trockenes Holz sammelte, bereiteten Alea und Siska die Feuerstelle vor, indem sie einen kleinen Steinkreis legten und altes Laub aus der Mitte entfernten. Anschließend ließ sich Alea auf einen großen flachen Stein gleich daneben gleiten.

Die Darkonerin setzte sich zu ihr und nahm ihre braunen Kontaktlinsen heraus. »So ist es besser«, murmelte sie und schaute mit ihren hell leuchtenden Augen in die Dunkelheit.

»Siehst du eigentlich auch besser als andere?«, fragte Alea neugierig. »Oder ist nur dein Gehör besonders gut?«

»Ich habe zweihundert Prozent Sehschärfe.« Siska richtete ihren strahlenden Blick auf Alea. »Aber ich glaube, das ist längst nicht so außergewöhnlich wie meine Ohren.«

»Wie gut hörst du denn eigentlich?«

»Das konnte mir meine Ärztin auch nicht so genau sagen.« Siska hob die Schultern. »Mein Gehör sprengt jede Skala.«

Alea betrachtete Siskas Ohren, die ganz normal aussahen. »Und was hörst du jetzt gerade, was ich wahrscheinlich nicht höre?«

Siska neigte den Kopf und lauschte. »Da drüben im Gebüsch versteckt sich ein Fuchs.« Sie wies auf ein paar Sträucher, die zwanzig oder dreißig Meter entfernt waren.

»Ein Fuchs?«, ächzte Alea.

Siska winkte ab. »Er hechelt so laut, dass ich nur annehmen kann, er hat viel mehr Angst vor uns als wir vor ihm.«

»Falls er näher kommen sollte, kriegt er es mit mir zu tun«, ertönte eine Stimme hinter ihnen. Es war Lennox, der mit dem Arm voller Zweige zu ihnen zurückkam.

»Daran zweifle ich nicht.« Alea schenkte Lennox ein Lächeln, das ihn fragte, ob zwischen ihnen wieder alles in Ordnung war.

Er blinzelte langsam und antwortete damit: Ja.

Mit untergeschlagenen Beinen setzte er sich auf den Boden, platzierte die Zweige fachkundig in dem Steinring und entfachte mit Streichhölzern ein Feuer. Früher hatten sie dafür eine Sengbohne benutzt, aber erst gestern hatte Alea ihre

Bohne Kit geschenkt, die als Brim noch sehr viel mehr damit anfangen konnte als sie.

Im Schein des prasselnden Lagerfeuers verspeisten Alea, Lennox und Siska drei Äpfel aus dem Korb, in dem noch mindestens fünf weitere lagen. Da sie schwiegen, nutzte Alea die Gelegenheit, um noch einmal zu versuchen, Thea in Gedanken zu erreichen. Doch auch dieses Mal klappte es nicht. Wahrscheinlich war es so, dass man für einen solchen telepathischen Kontakt nicht zu weit voneinander entfernt sein durfte. Das hatte Evelin gesagt, der sich als Adetari besser als jeder andere mit Telepathie auskannte. Vielleicht lag es auch daran, dass Alea mit den Gedanken ganz woanders war. »Ich frage mich, was in Gat'Nambeessa passiert ist, nachdem Mura den Umhang verflucht hat«, sagte sie in die Stille hinein.

»Ich mich auch.« Lennox stocherte mit einem Stück Holz im Feuer herum. »Meinst du, Cassaras ist in der Stadt geblieben?«

Alea legte die Stirn in Denkfalten. War der Prinz in der Zwischenzeit vielleicht sogar König geworden?

Siskas Gedanken schienen in dieselbe Richtung zu gehen. »Cassaras hat sich garantiert dafür entschieden, den Thron zu besteigen.«

Verwundert zog Lennox die Brauen zusammen. »Garantiert?«

»Es wäre die logische Wahl.« Siska sah Alea fragend an. »Als König hat er doch viel mehr Möglichkeiten, dir zu helfen, oder nicht?«

Da musste Alea ihr recht geben. Der Prinz hatte ohne jegliche Stellung in seinem Volk tatsächlich viel weniger Handhabe, den Lauf der Dinge zu lenken. Allerdings gab es noch andere Faktoren in Cassaras' Leben, die seine Entscheidung für oder gegen den Thron maßgeblich beeinflusst haben mussten …

»Wenn ich an Cassaras' Stelle wäre, würde ich die Krone wählen und mich als Oberhaupt der Nixen für den Meeresschutz einsetzen.« Das leidenschaftliche Lodern in Siskas Augen stand in scharfem Gegensatz zu ihrem nüchternen Tonfall.

»Du würdest das Richtige tun wollen.« Alea studierte Siskas Gesicht. »Es scheint mir fast, als könntest du gar nicht anders.«

Zaghaft zog Siska den rechten Mundwinkel in die Höhe. »Vor allem möchte ich mich so verhalten, dass meine Eltern … meine *leiblichen* Eltern … stolz auf mich wären«, gestand sie und überraschte Alea mit der unerwarteten Offenheit ihrer Worte. »Wir hatten so wenig Zeit miteinander …« Siska räusperte sich. »Wisst ihr, vor elf Jahren, als der Virus ausbrach, bin ich wie so viele andere an eine Küste gebracht und dort an Landgänger übergeben worden. Die meisten von uns Meerkindern können sich nicht daran erinnern. Ich allerdings schon. Zumindest ein klein wenig. Ich war damals ja bereits etwas älter.«

»Was?«, fragte Alea. »Du erinnerst dich?«

»Nicht so richtig an meine ersten Lebensjahre oder an die Meerwelt. Aber ich erinnere mich an diesen besonderen Moment, in dem meine Mutter mich fortgab …« Siskas Stimme klang ein wenig erstickt, als drückten ihre Gefühle ihr die

Luft ab. »Meine späteren Adoptiveltern waren an jenem Tag mit meinen älteren Geschwistern beim Muschelsuchen am Strand, als meine leibliche Mutter und ich uns ihnen näherten. Meine Mutter schleppte mich in einer Art Tragetuch auf dem Rücken, und ich weiß noch, dass sie am ganzen Körper zitterte. Ihre nassen schwarzen Haare kitzelten mich an der Wange …« Siskas Blick richtete sich nach innen, als schaute sie ihrem eigenen Erinnerungsfilm zu. »Und dann sprach sie meine neuen Eltern an, in einer fremden Sprache und mit bebenden Gliedern. Als sie ein paar Sätze mit ihnen gewechselt hatte, nahm sie mich in ihre Arme, küsste mich und gab mich der fremden Frau. Ich weiß noch, dass meine Mutter aufschluchzte und sich die Hand vor den Mund presste. Sie sah so unendlich verzweifelt aus. Doch dann drehte sie sich um und lief weinend davon …«

Mit einem dicken Kloß im Hals hörte Alea ihr zu. Sie konnte so gut nachempfinden, wie Siska sich fühlte, denn ihre Mutter, Nelani, hatte Thea und sie auf die gleiche Weise im Kleinkindalter Landgängern anvertraut. Nelani hatte gedacht, dass sie sterben müsste, so wie Siskas Mutter bestimmt auch. Aber in Nelanis Fall hatte sich das als falsch herausgestellt. Ihre beiden Töchter waren in der Landgängerwelt für sie später jedoch unauffindbar gewesen.

Dies war allerdings nicht der einzige Grund, warum Alea einen dicken Kloß im Hals hatte. Beim Zuhören war ihr schmerzlich bewusst geworden, dass sie Siska zwar schon einiges über die Darkoner und den Herrenschwur erzählt hatten, aber noch nichts über ihren Vater. Zeirus.

Siska starrte in die Flammen. »Ich nehme meiner Mutter nichts übel. Im Gegenteil, ich bin ihr dankbar, dass sie mich an Land gebracht hat und ich auf diese Weise überleben konnte.« Sie schien sich zu bemühen, wieder einen sachlicheren Ton anzuschlagen. »Bestimmt hat meine Mutter so gezittert, weil sie mit dem Virus infiziert war. Und mein Vater war wahrscheinlich schon tot.«

Lennox warf Alea einen betretenen Blick zu. Sie mussten Siska die Wahrheit sagen.

»Manchmal frage ich mich, wer meine Eltern gewesen sind«, sinnierte Siska. »Wie hießen sie? Was war ihnen wichtig, woran haben sie geglaubt?«

Unbehaglich rutschte Alea auf dem Stein herum. Sie mussten Siska unbedingt reinen Wein einschenken. Jetzt. Doch das fiel Alea unglaublich schwer, denn was sie der Darkonerin zu erzählen hatten, war alles andere als etwas, was man gern über seinen unbekannten Vater hören wollte. »Ich habe keine Ahnung, wer deine Mutter gewesen ist«, brachte Alea hervor und suchte in sich die Kraft für die nächsten Worte.

Erstaunt drehte Siska den Kopf zu ihr. »Natürlich nicht. Woher solltest du?«

Alea antwortete nicht auf diese Frage, sondern sagte: »Aber wir kennen deinen Vater.«

»Ihr kennt … meinen Vater?«, wiederholte Siska irritiert. »Woher denn? Oh mein Gott … das … das heißt, er lebt?«

»Ja«, erwiderte Alea ganz zart.

Siska starrte sie wie vom Donner gerührt an.

Vorsichtig sagte Lennox: »Er ist einer der wenigen überlebenden Erwachsenen der Meerwelt.« Lennox machte eine kleine Pause, als wollte er Siska Zeit lassen, das zu verarbeiten. Dann fügte er hinzu: »Dein Vater hat nur deswegen überlebt, weil Doktor Orion ihn zu sich in die Villa Konungur geholt hat, bevor er den Virus aussetzte.«

Auf Siskas Miene zeigte sich Unglauben, gleich darauf reine Fassungslosigkeit. »Mein Vater ist einer der Darkoner, die Orion den Herrenschwur geleistet haben?«

»Ja«, musste Alea bestätigen. »Sein Name ist Zeirus, und er ist der Chef der Darkoner-Elitetruppe.«

Siskas Augen weiteten sich. »Der große Mann mit den grauen Schläfen?«

»Er ist dir bei der Begegnung am Rheinstrand aufgefallen?«

»Es gab da einen Moment ...« Siska drückte sich die Hand aufs Herz, als täte es weh. »Ich habe in dem Moment Orion mit der Pistole bedroht und versucht, die Darkoner im Blick zu behalten. Der große Mann mit den grauen Schläfen hat mich so merkwürdig angeschaut – nicht, als ob er mich erkannt hätte, sondern als könnte er es kaum fassen, eine junge Darkonerin zu sehen. Als täte es ihm unendlich leid, dass ein weiteres Meerkind in diese Sache verwickelt worden war.«

Betroffen schwieg Alea. Siskas Worte belegten, was sie schon länger vermutet hatte: Die Darkoner litten furchtbar darunter, Orion dienen zu müssen, und obwohl die Männer nach all den Jahren im Dienste des Doktors bestimmt abgestumpft und innerlich verhärtet waren, hatten sie nicht jegliches Mitgefühl verloren.

Mit einer abrupten Bewegung stand Siska auf und begann,

auf und ab zu gehen. Alea und Lennox blieben sitzen und ließen ihr die Zeit, die sie brauchte.

Als die Darkonerin schließlich zu ihnen zurückkam und sich wieder neben Alea auf dem großen flachen Stein niederließ, schien sie ihre Gefühle vollkommen gebändigt zu haben. »Ich wollte immer wissen, wer meine Eltern gewesen sind«, hob sie mit beherrschter Stimme an. »Auch, wenn es mir nicht gefällt, was ihr mir erzählt habt, sehe ich jetzt klarer.« Sie nickte Lennox und Alea steif zu, als wollte sie sich bei ihnen dafür bedanken, dass sie sie eingeweiht hatten. »Ich bin mir sicher, mein Vater würde gegen Orion kämpfen, wenn er könnte.«

»Das glaube ich auch.« Davon war Alea sogar absolut überzeugt.

»Da er es durch den Schwur aber nicht kann, tue ich es.« Aus Siskas Worten trat nun ein Kampfgeist hervor, der wohl schwer zu zähmen war. »Ich werde an Zeirus' Stelle Widerstand leisten. Doktor Orion muss endlich das Handwerk gelegt werden!« Siska ballte die Hand zur Faust, als wollte sich die Kriegerin in ihr nicht länger zurückdrängen lassen.

Lennox beobachtete sie genau. »Dein Vater wäre ganz bestimmt stolz auf dich.«

Da wurde Siskas Hand weich und fiel auf ihr Knie. In ihre Augen stiegen Tränen, doch sie wischte sie unwillig fort. »Das hoffe ich«, kam ihr leise über die Lippen.

»Vielleicht ist dein Vater ja auch gar nicht für immer verloren«, sprach Alea die vage Hoffnung aus, die sie innerlich hegte. »Eventuell finden wir einen Weg, den Herrenschwur zu brechen?«

Siska setzte sich auf und schien darum bemüht, Haltung zu bewahren. »Wie denn?«

»Womöglich kann man den Schwur umgehen«, antwortete Lennox. »Es ist bisher nur eine Theorie, aber …«

Siska forderte ihn mit den Augen auf, weiterzusprechen.

»Wenn wir Orion in Rom schnappen, ist er von den Darkonern getrennt«, erklärte Lennox. »Dann kann er ihnen nichts mehr befehlen.«

»Wir fragen uns, ob die Darkoner in diesem Fall vielleicht ganz eigene Entscheidungen treffen können«, führte Alea weiter aus. Schwächte sich der Bannkreis des Schwurs möglicherweise durch Entfernung ab, so wie telepathischer Kontakt? Wenn das der Fall war, konnten die Darkoner unter Umständen auf diese Weise entkommen.

»Es könnte allerdings sein, dass Orion den Darkonern irgendwann vorausschauend einen Befehl gegeben hat, der das verhindert«, räumte Lennox ein. »Wir wissen eben nicht genau, wie das alles im Detail funktioniert.«

Siska schien die Vorstellung, etwas tun zu können, zu erleichtern. »Aber das ist ein guter Ansatz.« Ihr Blick richtete sich ins Leere, als brütete sie darüber nach. »Könnte Orion den Darkonern vielleicht auch befehlen, ihm nicht mehr zu gehorchen?«

Alea verspürte ein Prickeln im Nacken. »Das ist wirklich eine interessante Idee«, stellte sie fest und merkte, dass sich ihr Puls bei dem Gedanken beschleunigte. »Wenn man den Schwur damit tatsächlich brechen könnte, wäre das auch ein Ausweg für Lennox und mich. Probieren wir es direkt mal aus!« Aufgeregt wandte sie sich Lennox zu, der sie überrascht ansah. »Ich befehle dir, mir nicht länger zu gehorchen«, ordnete sie ohne Umschweife an.

Da zuckte Lennox heftig zusammen. »Ahhh!«, gellte er. »Mein Kopf!« Seine Finger gruben sich tief in sein Haar, und er hielt seinen Schädel umklammert, als würde dieser sonst explodieren.

Vor Schreck blieb Alea das Herz stehen.

Siska schrie auf. »Das klappt nicht!«

»Ich hebe den letzten Befehl auf!«, rief Alea. »Gehorche mir wieder!«

Lennox' Schmerzen schienen auf der Stelle nachzulassen. Einen Moment lang verharrte er in seiner schmerzverkrampften Haltung, dann nahm er die Arme herunter. »Das war … nicht lustig«, würgte er mit krächzender Stimme hervor.

»Es tut mir so leid.« Schuldbewusst rutschte Alea von dem Stein auf den Boden zu Lennox und strich ihm mit einer unbeholfenen Geste über das Haar, als könnte sie seine Schmerzen rückgängig machen. »Das war eine total blöde Idee.«

Lennox widersprach. »Nein, die Idee war gut.« Er klang noch immer ein wenig heiser. »Aber bitte mach das nicht noch mal.«

Alea küsste ihn voller Reue und verfluchte diesen verdammten Schwur innerlich zum wohl hundertsten Mal.

»Offenbar kann man keine selbstaufhebenden Befehle geben«, hielt Siska beklommen fest. »Bei den Darkonern würde das dann wahrscheinlich auch nicht funktionieren, oder?«

Alea ließ die Schultern sinken. »Mhm, wohl eher nicht.«

»Das heißt aber nicht, dass es keinen Ausweg gibt.« Siska schien sich Mühe zu geben, positiv zu klingen. »Wir dürfen nicht aufgeben.«

Alea wollte nicht, dass Siska den Eindruck bekam, sie würde jemals aufgeben. »Vielleicht fällt uns ja noch etwas ein.« Sie verfiel in grüblerisches Schweigen, und während sie ins Feuer starrte, stellte sich mit einem Mal der Elvarion-Modus ein. Dieser Zustand war eine Art Klargeisteffekt, der der Elvarion dabei half, schwierige Situationen in kürzester Zeit zu erfassen und einzuordnen. Einen Atemzug später sagte Alea: »Vielleicht müssen wir uns um die Darkoner gar keine Gedanken mehr machen, wenn unser Rom-Plan erst einmal aufgegangen ist – wenn wir Orion geschnappt und ihn einer Lafora übergeben haben.« Ein Lächeln stahl sich auf ihre Lippen. »Nachdem Orion von einer Lafora gerichtet wurde, ist er bestimmt nicht mehr so ein Scheusal, oder? Darum geht es ja bei einem Lafora-Gericht: Die Kriminellen sollen begreifen, was ihre Taten angerichtet haben. Sie sollen geläutert werden. Und wenn das bei Orion gelingt, dann würde er die Darkoner doch nicht mehr als Sklaven halten wollen!«

Nachdenklich kratzte sich Lennox am Kopf. »Meinst du wirklich, er würde sie freilassen?«

»Ich weiß es nicht«, gab Alea zu, »aber es erscheint mir mehr als unwahrscheinlich, dass er sie danach weiter so behandelt wie vorher.« Leise Zuversicht machte sich in ihr breit. »Ich glaube, wenn unser Plan aufgeht, wird das in jedem Fall auch etwas Gutes für die Darkoner bedeuten.«

Hoffnungsvoll lächelte Siska sie an. *»E vonaschh mar hitas.«* Das glaube ich auch.

Lennox lächelte ebenfalls. *»Mar hitas.«* Ich auch.

Wenn Tess, Ben und Sammy hier gewesen wären, hätten sie jetzt die Hände übereinandergelegt und ihren Bandenruf erklingen lassen. Doch auch so war die Situation unerwartet schön.

Nachdem sie eine kleine Weile gemeinsam in die Flammen geblickt hatten, gestand Siska: »Ehrlich gesagt, bin ich ziemlich müde.«

Alea hatte keine Ahnung, wie spät es war, aber die Darkonerin hatte sich ein bisschen Schlaf mehr als verdient. »Wie wäre es, wenn du dich ein bisschen ausruhen würdest?«

»Das mach ich.« Siska war schon dabei, ihren Schlafsack, den Lennox aus dem Kofferraum mitgebracht hatte, in einigem Sicherheitsabstand zum Feuer auszubreiten. »Weckt mich, wenn irgendwas ist«, bat sie, schlüpfte in den Schlafsack und wandte ihnen den Rücken zu.

»Misch Natalya«, sagte Alea, Gute Nacht. Lennox und sie blieben auf der anderen Seite des Feuers sitzen, das zart knackend angenehme Wärme verbreitete. Alea rückte näher an Lennox heran und kuschelte sich in seinen Arm. Da erklang der Klingelton ihres Handys. »Eine Nachricht von Sammy!« Rasch las sie vor: *»Ich habe von der Talassiopa geträumt. Sie war wunderschön und sah aus wie ein Blümchenbecher mit Pferdeohren.«*

Lennox lachte leise.

»Wenn wir die Talassiopa treffen und sie wirklich so aussieht, dann fresse ich einen Blümchenbesen«, kicherte Alea und wurde gleich darauf wieder ernst. »Eigentlich bin ich etwas nervös wegen der Talassiopa. Ich frage mich, was sie von mir will.« So toll es war, von diesem mysteriösen Wesen persönlich eingeladen worden zu sein – Alea hatte ein bisschen Bammel. »Was, wenn sie etwas von mir verlangt, was ich nicht tun kann?«

»Was zum Beispiel?«

»Vielleicht möchte sie mich auf Herz und Nieren prüfen, so wie der König der Schweige-Schamire.« Der König hatte herauszufinden versucht, ob Alea des Goldumhangs würdig war. Bevor er ihr den größten Schatz seines Volkes überlassen hatte, war sie von ihm getestet worden und hatte ihm auf die Frage antworten müssen, warum sie die Landgänger für besser hielt als Orion. Trugen die Landgänger an der Verschmutzung der Meere denn nicht sogar noch eine weitaus größere Schuld als der Doktor – durch ihre ganz alltäglichen, umweltschädlichen Verhaltensweisen? Alea hatte erwidert, dass das ihrer Meinung nach so nicht stimmte. Nicht jeder einzelne Landgänger war *schuldig*. Vielmehr war jeder *zuständig*, und sie glaubte fest daran, dass die Landgänger noch rechtzeitig aufwachen und die Klimakrise in ausreichendem Maße bekämpfen würden. Das war eine gute Antwort gewesen, aber … »Was, wenn die Talassiopa mir eine noch schwerere Frage stellt?«

»Könnte sein, allerdings finde ich, du solltest dich deswegen nicht verrückt machen«, sagte Lennox. »Selbst, wenn die Talassiopa dich testen sollte, bin ich hundertprozentig überzeugt, dass du jede Prüfung bestehen wirst.«

»Jede?«

»Jede.«

Kopfschüttelnd lächelte Alea. Sie wusste nicht, ob das stimmte, trotzdem musste sie zugeben, dass es ihr guttat, wie sehr Lennox an sie glaubte. Wenn sie sich durch seine Augen betrachtete, erkannte sie viel deutlicher, wie sehr sie in den vergangenen Wochen gereift und wie stark sie geworden war. Lieber Himmel, sie hatte Dinge getan, die sie sich niemals zugetraut hätte! Und das lag daran, dass es in ihrem Inneren diesen glühenden Kern gab, der sie vorantrieb und der sie auch schwierigste Situationen meistern ließ. Das wusste Alea, und sie hatte es immer wieder staunend an sich selbst beobachtet, aber manchmal musste Lennox sie trotzdem daran erinnern, was in ihr steckte.

Ihre wiederkehrenden Selbstzweifel änderten jedoch nichts daran, dass Alea mit Haut und Haaren die Elvarion der letzten Generation war, und Lennox hatte recht: Wenn es sein musste, würde sie das auch der Talassiopa beweisen.

In diesem Augenblick traf auf Aleas Handy eine Nachricht ein, allerdings keine weitere von Sammy, sondern von einem Meerkind in der Chatgruppe. »Evelin«, stellte Alea erfreut fest. Sie hatten von dem jungen Adetari seit ihrer Begegnung vor ein paar Tagen nichts mehr gehört. Evelin hatte ihnen auf dem Viehhof seiner Adoptiveltern geholfen, als Lennox mit mehreren Fässern Algenwasser überschüttet worden und durch die hohe Virenbelastung schwer krank geworden war. Nachdem Lennox über den Berg gewesen war, hatte Alea Evelin von Herzen gedankt und ihn eingeladen, ihrer Chatgruppe beizutreten und die anderen Meerkinder kennenzulernen. Nun meldete er sich endlich.

Lennox lehnte den Kopf an Aleas Schläfe, und gemeinsam lauschten sie der Hajara-Sprachnachricht.

»*Unah, meu Kavantra eisa Evelin ahh mar eisa Adetari*«, erklang die erstaunlich männliche Stimme des Meerjungen. Hallo, mein Name ist Evelin, und ich bin ein Adetari. »Ich freue mich, hier dabei zu sein, und würde von euch total gerne hören, wer ihr seid, was ihr für Fähigkeiten habt und ob ihr wisst, welchen Stämmen ihr angehört.« Man merkte ihm an, wie gern er mehr über die Meerwelt erfahren wollte. »Und Alea … ich hoffe, dass du deine Schwester in Sankt Goarshausen gefunden hast. In den letzten Tagen habe ich oft an dich und Lennox gedacht und mich gefragt, wie es euch geht und was nach unserem Abschied passiert ist. Vielleicht hört ihr das hier ja auch. Meldet euch mal. *Schedaaya* – Bis bald.«

Alea zögerte keine Sekunde und nahm sofort ihrerseits eine Sprachnachricht auf, in der sie Evelin sagte, wie sehr sie sich freute, von ihm zu hören, und ihm dann das Neueste erzählte – von Thea und Orion, vom Herrinnenschwur, von der Einladung der Talassiopa und von Cassaras und den Nixen.

Nur wenige Minuten später antwortete Evelin bereits wieder. »Das mit deiner Schwester tut mir echt leid, aber ich bin froh, dass es euch gut geht und ihr diesem Orion nicht auch in die Hände gefallen seid. Und was du von den Nixen erzählst, ist echt unglaublich, wie aus einem Fantasyroman.«

Sie hatten Evelins Nachricht gerade abgehört, da traf eine von Isla ein. Isla lebte in Berlin und war eine Zalti. Ihre breiten Schultern sprangen Alea allein auf dem Profilfoto schon extrem ins Auge. »*Unah*, ihr Nachteulen«, grüßte Isla gut gelaunt. »Hier in der Gruppe ist ja ganz schön was los. Echt spannend. Herzlich willkommen bei uns, Evelin.«

»Wenn wir eh alle vier wach sind, können wir uns auch direkt miteinander unterhalten …«, murmelte Alea und startete kurzerhand einen Gruppen-Videochat.

Neugierig winkte Isla in die Kamera, und der blonde Evelin winkte zurück. »*Unah!*«

»Da ist noch jemand anderes wach«, sagte Alea, als eine Anfrage von Nexon kam, der auch zu dem Gespräch hinzugeschaltet werden wollte. Nexon war ein Oblivion, der ebenso azurblaue Augen hatte wie Lennox und in der Chatgruppe sehr aktiv war. Im Nu holte Alea ihn in den Videochat, sodass nun fünf Teilnehmerkästchen auf dem Bildschirm zu sehen waren.

»Hi! Kannst du nicht schlafen?«, fragte Lennox Nexon ohne lange Einleitung. Nexon lebte in Litauen, und dort musste es ebenfalls mitten in der Nacht sein.

»Nein«, grummelte Nexon. »Ich schreibe in ein paar Stunden die letzte meiner Schulprüfungen, und ehrlich gesagt bin ich ganz schön kribbelig.« Sein Gesicht kam näher an die Kamera heran. »Oh, bist du der Neue?«

»Bin ich«, sagte der Adetari selbstbewusst und stellte sich vor.

Währenddessen regte sich Siska und hob verschlafen den Kopf. »War das eben Nexon?« Sie kannte den Oblivionjungen gut, da sie vor ein paar Wochen gemeinsam mit ihm und Mio, Zuzana und Yasin den Hauptsitz der Meerwelt – Rach Turana – besucht hatte, um Hilfe für Alea zu organisieren. Nur dank des tatkräftigen Einsatzes dieser Meerkinder hatte der König der Schweige-Schamire sich damals mit dem Goldumhang auf den Weg zu Alea gemacht.

Siska kam im Schlafsack zu Alea und Lennox herübergeschlurft, setzte sich neben sie und schaute mit einem breiten Lächeln auf den Bildschirm. »Hey, Sturkopf«, grüßte sie Nexon, und der antwortete grinsend: »Hey, Dickschädel!« Ganz offensichtlich waren die beiden mittlerweile recht vertraut miteinander.

Alea war froh, dass sie alle Hajara sprachen, denn so mussten sie nicht auf Englisch ausweichen – was für Alea weniger gut gewesen wäre.

Unverhofft meldete sich nun noch ein weiteres Meerkind, Zuzana aus Tschechien, die wohl gesehen hatte, dass sie live miteinander chatteten. Alea schaltete sie sofort hinzu und begrüßte das Anschumädchen mit der grünlichen, schuppigen Haut herzlich. Sogleich entspann sich eine angeregte Unterhaltung. Nexon wollte mehr über den Herrinnenschwur wissen, von dem Alea in ihrer Sprachnachricht erzählt hatte, und sie gab ihm bereitwillig Auskunft. Kaum dass sie damit fertig war, sagte Nexon ohne jedes Zögern, dass er Alea ebenfalls den Schwur leisten würde. Auch er wollte nicht eines Tages Orions Marionette werden. Alea musste zugeben, dass die Gefahr bei Nexon besonders groß war. Schließlich wollte Orion unbedingt einen Oblivion, und da er Lennox nicht mehr haben konnte, wäre Nexon für ihn bestimmt ein willkommener Ersatz. Es überraschte sie allerdings, mit welch kühner Risikobereitschaft Nexon – und zuvor ja auch schon Siska! – darüber sprach, sich auf diese Weise an sie zu binden. Das durfte sie diesen beiden doch niemals erlauben, oder?

Isla wollte unbedingt mehr über Evelin erfahren, und auch die anderen schienen gespannt zu sein. »Erklär mal: Was ist ein Adetari?«, fragte Isla.

»Das versuche ich selbst noch herauszufinden.« Evelin strich sich mit einer Geste über die Stirn, die klarmachte, dass er erst am Beginn seiner Reise stand. »Ich kann euch aber gern sagen, welche ungewöhnlichen Dinge ich bereits an mir festgestellt habe.«

Isla nickte, und die anderen schienen den Atem anzuhalten.

»Ich kann mich vervielfachen«, rückte Evelin heraus.

»Was?«, japste Isla.

»Mich vermehrfachen. Multiplizieren. Klonen«, versuchte Evelin zu erklären. »Es braucht nicht mehr als einen Gedanken, um einen Doppelgänger von mir zu erschaffen – oder zwei oder drei. Es funktioniert bis zu sieben Mal.«

Sprachlos stierten die anderen ihn an.

Evelin lachte, und es klang ein bisschen verlegen. »Diese Doppelgänger sind genauso echt wie ich und können ganz eigene Erlebnisse haben und Erfahrungen machen«, fuhr er fort. »Wir sind telepathisch miteinander verbunden – es sei denn, es liegt eine zu große Entfernung zwischen uns. Wenn ich mich mit meinen Doppelgängern zu einem späteren Zeitpunkt wieder vereinige, gehen alle ihre Erinnerungen auf mich über, und es ist, als hätte ich das alles selbst erlebt. Habe ich ja irgendwie auch.«

Beeindruckt schnalzte Zuzana mit der Zunge. »Du hast praktisch mehrere Leben!«

»Könnte man so sagen«, stimmte Evelin zu. »Und ich möchte gerne etwas Sinnvolles mit jedem einzelnen anfangen.« Dass er derart offen sprach, verriet Alea, wie wohl er sich bereits jetzt in diesem Kreis fühlte.

»Wie krass«, bemerkte Nexon und strich sich durch das lange, dunkle Haar.

»Kostet es dich viel Kraft, dich zu vermehrfachen?«, wollte Isla wissen. »Ich meine, ist das anstrengend?«

Evelin lachte. »Nein, es fühlt sich ganz natürlich an und geht einfach so.« Er schnippte mit den Fingern, um zu verdeutlichen, wie leicht es war. Nur einen Wimpernschlag später vervielfachte er sich tatsächlich und war plötzlich zweimal da.

Siska, die neben Alea saß, fiel die Kinnlade herunter.

»Das ist … der Hammer«, hauchte Isla.

Der zweite Evelin winkte verschmitzt. Gleich darauf verschmolz er jedoch bereits wieder mit dem ersten, und nur noch der Ursprungs-Evelin war übrig. »So einfach geht das.« Schräg grinsend blickte er in die Runde. »Ihr habt doch auch außergewöhnliche Fähigkeiten, oder?«

Zuzana schnitt eine Grimasse. Alea wusste, dass Zuzana bereits mehrfach versucht hatte, die Gaben ihres Stammes in sich zu erwecken. Die Anschu waren so etwas wie Wasserbändiger, die mit der Kraft ihrer Hände wilde Wellen beruhigen oder Wasserberge auftürmen konnten. Wie Alea wusste, hatte Zuzana schon immer das Gefühl gehabt, sie könnte dem Wasser sagen, was es tun sollte. In diesem Sommer hatte sie unermüdlich versucht, den See neben ihrem Haus in irgendeiner Form in Bewegung zu bringen. Aber noch nicht einmal eine kleine Kräuselung der Oberfläche war ihr gelungen.

»Welchem Stamm gehörst du an?«, erkundigte Evelin sich bei Isla.

»Den Zalti, dem Bauernstamm.«

Interessiert betrachtete Evelin sie. »Und was ist das Besondere an den Zalti?«

»Na, eine Sache fällt einem ja wahrscheinlich sofort ins Auge.« Lachend spannte Isla ihren beeindruckenden Bizeps an. »Ich war schon als kleines Kind tierisch stark und habe als Dreijährige bei einem Wutanfall mein Dreirad mitten durchgebrochen.« Sie zuckte lapidar mit den Achseln. »Trotzdem ist meine Stärke gar nicht das Interessanteste an mir, finde ich.«

Alea spitzte die Ohren, denn das klang, als besäße Isla noch andere Fähigkeiten, von denen sie bisher gar nichts wussten.

»Ich habe eine besondere Verbindung zu Pflanzen«, verriet Isla. »Ich kann spüren, wie es einer Pflanze geht und was sie braucht, um gut zu wachsen.«

»Wirklich?« Lennox schien das ebenso zu überraschen wie Alea, und Siska bekam kugelrunde Augen.

Isla nickte eifrig. »Manchmal habe ich sogar das Gefühl, ich könnte irgendwie mit den Pflanzen kommunizieren. Aber das ist mehr eine Vermutung.«

Evelins Brauen fuhren in die Höhe. »Du meinst, Pflanzen können etwas … sagen?«

»Nicht direkt etwas sagen.« Mit einem Stirnrunzeln fuhr sich Isla über das dunkle Haar. »Eher etwas übermitteln – ohne Worte.« Sie lachte. »Ich weiß, das klingt verrückt.«

»Verrückter, als plötzlich mehrmals da zu sein?« Evelin grinste, und dann lachten sie zusammen.

»Meine Adoptiveltern sagen immer, ich hätte den grünen Daumen«, erzählte Isla. »Vor drei Jahren haben sie außerhalb von Berlin ein Stück Acker für mich gepachtet, und dort baue ich die unterschiedlichsten Gemüse- und Obstsorten an.«

Alea lächelte. Die Vorstellung war schön und fühlte sich einfach goldrichtig an.

»Was genau baust du an?«, fragte Evelin, der selbst bei Bauern aufwuchs – allerdings bei Viehhaltern.

Islas Gesicht leuchtete auf. »Eher ungewöhnliche Sachen«, erklärte sie mit unverhohlenem Stolz. »Zum Beispiel Bananen.«

»Was?«, rief Zuzana. »Mitten in Deutschland?«

»Ja, sie gedeihen bei mir prächtig.« Isla strahlte. »Ich habe in einer geheimen Ecke sogar Kakaopflanzen – und einen Mangobaum, der fast das ganze Jahr über Früchte trägt.«

»Du bist ein Wunder«, entfuhr es Evelin.

Isla wurde rot. »Na ja … du auch.«

Es entstand eine Pause, und Alea grinste in sich hinein.

»Ich bin ein Oblivion, so wie Lennox«, ergriff Nexon das Wort. »Bei mir war es so, dass ich ab einem Alter von etwa acht Jahren ständig von allen übersehen wurde. Lennox hat gesagt, dass das bei ihm auch so gewesen ist.«

»Ja«, bestätigte Lennox. »Und es war gar nicht so leicht, als Kind damit umzugehen. Ich hab damals niemandem davon erzählt, nicht mal meinem Vater. Ich hab ihm einfach nicht genug vertraut, und Freunde hatte ich auch nicht.«

Nexon brummte. »Ging mir genauso. Wenn man ein solches Geheimnis hat, macht einen das zum Außenseiter.«

»Zum totalen Sonderling«, bekräftigte Lennox.

Evelin seufzte bloß.

»Ich habe damals alles Mögliche versucht«, setzte Nexon hinzu, »hab viel herumexperimentiert und schließlich herausgefunden, wie ich von anderen gesehen werden kann: indem ich laut etwas sage oder huste, wenn ich ein Zimmer betrete.«

»Das heißt, du kannst es kontrollieren«, sagte Siska, als wäre die Kontrolle der Fähigkeiten das Allerwichtigste.

Nexon schien ihr recht zu geben. »Mit meiner Unsichtbarkeit kann ich inzwischen ziemlich gut umgehen. Ich habe allerdings noch nie jemanden etwas vergessen lassen, und das ist ja auch eine Fähigkeit der Oblivionen. Bevor Lennox mir davon erzählt hat, hatte ich keine Ahnung, dass so etwas überhaupt in mir stecken könnte.«

»Das ist eine sehr mächtige Gabe«, unterstrich Siska in einem Tonfall, als hätte sie Nexon das zuvor schon einmal gesagt. »Aber du wirst lernen, sie zu beherrschen.«

Nexon lächelte.

»Wie machst du das eigentlich genau mit der Telepathie?«, richtete Alea nun das Wort an Evelin. »Du hast ja gesagt, du wärst mit deinen Doppelgängern gedanklich verbunden …« Sie wollte die Gelegenheit, mit einem Experten zu sprechen, nicht ungenutzt verstreichen lassen.

»Das mit der Telepathie musste ich erst mal lernen«, erwiderte der Adetari. »Anfangs habe ich nur Gedankenfetzen der anderen gehört, und es hat gedauert, bis wir richtige Gespräche führen konnten.«

»Aber … wie?«, bohrte Alea nach. »Wie machst du das?«

»Das Wichtigste ist, dass man seinen Kopf freimacht und sich hundertprozentig auf den anderen konzentriert«, erläuterte Evelin. »Und dann muss man sich seinen Gesprächspartner ganz klar und deutlich vorstellen und in Gedanken mit ihm sprechen, als würde er einem gegenüberstehen. Es darf sich nicht gekünstelt anfühlen, sondern muss ganz natürlich bleiben, wie bei einem echten Zusammentreffen.«

Alea versuchte, sich alles zu merken, und fragte sich, ob es womöglich das war, was sie bisher falsch gemacht hatte: Sie hatte sich ausgemalt, ihre Worte würden ihren Kopf verlassen, durch die Lüfte fliegen und bei Thea landen. Das war wahrscheinlich viel zu gekünstelt gewesen! Sie nahm sich vor, sich beim nächsten Mal vorzustellen, ihre Schwester würde direkt vor ihr stehen.

Das Gespräch hatte sich zwischenzeitlich einem anderen Thema zugewandt. Evelin fragte gerade Siska, welchem Stamm sie eigentlich angehörte, aber bevor das helläugige Mädchen antworten konnte, hob es ruckartig den Kopf und zischte: »Jemand nähert sich.«

Lennox sprang auf. »Was? Aus welcher Richtung?«

Siska musste etwas gehört haben, das Alea definitiv nicht bemerkt hatte und das auch Lennox entgangen war. Doch nun schnellte sein Blick über das Feuer hinweg in Richtung Wald.

Einen Augenblick später ertönte von dort ein erstaunt klingendes Stimmchen. »*Hudi Wanuti*, ihr seid ja echte Meermenschen!«

Am Waldrand stand ein Kobold und lugte mit großen Augen zu ihnen herüber.

Sweeney

Der tintenblaue Wasserkobold flitzte durch das Gras auf sie zu und hüpfte auf den großen flachen Stein neben dem Feuer.

»Oh«, hörte Alea Siska neben sich fasziniert hervorstoßen.

Der Blick des Kobolds blieb an Alea hängen. »Ich glaub, meine Seegurke gurgelt«, flüsterte er fast ehrfürchtig. »Eine Walwanderin!« Sein Blick wanderte zu Siska. »Eine Darkonerin!« Er bog den Kopf empor zu Lennox, der noch immer aufrecht dastand. »Und ein echter Oblivion!«

»Ähm, ja.« Lennox setzte sich wieder neben Alea. Ein Kobold stellte keinerlei Gefahr dar.

Alea freute sich sogar sehr, einen Kobold zu sehen, denn sie hatte diese Magischen besonders gern. »Genau, wir sind echte Meermenschen und –«, fing sie an, aber sie wurde von Zuzana unterbrochen. »Mit wem redet ihr?«, fragte das Anschumädchen, da Alea die Hand mit ihrem Telefon hatte herabsinken lassen, sodass die Kamera auf den Nachthimmel gerichtet war. Nun drehte Alea das Gerät so, dass die anderen den Kobold sehen konnten – und der Kobold sie.

»*Hudi Wanuti!*«, entfuhr es ihm, was so viel bedeutete wie Ach, du meine Güte. »Da drin ist ja noch ein Oblivion! Und eine Zalti! Eine Anschu! Und ein Adetari!« Geplättet schüttelte er den Kopf. »Bei allen Wattwürmern!« Er ließ sich auf den Hosenboden fallen und steckte einen Finger in die Nase.

Siska, die am weitesten von ihm entfernt saß, beugte sich vor und musterte den Kobold ausgiebig.

Der marmeladenglasgroße Magische war komplett blau – bis auf einen weißen Flatschen auf der Stirn, der wie eine sternförmige Pferdeblesse aussah. Ansonsten schien er ein ganz normaler Kobold zu sein. Seine Beine waren kurz und krumm, seine Haare standen wie Stroh vom Kopf ab, seine Knollennase war von vollendeter Unförmigkeit, und sein Schwanz kringelte sich beim Sitzen um seine Füße.

»Seid ihr zurück? Seid ihr Meermenschen wieder da?« Der Kobold klang, als wagte er kaum, das zu hoffen. »Und was ist das für ein Teil?«, schob er nach, nahm den Finger aus der Nase und zeigte auf das Handy. »Ist das etwa Gilfenmagie?« Er spuckte aus, als wollte er seinen Mund vom Aussprechen des Wortes reinigen.

Alea seufzte. Kobolde und Gilfen konnten sich auf den Tod nicht ausstehen und ließen kein gutes Haar aneinander.

»Wieso klebt da ein Skorpionfisch an dem Gilfending?«, redete der kleine Magische schon weiter, »und wieso … wie … kann es so viele von euch auf einmal geben?« Seine Stirn warf dicke Falten. »Ihr seid doch ausgestorben! Also … fast. Alle bis auf Alea Aquarius und ihren Krieger.«

Siska stieß einen Überraschungslaut hervor.

Der Kobold dachte wohl, sie wollte mehr darüber wissen.

»Das sind zwei überlebende Meerkinder, die gerade in aller Munde sind. Kennt ihr wahrscheinlich nicht.« Er machte eine wegwerfende Handbewegung. »Egal. Was tut ihr hier … ihr alle zusammen? So viele Meermenschen auf einem Haufen, das ist ja fast, als wäre ich mitten in eine Herde Einhörner gelaufen – nur, dass Einhörner weniger selten sind als ihr.« Er steckte sich wieder den Finger in die Nase, als müsste er darüber nachdenken.

»Unah, Dschan«, begrüßte Alea ihn jetzt ganz offiziell – Hallo, Freund. »Wir alle sind Meerkinder, die von ihren Eltern an Land gebracht wurden, bevor wir am Virus sterben konnten.«

Auf der Stirn des Kobolds tanzten die Falten. »Oha. Das ergibt Sinn. Aber dass es so viele von euch gibt, hätte ich nicht gedacht! Sieben!«

Alea lächelte. »Nicht nur sieben. Wir sind Hunderte.«

Die Stirnfalten des Kobolds sackten herab. »Was, so viele? Dann seid ihr ja gar nicht fast ausgestorben!«

»Nein, das sind wir nicht«, entgegnete Alea, und sie genoss es unglaublich, das sagen zu können. »Wir sind viele, und eines Tages werden wir ins Meer zurückkehren.«

In die dunklen Augen des Kobolds trat ein warmer Glanz. »Das wäre der absolute Wahnwitz.«

»Wie heißt du?«

Der Kobold stand auf. »Mein Name ist Sweeney, und ich bin sehr fröhlich.«

»Bitte, was?«

»Ich bin eigentlich sehr fröhlich, nur jetzt gerade bin ich zu überrascht, um fröhlich zu sein. Aber das wird schon wieder, also ich – fröhlich.«

»Super.« Alea schmunzelte. »Das hier ist übrigens Landgängertechnik, keine Gilfenmagie.« Sie hielt das Handy näher an den Kobold heran. Die Gesichter von Isla, Evelin, Zuzana und Nexon waren nun genauso groß wie das des Kobolds.

»Huhu, Meermenschenleute!« Er winkte. »Tut mir leid, dass ihr da drin sein müsst.«

»Das sind nur Abbildungen von ihnen«, beeilte Alea sich zu erklären. »Die vier sind weit entfernt.«

»Also doch Gilfenmagie?«, schoss es aus Sweeney hervor, und das letzte Wort sprach er aus, als müsste er sich übergeben. Aber auch das war bei Kobolden normal.

»Nur so ähnlich«, wiegelte Alea ab.

Die vier im Handy starrten Sweeney an.

Der knollennasige Kobold starrte zurück und flüsterte wie zu sich selbst: »Ein wahrhaftiger Adetari! Wenn ich das zu Hause erzähle, glaubt mir das kein hoppelnder Hering.«

Evelin erwachte aus seiner Erstarrung. »Bist du noch nie einem Adetari begegnet? Auch früher nicht, vor dem Virus?«

»Nee!«, rief Sweeney. »Einem Adetari schwimmt man nicht alle Tage in die Dünung, auch damals schon nicht.«

»Viele Legenden ranken sich um die Adetari, oder?«, fragte Alea den Magischen in der Hoffnung, dass er ihnen vielleicht etwas berichten würde, was sie noch nicht wussten.

Sweeney zögerte nicht, zu antworten. »Klar gibt es viele Geschichten – weil niemand sonst derart oft in abenteuerliche Situationen geriet wie die Wanderer, Oblivionen und Adetari!«

Zuzana setzte ein fragendes Gesicht auf. »Wieso das denn?«

»Die Wanderer, die mehr als jeder andere Stamm in neue, unbekannte Gebiete vordrangen, waren sozusagen die Abenteurer der Meermenschen«, holte der Kobold weiter aus. »Sie brauchten dadurch, dass sie so oft Gefahren begegneten, auch mehr Schutz als andere. Daher wurden sie meist von Oblivionen begleitet.«

»Was gab es denn alles für Wanderer?«, ergriff Alea die Gelegenheit, etwas Neues über ihren eigenen Stamm zu erfahren.

»Wisst ihr das denn nicht? Unzählige!« Sweeney bemerkte, wie gebannt ihm alle an den Lippen hingen, und warf sich in Pose, verschränkte die Händchen hinter dem Rücken und streckte den Bauch vor. »Es gab so viele Wanderer-Sippen, wie es wandernde Tierschwärme gibt.«

Isla gluckste. »Thunfischwanderer? Sardinenwanderer?«

»Was gibt es da zu lachen?« Der Kobold schaute sie streng an. »Alle wandernden Schwärme hatten ihre eigenen Wanderer. Wale, Delfine, Aale, Lachse, Schildkröten …« Sweeney schien sich in der Rolle des Dozenten sehr zu gefallen und plusterte sich noch ein wenig mehr auf, indem er das Kinn reckte. »Die Schildkrötenwanderer haben sich zum Beispiel darum gekümmert, dass Babyschildkröten, die gerade erst aus ihren Eiern geschlüpft waren und über den Strand zum Wasser liefen, sicher dort ankamen. Die Kleinen wurden vor allem von Landgängern schikaniert. Oft waren diese dort und richteten Lampen auf die Babys.«

»Kameras?«, fragte Alea und spürte, wie sich ihr Herz bei

der Vorstellung zusammenkrampfte, dass die Schildkröten derart gestört wurden.

»Keine Ahnung, wie das heißt.« Der Kobold machte eine abwiegelnde und zugleich erhabene Geste. »Jedenfalls bringen die Landgänger die Babys mit ihren Lichtern dazu, in die falsche Richtung zu krabbeln – die Kleinen halten sie nämlich für den Mond.«

Übelkeit, vermischt mit Zorn, stieg in Alea auf.

»Um dieses Problem haben sich früher die Schildkrötenwanderer gekümmert, zusammen mit ihren Oblivionen, die den Landgängern die Erinnerung nahmen, nachdem sie aufgehalten worden waren.« Der Blick des Kobolds wurde starr. »Seit es die Wanderer nicht mehr gibt, sind die Schildkröten vom Aussterben bedroht.«

Alea drehte sich der Magen um. Besorgt sah Lennox sie an und legte ihr die Hand auf den Rücken, während Alea versuchte, möglichst flach zu atmen.

»Und die Adetari?«, brachte Evelin das Gespräch auf seine ursprüngliche Frage zurück. »Warum sind sie so selten?«

»Das liegt an ihrer besonderen Abstammung«, beantwortete Sweeney seine Frage sogleich.

»Wie meinst du das?«

Der Kobold kräuselte die Knollennase. »Na, die Adetari sind ja der einzige Stamm, der aus zwei anderen entsteht …«

Das wusste Alea. Normalerweise setzte sich bei Meerkindern, deren Eltern aus verschiedenen Stämmen kamen, immer der eine oder der andere Stamm durch. In der Meerwelt gab es keine Mischlinge, außer, wenn Oblivionen und Walwanderer gemeinsam Kinder hatten. Diese waren dann ausnahmslos Adetari.

»Warum eigentlich?«, hakte Lennox nach, der sich das wohl schon länger gefragt hatte. »Meermenschenstämme entstehen ja immer nur dadurch, dass sie gebraucht werden.«

Das hatten sie vor einiger Zeit gemeinsam in einer Historienmuschel gelesen. »Ja, wozu wurden die Adetari gebraucht?«, fragte Alea und war froh, nicht mehr an die Schildkrötenbabys denken zu müssen.

»Das ist natürlich leicht zu beantworten: Um ihren Clans beizustehen! Oft haben die Adetari ihren Familien den Hals gerettet, und zwar dadurch, dass sie sich im richtigen Moment weiterkopierten und durch ihre Überzahl beispielsweise Angriffe abwehrten«, referierte der Kobold mit gewichtiger Stimme. »Oder sie schwärmten anstatt als Einzelperson als vielköpfiger Trupp aus, um Wege aus einer Notlage zu finden oder unbekanntes Terrain großflächig zu erkunden.« Er wackelte mit dem Zeigefinger wie ein kleiner Herr Professor. »Dabei kam es für die Adetari immer wieder zu haarsträubenden Begebenheiten und wahnwitzigen Abenteuern, die natürlich unweigerlich ihren Weg in die Geschichtsmuscheln gefunden haben.«

Alle hörten dem Kobold aufmerksam zu, besonders Evelin. »Sind dabei auch Adetari gestorben?«

»Klar«, sagte Sweeney. »Als Heldinnen.«

Fragend legte Alea den Kopf zur Seite.

»Adetari sind meistens weiblich«, antwortete der Kobold auf die unausgesprochene Frage. »Aus diesem Grund ist ein männlicher Adetari so selten wie … ein witziger Gilf.« Unvermittelt brach er in grölendes Gelächter aus und schlug sich auf den Oberschenkel. Als niemand mitlachte, verebbte sein Lachen. »Das ist witzig, weil Gilfen nicht witzig sind. Null Humor. Kein Flachsen, nie. Nix.«

Alle starrten ihn bloß an.

Sweeney winkte ab. »Wenn man Witze erklären muss, hat die Witzigkeit schon puff gemacht.«

Alea musste ein bisschen grinsen. Allerdings schien es ihr, als hätte Evelin mit seiner Frage auf etwas Bestimmtes hinausgewollt, und das war wohl weniger lustig.

Evelin nahm den Faden wieder auf. »Wenn ein Adetari sich … weiterkopiert hat und dann einer von ihnen stirbt …«

Jetzt schien Sweeney zu begreifen, was Evelin wissen wollte. »Dann sind alle tot.« Er hob die Handflächen. »Kann ja nicht einer allein sterben. Das wär total unsinnig.«

Evelins Blick wurde dunkel, dann nickte er.

»Wollt ihr noch mehr wissen?« Sweeney verschränkte wieder die Händchen hinter dem Rücken und genoss es sichtlich, dass alle ihm so gespannt lauschten. »Oh, das könnte euch interessieren! Adetari hatten pro Kopf mehr Korteaner als jeder andere Stamm.«

»Was sind denn Korteaner?«, wunderte sich Siska.

»Na, Koboldbegleiter natürlich!«, erwiderte Sweeney, als könnte es gar nicht sein, dass das jemand nicht wusste. Als er jedoch merkte, dass seine Zuhörerschaft keine Ahnung zu haben schien, erklärte er: »Wir Kobolde sind Meister der Sandkunst, das habt ihr ganz sicher schon mal gehört. Aber wir können sehr viel mehr als nur Bilder malen! Manche von uns sind weltbekannte Klabautermänner, und andere sind eben Korteaner. Wer ein besonderes Band zu einem Meermenschen verspürt, kann sein Korteaner werden. Er begleitet den Hajaro überall hin und hilft ihm in misslichen Lagen. Allerdings nicht als Diener, sondern als Gefährte und Freund.«

Unwillkürlich musste Alea an ihre Mutter denken. Zwischen Nelani und dem Kobold McDonnahall war in den vergangenen Wochen eine besondere Verbindung entstanden. McDonnahall begleitete Nelani gegenwärtig sogar nach Island, wo sie nach ihrem Mann Keblarr – Aleas und Theas Vater – suchte. Möglicherweise war McDonnahall zu Nelanis Korteaner geworden?

»So einen hätte ich auch gern«, stöhnte Zuzana. »Vielleicht könnte er mir dabei helfen, zu lernen, wie ich meine Fähigkeiten benutzen kann.«

Während Sweeney Zuzana nun darlegte, dass junge Anschu es immer besonders schwer hätten, ihr Potenzial aus sich herauszukitzeln, fiel Alea etwas ein, das sie gern von dem Kobold erfahren wollte. Als er mit seiner Erklärung für Zuzana fertig war, fragte sie: »Weißt du, wer oder was die Talassiopa ist?«

»Uh. Natürlich weiß ich das.« Die Stimme des Kobolds senkte sich zu einem geheimnisvollen Flüstern. »Die Talassiopa ist die Hüterin der Zeit.«

»Die Hüterin der Zeit?«, wiederholte Lennox.

Sweeney nickte und wisperte: »Die Talassiopa lebt im Gestern und im Morgen – gleichzeitig.«

Während Alea versuchte, sich das vorzustellen, sprach der

Kobold schon weiter. »Es ist die Talassiopa, die den Tasfaren vorgibt, was sie weissagen sollen.« Seine Stimme hatte wieder normale Lautstärke, und sein Professorenfinger wedelte bedeutungsvoll herum. »Sämtliche Rätselsprüche und Orakel kommen von der Talassiopa. Die Tasfaren sind lediglich ihre Botschafter.« Abermals schwenkte sein Tonfall ins Geheimnisvolle. »Habt ihr von den Umhängen der Zeit gehört? Vom Silberumhang der Zukunft und vom Goldumhang der Vergangenheit?«

Alea brachte nur ein krächzendes kleines »Ja« hervor.

»Es war die Talassiopa, die diese Umhänge vor Äonen erschuf«, sagte der Kobold. »Sie webte sie aus den Wellen der Zeit und vertraute den ersten Umhang den Schweige-Schamiren und den zweiten dem Volk der Nixen an, auf dass diese mit den magischen Gewändern zum Wohl der Meere beitragen würden.« Er machte eine kleine Kunstpause, vermutlich, um seinen Worten mehr Wirkung zu verleihen. »Eine Prophezeiung der Tasfaren aus neuerer Zeit besagt, dass die Elvarion der letzten Generation den Silberumhang der Zukunft erhalten soll. Er ist praktisch für Alea Aquarius – eine Nicht-Nixe! – reserviert, was in der gesamten Geschichte noch nie vorgekommen ist.« Sweeney badete regelrecht im Interesse der Meerkinder, während Aleas Herz heftig zu pochen begann. »Die Talassiopa muss gute Gründe dafür haben, den Umhang der Elvarion geben zu wollen.«

»Sie hat das entschieden?«, stieß Lennox perplex hervor. »Es war der Wunsch der Talassiopa, dass Alea den Silberumhang bekommen soll?«

»Natürlich.« Sweeney zuckte mit den Achseln. »Wer sonst könnte so etwas beschließen?«

Aufgeregt rief Siska: »Das heißt, die Talassiopa ist auf deiner Seite, Alea!«

Kaum hatte Siska den Namen ausgesprochen, fielen Sweeney fast die Augen aus dem Kopf. »A... Alea?«, stammelte er. »Etwa ... Aquarius?«

Lennox fing an zu grinsen. »Genau die.«

»Du ... uh ... hudi ...«, stotterte der Kobold und steckte sich hektisch den Finger in die Nase.

»Du stehst der Elvarion der letzten Generation gegenüber, Sweeney«, sagte Siska in getragener Sprechweise, als wollte sie die Situation etwas feierlicher gestalten.

Einen Augenblick lang war der Kobold wie zur Salzsäule erstarrt, dann nahm er eilig den Finger aus der Nase. »Das ist der Wahnwitz überhaupt!«, kam es piepsig aus ihm heraus. »Alle reden über dich und deinen Krieger!« Sein Blick fuhr zu Lennox, und jetzt schien er zu begreifen, wer das dunkelhaarige Kraftpaket sein musste. »Oh, du bist das.«

Voll unverhohlenem Stolz deutete Lennox eine Verbeugung an.

»*Hudi Wanuti!*«, kiekste der Kobold und musterte Lennox von oben bis unten. »Mit dir legt man sich besser nicht an, oder?«

Mit einem leichten Lächeln schüttelte Lennox den Kopf. »Die Talassiopa hat Alea übrigens gerade erst zu einem persönlichen Treffen im Herzen des Weltgeschicks eingeladen.«

Die Augen des Kobolds weiteten sich immer mehr. »Im Ernst? So richtig, mit Ankündigung einer bevorstehenden

Weisung?« Schon steckte sein Finger wieder tief in der Nase. »Bei allen Wattwürmern!«

»Ja, aber wir wissen noch nicht, worum es geht«, milderte Alea ab und versuchte zu verdauen, wie mächtig die Talassiopa offenbar war. Andererseits wollte sie die Gelegenheit nicht verstreichen lassen, noch mehr Wissenswertes aus dem Kobold herauszubekommen. »Sag mal, hast du an Anzeigesäulen etwas über Lennox und mich gelesen, oder woher weißt du so viel? Was stand denn da genau?«

»Da stand, dass der Gretzerkönig Orion uns Magische mit einem Virus massakrieren will!« Sweeney gab ein ängstliches Fiepsen von sich, dann schüttelte er sich wie ein nass gewordener Hund. »Und dass du das Geheimversteck von dem Gretzerkönig suchst und alle mithelfen sollen, es zu finden.«

»Dann hat es geklappt!«, sagte Alea mit gedämpfter Freude. Allem Anschein nach war ihre Nachricht an die Magischen nicht nur tatsächlich von Gnorfius verbreitet worden, sondern bereits sogar bis hierher nach Tirol vorgedrungen. Gleichzeitig wurde ihr bei der Erwähnung des Magischen-Virus ganz übel.

»Und hat da auch gestanden, ob es schon Hinweise auf Orions Versteck gibt?«, wollte Siska wissen.

Der Kobold strich sich über die starr abstehenden Haare. »Ja, nee. Alle suchen noch.«

»Alle suchen?«, fragte Lennox. »Du meinst … gemeinsam?« Er wollte wohl erfahren, ob die Magischen sich trotz ihres typischen gegenseitigen Misstrauens in irgendeiner Form verbündet hatten, um Orion zu finden – so, wie Alea es ihnen nahegelegt hatte.

»Das wüsste ich auch gerne«, sagte Alea, denn die Vereinigung der Magischen war fraglos einer der entscheidenden Punkte im Kampf gegen den Doktor. Inzwischen wussten sie, dass die magischen Völker die wohl größte Gefahr für ihn darstellten, denn auf Orion lastete ein Fluch, der besagte, dass die Magischen eines Tages sein Untergang sein würden. Alea und Lennox waren davon überzeugt, dass es den Niedergang des Doktors entscheidend beschleunigen könnte, wenn sie eine Armee von Magischen hinter sich vereinten. »Falls die Magischen tatsächlich gemeinsam nach Orions Lager suchen, wäre das ein großer Schritt in die richtige Richtung.«

Sweeneys Stirn warf pralle Falten. »Hmm, joa, vielleicht suchen welche zusammen. Könnte sein, hmm …«, nuschelte er und setzte dann deutlicher hinzu: »Zumindest habe ich gehört, dass sich Isibellen, Nixen und Seh-Saffiere der Suche anschließen wollen. Und Finni Nannini – DIE Finni Nannini, jawohl!« Er sagte das, als müsste man diese Finja kennen.

Kribbelnde Aufregung schoss Alea in die Blutbahnen. Isibellen, Nixen und Seh-Saffiere waren auf der Suche nach Orion? Und sogar eine berühmte Finde-Finja? Das war ja … der Wahnwitz überhaupt! Zwar befand sich das neue Versteck des Doktors höchstwahrscheinlich an Land, und die meisten Magischen konnten das Wasser nicht oder nicht für lange verlassen. Aber vielleicht war dies die beste Chance dafür, dass die magischen Völker etwas näher zusammenrückten – wenn sie nämlich hoffentlich feststellten, dass sie mit vereinten Kräften mehr erreichen konnten als allein.

»Ich frage mich, ob wir dann vielleicht bald was von Gnorfius hören«, bemerkte Lennox. Sie hatten mit dem Gilfen verabredet, dass er sich melden sollte, sobald das Lager gefunden worden war. Gnorfius hatte gesagt, dass er ihnen mit seinem brandneuen Landgängerhandy Bescheid geben würde. Vielleicht bekamen sie also schon in Kürze gute Nachrichten. Und wenn das tatsächlich geschah, würden sie sich – Venedig hin oder her – sofort auf den Weg zu Orions Versteck machen, denn womöglich saß Thea in irgendeinem dunklen Verlies und verfluchte jede Minute, die sie in Orions Gefangenschaft verbringen musste. Bei der Vorstellung spürte Alea Wut in sich hochkochen, Wut, gepaart mit dumpfer Traurigkeit.

Gerade erspähte der Kobold den Korb mit den übrigen Äpfeln und schlich sich enorm unauffällig an ihn heran – er tat so, als interessiere ihn brennend etwas am Sternenhimmel. Sobald er jedoch neben dem Korb stand, hopste er kopfüber ins Innere, landete auf einem Apfel und biss mit sperrangelweit geöffnetem Kiefer hinein. Wie eine Häckselmaschine hatte er den kompletten Apfel innerhalb von Sekunden verputzt.

»Du kannst die anderen gern auch noch essen«, sagte Siska mit entgeistertem Lächeln.

Sweeney tropfte Apfelsaft vom Kinn, doch er strahlte Siska selig an, und kurze Zeit später hatte er sämtliche Äpfel aus dem Korb vertilgt. Sein Bauch stand kugelrund hervor, und Alea fragte sich nicht zum ersten Mal, wie Kobolde derart viel verdrücken konnten, ohne zu platzen.

Sweeney stemmte sich die Hände in den Rücken, als fiele es ihm schwer, seinen proppenvollen Bauch zu tragen. »Jetzt bin ich müde«, teilte er ihnen mit. Mit schwerfälligen Bewegungen krabbelte er in Aleas Jackentasche, und gleich darauf ertönten leise Schnarchgeräusche.

Alea grinste, und wie sie sehen konnte, grinsten Evelin, Isla, Nexon und Zuzana auch.

»Kobolde sind … wirklich seltsam«, befand Isla mit einem kleinen Lachen.

»Sie sind komische Vögel«, erwiderte Alea ein bisschen wehmütig. »Und ich mag komische Vögel.«

Lennox streichelte ihr den Unterarm.

»Boah, es ist echt spät.« Nexon schien einen Blick auf die Uhr geworfen zu haben. »Ich glaube, ich sollte versuchen, noch ein bisschen Schlaf zu bekommen. Ich will morgen nicht durch die Prüfung rasseln.«

»Ich bin auch ganz schön erledigt.« Zuzana gähnte. »Vorhin bin ich sowieso nur aufgewacht, weil mein Handy wegen eurer Nachrichten ständig gebimmelt hat.« Zwinkernd blickte sie in die Runde. »Aber ich bereue nichts.«

»Ich auch nicht«, pflichtete Evelin ihr bei, und mit einem Mal lag eine verschwörerische Verbundenheit in der Luft, in die Alea freudig wie in ein warmes Bad eintauchte.

»Schlaft gut, ihr Kinder des Meeres«, verabschiedete sie sich und hatte gar nicht vorgehabt, so pathetisch zu klingen.

Siska schien das jedoch sehr gut zu gefallen. »Bis bald, ihr Kinder des Meeres«, griff sie Aleas förmliche Ausdrucksweise auf, legte die Hand aufs Herz und neigte ehrerbietig den Kopf.

Die anderen taten es ihr gleich, und Alea fand es schön, dass ihre Verabschiedung so unverhofft feierlich war. »Möge euch stets guter Wellenschlag begleiten«, sagte sie formvollendet.

Sobald Alea den Chat beendet und ihr Handy beiseitegelegt hatte, wünschte Siska ihr und Lennox noch einmal *Misch Natalya* und stakste in ihrem Schlafsack zur anderen Seite des Feuers hinüber, um sich wieder hinzulegen.

Alea hatte lange im Auto geschlafen und wollte am liebsten noch ein bisschen mit Lennox am Feuer sitzen bleiben. Er machte auch keine Anstalten, seinen Schlafsack auszurollen. Stattdessen umarmte er sie von hinten und schmiegte seine Wange an ihre. Dabei schien er darauf zu achten, den schnarchenden Kobold in Aleas Jackentasche nicht zu erdrücken.

Gemeinsam schauten sie zu Polaris empor, dem Polarstern, der sie schon seit Beginn ihrer Liebe wie ein persönlicher Wächter begleitete.

»Es wird alles gut«, wiederholte Lennox seine Worte vom Abend.

Alea mochte es gern, wenn er das sagte, aber dieses Mal musste sie es gar nicht hören. Sie wusste selbst, dass es stimmte – sie spürte es tief in ihren Zellen und in dem glühenden Kern, der sie vorantrieb.

Alles würde gut werden.

Nasenbezwinger

Alea hatte von hilflosen Schildkrötenbabys geträumt, und als sie am Morgen erwachte, war sie froh, nicht länger die herzzerreißenden Schreie der Kleinen aus ihrem Traum hören zu müssen. Sie brauchte einen Moment, um sich zu orientieren, dann stellte sie fest, dass Lennox sie noch immer von hinten umarmte. Allerdings saßen sie nicht mehr neben dem großen flachen Stein, sondern lagen dahinter im Gras. Das Feuer war mittlerweile heruntergebrannt und nur noch ein mickriges Aschehäuflein, der Sternenhimmel war verschwunden und von seinem strahlend blauen Tagesantlitz abgelöst worden. Über Aleas Beinen und Oberkörper lag ein Schlafsack, den Lennox ausgebreitet haben musste, nachdem sie in seinen Armen eingeschlafen war.

»*Misch Lateyna, Yavani*«, sagte Lennox, und sein Mund war so nahe an ihrem Ohr, dass sie wohlig erschauderte.

»*Misch Lateyna.*« Guten Morgen.

Alea schloss die Augen wieder und wollte nichts lieber, als noch etwas liegen zu bleiben. Lennox' Nähe fühlte sich viel zu gut und tröstlich an, und sein Duft nach Weite, Wärme und Wasser umfing sie wie ein sicherer Kokon.

Lennox schien ebenfalls nicht ans Aufstehen zu denken. Mit dem rechten Arm zog er Alea näher an sich heran und küsste ihr Ohrläppchen. Ein erneuter Schauder ergriff sie und rieselte wie himmlischer Puderzucker durch ihre Adern. Als Lennox' Atem nun ihren Nacken streifte, verstärkte sich der süße Schauder noch, und sie neigte langsam den Kopf zur Seite, präsentierte Lennox ihren Hals und lud ihn damit ein, diesen zu küssen. Als er es tat, erzitterte sie innerlich. Mit klopfendem Herzen lag sie da und genoss jede Sekunde, dann wandte sie den Kopf. Sie sehnte sich danach, seine Lippen auf den ihren zu spüren. Lennox beugte sich vor und küsste sie.

»Bääääh!«, kreischte eine Stimme.

Erschrocken riss Alea die Augen auf.

»Was macht ihr da?« Es war Sweeney, der auf ihrem Knie stand und die Hände in die Seiten gestemmt hatte. »Wollt ihr euch gegenseitig auffressen?«, fragte er und steckte sich erschüttert den Finger in die Nase. »Leute sind unfressbar!«

»Wir haben uns geküsst.« Bedauernd rückte Alea von Lennox ab. »Das macht man nicht, um sich zu fressen, sondern weil es schön ist.«

»Das sah aber voll schlimm aus!« Sweeney guckte ganz angewidert. »Lasst das bitte.« Er schüttelte sich, als wollte er die gesehenen Bilder loswerden.

Alea seufzte und blickte sich um. »Wo ist Siska?«

»Sie besorgt uns was zum Frühstück.« Lennox stand auf und nahm leider seine warmen Arme mit. »Wir sollten ein bisschen aufräumen, bevor sie zurückkommt.«

»Ich bin gespannt, was die Darkonerin uns mitbringen

wird.« Sweeney rieb sich die Händchen. »Vielleicht Seetangwurzel mit Algenbloxsoße.« Er gab ein Schlürfgeräusch von sich, als liefe ihm das Wasser im Mund zusammen. »Mit dreifach feinem Sand-Dip.«

Das hielt Alea eher für unwahrscheinlich. Freundlich bat sie Sweeney, von ihrem Knie zu springen, dann stand sie auf und half dabei, ihre wenigen Habseligkeiten zusammenzupacken.

Lennox musterte Alea von der Seite. »Ich finde es total süß, aber deine Haare sehen ein bisschen aus wie die von dem Kobold.«

Alea fuhr sich an den Kopf. Ihr langes, dunkles Haar brauchte eigentlich mehr Pflege, als sie ihm in letzter Zeit hatte zukommen lassen, und wahrscheinlich sah sie ganz schön zerrupft aus. »Du kannst sie ja kämmen«, scherzte sie.

Lennox war jedoch überhaupt nicht abgeneigt. »Mach ich, und dann flechte ich dir Zöpfe.«

Während Alea lachte, schaute der Kobold sie völlig verständnislos an. »Wovon redet ihr?«

»Das wirst du gleich sehen.« Lennox kramte eine Bürste aus Aleas Rucksack, stellte sich hinter sie und begann, ihr vorsichtig die Haare zu bürsten.

Dem Kobold fielen beinahe die Augen aus dem Kopf. »Oh mein Gott, was tut ihr da? So was ist … schlecht! Ganz schlecht!« Er fasste sich an sein strohig abstehendes Haar, als wollte er es in Sicherheit bringen. Gleichzeitig konnte er den Blick nicht von Alea und Lennox abwenden. »Ich glaube, das ist das Grauenvollste, was ich je gesehen habe.«

»Schlimmer als der Kuss von gerade eben?« Alea giggelte

und genoss es, wie Lennox sich um ihr Haar kümmerte. Liebevoll bürstete er Strähne für Strähne und versuchte dann, ihr zwei Zöpfe zu flechten.

»Wenn Sammy das macht, sieht es immer so leicht aus«, brummte Lennox und flocht viel zu locker.

»Sammy ist ein Flecht-Genie«, tröstete Alea ihn. »Mit ihm sollte man sich besser nicht vergleichen.«

»Was man besser nicht tun sollte, ist, seine Haare zu foltern!« Sweeneys Finger steckte tief in seiner Nase. »Ich könnte mir vorstellen, dass das sogar verboten ist. Wahrscheinlich kommt man dafür vor eine Lafora, und die lässt einen dann fühlen, was die Haare gefühlt haben.«

»Nein, keine Sorge«, beruhigte Alea ihn. »Auch wenn es nicht so aussieht – die Haare werden dadurch sehr fröhlich.«

Lennox lachte in sich hinein, gab das Zöpfeflechten nun aber auf und verpasste Alea stattdessen einen hoch sitzenden Pferdeschwanz. Wie sie nach einem kurzen Handycheck feststellte, sah der sogar richtig gut aus.

Sweeney war anderer Meinung. »Soll das eine Tarnung sein?«, fragte er mit Blick auf den Zopf. »Ist das so ein Oblivionen-Ding, bei dem du Alea als Pferd verkleidest?« Er starrte sie an, als wäre bei ihnen Hopfen und Malz verloren. »Bei einem Pferd ist der Schwanz hinten und nicht oben!«

Da kam Siska zurück. Unter dem Arm trug sie einen großen Einkaufsbeutel, und der Kobold jauchzte vor Freude. »Wenn da Seegras mit Stöckeljollraber drin ist, flipp ich aus!«

»Nein, das ist Couscous-Salat vom Supermarkt«, entgegnete Siska. »Mit Baguettebrot.«

Der Kobold zog den linken Nasenflügel in die Höhe. »Klingt schrecklich, aber ich probiere es.«

»Das ist sehr großzügig von dir«, erwiderte Siska.

Sie setzten sich, und die Darkonerin packte ihre Einkäufe aus – ein üppiges Frühstück, von dem Sweeney den Großteil allein verspeiste. Während der Kobold den Salat in sich hineinschaufelte, als wäre sein Magen ein schier unendliches schwarzes Loch, sprachen Alea, Siska und Lennox über die Suche der Magischen nach Orions Aufenthaltsort.

»Hast du eigentlich was darüber gehört, ob sich auch Koboldclans der Suche angeschlossen haben?«, erkundigte sich Alea bei Sweeney.

Der rülpste laut. »Soweit ich weiß, bisher nicht.«

»Aha«, sagte Alea ein wenig enttäuscht.

»Du würdest dich freuen, wenn auch Kobolde dabei wären? Echt?« Sweeney wischte sich Couscous von der Stirn. »Wer braucht denn Kobolde, wenn Nixen, Seh-Saffiere und andere schillernde Heldenvölker dabei sind?«, fragte er mit einer guten Portion Ironie.

»Ich wäre total froh, wenn Kobolde mitsuchen würden«, antwortete Alea ernsthaft. »Oft sind sie es, die den Unterschied zwischen Erfolg und Misserfolg ausmachen.«

Ihre Worte zauberten ein zartes Schimmern in Sweeneys Augen. »Du hältst so viel von uns?«

Aufrichtig lächelte Alea ihn an. »Ich weiß, dass ein einzelner Kobold in der Lage wäre, die ganze Welt zu retten.«

Das zarte Schimmern verwandelte sich in ein hell loderndes Feuer. »Meinst du wirklich? Dann müssen wir mitmachen!«

»Wen meinst du mit *wir?*«, hakte Lennox nach. »Hast du einen Clan?« Bisher waren sie sowohl Kobolden begegnet, die in Gruppen zusammenlebten, als auch Einzelgängern.

»Jawohl, ich gehöre den Tschatbanduu an«, erklärte Sweeney mit einem zackigen Griff an sein Ohr, als wollte er seine Worte damit irgendwie untermauern. »Wir sind der größte Fluss-Clan in der ganzen Talsenke!«

»Klingt beeindruckend«, fand Siska.

Der Kobold ließ das Stück Brot fallen, in das er eben mit bis zum Anschlag aufgerissenem Mund hatte hineinbeißen wollen. »Ich sollte sofort nach Hause zischen. Mein Clan und ich müssen uns der Suche nach dem Gretzerkönig anschließen«, begeisterte er sich. »Und vielleicht … wer weiß … möglich wäre es ja, dass ich zum Helden werde und die ganze Welt rette.« Seine Augen sprühten Funken. »Ich beiß dem Gretzerkönig in die Nase, sodass er mächtig Schiss vor uns bekommt und sich nicht mehr traut, uns zu massakrieren. Und dann gehe ich als Nasenbezwinger des übelsten Superschurken aller Zeiten in die Geschichte ein!«

Alea erschrak. »Nein! Bitte lasst euch nicht dazu hinreißen, Orion und seine Männer anzugreifen, falls ihr ihn findet!«, warnte sie. »Diese Leute haben ein Anti-Magikum, und wenn sie das versprühen, bekommst du keine Luft mehr und kannst ohnmächtig werden.« Sie wussten nicht, ob ein Magischer durch das Anti-Magikum womöglich auch sterben konnte. Bisher war das noch nicht geschehen, aber die Wirkung dieses fürchterlichen Mittels war auch so schlimm genug. Eindringlich sah sie Sweeney an. »Wir brauchen eure Hilfe nur beim Finden des Verstecks«, sagte sie in aller Ausdrücklichkeit und ärgerte sich, dass sie das in ihrer Botschaft an die Magischen nicht deutlicher formuliert hatte. »Den Kampf führen wir selbst.«

Das Leuchten in den Augen des Kobolds erlosch. »Wie soll ich denn da zum Helden werden?«

»Es gibt etwas, das dringend getan werden müsste«, führte Alea bedächtig an. »Doch es erfordert sehr viel Mut.«

Mit einer Mischung aus Interesse und Skepsis reckte Sweeney die Knollennase vor. »Was denn?«

»Jemand müsste der Botschaft an den Anzeigesäulen hinzufügen, dass alle Magischen, die bei der Suche mithelfen, auf keinen Fall Orions Leute angreifen dürfen. Die Isibellen, Seh-Saffiere und Nixen – oder wer auch immer dabei ist! – müssen unbedingt vor dem Anti-Magikum gewarnt werden.«

»Aber an die Anzeigesäulen können nur Gilfen was schreiben«, wandte der Kobold ein und spuckte aus, weil er *Gilfen* gesagt hatte.

»Genau, jemand müsste einen Gilfen darum bitten. Jemand, der sich das traut.«

Der Kobold erblasste, als er begriff, was Alea von ihm wollte. »ICH soll mit einem Gilfen sprechen und ihn bitten, die Warnung an die Anzeigesäulen zu schreiben?«

»Du scheinst mir der Richtige für solch eine wichtige Aufgabe zu sein.«

Ungläubig starrte Sweeney sie an. »Ich? Wirklich?«

»Ja, genau du.«

Der Kobold schluckte hörbar und war offenbar zu verblüfft, um sich den Finger in die Nase zu stecken.

»Und das ist noch nicht alles.« Fix dachte Alea nach. »Wenn du die Sache mit dem Gilfen erledigt hast, gibt es noch eine zweite Aufgabe für dich.«

Aus dem Augenwinkel sah Alea, dass Lennox und Siska sie interessiert betrachteten, als wären sie sehr gespannt, was als Nächstes kommen würde.

»Sweeney, ich möchte, dass du anschließend zusammen mit Finni Nannini nach dem Versteck des Gretzerkönigs suchst.«

»Was?« Sweeney schnappte nach Luft. »Finni Nannini höchstpersönlich? Aber … aber die würde sich doch nicht mit einem dahergelaufenen Flusskobold wie mir abgeben!«

»Du bist kein dahergelaufener Flusskobold«, parierte Alea. »Du bist Sweeney.«

Die Nasenlöcher des Kobolds erbebten.

»Sag Finni Nannini, es wäre mein Wunsch, dass ihr gemeinsam nach Orion sucht«, trug Alea ihm auf. »Und dass ich ihr unendlich dankbar wäre. Ebenso wie dir.«

Einen Moment lang glotzte Sweeney sie nur mit zitternden Nasenlöchern an, dann reckte er den Kopf in die Höhe und schien um mindestens zwei Zentimeter zu wachsen. »Dann werde ich das tun«, sagte er mit stolzgeschwellter Brust und glimmenden Augen.

Alea lächelte. »Gut.«

Flüsternd setzte der Kobold hinzu: »*Hudi Wanuti*, ich glaube, die Elvarion sieht in mir die einzige Rettung.« Vor lauter Aufregung hüpfte er pfeilgerade in die Höhe. »Am besten mache ich mich sofort auf den Weg. *Aree marabarr!*« Auf Wiedersehen. Der Kobold zischte los, als ginge es um jede Sekunde.

Raschelnd verschwand er im hohen Gras am Waldrand und ward nicht mehr gesehen.

Lennox grinste Alea an. »Das hast du ja geschickt eingefädelt.«

Sie grinste zurück. »Es kann nicht schaden, wenn so viele verschiedene Magische wie möglich zusammenarbeiten und dadurch neue Allianzen unter ihnen entstehen.«

Jetzt grinste auch Siska. »*Wonderbeary.*«

Alea musste lachen. So langsam taute Siska auf.

Nach dem Frühstück räumten sie geschäftig alles zusammen, marschierten zurück zum Parkplatz und verstauten ihre Sachen in dem großen Kofferraum. Als sie wenig später wieder ins Auto stiegen, lag ein Hauch von Optimismus in der Luft, und der sonnig blaue Septemberhimmel schien wohlwollend auf sie und ihr Unterfangen herabzustrahlen. Ihre Reise ging weiter. Siska schaltete das Radio ein und fand einen Sender mit sommerleichten Popsongs. Alea und Lennox kannten die meisten der Lieder und sangen bei einigen spontan mit, doch Siska war nicht dazu zu bewegen, ebenfalls mitzumachen. Sie sagte, sie könne nicht singen. Allerdings lauschte sie ihnen anscheinend gern und erklärte, die Frequenzen ihrer Stimmen seien für sie angenehm. Es gäbe Sänger, bei denen ihr einfach nur die Ohren wehtäten, aber bei ihnen wäre das anders. Und so legten sich Alea und Lennox richtig ins Zeug und sangen sogar zweistimmig.

Der blaue Kombi rauschte durch eine idyllische Berglandschaft, und nach einiger Zeit erreichten sie Italien. Siska vermied den offiziellen Grenzübergang, um eventuellen Kontrollen aus dem Weg zu gehen. Offenbar hatte sie die Route vorher genau recherchiert und nahm Ausweichstrecken und Schleichwege, über die sie unerkannt ins Land gelangten. Das Radio spielte nun vermehrt italienische Lieder, die Alea nicht kannte, und sie begann aus dem Fenster zu träumen. In der Ferne erkannte sie eine weitere Bergkette. Steingraue Riesen drängten sich dicht an dicht, und ein paar vereinzelte Schäfchenwolken zogen gemächlich über das grandiose Panorama. Alea konnte den Blick kaum abwenden.

Da vernahm sie plötzlich Theas Stimme in ihrem Kopf. »Alea, wo bist du?«

Kraft der Gedanken

Wie vom Blitz getroffen, setzte Alea sich auf.

»Was ist los?«, fragte Lennox, der neben ihr auf der Rückbank saß.

»Ich habe gerade Theas Stimme gehört!«, rief Alea und verhaspelte sich beinahe vor Aufregung.

Sofort verlangsamte Siska die Fahrgeschwindigkeit, lenkte den Wagen nach rechts und wollte wohl am Wegesrand anhalten. Leider fuhr sie jedoch ein Stück zu weit. Auf einmal ging es eine Böschung hinab! Siska konnte nicht mehr bremsen, und das Auto landete mit der Nase voran im Graben.

Als es zum Stehen kam, verharrten sie ein paar Sekunden lang in Schreckstarre. Dann wandte Siska sich zu ihnen um. »Seid ihr verletzt?«

Weder Alea noch Lennox hatten sich wehgetan. Der Aufprall war von ein paar Büschen abgefedert worden, allerdings hingen sie nun mit ihrem ganzen Gewicht in den stramm gespannten Sicherheitsgurten, was nicht besonders angenehm war.

Anstatt aber darüber oder über den Zustand des Wagens nachzudenken, schloss Alea schnell wieder die Augen. Sie wollte den Kontakt zu Thea nicht verlieren! Siska und Lennox schienen zu verstehen, denn keiner von ihnen sagte ein Wort oder bewegte sich vom Fleck.

In Windeseile versuchte Alea, sich ins Gedächtnis zu rufen, was Evelin über telepathischen Kontakt gesagt hatte. Sie sollte sich vorstellen, Thea stünde direkt vor ihr …

Alea beschwor das Gesicht ihrer Schwester herauf – die klargrünen Augen, die kinnlangen, dunklen Haare mit den knallig pinkfarbenen Strähnen, den unnachahmlichen No-Bullshit-Blick. »Thea?«, fragte Alea in Gedanken. Sie hatte jedoch das Gefühl, dass irgendetwas noch immer nicht stimmte. Aber was? Wenn sie sich wirklich gegenüberstehen würden …

Da erkannte Alea, was fehlte: die Gebärdensprache! Wenn ihre Schwester jetzt hier wäre, würden sie in Gebärdensprache miteinander reden, denn Thea war gehörlos.

Alea spürte, dass Lennox sie an der Schulter und der Hüfte anhob, damit sie nicht weiter mit vollem Gewicht im Sicherheitsgurt hing. Sie war ihm dankbar dafür, sagte allerdings nichts, denn sie wollte sich nicht ablenken lassen. Die Verbindung zu Thea war zu wichtig.

»Hallo?«, dachte sie und ging dabei im Geiste die zugehörige Gebärde durch, als würde sie diese tatsächlich ausführen. »Thea? Bist du noch da?«, fragte sie ihre Schwester und wünschte sich nichts mehr, als eine Antwort zu erhalten.

Und dann geschah es. »Hallo.«

Aleas Herz begann wie verrückt zu schlagen. »Thea!«

»Wo bist du … ich kann dich …« Theas Stimme, die sich in Aleas Kopf genau wie ihre eigene anhörte, klang furchtbar zerstückelt.

Alea konzentrierte sich. »Stell dir vor, wir würden uns gegenüberstehen und uns in Gebärdensprache unterhalten«, sagte Alea in Gedanken und führte im Kopf die entsprechenden Bewegungen aus. »Es klappt nur dann, wenn es sich wirklich echt anfühlt.« Alea war nicht bei allen Gebärden sicher, ob sie stimmten, denn sie hatte erst in diesem Sommer angefangen, die Sprache zu lernen. Doch die Gebärdensprache war gerade wohl eher ein Türöffner als ein Kommunikationsmittel.

Gleich darauf nahm Thea erneut Kontakt auf. »Verstehst du mich jetzt besser? Ich stelle mir gerade vor, ich gebärde.«

Aleas Herz machte einen Sprung. »Ich höre dich glasklar! So deutlich, als wärst du bei mir.« *Und als würdest du wirklich stimmhaft sprechen*, fügte sie zu sich selbst hinzu. Thea hatte in ihrem Beisein noch nie ihre Stimme benutzt. Vielleicht fühlte es sich deswegen für Alea geradezu monumental an, sie zu hören. Doch sie war nicht die Einzige, der das Ganze monumental erscheinen musste. Denn auch Thea *hörte* sie. »Wo bist du?«, fragte Alea und war so ergriffen, dass sie hätte heulen können.

»Das kann ich dir leider nicht genau sagen.«

»Wie geht es dir?«

»Ganz gut, und dir?«

»Alles okay.« Alea konnte es kaum glauben: Thea und sie kommunizierten wirklich und wahrhaftig telepathisch miteinander. Und zwar nicht nur mithilfe von kleinen Satzfetzen, sondern in einem richtigen Dialog! »Was haben sie mit dir gemacht? Wo wurdest du hingebracht, nachdem Zeirus dich in der Fischhalle festgehalten hatte?«, wollte Alea nun wissen und vergaß nicht, in Gedanken weiterhin zu gebärden – so gut sie es eben konnte.

»Oh Mann, das in der Halle war heftig.« Alea hörte Thea schnaufen, als sie sich daran zu erinnern schien, wie sie geschnappt worden war. »Zeirus' Griff ist wie aus Stahl! Ich hatte keine Chance gegen ihn.« Sie schnaufte nochmals. »Nachdem er mich überwältigt hatte, sind wir zum Hubschrauber gefahren. Später kamen Orion und ein weiterer Darkoner hinzu, Jarther, und dann sind wir losgeflogen. Wohin, konnte ich aber nicht erkennen, es war ja schon dunkel.«

»Und wo seid ihr jetzt?«

»Ich glaube, das hier ist eine Pension oder so etwas. Sie haben mich in einem Zimmer mit Blümchentapete eingesperrt.«

Alea atmete ein klein bisschen auf. Wenigstens saß Thea nicht in einem dunklen Verlies.

»Das ganze Haus ist spießig bis zum Gehtnichtmehr«, sprach ihre Schwester in Gedanken weiter. »Zumindest die Rezeption, der Flur und der Speiseraum. Nur die Bereiche hab ich bisher gesehen.«

»Sie lassen dich also zum Essen raus?«

»Ja, gerade sitze ich mit Orion und Jinx im Frühstücksraum an einem Tisch.«

Alea erschrak. »Orion und Jinx sind bei dir? Merken sie denn nichts?«

»Nein, wir sind soeben mit dem Frühstück fertig geworden, und ich gucke ganz versunken auf meinen Teller, während ich mit dir spreche. Sie haben keine Ahnung.«

Alea stieß einen Erleichterungsseufzer aus.

»Wie sind Lennox und du denn aus der Halle entkommen?«

»Oh, das war ganz schön haarig. Ist eine längere Geschichte. Wir konnten nur mit Ach und Krach fliehen.« Alea bekam bei der Erinnerung daran, wie knapp das alles gewesen war, nachträglich noch Beklemmungsgefühle.

»Und wo seid ihr jetzt?«

»Lennox, Siska und ich fahren gerade durch Norditalien«, sagte und gebärdete Alea in Gedanken – wobei sie *Norditalien* lediglich dachte, denn sie kannte die Gebärde nicht. Aber das schien tatsächlich nichts auszumachen. »Ich nehme an, dass eure Pension ganz in der Nähe ist und wir uns deswegen hören können.«

»Italien? Das könnte gut sein.«

»Hast du irgendwelche Hinweise, wo sich eure Pension genau befinden könnte?«

»Hmm … Der Frühstücksraum hat ein großes Fenster. Wenn ich hinaussehe, schaue ich auf vereinzelte Bäume und zerklüftete Felsen. Ich glaube, wir sind irgendwo ziemlich hoch oben in den Bergen.«

»Hier gibt es eine Menge davon, aber ich habe vorhin eine Bergkette gesehen, bei der ich ein besonderes Gefühl hatte. Vielleicht ist eure Pension dort.«

Thea zögerte. »Alea, du willst doch nicht herkommen, um mich zu retten, oder?«, fragte sie widerstrebend. »Ich glaube, das wäre zu gefährlich. Die Darkoner sind hier. Vollzählig! Sie bewachen das Haus und die Umgebung. Wenn ihr uns finden würdet, hättet ihr keine Chance gegen sie und würdet nur gefangen genommen werden.«

»Vielleicht auch nicht. Lennox hat neue Fähigkeiten!« Rasch schilderte Alea ihrer Schwester, wie Lennox ihr den Herrinnenschwur geleistet, dadurch regelrechte Superkräfte erhalten hatte und es jetzt sogar mit Darkonern aufnehmen konnte. Ihr Tonfall ließ keinen Zweifel daran, dass es für sie undenkbar war, sich mit Theas Entführung einfach abzufinden.

»Das ist echt krass«, sagte Thea. »Trotzdem könnte Lennox doch nicht alle Darkoner auf einmal schlagen!«

Das stimmte wohl. Dennoch hatte Alea nicht vor, von dem Vorhaben abzurücken, ihre Schwester zu befreien. »Ein Suchkommando ist bereits unterwegs«, erklärte sie. »Wir haben die Magischen gebeten, nach Orions Lager Ausschau zu halten.«

»Oh, das ist zugegebenermaßen eine verdammt gute Idee«, gestand Thea ihr zu.

»In einer Anzeigesäulen-Nachricht habe ich den Magischen verraten, dass Orion an einem Virus arbeitet, der sie vernichten soll. Denn wenn sie das wissen, schließen sie sich vielleicht umso schneller gegen ihn zusammen. Gemeinsam nach eurem Unterschlupf zu suchen, hilft ihnen bestimmt auch dabei, immer mehr an einem Strang zu ziehen.«

»Das könnte gut sein. Aber was, wenn sie uns finden? Ihr dürft nicht herkommen!« Thea schien sich immer sicherer zu werden, dass das Risiko zu groß war. Sie wollte Alea schützen, und das zeigte ein weiteres Mal, wie uneigennützig sie war. Doch im Hinterkopf überlegte Alea bereits, was sie tun würde, sobald ihre telepathische Unterhaltung beendet wäre: Sie würde nach einem Fluss suchen und Zavana Ravanda schicken, das SOS der Wanderer, mit dem sie alle Magischen in der näheren Umgebung zu sich rufen konnten. Und wer auch immer auf ihren Ruf reagierte – sie würde diejenigen bitten, gemeinsam mit Lennox, Siska und ihr nach dieser Pension zu suchen.

»Alea … du wirst dir das sowieso nicht ausreden lassen, oder?«, fragte Thea, und es klang beinah, als lächelte sie ein klein wenig.

Da lächelte Alea ebenfalls. »Nö.«

Jetzt lachte Thea. Das Geräusch wirkte jedoch eher bewegt. »Du bist wirklich …« Theas Gedankenstimme klang brüchig. »Ich kann das irgendwie kaum glauben.«

»Was kannst du kaum glauben?«, fragte Alea leise, obwohl sie ahnte, was Thea meinte. Nein, sie *wusste* es. Thea sprach von Liebe.

»Fast mein ganzes Leben lang war ich auf mich allein gestellt …« Ihre Schwester schien Mühe zu haben, die Worte hervorzubringen. »Ich hatte nie Freunde. Und jetzt … jetzt hab ich dich.«

»Ja, du hast mich. Und ich habe dich.« Alea war selbst ganz überwältigt von der plötzlichen Wendung ihres Gesprächs. »Und du hast Cassaras«, setzte sie hinzu, denn irgendwie erschien ihr das wichtig.

»Ja, Cassaras war der erste Freund, den ich im Leben hatte. Und ich weiß, dass ich immer auf ihn zählen kann. Aber jetzt auch auf dich. Dieses Gefühl ist … immer noch neu für mich.«

»Dann gewöhn dich besser mal daran«, versuchte Alea zu spaßen, obwohl sie ganz zittrig war.

»Fällt mir schwer, aber ich arbeite dran«, versprach Thea

und lachte erneut. Dieses Mal war ihr Lachen offen und von Verbundenheit geprägt, und das schöne Geräusch schwappte zwischen Aleas Schläfen wie blubbernde Brausebläschen in einem Wasserglas hin und her.

»Hast du was von Nelani gehört?«, wollte Thea nun wissen.

»Ja, gestern erst!«, freute sich Alea. »Sie ist in Island angekommen und sucht in Hafnarfjörður nach Keblarr.« Den Namen der isländischen Stadt konnte sie noch immer nicht gut aussprechen, und telepathisch war es keinen Deut leichter. »Wenn Nelani ihn findet, kommen sie vielleicht wieder zusammen.«

»Das wäre … echt schön«, antwortete Thea mit einer Prise Wehmut. Träumte sie vielleicht ebenso wie Alea davon, dass sie eines Tages zu viert auf Wal-Trosk gehen könnten?

»Es gibt übrigens Neuigkeiten über Cassaras«, offenbarte Alea, denn sie wollte, dass Thea davon erfuhr, bevor der Kontakt vielleicht abriss. »Ich habe mit dem Goldumhang gesehen, was in Gat'Nambeessa passiert ist.«

Thea schwieg kurz, und Alea konnte spüren, wie groß die Sorge ihrer Schwester um den Nixenprinzen war. »Erzähl es mir.«

In schnellen Worten fasste Alea zusammen, was der Goldumhang ihr gezeigt hatte, und als sie fertig war, wirkte Thea ganz erschüttert. »Oh mein Gott«, flüsterte sie. »Ich bin so froh, dass ihm nichts passiert ist. Aber was ist danach geschehen?«

»Wenn ich das bloß wüsste!«, rief Alea in Gedanken.

»Orion hat wahrscheinlich genau auf dem Schirm, wo

Cassaras jetzt ist, weil er in Sankt Goarshausen ja heimlich diesen Peilsender und ein Abhörgerät in Cassaras' Leierkasten eingebaut hat.« Thea seufzte. »In meinem Beisein hat Orion allerdings nicht über Cassaras oder seinen Aufenthaltsort gesprochen.«

Da fiel Alea etwas ein. »Ich würde Cassaras am liebsten anrufen, dann könnte ich ihn auch wegen des Peilsenders warnen. Gibst du mir seine Nummer?«

»Klar.« Thea entfuhr ein erstauntes Glucksen. »Ich gebe meiner Zwillingsschwester telepathisch die Handynummer eines Nixenprinzen – das kommt ganz oben auf die Liste der Dinge, von denen ich nie gedacht hätte, dass ich sie mal tun würde.«

Alea kicherte mit ihr. »Bei uns ist eben irgendwie alles anders als normal.«

»Wäre sonst ja auch langweilig«, kommentierte Thea, und Alea zweifelte keine Sekunde daran, dass sie es genau so meinte. »Also, hier kommt seine Telefonnummer …« Thea begann, eine Zahlenreihe aufzusagen.

Alea sprach diese laut aus und hoffte, dass Siska sie notieren würde. Lennox konnte das nicht, denn er stützte Alea noch immer ab, damit sie nicht zu schwer im Gurt hing.

Solange der Kontakt zu Thea noch möglich war, wollte Alea ihn nutzen. »Was machen Orion und Jinx gerade?«, erkundigte sie sich bei ihrer Schwester.

»Jinx scheint vor sich hin zu grübeln. Und Orion ist mit einem Handy beschäftigt, das er am Loreley-Strand gefunden hat.«

Alea zuckte zusammen. »Siskas Handy? Sie hat es dort verloren.«

»Oh, dann ist es wohl ihres.«

»Kannst du erkennen, ob Orion auf unsere Meerkinder-Chatgruppe zugreifen kann?«, fragte Alea bang.

»Orion guckt ehrlich gesagt total entnervt aus der Wäsche.« Thea schien den Doktor genauer in Augenschein zu nehmen. »Nein, wenn er darauf Zugriff hätte, sähe er jetzt anders aus. Außerdem hat er gerade ganz gefrustet irgendetwas davon gemurmelt, dass im Speicher dieses Handys Unmengen von unsinnigen Geräuschdateien wären. Ich glaube, er kann mit dem Teil rein gar nichts anfangen.«

Alea stöhnte vor Erleichterung. Der Skorpionfisch an ihrem eigenen Smartphone tarnte sämtliche Gespräche in der Meerkinder-Chatgruppe, und offenbar war selbst Doktor Orion nicht in der Lage, diese Schranke zu überwinden.

»Jinx starrt zum Fenster hinaus und krault Orion hinterm Ohr«, sagte Thea. »Orion liebt es, wenn Jinx das macht.«

Alea stutzte. Nach allem, was sie wusste, war Jinx ebensolch ein Unmensch wie Orion, ein richtiger Bluthund. Ihr Gehirn streikte bei der Vorstellung, dass die beiden Männer anscheinend liebevoll miteinander umgingen. »Meinst du, die zwei suchen noch nach mir und der Alpha Cru?«, wechselte sie das Thema.

»Ich glaube nicht.«

»Wirklich nicht? Puh …«

»Zwar bist du für Orion definitiv ein riesiger Störfaktor, und irgendwann wird er bestimmt auch wieder nach dir suchen.

Allerdings hat er im Moment anderes zu tun.« In Theas Tonfall schlich sich ein Anflug von Angst. »Ich glaube, Orion hat hier in der Pension ein neues Labor aufgebaut. Bestimmt arbeitet er weiter an seinem Virus gegen Magische.«

Alea fröstelte.

»Außerdem ist es ihm wohl ernst damit, mich in eine Landgängerin zu verwandeln.«

»Aber *das* wird er nicht schaffen!«, sagte Alea mit Nachdruck, und ihr wurde klar, dass Thea noch gar nichts von ihrem Rom-Plan wusste. Umgehend weihte Alea sie ein. »In ein paar Tagen überfallen wir Orion in Rom. Ich habe es in einer Silberfadenvision gesehen, und da konnte man auf einer Zeitung das Datum erkennen. Wir stellen Orion am neunzehnten September eine Falle. Und sobald wir ihn haben, werden wir ihn zu einer Lafora bringen, um ihn richten zu lassen.«

»Das ist ein echt guter Plan«, sagte Thea beeindruckt.

»Wenn alles klappt, geschieht das bereits in vier Tagen. Das heißt, Orion müsste wahnsinnig schnell mit dem Virus gegen Magische sein.« Alea schluckte. »Was ihm aber auf keinen Fall gelingen wird, ist, dich zu einer Landgängerin zu machen, denn er braucht zwei Wochen für den DNA-Wandler. Selbst wenn wir die Pension nicht finden, wird er dir das also ohnehin nicht antun können.«

»Daran würde ich zu gerne glauben.«

»Glaub daran!«

Für einen kleinen Augenblick schwieg Thea, dann sagte sie: »Ich glaube daran.«

Wie gern hätte Alea ihre Schwester in die Arme geschlossen

und ganz fest gehalten! Doch auch so fühlte sie sich ihr derart nahe, als wäre sie wirklich bei ihr. »Sag mal«, sprach sie dann gedanklich weiter und wollte keine Sekunde mit Thea verschwenden. »Wie behandeln Orion und Jinx dich?« Dass die beiden Männer derart friedlich mit Thea am Frühstückstisch saßen, hatte Alea einigermaßen überrascht. »Sie tun dir doch nicht weh?«

»Nein, eigentlich benehmen sie sich, als wäre nichts gewesen – als hätte es meine Flucht aus der Villa nie gegeben und als wäre alles wie früher.«

»Früher haben sie dich auch öfter mal eingesperrt.«

»Ja, und auch damals hat Orion mir immer Bücher zum Lesen gebracht. Heute Morgen hat er mir eine kleine Auswahl alter Sagen auf den Nachttisch gelegt.«

»Wirklich?« Das war ja geradezu nett von Orion. Ihre Schwester liebte alte Sagen.

»Leider nichts über die Loreley«, bedauerte Thea. »Er will wohl nicht, dass ich noch mehr Informationen über sie sammle – jetzt, da wir wissen, dass es sie wirklich gibt.« Sie seufzte. »Er nennt mich übrigens ständig *Mea Thea*. Wie ich das hasse!«

Das konnte Alea sich gut vorstellen. Mit diesem Kosenamen wollte Orion doch bestimmt auf perfide Art ausdrücken, dass Thea in seinen Augen ihm allein gehörte.

Im nächsten Moment fuhr Alea zusammen, denn ihre Schwester schrie plötzlich auf. »Irgendetwas tut sich da draußen!« Thea schien zum Fenster hinauszublicken. »Ein paar Darkoner laufen aufgeregt hin und her.«

»Was? Weswegen?«

»Das weiß ich nicht. Sie rufen durcheinander, aber auf die Entfernung kann ich ihre Lippen nicht lesen. Es sieht aus, als ob … nein … oh! Da verstecken sich Magische in den Bäumen! Ich glaube, das sind Kras!«

Alea fiel aus allen Wolken. Kras? Das waren die Hüter der Seen, Teiche und Tümpel. Hatten die Magischen den Schlupfwinkel also entdeckt? So weit oben in den Bergen?

»Da drüben!«, japste Thea. »Da sind Kobolde!«

Ein verwundertes Lächeln schmuggelte sich in Aleas Mundwinkel. »Kobolde?«

Thea schien genau zu verfolgen, was außerhalb der Pension geschah. »Jetzt flitzen die Kras und Kobolde überall herum und fliehen vor den Darkonern.«

Als Alea sich die Situation vorstellte, fror ihr Lächeln ein. »Die Darkoner versprühen doch nicht das Anti-Magikum?«

»Nein«, beruhigte Thea sie sofort. »Jeder von ihnen hat zwar einen Behälter mit dem Zeug am Gürtel, aber ich vermute, Orion hat ihnen nicht eindeutig genug befohlen, das Mittel in genau solch einer Situation gegen genau diese Magischen anzuwenden. Und dann tun die Darkoner das auch nicht.« Es klang, als wäre so etwas schon öfter vorgekommen.

»Die Magischen laufen also unbehelligt weg?«

»Sie verstreuen sich in alle Winde.«

Alea war heilfroh, dass die Kras und Kobolde nicht versuchten, zu kämpfen oder in irgendwelche Nasen zu beißen. »Was passiert jetzt?«

»Einige Darkoner kommen ins Haus gerannt! Warte … Zeirus ist gerade in den Frühstücksraum gestürmt, und Orion will von ihm wissen, was passiert ist. Und jetzt sagt Zeirus, Moment …«

Ungeduldig wartete Alea, während Thea von den Lippen des Darkonerchefs las.

»Zeirus geht nicht davon aus, dass es etwas bringt, die Magischen zu verfolgen«, informierte Thea sie gleich darauf.

Erleichtert ließ Alea die Luft entweichen, die sie angehalten hatte. »Reden Zeirus und Orion noch?«

»Ja, warte …« Thea schien den Schlagabtausch weiter zu beobachten. Als Alea sie dann wieder hörte, wirkte Thea überrascht. »Orion hat gesagt, dass er sofort von hier weg will.«

»Was?«

»Wir sollen auf der Stelle alle Zelte abbrechen und ein neues Quartier finden. Anscheinend macht es ihm eine Scheißangst, dass Magische uns aufgespürt haben.«

Aleas Gedanken liefen Sturm. Dass Orion sofort verschwinden wollte, war einerseits gut, denn er würde sein neues Labor wahrscheinlich zurücklassen müssen, wodurch sich die Arbeiten an dem Virus gegen Magische und die Herstellung des DNA-Wandlers weiter verzögerten. Andererseits konnten sie Thea nicht befreien, wenn Orion sie wieder an einen neuen geheimen Ort brachte!

»Wow, Orion ist richtig in Panik wegen der Magischen«, stellte Thea fest. »Offenbar sind es wirklich nur ein paar Kobolde und Kras gewesen, aber Orion ist krebsrot im Gesicht und schreit nur noch rum.«

»Wohin will er fliehen?«

»Das hat er nicht gesagt.«

»Thea, sie werden bestimmt gleich alles zusammenpacken und dich mitnehmen. Dann können wir nicht mehr miteinander sprechen, weil du wieder außer Reichweite bist.«

»Ja.« Die plötzliche Trauer in Theas Stimme schnitt Alea ins Herz. »Bevor die Verbindung abreißt, möchte ich dir eines sagen, Alea: Falls Orion mich doch in eine Landgängerin verwandelt, will ich, dass du dir keine Vorwürfe machst.«

»Sag das nicht! Er wird dich nicht verwandeln!«

Da schrie Thea auf. »Jinx … er zerrt mich in mein Zimmer. Ich … Bücher in Tasche …« Der Kontakt wurde schwächer. Bestimmt, weil Thea sich nicht mehr hundertprozentig darauf konzentrieren konnte. »Wir … Hubschrauber … spüre das Donnern der Rotoren.«

Aleas Finger krampften sich zusammen. Sie musste Thea Auf Wiedersehen sagen. »Wir kriegen das hin«, stieß sie voll hilfloser Verzweiflung hervor.

»Danke, Alea. Du bist mein Leuchtturm.« Mit diesen Worten brach die Verbindung ab.

Wie gelähmt saß Alea da und fühlte so viele Dinge auf einmal, dass sie kaum Luft zu holen vermochte. Thea hatte gesagt, sie wäre ihr Leuchtturm – ohne zu wissen, dass das eine Textzeile aus einem Song der Alpha Cru war. Leise sagte Alea: »Du bist mein Anker im Sturm.« Sie seufzte bebend. »Bis bald, Thea. Bis bald.«

Siskas Stimme drang an Aleas Ohr, und es war seltsam, wieder jemanden außerhalb ihres Kopfes zu hören. »Ist es vorbei?«

Alea öffnete die Augen. »Woher weißt du das?«

»Du hast *bis bald* gesagt«, antwortete Lennox. Offenbar hatte sie diese letzten beiden Wörter laut ausgesprochen. »Bevor du uns alles erzählst, sollten wir aussteigen.«

Nun wurde sich Alea wieder ihrer prekären Situation bewusst: Der Wagen war eine Böschung hinabgerollt und im Graben gelandet! Lennox war schon dabei, Aleas Sicherheitsgurt zu lösen, und er fing sie auf, als ihr Körper nach vorn fiel. Aus dem schief stehenden Wagen herauszukommen, war gar nicht so leicht. Kurz darauf stand Alea jedoch neben Lennox und Siska in der Senke des Grabens und betrachtete die ganze Bescherung. Der blaue Kombi schien zwar keinen größeren Schaden genommen zu haben, aber allein mit Motorkraft würde er keinesfalls wieder auf die Straße zurückgelangen. Er stand beinahe senkrecht am Hang!

»Es tut mir leid«, würgte Siska zerknirscht hervor. »Ich wollte sofort anhalten, damit du Ruhe für das Gespräch mit Thea hast, und dabei habe ich uns in diese vertrackte Lage gebracht.«

»Das wird schon wieder«, versuchte Alea ihr die Schuldgefühle zu nehmen.

»Aber wie denn?« Aufgebracht stemmte sich Siska die Faust gegen die Stirn. »Wie kriegen wir das Auto aus dem Graben? Wir können doch nicht den Abschleppdienst rufen!«

Alea blickte zu Lennox, denn sie fragte sich, ob er möglicherweise …

Lennox schenkte ihr ein verschmitztes Lächeln. »Einen Moment bitte«, sagte er zu Siska und quetschte sich zwischen die

Büsche und die Front des Wagens. Mit dem nächsten Atemzug umfasste er beidhändig die Stoßstange, hob das Auto an und begann zu schieben.

Siska riss die Augen auf.

Lennox schob den Wagen aus dem Graben die Böschung hinauf! Allein durch Muskelkraft beförderte er den Kombi auf den Haltestreifen neben der Straße und brachte ihn dort zum Stehen.

Mit Anlauf erklomm Alea die Böschung und folgte Lennox, doch Siska stand noch immer mit offenem Mund unten und schien es kaum glauben zu können. Dabei sah die Darkonerin aus, als staunte sie nicht nur über Lennox' Kraft, sondern fragte sich insgeheim gerade, welche Fähigkeiten sie wohl selbst entwickeln würde, sollte sie Alea jemals den Herrinnenschwur leisten …

Lennox baute sich neben Alea auf und erweckte den Eindruck, als wäre er ein klitzekleines bisschen stolz. »Ich muss zugeben, das hat mir ziemlich Spaß gemacht.« Er schaute sie mit seinem typischen, leicht schrägen Lennox-Lächeln an, und Alea konnte gar nicht anders – sie zog ihn an sich und küsste ihn.

»Du bist nicht nur mein Krieger, du bist mein Superkrieger«, sagte sie grinsend. »Bestkrieger.« Sie küssten sich gleich noch einmal, dieses Mal ein wenig länger.

Alea hörte Siska neben sich. »Und den Wagen hochzuschieben, hat dich noch nicht einmal außer Atem gebracht, Scorpio?«

Schief lächelnd löste sich Lennox von Alea und zuckte mit

den Schultern. »Der Herrinnenschwur hat mir extra Muskelkraft verliehen. Und Ausdauer.«

»Außerdem wahrscheinlich so manches, was wir noch gar nicht wissen«, setzte Alea hinzu, während sie um den Wagen herumging und ihn in Augenschein nahm. Vorne hatte er ein paar kleinere Beulen und Kratzer, aber ansonsten schien er in Ordnung zu sein.

»Bevor wir einsteigen und gucken, ob er noch fährt«, sagte Lennox, »will ich erst mal wissen, wie das Gespräch mit Thea gelaufen ist.«

Siska schien das ebenfalls sehr zu interessieren, und Alea ließ sich nicht lange bitten. So detailgetreu wie möglich gab sie die Unterhaltung zwischen ihr und Thea wieder.

»Die Magischen haben diese Pension gefunden, obwohl sie hoch oben in den Bergen ist!«, stellte Lennox am Ende fest. »Trotzdem sind die Darkoner einfach zu gut in ihrem Job und haben sie entdeckt.«

Siska schienen die Fähigkeiten der Darkoner ebenfalls zu imponieren, zugleich wirkte sie besorgt. »Wohin bringt Orion Thea jetzt? Bestimmt wieder in eine bergige Gegend, wo er von den Magischen der Gewässer am weitesten entfernt ist.«

»Wahrscheinlich«, seufzte Alea. Jetzt mussten die Magischen mit ihrer Suche wieder von vorn anfangen. Doch wie wichtig war es eigentlich noch, Thea schnell zu finden? Alea hatte angenommen, ihre Schwester würde jede Minute ihrer Gefangenschaft verfluchen. Aber die beiden Männer, die Thea vor gar nicht allzu langer Zeit noch »Pa« und »Dad« genannt hatte, schienen sie gut zu behandeln. Das machte Alea nachdenklich. Wenn ihr Rom-Plan aufging, würde Thea vielleicht schon sehr bald befreit werden können, und auch für den neuen Virus gegen Magische hätte Orion wohl kaum genug Zeit. Wozu also jetzt noch weitersuchen? Alea spürte tief in sich hinein und hatte das Gefühl, dass die Magischen ihre Bemühungen trotz allem nicht abbrechen sollten. Denn womöglich stand bei dieser Sache gar nicht das Finden im Vordergrund, sondern vielmehr das gemeinsame Suchen.

»Ich habe die Zahlen, die du eben gemurmelt hast, in mein Handy notiert«, bemerkte Siska. »Ist das Cassaras' Telefonnummer?«

Alea lächelte. Auf Siska war wirklich Verlass. »Genau. Ich werde ihn jetzt gleich mal anrufen.« Sie setzte sich auf die Rückbank des Wagens, holte ihr Skorpionfisch-Telefon heraus und versuchte es bei dem Nixenprinzen. Es kam aber keine Verbindung zustande. Zwar besaß Cassaras ein wasserfestes Handy, andererseits hielt er sich aber wahrscheinlich noch irgendwo im Meer auf, wo es keinen Empfang gab. »Ich probiere es später noch einmal«, nahm Alea sich vor.

Lennox und Siska waren in der Zwischenzeit ebenfalls ins Auto gestiegen. »Schauen wir, ob der Wagen noch fährt«, schlug Siska vor, und ihr tatkräftiger Tonfall sollte wohl darüber hinwegtäuschen, welch große Vorwürfe sie sich wegen des Unfalls machte.

Alea nickte, und die Darkonerin ließ den Motor an. Er schnurrte wie ein Kätzchen.

Erleichtert klatschten sie einander ab, dann lenkte Siska den Wagen achtsam zurück auf die verwaiste Straße, ihren

Schleichweg nach Venedig. In gemächlichem Tempo fuhren sie nun weiter, der berühmten Stadt entgegen, die sie voraussichtlich in wenigen Stunden erreichen würden.

Erschöpft lehnte sich Alea zurück und merkte, wie sehr Thea ihr noch in den Knochen steckte. Sich telepathisch zu unterhalten, war kein Pappenstiel. Die Nähe und Intimität des Gesprächs waren gewaltig gewesen, und jetzt fühlte sich Aleas Kopf an, als klaffte ein riesengroßes Loch genau dort, wo zuvor Theas Stimme erklungen war. Doch trotz des Gefühls von zurückbleibender Einsamkeit war die Tatsache, dass Thea und sie tatsächlich telepathisch miteinander Kontakt aufnehmen konnten, einfach unglaublich. Bestimmt funktionierte das auch, wenn sie einander von Angesicht zu Angesicht gegenüberstanden. Allein die Vorstellung war phänomenal! Bei ihrem ersten Aufeinandertreffen hatten sie das nicht ausprobieren können, aber sie würden es ganz sicher versuchen, wenn sie sich wiedersahen. Und sie würden sich wiedersehen. Eines Tages. Bald. Und dann würde sich ihr Leben für immer verändern, denn wenn die Töchter der Nelani und des Keblarr erst einmal wieder vereint waren, würde nichts und niemand sie jemals wieder trennen können.

Venedig

Wenige Stunden später näherte sich der blaue Kombi der uralten Lagunenstadt. Die Fahrt war ohne weitere Vorkommnisse verlaufen, und Alea hatte ruhig vor sich hin geträumt, in der sicheren Gewissheit, dass Siska sich um alles kümmerte.

»Sollen wir zuerst zu der hiesigen Niederlassung der Autoverleihfirma, von der ich den Wagen habe?«, fragte Siska nach hinten. »Wir könnten das Auto einfach bei denen auf dem Parkplatz abstellen und dann den Bus nach Venedig nehmen.«

Lennox zog die Stirn in Falten. »Eigentlich wäre es doch besser, den Wagen noch etwas länger zu behalten, oder? Ben, Tess und Sammy haben garantiert auch kein Geld für Zugfahrkarten, und irgendwie müssen wir später ja noch von Venedig nach Rom kommen.«

»Allerdings wären drei Leute mehr im Auto!«, wandte Siska ein. »Das passt nicht, wenn hinten vier sitzen müssten.«

Grinsend verschränkte Lennox die Hände hinter dem Kopf. »Alea und ich können uns ja in den Kofferraum legen«, sagte er und meinte das wohl ganz ernst.

Siska verstand es auch so. »*Nscha.*« Gut. Sie schien keine

weiteren Einwände zu haben. »Dann behalten wir den Wagen noch und geben ihn erst in Rom zurück?«

Es klang wie eine Frage, aber Alea schwieg, denn sie war hin- und hergerissen. Eigentlich war ihr nicht ganz wohl dabei, das Auto weiter zu benutzen. Einerseits hatten Siska und Lennox mit ihren praktischen Überlegungen recht, andererseits war Alea die Elvarion der letzten Generation. Musste sie da nicht auch ein Vorbild sein? Mit dem Zug zu fahren, war definitiv besser für die Umwelt. Doch durch die chronisch knappe Kasse der Alpha Cru waren sechs Zugtickets einfach nicht drin. Konnten sie eventuell per Anhalter nach Rom fahren? So entstünde zumindest keine zusätzliche Umweltbelastung. Aber nein, fürs Trampen war ihre sechsköpfige Gruppe zu groß. »Was meint ihr – wie lange bleiben wir in Venedig?«, fragte Alea, als sie merkte, dass sich ihre Gedanken im Kreis drehten.

»Das hängt davon ab, wie das Treffen mit der Talassiopa verläuft«, erwiderte Lennox. »Und wie lange wir brauchen, um zu ihr zu gelangen.«

»Ihr?«, hakte Siska nach. »Du begleitest Alea zur Talassiopa?«

»Natürlich!« Für Lennox schien das außer Frage zu stehen. »Ich bin ihr *dharrkon.*« Das war das Hajara-Wort für *Krieger.*

Alea nickte, denn sie wollte ihn ebenfalls gern dabeihaben. »Wir müssen in Venedig die Augen offen halten und auf Zeichen der Talassiopa achten.«

»Hoffentlich taucht nicht mitten in der Stadt ein Tasfar auf«, murmelte Lennox. »Der wäre bei Tageslicht kaum zu verstecken.«

Siska blickte den Oblivion durch den Rückspiegel an. »Kannst du eigentlich viele Leute gleichzeitig etwas vergessen lassen?«, erkundigte sie sich. »Zum Beispiel ganze Touristenschwärme?«

»Hm, keine Ahnung.« Lennox massierte sich die Schläfe. »Bisher habe ich das noch nicht ausprobiert.«

Da entdeckte Siska eine Straßenecke, an der sie den Wagen abstellen konnten. Bis Venedig war es noch ein gutes Stück, aber hier fuhren überall Busse, die sie in die Stadt bringen würden.

Zehn Minuten später machten sich Alea, Siska und Lennox beladen mit ihren drei Rucksäcken auf den Weg zu einer Haltestelle. Lennox trug seine schwarze Gitarre vor der Brust und zupfte ein kleines Lied, während sie auf den Bus warteten. Dieser fuhr bereits wenig später vor, und kurz nachdem sie sich hingesetzt hatten, erhielt Alea eine Nachricht von Ben, der fragte, wann sie mit ihnen rechnen konnten. Einen Moment später kam eine SMS von Tess, in der sie Alea beschrieb, wo die Jungs und sie sich den Vormittag über aufhalten würden – im Süden, in der Nähe des Markusdoms. Alea antwortete den beiden, dass sie so schnell wie möglich kommen würden und dass sie es kaum erwarten konnte, sie wiederzusehen.

Von Vorfreude beflügelt, kletterte Alea kurze Zeit später mit Siska und Lennox aus dem Bus und betrat venezianischen Boden. Ein übergroßer Stadtplan stach ihr ins Auge, und sie schauten nach, wie man zur *Basilica di San Marco* im Süden gelangte. »Na, dann los!«, zwitscherte Alea und setzte sich an die Spitze ihrer kleinen Truppe.

Während sie geradewegs in die Stadt hineinspazierten, hielt Lennox sich dicht an Aleas Seite, um nicht ständig angerempelt zu werden. Für die Landgänger war er regelrecht unsichtbar, und in überfüllten Städten hatte er schon oft unwillkommene Zusammenstöße über sich ergehen lassen müssen. Die würden heute wahrscheinlich auch nicht ausbleiben, aber je enger Lennox sich an jemand anderen hielt, desto weniger musste er aufpassen.

Alea nahm seine Hand und verschränkte ihre Finger mit seinen. Dann blickte sie sich neugierig um, sagte Venedig leise Hallo und ließ die Eindrücke auf sich wirken. Die venezianischen Häuser schienen allesamt steinalt zu sein, teilweise geradezu altertümlich, und obendrein wirkten sie ein wenig heruntergekommen. Von den meisten Fassaden blätterte großflächig der Putz ab, doch es hatte fast den Anschein, als wäre das Absicht und als sollten die Häuser ein etwas verwahrlostes Flair ausstrahlen. Durch die engen Gassen schoben sich verschwitzte, wogende Menschenmassen, aber davon wollte Alea sich nicht die Laune verderben lassen. Von den Gassen aus ging es über malerische Brücken, unter altehrwürdigen Arkaden hindurch und an kleinen, geheimnisvollen Läden vorbei. Auf den unzähligen Kanälen, die Venedig wie ein pulsierendes Adergeflecht durchzogen, drängten sich die Gondeln, und Alea fragte sich, ob wohl Magische in diesen Wasserstraßen lebten. Aber nein, dafür war es dort unten bestimmt zu laut. War es zumindest erlaubt, in den Kanälen zu schwimmen? Alea betrachtete das Wasser genauer und stellte fest, dass es viel zu dreckig dafür war. Auf der Oberfläche schillerte eine vielfarbige Brühe, die auf schwere Verschmutzung hinwies. Den Touristen in den Gondeln schien das allerdings nichts auszumachen. Gut gelaunt ließen sie sich durch die Gegend schippern, die Kamera immer parat.

Trotz des kranken Wassers und des muffigen Geruchs, der von ihm ausging, lag eine ganz besondere Atmosphäre über der Stadt. Alea stellte fest, dass sie Venedig faszinierend fand, schön und hässlich zugleich, und gänzlich anders als alle Orte, an denen sie bisher gewesen war. Unwillkürlich fragte sie sich, ob es ihrer verstorbenen Pflegemutter hier gefallen hätte. *Wenn der Dreck und die Menschenmassen nicht wären, könnte Venedig absolut märchenhaft sein*, dachte Alea, und wenn sie gemeinsam mit Marianne hier gewesen wäre, würden sie jetzt bestimmt in einem der vielen Cafés sitzen, eine Riesenportion Eis essen und selbst Fotos machen. Marianne hatte immer davon geträumt, an schöne Orte zu reisen und etwas von der Welt zu sehen, aber dafür hatte sie nie das nötige Geld gehabt. Mit einem schwermütigen Lächeln schickte Alea ein Flugbussi in den Himmel.

»Für wen war das?«, fragte Lennox. »Marianne?«

»Ja.« Alea lächelte tapfer, schüttelte die Schwermut ab und richtete ihre Gedanken darauf, dass sie die anderen drei Mitglieder der Alpha Cru vielleicht jeden Moment entdecken würden, denn sie waren im Süden Venedigs angekommen.

Als sie an einem Straßencafé vorüberkamen, steuerte Lennox unvermittelt auf einen der Kellner zu und sagte etwas zu ihm – und zwar auf Italienisch! Alea sperrte den Mund auf und konnte es kaum glauben. Lennox sprach Italienisch? Er unterhielt sich richtig mit dem Kellner!

Als Lennox zu ihnen zurückkehrte, wies er nach vorn. »Wenn wir zum Markusdom wollen, müssen wir nur geradeaus gehen.«

Fragend starrte Alea ihn an.

Lennox grinste irritiert. »Was?«

»Ich wusste nicht, dass du Italienisch sprichst!«

»Ähm … ja«, erklärte er und sah selbst ein wenig verwundert aus. »Mein Vater ist Italiener …« Sein Blick richtete sich nach innen, als wanderten seine Gedanken gerade zu dem Mann, der ihn im Alkoholrausch unzählige Male beschimpft und verprügelt hatte. Doch Lennox' Gesichtsausdruck wirkte überraschend neutral, so als würde die Erinnerung keine große Wut oder Verbitterung mehr in ihm auslösen. Beinahe, als hätte er irgendeine Art von Frieden mit seinem Vater geschlossen.

Alea würde Lennox später danach fragen, aber jetzt war nicht der richtige Zeitpunkt für solch ein Gespräch. *»Molto interessante«*, versuchte sie sich selbst in der ihr eigentlich völlig fremden Sprache.

Lennox lachte und erwiderte etwas auf Italienisch, was Alea beim besten Willen nicht verstand. Allerdings klangen die südländischen Wörter aus seinem Mund ziemlich … sexy.

Unter dem Gewicht ihrer Rucksäcke schwitzend, stapften Alea, Lennox und Siska durch die vollgestopften Straßen. Alea bemerkte, dass die Darkonerin zum wiederholten Male ihre Wetter-App checkte. Zum Glück war kein Regen in Sicht, und es sollte den ganzen Tag und die gesamte Nacht über trocken bleiben. Mit erleichterter Miene steckte Siska ihr Handy in ihre Hosentasche zurück, doch insgesamt wirkte sie alles andere als entspannt. In den Straßen Venedigs war es nicht leicht, mögliche Gefahren auszumachen, und an Siskas zusammengekniffenen Augen, die immer wieder im Eiltempo über die zahllosen unbekannten Gesichter glitten, konnte man deutlich ihre innere Anspannung ablesen. Alea fühlte sich hingegen weniger bedroht als während der vorangegangenen Wochen. Thea hatte ihr gesagt, dass sich die Darkoner vollzählig bei Orion aufhielten und momentan offenbar keiner von ihnen den Auftrag hatte, Alea und die Alpha Cru aufzuspüren. Mit einem Überfall war heute also nicht zu rechnen. Allerdings konnte Siska wohl nicht aus ihrer Haut.

Lennox schien es ähnlich zu gehen. Sein Blick richtete sich aber weniger auf die fremden Gesichter als vielmehr auf dunkle Hinterhöfe und die Dächer der Stadt. Während er ein ums andere Mal geschickt Landgängern auswich, suchte Lennox ganz offensichtlich nach einem Tasfaren, der sie zur Talassiopa geleiten konnte. Auch Alea hielt nach Zeichen Ausschau, fand jedoch keine.

Dann entdeckte sie allerdings auf einmal etwas anderes. Dort drüben waren Ben, Tess und Sammy! Die drei saßen auf einer Steinmauer am Rande des Kanals. Aleas Herz machte vor Freude einen kolossalen Satz, und sie schrie auf.

»Sind sie das?«, fragte Siska.

Alea konnte nicht antworten, denn Sammy hatte sie auch gerade erspäht. »Daaa!« Quietschend sprang er in die Höhe und rannte mit ausgestreckten Armen auf sie zu. Alea lief ihm entgegen, und Sammy hopste mit einem Hechtsprung in ihre offenen Arme. Überschwänglich drückte Alea ihn an sich und vergrub ihr Gesicht in seiner roten, fluffigen Mähne.

»Schneewittchen, endlich!«, flüsterte Sammy, und sie fühlte sein Herz so schnell und kräftig schlagen, als wäre es eine Cajón. »Ohne dich war alles ganz fahl anormal, wie im Wartemodus mit ausgeknipsten Farben.«

»Du bist die Bestfarbe in meinem Leben, Samuel Draco«, wisperte Alea zurück.

Das brachte Sammy dazu, glücklich zu quieken und sich noch enger an sie zu schmiegen.

Derweil umarmten sich auch Ben und Lennox, und dann Lennox und Tess. Anschließend wandte sich Ben Siska zu und begrüßte sie mit seinem freundlichen Charme auf Hajara.

»Was hast du denn da Cooles an?« Sammy ließ Alea los und bestaunte sie. »Die Beingürtel sind der Hammer!«

»Die gehören Thea«, erklärte Alea lächelnd. Über ihrer engen Jeans trug sie die schwarzen Nietengürtel ihrer Schwester, mehrmals um jeden Oberschenkel geschlungen. »Ich habe sie in Theas Rucksack entdeckt und fand sie gleich –«

»Extremst wunderbärchen!« Sammy nickte, als wollte er sich selbst beipflichten. »Thea ist also genauso eine Fashionista wie du?«

»Ich glaube, ja.« Alea tippte sich an die dunkelgrüne Samtmütze. »Die hier gehört ihr auch.«

»Genau dein Style«, stellte Sammy fest. »Thea und du seid echt aus demselben Ei geschlüpft.«

Alea lachte. »Buchstäblich!«

Sammy gluckste in sich hinein, dann wurde er wieder ernst. »Wie war es mit ihr? Wie hat sich das angefühlt, Thea wirklich gegenüberzustehen?«

»Viel zu kurz, aber unbeschreiblich schön«, erwiderte Alea, während sie sah, dass Siska und Lennox ihre Rucksäcke absetzten. Ihren eigenen ließ sie nun ebenfalls zu Boden gleiten. »Als Thea und ich Seite an Seite gelaufen sind, waren unsere Schritte im perfekten Einklang miteinander«, fügte sie dann mit bittersüßem Lächeln hinzu.

»Thea und Alea zusammen sind eine Naturgewalt«, schaltete Lennox sich ein und richtete sich an Ben. »Wie ein Wirbelsturm, ich sag's dir.«

»Ich glaub, mein Delfin jodelt!«, entfuhr es Sammy, der Lennox gerade zum ersten Mal richtig ansah. »Sir Scorpio, Himmelherrgott, du bist ja ein ganzes Stück gewachsen! Und deine Muckis sind, explodiert!«

Schräg grinsend, verschränkte Lennox die Arme. Man konnte trotzdem deutlich sehen, dass sich sein Körper durch den Herrinnenschwur verändert hatte.

Ungeniert begaffte Sammy ihn. »Du bist nicht nur ein Superheld, man sieht das jetzt auch schon von Weitem! Du siehst so postermäßig superheldig aus, dass man sich sofort wünscht, du hättest glänzende Leggins und ein fliegendes Cape an.«

Alea musste lachen. Sie hatte sich noch nie gewünscht, Lennox würde glänzende Leggins tragen.

Kopfschüttelnd fiel Ben in Aleas Lachen ein, während er sie nun ebenfalls umarmte. »Kommt mir vor, als wärt ihr ewig weg gewesen«, sagte er und drückte sie liebevoll wie ein großer Bruder.

Alea musste ihn schnell wieder loslassen, denn Tess tippte ihm auf die Schulter und wollte ihre Freundin ebenfalls umarmen. Das tat Alea nur allzu gerne, und sie freute sich so sehr, Tess zu sehen, dass sie die Französin ein klein wenig zu lange festhielt. Tess machte sich von ihr los, als wollte sie sagen *Du weißt doch, dass ich kein Knuddeltyp bin!* Dennoch lächelte sie Alea glücklich an. »Gut, dass ihr wieder da seid, *mon amie magique*«, sagte sie verschwörerisch.

»Ich bin so froh, dass ich platzen könnte!«, rief Alea.

Ben, der frisch rasiert und gar nicht mehr stoppelig war, giggelte. »Besser nicht, wir brauchen dich noch!«

Sammy war derweil damit beschäftigt, Lennox' Arme und Hände zu inspizieren. »Können deine Fäuste jetzt durch Betonwände brettern, Sir Scorpio?«, fragte er und wartete Lennox' Antwort gar nicht erst ab. »Oh, du hast Raffnarben!« Er zog Lennox' Finger auseinander. »So richtig echte Meermenschenknubbel. Du bist jetzt ein vollständiger Hajaro!« Während er sich in Ekstase freute, befühlte er auch die Raffnarben hinter Lennox' Ohren. »Wie krass. Mein Delfin jodelt Mozartsonaten! Mit Hip-Hop-Refrain – auf Panflöten!«

Grinsend hielt Lennox still, während Sammy ihn detailliert begutachtete, sein Gesicht am Kinn nahm und hin und her drehte, als suchte er auch dort nach etwas Neuem. Als er jedoch merkte, dass Lennox' Gesicht noch immer das alte war, wanderte Sammys Aufmerksamkeit zu Lennox' Armen zurück. »Kannst du mich mal hochheben?« Ohne Vorwarnung sprang er Lennox in die Arme. Instinktiv fing dieser ihn auf, aber erst, als Sammy lautstark wiederholte, dass er hochgehoben werden wollte, stemmte Lennox ihn über seinen Kopf in die Höhe.

Mit einem Freudenschrei breitete Sammy die Arme aus und johlte: »Ich fliiiege!«

Da meldete Siska sich zu Wort und warnte Lennox auf Hajara: »Ihr erregt Aufmerksamkeit!« Mit einer scheuen Geste wies sie auf mehrere Touristinnen, die zu ihnen herübergafften.

Sofort setzte Lennox den Flieger auf dem Boden ab.

Sammys Wangen glühten. »Das machen wir jetzt jeden Tag, Sir Scorpio! Jeden Tag, bis ich abhebe!« Vor Freude raufte er sich die Haare, und Lennox strubbelte ihm lächelnd und kopfschüttelnd zugleich durch die wilde rote Mähne.

Jetzt besann sich Alea darauf, dass Siska bisher größtenteils danebengestanden hatte. »Ich möchte euch jemanden vorstellen«, verkündete sie der Alpha Cru.

Bevor sie aber weitersprechen konnte, zog Sammy die ganze Gruppe kurzerhand mit weit ausgebreiteten Armen zu einem großen Gruppenkuscheln zusammen. Dabei rief er Siska zu: *»A good hug is the best way to get to know each other!«* – Eine ordentliche Umarmung ist die beste Art, einander kennenzulernen!

Siska lachte etwas steif.

Der kleine Kuschelkönig zog alle eng zusammen und rieb seine Wange an Aleas Gesicht. Sie genoss Sammys Schmuseattacke. Tess und Siska machten sich allerdings eilends wieder los, und schon war das Gruppenknuddeln vorüber.

Unverdrossen trabte Sammy zur Kanalmauer und griff nach einem Piratenhut. »Guckt mal, den hab ich neu!«, rief er und setzte sich den prächtigen Dreispitz auf, um ihn gleich darauf schon wieder zu lupfen. »Ich bin Samuel Draco, Bestdrache und Angstbezwinger«, stellte er sich Siska mit großem Hut-Gehabe vor. »Außerdem bin ich der offizielle Spaßbeauftragte der Alpha Cru.« An Lennox gewandt, fragte er: »Was heißt das auf Hajara?«

Lennox übersetzte, und Siska nickte Sammy mit leicht verunsichertem Gesichtsausdruck höflich zu.

Sammy beugte sich vor und erklärte der Darkonerin in vertraulichem Ton: »*I am a* Knalltüte.«

Hilfe suchend blickte Siska zu Alea. Ben lachte und redete Siska plötzlich auf Portugiesisch an, Siskas Muttersprache. Ben war ein regelrechtes Sprachgenie – er beherrschte acht Fremdsprachen und mittlerweile sogar ein wenig Hajara obendrein. Was auch immer er gerade gesagt hatte, brachte Siska dazu, Ben mit aufblitzenden Augen anzusehen. Alea verstand zwar kein Wort, aber es genügte ihr vollkommen, zu verfolgen, wie Ben und Siska sich nun richtig zu unterhalten begannen. Zugleich konnte sie nicht aufhören zu lächeln. Wieder bei Tess, Ben und Sammy zu sein, ließ sie innerlich aufatmen. Wenn sie zu fünft waren, fühlte sie sich größer. Stärker. Glücklicher. Und nun waren sie sogar zu sechst.

»Findest du nicht auch, dass Ben total strahlt, Schneewittchen?«, fragte Sammy sie und blickte seinen großen Bruder verliebt an.

Alea betrachtete Ben noch einmal. Ihr Kapitän trug sein

abgewetztes, tiefseeblaues *Ocean-Knights*-T-Shirt und sah mit seinem braun gebrannten Gesicht und den wachen blauen Augen wie immer umwerfend aus. »Meinst du, er strahlt mehr als sonst?«, hakte Alea nach.

»Als hätte jemand eine Lichterkette in seinem Inneren angeknipst! Und das liegt daran, dass wir Neuigkeiten von Niki haben«, weihte Sammy sie ein. Niki war Bens feste Freundin und zurzeit Praktikantin auf dem Flaggschiff der *Ocean Knights*, der *Volantis*, die leider weit entfernt in der Ostsee unterwegs war. »Niki hat sich um eine Versetzung beworben! Weil sie Ben ebenso vermisst wie er sie, versucht Niki jetzt, auf die *Shalisar* zu kommen. Das ist ein anderes, kleineres Schiff der *Ocean Knights*, das im Mittelmeer gegen illegale Schleppnetzfischerei kämpft.«

»Oh, wenn das klappen würde, wäre das supergut«, sagte Lennox, der ebenfalls zugehört hatte. Ben war sein bester Freund, und wahrscheinlich wusste niemand besser als er, wie sehr Ben unter der Trennung von Niki litt.

Alea hatte die engagierte Rumänin ebenfalls ins Herz geschlossen. »Es wäre für uns alle toll, wenn Niki nicht so weit weg wäre.«

»Wenn Niki auf einem Schiff im Mittelmeer stationiert werden würde, wäre vielleicht die eine oder andere Stippvisite drin«, überlegte Lennox laut und schien sich aufrichtig für Ben zu freuen. »Immerhin werden wir uns mit der *Crucis* wahrscheinlich auch erst mal im Mittelmeerraum aufhalten.«

»Genau deswegen will Niki wechseln!«, sprudelte es aus

Sammy hervor. »Auf der *Shalisar* mitzufahren, ist allerdings viel gefährlicher als auf der *Volantis*. Die *Volantis* macht ja vor allem Infotouren. Die *Shalisar* stellt sich Verbrechern in den Weg! Eigentlich sind da nur total erfahrene alte *Knight*-Hasen an Bord.«

»Ich zweifle keine Sekunde daran, dass Niki dort sehr gut hineinpassen wird«, sagte Alea voller Überzeugung und stellte dann fest: »Ben strahlt wirklich wie ein Weihnachtsbaum.« Ihr Kapitän und Siska unterhielten sich noch immer angeregt auf Portugiesisch. Aber dann verstummte die Darkonerin auf einmal, denn ihr Blick war an Sammys Füßen hängen geblieben. Sammy war wie so oft barfuß.

Als der Bandenjüngste bemerkte, wohin Siska schaute, hob er sein linkes Bein in die Höhe und präsentierte ihr seine fast schwarze Fußsohle. »Wenn meine Füße frei sind, ist mein Kopf es auch«, verkündete er auf Englisch.

Langsam zog Siska den rechten Mundwinkel in die Höhe.

Sammy gackerte. »Du bist süß.«

Siskas Miene mit dem hochgezogenen Mundwinkel erstarrte.

»Total süß«, gluckste Sammy und nahm das große Mädchen, das ihn um fast zwei Köpfe überragte, beim Arm. »Ich muss unbedingt noch viel mehr über dich erfahren.« Ohne weitere Vorwarnung begann er, Siska mit Fragen zu bombardieren. »Was ist deine Lieblingsfarbe? Sammelst du etwas? Was ist dein Lieblingslied? Glaubst du an Wunder? Wovor hast du Angst? Kuschelst du gerne? Was gefällt dir nicht an dir? Was macht dich glücklich? Wieso sind deine Augen braun und nicht leuchtend hell? Bist du in jemanden verliebt, und hast du einen Freund oder eine Freundin?«

Sammy schoss sein Fragenfeuerwerk komplett auf Englisch ab, und Alea musste Tess nach einzelnen Wörtern fragen, um alles zu verstehen.

Als Sammy fertig war und Siska erwartungsvoll anblickte, wirkte diese ein klein wenig überwältigt von der geballten Ladung Samuel Draco, die sie gerade abbekommen hatte. Nach einem kurzen Augenblick des Sammelns räusperte sie sich jedoch und begann zu antworten. Alea stellte fest, dass sich Siska alle Fragen genau gemerkt hatte.

Auf Englisch antwortete sie: »Meine Lieblingsfarbe ist Schwarz, und ich finde es schade, dass diese Farbe nicht im Regenbogen vorkommt.«

Sammys Augen verengten sich, als hielte er das für eine sehr interessante Ansicht.

»Ich sammle Geräusche«, verriet die Darkonerin dann. »Wenn ich irgendwo einen interessanten Laut, Klang oder Ton höre, nehme ich ihn mit dem Handy auf. Alle meine Lieblingsgeräusche ordne ich innerhalb von Sound-Ordnern bestimmten Gruppen zu.«

Sammys Augenbrauen hüpften in die Höhe. Bei seiner Fusselsammlung gab es auch bestimmte Ober- und Untergruppen, deren System allein Sammy verstand. Alea vermutete, dass Sammy Siska jetzt am liebsten in den schillerndsten Farben von seiner eigenen Sammlung berichtet hätte, aber er schien derart gebannt von dem zu sein, was die Darkonerin erzählte, dass er keinen Pieps von sich gab.

»Mein Lieblingssong ist ein portugiesisches Lied namens *Milla*«, fuhr Siska fort. »Außerdem glaube ich felsenfest an Wunder.«

Tess machte ein überraschtes Gesicht.

»Ich habe Angst vor dem eigenen Versagen«, setzte Siska hinzu. »Was Kuscheln angeht, habe ich ehrlich gesagt nicht so viel Erfahrung. Ich glaube, ich bin ein bisschen verklemmt, wenn es um Umarmungen geht.«

»Jede Wette, dass Draco sich gerade vornimmt, das zu ändern«, raunte Tess Alea ins Ohr, und Alea grinste.

»Ich werde ehrlich gesagt leicht wütend«, arbeitete Siska gewissenhaft Sammys Fragenliste ab. »Ich bin generell recht leidenschaftlich, und das hat mich früher oft in Teufels Küche gebracht. Deswegen habe ich mir angewöhnt, mich so gut es geht zu kontrollieren.« Bei diesen Worten straffte sie den Rücken, als wollte sie demonstrieren, wie beherrscht sie war. »Glücklich macht mich die Aussicht, etwas Sinnvolles mit meinem Leben anzufangen. Und nein, meine Augen sind nicht wirklich braun, sondern ebenso hell wie die von anderen Darkonern. Aber ich trage zur Tarnung Kontaktlinsen.«

Sammy pfiff durch die Zähne. »Ach so!«

Nun antwortete Siska auf seine letzte Frage. »Ich bin nicht verliebt und war es auch noch nie. Generell glaube ich, dass ich mich sowohl in Jungs als auch in Mädchen verlieben könnte.«

»Ich mich auch!«, rief Sammy. »In Menschen. Ich finde Menschen sehr verliebenswert! Und Robben. Und andere Sachen. Ich war auch schon sehr oft verliebt! In Ben, in Tess, in Alea, in Lennox, in Fussel, in mich, in das Meer, in Gewitterstürme, in Waffeln!« Er strahlte Siska mit seiner Zahnlücke an und schien seine Fusselsammlung vergessen zu haben, denn Waffeln liebte er nicht minder. »Oh, Siska, wir müssen unbedingt mal zusammen nach Belgien zum weltbesten Bestwaffelcafé *Wafelfabriek* fahren. Da gibt es die weltbesten Bestwaffeln der Welt! Wenn mit Orion und dem ganzen Kampf und so alles vorbei ist, dann segeln wir dahin, und du wirst dich auch verlieben. In die Waffeln von der *Wafelfabriek* kann man sich gar nicht nicht verlieben!«

Alea freute sich, dass Sammy wieder zur *Wafelfabriek* nach Brügge wollte. Beim letzten Mal hatte Doktor Orion sie dort überfallen und ihr Treffen mit den Meerkindern unterbrochen. Nur um Haaresbreite und allein durch Nelanis und Cassaras' Hilfe waren sie damals entkommen. Ganz in Gedanken kratzte Alea sich am Kopf, denn sie fragte sich gerade, was eigentlich genau passieren musste, damit *der Kampf und so* ein für alle Mal vorbei war? Genügte es überhaupt, Orion zu einer Lafora zu bringen, oder würde Jinx dann an die Stelle des Doktors treten und das Zepter übernehmen? So wie Alea Orions Mann einschätzte, war das gar nicht abwegig. Jinx war zwar kein hyperintelligenter Strippenzieher wie der Doktor, aber er war nach allem, was sie wussten, nicht weniger machthungrig und erbarmungslos.

Alea wurde von Sammy aus ihren Gedanken gerissen, der gerade sein T-Shirt lupfte, Siska seinen Bauch zeigte und ihr erklärte, was es mit dem *Projekt Wampe* auf sich hatte.

Siska starrte ihn an, als wäre er von allen guten Geistern verlassen. Was sie allerdings sagte, war: »Wie interessant.«

Da bat Ben Lennox um die Gitarre. Mit fragender Miene gab Lennox ihm seinen Schatz, und einen Augenblick später begann Ben, ein Lied zu spielen.

Verdutzt murmelte Siska: »*Milla!*« Allem Anschein nach war es ihr Lieblingslied, das Ben da gerade anstimmte.

Schon fing ihr Skipper an zu singen. Siska war sichtlich angetan, doch als Ben sie aufforderte, mitzusingen, wehrte sie vehement ab. Ben sang das fröhliche Lied trotzdem weiter, mit einem sonnigen Lächeln im Gesicht. »*Eu e você, na ilha do sol …*«

Alea bemerkte, dass ein paar junge Frauen stehen geblieben waren, die Ben am Ende des Refrains zujubelten und ihm sogar Münzen zuwarfen.

Da blickte Ben mit schelmisch funkelnden Augen in die Runde und sagte: »Alpha Cru, es ist Zeit für einen Bandauftritt!«

Galaktischer Feuersturm

»Ooo … kay«, kam es langsam aus Alea heraus, während die anderen angesichts der Idee, gleich jetzt und hier aufzutreten, Feuer und Flamme zu sein schienen. Alea hatte hingegen eher gemischte Gefühle. Auf der einen Seite freute sie sich, endlich wieder mit Tess, Ben und Sammy Musik machen zu können. Auf der anderen Seite hätte sie das lieber ohne Publikum getan. »Wir haben doch unsere Instrumente gar nicht dabei«, gab sie zu bedenken.

»Lennox' Gitarre genügt«, wischte Tess ihren Einwand leichthin fort. »Wir anderen singen.«

»Am besten gleich hier am Kanal.« Ben schaute sich um. »Hier ist jede Menge Publikum.« Er gab Lennox das Instrument zurück. Lennox war von ihnen beiden der bessere Gitarrist, daher stand außer Frage, wer spielen würde.

Währenddessen trat Alea neben Tess und wich dann einen halben Schritt zurück, wie sie es bei Auftritten schon öfters getan hatte, um sich in die zweite Reihe zu flüchten. Live-Auftritte machten sie nach wie vor nervös, und hinter Tess konnte man sich wunderbar verstecken. Die Französin liebte es, vorn zu stehen, und sie war ja auch aus gutem Grund ihre Frontfrau: Tess besaß nicht nur eine enorm ausdrucksstarke, coolkratzige Rockstimme, sondern zusätzlich eine derart raumgreifende Bühnenpräsenz, dass sie automatisch alle Blicke auf sich zog.

Lennox, Ben und Sammy stellten sich ebenfalls neben Tess auf, und jeder bereitete sich auf seine Weise auf den spontanen Auftritt vor – Ben wuschelte sich durch die Rockstarfrisur, sodass sie ordentlich in die Höhe stand, Sammy schüttelte zur Auflockerung seine Arme aus, und Lennox stimmte seine Gitarre. Tess zupfte derweil an ihrem Outfit herum, obwohl sie auch so absolut fantastisch aussah. Über einem Crop Top trug sie ein ärmelloses Holzfällerhemd, das sie am Bauch zusammengeknotet hatte, dazu Baggy Jeans und abgetragene Sneaker, die Dreadlocks lässig hochgesteckt. Nun setzte sie zusätzlich noch ihre Superstar-Miene auf, die jedem unmissverständlich signalisierte: *Jetzt komm ich!*

Alea fand das ganz wunderbar. Warum sollte jemand sie beachten, wenn er auch diese Wucht von einem Mädchen ansehen konnte?

Lennox bemerkte, dass Alea sich hinter Tess verbarg, sagte aber nichts. Sammy dagegen schon. In aller Entschiedenheit nahm er Alea bei der Hand, zog sie neben sich in die erste Reihe und erklärte: »Es kann nur besser werden, wenn man nicht davor wegläuft.«

Alea seufzte und versuchte gar nicht erst zu widersprechen. Sie wusste ja, dass Sammy recht hatte.

»Starten wir wie immer«, schlug Ben vor und erhielt sofort Zuspruch von Lennox und Tess. Bei ihrer üblichen Eröffnungsnummer »I was made for loving you« von KISS ließen sie es normalerweise immer so sehr krachen, dass gleich jede Menge Leute stehen blieben. Diesen Effekt allein mit ihren Stimmen und nur einer Gitarre hinzubekommen, würde allerdings eine Herausforderung werden.

Kurz bevor sie loslegten, äußerte Siska jedoch eine Bitte auf Englisch. »Könntet ihr vielleicht eure eigenen Songs singen?«, fragte sie. »Ich hab schon einiges über eure Lieder gehört, kenne bisher aber nur *Hinterm Wasserfall* aus dem Internet.«

»Keine schlechte Idee.« Ben schien gar nicht lange überredet werden zu müssen. »Das wäre auch eine gute Übung für unseren Liveact in Rom.«

Alea wurden die Knie weich. Den Gedanken an ihren Auftritt beim Umweltkonzert hatte sie den ganzen Tag über sehr erfolgreich verdrängt. Jetzt schrie ihr Kopf ihr zu: *Das Konzert ist bereits in drei Tagen!*

Tess hatte ebenfalls nichts dagegen, ihre eigenen Songs zu performen. »*Bien*«, sagte sie und wirkte von dem Einfall sogar recht angetan. »Lasst uns doch gleich mal unsere englischen Übersetzungen ausprobieren.« Tess, Ben und Sammy waren fleißig gewesen und hatten einige ihrer Lieder ins Englische übersetzt. Alea und Lennox hatten das mit ihrem Umweltschutz-Duett »Meeresleuchten« auch schon gemacht, und es war mehr als vernünftig, die neuen Versionen vor Publikum auszuprobieren. Alea war nun allerdings dermaßen flatterig, dass sich ihr ganzer Körper versteifte. Wenn sie die Wasserharfe spielte – ihre mit Wasser gefüllten Weingläser –, hielt sich ihre Nervosität inzwischen meist in Grenzen, aber wenn sie singen und dabei einfach nur so dastehen musste, fühlte sie sich wie gelähmt. Angestrengt versuchte sie nun, den Elvarion-Modus herbeizuwünschen, denn sobald dieser einsetzte, verspürte sie keine Angst mehr. Der Modus ließ sich jedoch nicht heraufbeschwören. Die Situation war wohl allzu offensichtlich kein Notfall.

Tess hielt Alea und Lennox ihr Handy vor die Nase und zeigte ihnen die englischen Texte. Die konnte sich Alea so schnell gar nicht merken, daher nahm sie das Handy und klammerte sich daran fest.

Aufmunternd lächelte Lennox ihr zu, dann begann er die ersten Akkorde von »Wenn das Wasser ruft« zu spielen – »When the water calls on you« –, ihre bombastischste Nummer, bei der Tess ihre grandiose Powerröhre voll ausspielen konnte und auch viel Platz für Chöre und die Stimmen der anderen war.

Sobald Tess lässig-kraftvoll zu singen anfing, drehten die ersten Menschen die Köpfe zu ihr um und kamen interessiert näher. Die Cru hatte die erste Strophe kaum beendet, da hatte sich bereits eine Traube Passanten um sie herum angesammelt, und als sich der fulminante Refrain aus ihren fünf Kehlen erhob, schien das kleine Stück Venedig, das in diesem Augenblick der Alpha Cru allein gehörte, förmlich in Flammen zu stehen.

Beim zweiten Refrain sang Alea bereits etwas lauter mit, und beim dritten ließ sie es bleiben, den Blick wie festgenagelt auf den englischen Text in Tess' Handy zu richten. Verlegen schaute sie zu den Umstehenden und erkannte in den

Gesichtern der Menschen nichts als Freude. Wovor hatte sie eigentlich bloß immer solche Angst?

Der Applaus, der auf das Ende des Songs folgte, war stürmisch, und Sammy verbeugte sich so tief, dass sein Piratenhut fast über den Boden schrappte.

Alea suchte mit den Augen nach Siska und entdeckte sie zwischen den Zuschauern. Ihrer Miene nach hatte die Alpha Cru Siska gerade völlig umgehauen.

Als Nächstes wollten sie »Hinterm Wasserfall« spielen – »Behind the waterfall« –, das Lied, das sie für die verschollenen Meerkinder geschrieben hatten und das mittlerweile ein richtiger Internethit war.

Tess trat zur Seite, da Alea bei diesem Lied die Hauptstimme sang. Sanft schob Tess sie nach vorn und in die Mitte. Aleas Herz schlug wie ein Presslufthammer, und ihre Kehle war staubtrocken. Gleichzeitig wusste sie, dass es keine Alternative zum Sprung ins kalte Wasser gab. Sammy hatte es auf den Punkt gebracht: Es konnte nur besser werden, wenn man nicht davor weglief. Und so blickte Alea noch einmal in Tess' Handy, nahm all ihren Mut zusammen und begann zu singen …

We're calling you, are you different too?
Stayin' away from the sea, though it's where you want to be
They told you you're ill, that water could kill
But you feel you belong and your heart isn't wrong

Now we're calling you, we're the Alpha Cru
We sail the seven seas from Iceland to Peru

Does that make you dream?
Do you want to go downstream
Come and join us, the ocean calls
We'll meet behind the waterfall

It's fingers and toes where the secret unfolds
Did they tell you to beware, don't pull back your hair
Now let us tell you the ultimate clue
There's a reason for the longing in your core

Now we're calling you, we're the Alpha Cru …

Den Refrain sangen sie alle gemeinsam, und Sammy war mit solcher Inbrunst dabei, dass seine Stimme beinahe die von Tess übertönte und er außerdem anfing zu tanzen – mit zuckenden Armen, als wollte er eine Wespe vertreiben. Die Leute spendeten großzügig Beifall, und als das Lied endete, sprang Sammy übermütig auf die Kanalmauer und von dort aus auf Lennox' Schultern. Unwillkürlich griff Lennox nach seinen Füßen, um zu verhindern, dass der kleine Verrückte hinunterfiel. Aber der schien das Gleichgewicht gut halten zu können. Hoch aufgerichtet und in Siegerpose stemmte er die Hände in die Seiten und ließ sich bejubeln.

Ben zog sein Handy hervor und schoss ein Foto von Sammy auf Lennox. »Für Onkel Oskar«, erklärte er Alea. Oskar wurde von Ben über alles auf dem Laufenden gehalten und bekam regelmäßig die neuesten Fotos zugeschickt.

Alea war froh, dass Sammy ihr mit seiner Turneinlage eine

kleine Verschnaufpause verschafft hatte. »Hinterm Wasserfall« hatte sie einigermaßen gut bezwungen, aber als Nächstes würde wahrscheinlich »Nicht länger leise« – »No longer silent« – kommen, ihr selbst geschriebener Empowerment-Song, bei dem sie sogar noch mehr Teile allein sang als beim »Wasserfall«.

Gerade sprang Sammy flink wie ein Äffchen von Lennox' Schultern und verbeugte sich mehrmals.

»*No longer silent?*«, fragte Ben Alea da schon.

Ergeben nickte sie. Als Lennox gleich darauf loslegte, trat sie tapfer noch einen Schritt nach vorn. Es brachte ja nichts. Dies war *ihr* Lied, und genau so musste sie es auch darbieten. »*What's going on, these days are changing me, I can't be the quiet one no more, my heart stood still and struck a different note, as loud as a wild lion's roar …*« Alea merkte, dass sie gut war. Das Lied trug sie, und sie trug das Lied. Mit jeder Zeile wurde sie lauter, und beim Refrain hob sie sogar kämpferisch die Faust und schmetterte der Welt ihre Botschaft entgegen. »*I'm gonna stand up, put my fist up, it's time to take a stand, no longer silent, I'll start a riot and make them understand …*«

In den Augen der Menschen konnte sie erkennen, dass sowohl ihre Worte als auch ihre Darbietungsweise sie erreichten. Warum hatte sie nur bei Auftritten jedes Mal aufs Neue das Gefühl, wieder ganz von vorn anfangen zu müssen – warum war sie stets dermaßen unsicher, wenn sie doch eigentlich immer wieder erlebte, dass sie das hier konnte?

Ihr Blick streifte erneut Siska. In deren Augen glitzerten Tränen. Wie musste die Musik in den Ohren einer Darkonerin klingen? Unvermittelt drängte eine andere Frage in

Aleas Bewusstsein: Wie würde eine Gehörlose wohl auf diese Lieder reagieren? Ein aufgewühltes Lächeln schlich sich in Aleas Gesicht, als sie sich das nun vorstellte. Thea würde ihre Songs zwar niemals hören können, würde nie den Klang ihrer Stimmen vernehmen. Alea war sich jedoch sicher: Wenn Thea eines Tages bei einem ihrer Auftritte dabei sein könnte, würde sie ohne Frage diese ganz besondere Energie ihrer Musik spüren – die Magie, die jedes Mal in der Luft lag, wenn die Alpha Cru auftrat. Wenn Thea nur jetzt schon hier sein und den Moment mit Alea teilen könnte …

»Spielen wir *Zu dir*«, sagte Alea zu Tess. Dieses Lied hatten sie gemeinsam geschrieben, aber der Text stammte allein von Alea, und er beschrieb die Sehnsucht nach ihrer Zwillingsschwester. »Ich will Thea … hierherholen.«

Tess sah sie an, als verstünde sie. »Gut. Holen wir sie her.« Bittend guckte sie zu Lennox, der Aleas Worte mitbekommen hatte und schon die ersten sanften Töne des Liedes anklingen ließ.

»Zu dir« war keine mitreißende Bombast-Nummer, sondern eine ruhige Ballade, und die Atmosphäre änderte sich schlagartig vom großen Spektakel zum intimen Sehnsuchtsbekenntnis. Sobald Alea und Tess ihre Stimmen erhoben, setzte Sammy sich mit entrücktem Gesichtsausdruck vor ihnen auf das Pflaster, stützte den Kopf in die Hände und hörte ihnen andächtig zu. Das Publikum reagierte ähnlich. In den Mienen etlicher Zuschauender zeigte sich eine Zartheit, in der sich die verletzliche Strahlkraft des Augenblicks widerspiegelte.

Thea war hier, und doch war sie es nicht. Beides katapultierte Aleas Gefühle in eine wilde Spirale, die ihr Innerstes schwindelerregend umherwirbelte.

Als das Lied vorüber war, brandete tosender Beifall über sie hinweg, und Tess zog Alea in ihre Arme. »*Mon dieu*, ich hätte fast angefangen zu heulen.«

Alea lachte, und es war ein tiefes Lachen, in dem die Macht des Moments mitschwang.

»Ihr zwei klingt sooo gut zusammen.« Ben, der während des Liedes am Rand gestanden hatte, kam näher und klopfte Lennox dabei auf die Schulter, als wollte er auch sein Gitarrenspiel loben.

Lennox machte eine abwehrende Geste. »Es war allein wegen Alea und Tess so schön.«

Alea lächelte ihn an. Nicht, weil er so bescheiden war, sondern weil er mittlerweile tatsächlich kein Problem mehr damit zu haben schien, wenn Tess und sie einen besonderen Augenblick miteinander erlebten. Er konnte sie … lassen.

»Bestmoment!«, rief Sammy, sprang wieder auf die Füße und zeigte ihnen einen Kieselstein, den er gerade vom Boden aufgelesen hatte. »Hier ist nirgendwo eine Fluse in Sicht, daher habe ich ausnahmsweise einen Bestmoment-Kieselstein aufgehoben, obwohl man eigentlich nur mit Bestmoment-Flusen Bestmomente zelebrieren kann. Aber egal. Der Kieselstein kommt in meine Sammlung und wird mich für immer an eure gemeinsame Zauber-Aura von heute erinnern!«

Damit entlockte er Tess ein Minilächeln.

Ben klatschte in die Hände. »Und jetzt lassen wir noch mal richtig die Sau raus!« Er raunte Lennox etwas zu, und der fing gleich darauf an, ihren Song »Fünf« zu spielen. In diesem Lied feierten sie sich selbst und sangen darüber, wie es war, zur besten Straßenband der Welt zu gehören. Ein weiteres Mal erklangen ihre fünf Stimmen gemeinsam, stark wie ein Tsunami, der über die Umstehenden hinwegdonnerte, und Alea war nun locker genug, um jede Sekunde genießen zu können. Aufzutreten war ein explosiver Tanz des Adrenalins, ein phänomenaler Rausch der Moleküle, jedes Mal wieder. Alea nahm sich ganz fest vor, dieses überwältigende Gefühl nicht zu vergessen, falls sie sich vor dem nächsten Auftritt wieder in ihre Nervosität hineinsteigern sollte.

Und dann war es vorüber, der letzte Ton verhallt. Das Publikum klatschte lautstark und ließ die fünf mit vielen *»Bravo«*- und *»Bravissimo«*-Rufen hochleben. Ein kleines Trommelfeuer an Münzen landete in Sammys Piratenhut, mit dem er stolz umherstelzte.

Während Aleas Herzschlag sich langsam beruhigte und die Schar der Zuhörer sich aufzulösen begann, trat ein kleiner Junge an Sammy heran und bat ihn um ein Autogramm. Sammy war ganz baff, griff jedoch beherzt nach dem Stift und dem Stück Papier, die ihm hingehalten wurden, und schrieb mit großen Schwüngen seinen Namen auf den Zettel. Der Junge freute sich sichtlich und bedankte sich mehrfach, bevor er davonlief.

Sammy hoppelte zu Alea und den anderen herüber wie ein junges Fohlen, das neu auf der Weide war. »Ich habe gerade zum ersten Mal in meinem Leben ein Autogramm gegeben!«, rief er viel zu laut und mit hochroten Wangen.

»Das erste Mal von sehr vielen weiteren Malen, würde ich sagen«, merkte Lennox an.

Das brachte Sammys Gesicht zusätzlich zum Glühen. »Hunderte Male?«, fischte Sammy nach weiteren Komplimenten. »Tausende hunderttausend Male?«

»Heute nur ein Autogramm, morgen Millionen!« Alea grinste. »Deine zukünftigen Fans wissen noch gar nicht, was für ein galaktischer Feuersturm von Ikone auf sie wartet.« Das hatte Sammy selbst einmal gesagt.

Tess schien das Gequatsche einen Tick zu viel zu sein, denn sie schüttelte den Kopf und griff nach dem Piratenhut mit dem Geld und begann, es zu zählen. Die Zuhörerschaft hatte sich in der Zwischenzeit gänzlich zerstreut.

Sammy war aber noch ganz aufgedreht. »Die Leute in Rom werden uns beim Klimakonzert genauso zujubeln wie die Leute heute! Ich sag's euch: Wir werden zu gigantomanischen Superstars!« Er war so aufgekratzt, dass er seine Zappeligkeit nun mit schlenkernden Armen und ungehemmt herumrollendem Kopf heraustanzte. Die Musik war zwar längst verklungen, doch es war nun einmal so: Wenn man tanzen wollte, sollte man niemals nicht tanzen.

Während sich Sammy den seltsamsten Verrenkungen hingab, verkündete Tess: »Fast zweihundertfünfzig Euro!«

»Wow«, brachte Siska hervor, die wieder zu ihnen getreten war.

Das war in der Tat eine große Menge Geld, aber Alea musste daran denken, dass es wohl nicht genug für sechs Zugtickets nach Rom war. Für etwas zu essen würde es hingegen durchaus reichen. »Ich habe Appetit …«, sagte sie, »… auf Eis!«

»*Gelato*«, trällerte Sammy und setzte sich den Piratenhut wieder auf. »Ich bin dabei. Eis ist immer besser als kein Eis.«

Kosmosflitter

Wenig später schlenderte die Alpha Cru zu sechst durch die Gassen Venedigs. Jeder von ihnen hatte ein Eis in der Hand, und Alea dachte, dass sie noch nie etwas Leckereres gegessen hatte als dieses kleine Wunder im Hörnchen. Während sie ganz versunken an ihrer übergroßen Kugel *gelato al lampone* schleckte, begann Lennox wieder, die Hinterhöfe, Hauseingänge und Dächer der Stadt nach Tasfaren abzusuchen. Sie hatten noch immer keine »Weisung« von der Talassiopa erhalten, und Alea spielte mit dem Gedanken, das Lied der Tasfaren zu singen, um einen magischen Pegasus auf sich aufmerksam zu machen. Aber erst einmal wollte sie noch abwarten.

Siska, Ben und Tess sprachen auf Englisch über die Sicherheitsfragen beim Umweltkonzert, und nun bekamen alle einen Eindruck davon, wie viele Gedanken Siska sich bereits darüber gemacht hatte. Gerade erzählte sie Tess und Ben von ihrer Idee, kleine Kameras an allen wichtigen Stellen des Stadions anzubringen, und sagte, dass es eine App fürs Handy gäbe, mit der man bis zu zwanzig Kameras gleichzeitig überwachen konnte.

»Wunderbärchen, du bist jetzt unsere krass qualifizierte Sicherheitschefin«, kommentierte Sammy und übersetzte den Satz anschließend ins Englische.

Siska lachte, doch es klang etwas hölzern. »Danke.« Schnell sprach sie weiter. »Ich finde die Sache trotz allem riskant«, gestand sie, und Alea musste sich anstrengen, die englischen Sätze zu verstehen. »Doktor Orion könnte einen Livestream mit euch sehen, und dann weiß er, wo ihr seid«, fügte Siska hinzu.

»Schon«, räumte Tess ein, »aber vielleicht müssen wir auch auftreten, um Orion überhaupt erst nach Rom zu locken und ihn am nächsten Tag überfallen zu können.«

Sammy ließ von seinem Walnusseis mit Schokosplittern ab. »Wie sehr will Orion uns eigentlich noch kriegen?«, fragte er Alea auf Deutsch. »Also, falls unser Plan schiefgeht, ihn in Rom zu fangen … wie groß ist die Wahrscheinlichkeit, dass er uns irgendwann wieder jagt?«

Alea überlegte, was sie erwidern sollte.

Sammy redete schon weiter. »Eine Sache hat sich ja geändert! Orion kann Lennox den Herrenschwur nicht mehr aufzwingen, weil Scorpio jetzt mit einem Alea-Schwur besetzt ist, und das heißt, der Doc ist an ihm schon mal weniger interessiert als vorher, oder?«

Alea wiegte den Kopf. So gern sie das bejahen wollte, gestaltete sich das Ganze doch etwas komplizierter.

Sie öffnete gerade den Mund, um zu antworten, da war Sammy wieder schneller. »Die Aktion von Scorpio war übrigens echt … episch«, schwärmte er im Fanboy-Ton. »Epochal!«

Alea nickte. »Ja, trotzdem hat sich Lennox den Doktor damit nicht komplett vom Hals geschafft, glaube ich.«

»Wieso nicht?«

»Lennox ist für Orion jetzt gefährlicher denn je. Falls irgendetwas in Rom misslingen sollte und Orion nicht vor einer Lafora landet …« Alea seufzte schwer. »Also … es gefällt Orion bestimmt nicht, dass ein Superkrieger frei herumläuft, der in ihm seinen größten Feind sieht.«

»Uh, stimmt.« Sammy verzog das Gesicht. »Bedeutet das, Orion wird mit der Jagd nie aufhören?«

»Ich weiß es nicht … wahrscheinlich nicht.« Das hatte Thea vermutet – darüber hinaus stand das Sternbild Orion für den *Jäger*. »Ich glaube allerdings, der Doktor würde früher oder später nicht nur mit der Jagd auf Lennox weitermachen, sondern auch mit der Jagd auf mich. Bis vor kurzem hat Orion in mir nur eine unfertige Widersacherin gesehen, die er irgendwie interessant fand, aber noch nicht so richtig ernst nehmen musste. Das ist inzwischen anders. In der Fischhalle in Sankt Goarshausen hat er gesagt, dass er mich beim nächsten Mal nicht mehr einfach so davonkommen lassen würde.«

Tess mischte sich ein. »Wie?« Anscheinend hatten sie, Lennox und Ben Alea zugehört. »Hat Orion etwa gedroht … dich umzubringen?«

»Das hat er.«

»Bevor Orion dich töten kann, muss er erst mal an mir vorbei«, knurrte Lennox.

Ben sah den Oblivion einen Augenblick lang an, als gingen ihm tausend Dinge durch den Kopf. »Uns andere würde Orion bestimmt auch immer noch gern schnappen«, vermutete Ben dann. »Wenn er einen von uns hätte, könnte er Alea damit erpressen, uns was anzutun, wenn sie sich ihm nicht ausliefert.«

Alea musste zugeben, dass das durchaus denkbar war.

»Das hätte er aber auch schon längst mit Thea tun können«, warf Tess ein. »Ehrlich gesagt, bin ich überrascht, dass er es nicht gemacht hat.«

»Vielleicht kommt das ja noch.« Ein Frösteln überkam Alea, und sie rieb sich die Unterarme.

Ben war fertig mit seinem Eis und strich sich die Hände an seiner alten Jeans ab. »Manchmal frage ich mich immer noch, wo wir da eigentlich hineingeraten sind.«

»Yep. Es gibt solche Momente …«, murmelte Lennox, als wüsste er genau, was Ben meinte.

Der seufzte. »Als ich im Januar achtzehn geworden bin und Onkel Oskar in das Kloster nach Tibet ging, um sein neues Buch zu schreiben, dachte ich, dass Sammy und ich einfach mal eine ganze Weile frei und unbeschwert über die sieben Meere schippern würden. Vielleicht nach Peru.« Resigniert hob Ben die Hände. »Und dann sind wir auf der schwarzen Liste eines Gangsterbosses gelandet.«

Während er sprach, verspürte Alea kurz ein schlechtes Gewissen aufflammen. Doch inzwischen wusste sie, dass die anderen nicht nur ihretwegen in dieser Lage waren. Sie hatten genug erlebt, um sicher sein zu können: Keiner von ihnen war aus Zufall auf dieser Reise.

Ben richtete den Blick auf Alea. »Obwohl das alles ganz schön heftig ist, bereue ich nach wie vor nichts.«

»Ich auch nicht«, bekräftigte Sammy.

Ben war noch nicht fertig. »Denn trotz der Gefahr, in der wir alle schweben, haben wir auch die Chance, einen entscheidenden Beitrag zur Rettung der Meere zu leisten. Und wenn uns das gelingt, ist das alles andere wert.«

Nachdenklich nickte Lennox. »Dazu fällt mir etwas ein. Cassaras' Mutter hat im Raum der Ahnen etwas gesagt ...« Er schien sich den genauen Wortlaut der Nixenkönigin ins Gedächtnis zu rufen. *»In Zeiten wie diesen geht es nicht um größtmögliche Sicherheit. Es geht darum, sich mit ganzem Herzen für das einzusetzen, woran man glaubt, damit der Weltenlauf sich zum Guten wenden kann. Zu viel steht auf dem Spiel, um vorsichtig zu sein.«*

»Das beschreibt es ziemlich gut«, meinte Ben.

Das Gespräch war bisher komplett in Deutsch geführt worden. Siska hatte währenddessen höflich geschwiegen, Tess bezog die Darkonerin nun jedoch wieder in die Unterhaltung mit ein und wechselte dafür ins Englische. »Auch wenn der Auftritt in Rom riskant ist, sollten wir ihn machen«, kam sie auf das Umweltkonzert zurück und schob nach: »Zu viel steht auf dem Spiel, um vorsichtig zu sein.«

Siska nickte. »Die Situation ist zwar suboptimal, aber wir müssen einfach hohe Sicherheitsvorkehrungen treffen.«

»Und falls es beim Konzert doch zu unliebsamen Begegnungen kommen sollte«, sagte Lennox, »dann bin ich ja da. Direkt an Aleas Seite.«

»Und wenn *mir* jemand was tun will?«, forschte Sammy nach. »Würdest du dem dann auch eins überbraten?«

»Natürlich.« Lennox grinste. »Jederzeit.«

Mit einem verliebten Seufzer klimperte Sammy Lennox an.

Der holte allerdings die Ernsthaftigkeit in ihre Unterhaltung zurück. »Ich beschütze aber zuerst Alea. Und dann erst euch.«

»Das ist okay«, versicherte ihm Ben. »Wir können trotzdem froh sein, dich als Banden-Bodyguard zu haben.« Er schaute wieder zu Siska. »Wir sind also ganz und gar nicht ohne Schutz, und der Auftritt ist ein gutes Mittel, um zu den Menschen durchzudringen und Aufmerksamkeit auf den Umweltschutz zu lenken«, unterstrich er noch einmal.

Siska schien keine weiteren Bedenken äußern zu wollen. Stattdessen sagte sie sogar: »Diese Chance dürft ihr euch nicht entgehen lassen.«

Ben lächelte, aber in seinem Lächeln lag auch eine gewisse Traurigkeit. »Es gibt nichts Wichtigeres als die Ozeane. Denn von dort kam alles Leben, und dort entscheidet sich auch, ob es mit der Welt zu Ende geht.«

Diesen Satz musste Alea erst einmal verdauen.

Während sie über Brücken, Kopfsteinpflaster und weite Plätze weiterschlenderten, holte Tess ihr Handy heraus. Die Französin benutzte ihr neues altes Telefon vom Flohmarkt, in dem sich eine steinzeitliche SIM-Karte befand – als Vorsichtsmaßnahme, um nicht von Orion aufgespürt werden zu können.

»*Maman?*« Offenbar hatte Tess ihre Mutter angerufen, mit der sie auf Französisch zu sprechen begann. Soweit Alea wusste, telefonierte Tess nach wie vor täglich mit ihren Eltern, denn dies war deren Bedingung gewesen, um in den Aufenthalt ihrer Tochter bei der Alpha Cru einzuwilligen. Anfangs hatte Tess sowohl ihren Vater als auch ihre Mutter angelogen und ihnen verschwiegen, dass sie auf dem Segelschiff der Walendy-Brüder angeheuert hatte. Doch als dies aufgeflogen war, hatten ihre Eltern ihr trotzdem erlaubt, bis zum Ende der Sommerferien auf der *Crucis* zu bleiben, aber nicht nur, weil Tess dies so unbedingt wollte. Ihren Eltern ging es wohl vielmehr darum, dass ihre Tochter bei den bodenständigen, bettelarmen Seemannskindern etwas über das Leben lernen sollte. Denn normalerweise fand Tess' Alltag inmitten von Limousinen, Hausangestellten und Kristallgeschirr statt. In ihrer teuren Privatschule gab es sogar einen eigenen Kinosaal und einen beheizten Pool. Alea wusste, dass Tess dies alles nichts bedeutete, dass niemand bodenständiger war als sie! Ihre Eltern hatten jedoch die Gelegenheit beim Schopf ergriffen und aus dem Sommer auf der *Crucis* eine pädagogische Maßnahme ohne jede finanzielle Unterstützung für ihre Tochter gemacht – was Tess relativ egal war. Hauptsache, sie konnte an Bord bleiben. Ihre Eltern lebten zwar in Scheidung, in Bezug auf Tess' Sommer waren sie sich allerdings einig gewesen. Sowohl ihr *papa* als auch ihre *maman* hatten lediglich verlangt, dass Tess sich jeden Tag bei ihnen meldete, und das tat ihre Tochter auch. Wenn sie jedoch von ihren Erlebnissen erzählte, ließ sie grundsätzlich die klitzekleine Tatsache aus, dass die Mitglieder der Alpha Cru dazu neigten, regelmäßig in Lebensgefahr zu geraten. Alea wusste aber natürlich, warum sie das verschwieg: Tess war davon überzeugt, dass ihre Zeit auf der *Crucis* sofort vorbei wäre, wenn sie die Wahrheit sagen würde. Ihre Eltern würden sie auf der Stelle nach Hause holen, und das wollte Tess um alles in der Welt vermeiden. Nicht nur, weil sie die Cru furchtbar vermissen würde, sondern auch, weil sie Angst davor hatte, wieder zu Hause zu leben – gleichgültig ob bei ihrem Vater oder ihrer Mutter. Alea erinnerte sich genau daran, was Tess damals, als sie sich darüber unterhalten hatten, dazu gesagt hatte: In Paris wäre es für sie sogar noch gefährlicher als bei der Alpha Cru! Tess war davon überzeugt, dass Doktor Orion sie dort viel leichter entführen konnte als auf der *Crucis.* Ihre Eltern hatten zwar einen ganzen Stab Bedienstete und sogar Leibwächter, aber eben keinen Oblivion. Tess hatte damals gestanden, dass sie sich von Lennox besser beschützt fühlte als von jedem Profi-Bodyguard, und das war die Kehrtwende in ihrer schwierigen Beziehung zu Lennox gewesen. Doch nun neigten sich die Ferien in Tess' Privatschule dem Ende zu. Darüber dachte Alea nun, während Tess auf Französisch telefonierte, mit einem ziemlich flauen Gefühl im Magen nach. Was wäre die Alpha Cru ohne ihre Piratenprinzessin? Und was, wenn Tess recht hatte und Orion sie in Paris suchen und finden würde?

Da beendete Tess das Telefonat mit ihrer Mutter, und Alea lenkte ihre Schritte neben die ihrer Freundin. »Wie läuft es mit deinen Eltern?«

Tess verstaute das Uralt-Handy in ihrer Hosentasche. »Ich habe in letzter Zeit viel mit meiner Mutter über den Meeresschutz gesprochen, und sie ist genauso betroffen wie wir.«

»Ist sie Umweltschützerin?«, hakte Alea interessiert nach.

»Hmm, ich glaube, sie entwickelt sich gerade dazu.« Ein

feines Lächeln erhellte Tess' Gesicht. »Weil ich so viel mit ihr darüber rede und sie merkt, wie wichtig mir das ist, wendet sie sich dem Thema immer mehr zu.«

Lennox klinkte sich in das Gespräch ein. »Wann musst du eigentlich zurück nach Hause?«

Tess bröckelte das Lächeln aus dem Gesicht. »In zwei Wochen geht die Schule wieder los«, erwiderte sie mit kläglicher Stimme. »Ich habe meine Mutter schon ein paarmal gefragt, ob ich noch etwas länger bleiben darf. Aber sie hat Nein gesagt. Mein Vater auch. Er findet, sie haben mich schon lange genug segeln lassen. Andererseits haben beide offenbar bemerkt, dass ich mich zum Positiven verändert habe.«

Sammy, der in der Mitte der Gruppe spazierte, gab seinen Senf auch dazu. »Das ist ihnen aufgefallen?«

»Tja, sie merken halt, dass ich nicht mehr so aufsässig und chaotisch bin wie am Anfang des Sommers«, antwortete Tess.

Alea musste grinsen. Als sie auf die *Crucis* gekommen war, war sie die Ordentliche von ihnen beiden gewesen, und Tess hatte in der Mädchenkajüte viel mehr herumliegen lassen als sie. Das hatte sich in der Zwischenzeit längst geändert. Tess hatte auf dem Schiff gezwungenermaßen die Rolle der Haushaltspflichten-Organisatorin übernommen, denn Sammy, Alea und Lennox waren dahingehend weniger begabt, und Ben hatte als Skipper genug anderes zu tun. Fraglos war Tess an ihren Aufgaben auf der *Crucis* gewachsen, und dem Anschein nach hatten das auch ihre Eltern bemerkt.

Sammy war mit seiner doppelten Portion Eis fertig und warf nun eine sehr wichtige Frage in die Runde: »Was wollen wir eigentlich mit unserem frisch verdienten Geld anstellen?« Bevor irgendjemand etwas vorschlagen konnte, was dem Drachen nicht gefiel, rief er: »Gehen wir shoppen! Kaufen wir uns Sachen für den Auftritt in Rom!«

»Wollen wir uns nicht lieber erst mal ein paar Sehenswürdigkeiten anschauen?«, wandte Alea ein.

Ben antwortete Sammy zeitgleich: »Lasst uns das Geld lieber sparen. Wer weiß, wofür wir es noch brauchen.«

Sammy protestierte. »Wir sollten die Kohle lieber schnell ausgeben – bevor nichts mehr da ist!« Er hakte sich bei Ben unter und schob ihn in Richtung einiger Geschäfte. »*Avanti!*«

Niemand widersprach, denn sie alle wussten, dass es nichts brachte, Einspruch zu erheben, wenn sich der Bandenjüngste einmal etwas Derartiges in den Kopf gesetzt hatte. Und so ließen sie sich von Sammy und den Touristen mitziehen, die auf einige Läden am Ende der Straße zustrebten. Kaum waren sie dort angekommen, wies Sammy auf ein großes Geschäft, in dem man sowohl Kleidung als auch jede Menge anderen Kram kaufen konnte. »Gehen wir da rein!« Er war schon dabei, durch die Tür zu traben, und quasselte währenddessen vor sich hin: »Ich kann es spüren! Hier drin werde ich finden, was von mir gefunden werden will. Ein galaktischer Feuersturm von Ikone braucht für sein Outfit nicht weniger als Sternenglitter und Kosmosflitter!«

Indigo

Ohne Widerspruch folgten Alea und die anderen Sammy in das große Geschäft. Lennox wollte sich gern fingerlose Handschuhe kaufen. Bei den Meerkindern gehörten diese zur Standardausrüstung, denn sie verhinderten, dass die Raffnarben irgendwem ins Auge sprangen. Siska und Alea trugen schon fast ihr ganzes Leben lang Handschuhe, und so konnten sie Lennox gut beraten.

»Strickhandschuhe gehen gar nicht«, sagte Alea. »Viel zu warm.«

Siska streckte ihre Hände vor sich aus. »Meine Handschuhe sind aus Ananasleder. Das wird aus den Fasern von Ananasblättern hergestellt.«

Alea hielt ihre Hände ebenfalls vor sich. »Meine Handschuhe sind auch aus veganem Leder – aus Kork!«

Skeptisch schaute Lennox sich um. »Ob es so etwas hier gibt?«

Siskas Blick ruhte noch immer auf Aleas Händen. »Was sind das eigentlich für Ringe?«

»Oh, die sind etwas ganz Besonderes«, erwiderte Alea. Über ihren schwarzen Handschuhen trug sie die Minutenringe.

Diese waren ein Geschenk der Lafora Wargebracht gewesen, und ihnen wohnte eine magische Art der Tauschkraft inne. Wenn Alea einen der Ringe jemand anderem an den Finger steckte, tauschte sie für genau eine Meerminute sämtliche Eigenschaften mit dieser Person. Die silbernen Ringe mit den schwarzen Steinen beinhalteten also eine wahrlich große Macht, und Alea hatte Wargebracht versprochen, diese klug zu nutzen. In wenigen Worten erläuterte sie Siska dies nun und drehte dabei eins der Schmuckstücke um ihren Mittelfinger. Sie hatte festgestellt, dass sich die Ringe ganz automatisch jedem Finger anpassten, auf den sie gesteckt wurden. Für Lennox waren sie weiter geworden, und auch über den Handschuhen konnte Alea die Ringe ohne Probleme tragen. Sie saßen immer perfekt.

»Schneewittchen«, drang Sammys Stimme an Aleas Ohr. »Ich brauche dich hier drüben!« Sammy stand in der Kosmetikabteilung und winkte sie zu sich.

Im Schlenderschritt ging Alea zu ihm hinüber. Sie hatte Zweifel, ob sie Sammy helfen konnte. »Ich schminke mich doch nie«, sagte sie, als sie ihn erreichte.

»Aber das in Rom wird der Auftritt unseres Lebens!«, entgegnete Sammy. »Es ist von drastischer Wichtigkeit für unseren künftigen Superstar-Status, dass wir alle skandalös pompös aussehen.«

»Ich werde mir was Schönes anziehen. Damit sehe ich dann auf meine Weise skandalös pompös aus, auch ohne Make-up.«

»Ich bin überzeugt, dass dein Outfit bestimmt mordsmäßig cool sein wird.« Während Sammy sprach, glitt sein Blick über die Produkte in den Regalen. »Und ich werde ja auch was Spektakuläres anziehen – meinen purpurfarbenen Königsumhang und deinen Petticoat. Aber ich will, dass auch mein Gesicht vor lauter Pomp und Pracht Halleluja schreit.«

Alea schmunzelte. »Dann gucken wir mal, was es so gibt.« Sie wies auf einen tiefroten Lippenstift. »Wie wäre es damit?«

»Mhm, schon gar nicht schlecht.« Sammy schien dennoch nach etwas anderem zu suchen, und gleich darauf schob er Alea einen Schritt weiter zu verschiedenen Lidschattenprodukten. »Das hier ist toll!« Er griff nach einer Lidschattenpalette mit glitzernden Goldtönen. Einen Moment später erstarb sein hingerissenes Lächeln jedoch schon wieder. »Das Zeug ist mehrfach in Plastik verpackt.«

Alea blickte sich um. »Da drüben sind Bioprodukte.« Sie zog Sammy zu den in Pappe verpackten Sachen. Das Lidschattenangebot beinhaltete hier allerdings keine Goldpalette.

»Gold ist aber genau meine Farbe!«, murrte Sammy, der die in Plastik verpackte Goldpalette noch immer in der Hand hielt. »Ein galaktischer Feuersturm kommt doch nicht in Mörtelgrau daher.« Er zog einen Flunsch. »Trotzdem ist das mit der Plastikverpackung voll doof. Was soll ich machen?«

»Das ist echt gar nicht leicht.« Alea kratzte sich am Kopf. »Ich bin in einem ganz ähnlichen Dilemma wegen dem Auto von der Verleihfirma.« Während sie Sammy davon erzählte, gesellten sich Lennox, Siska, Ben und Tess zu ihnen. Sammy war überrascht, dass sie den Wagen noch nicht zurückgegeben hatten. Tess fand es hingegen gut, dass sie damit nach Rom fahren konnten.

»Obwohl solche Autos viel zum CO_2-Ausstoß beitragen?«, fragte Alea ganz vorsichtig und versuchte, nicht oberlehrerinnenhaft zu klingen. Mit welchem Recht hätte sie auch irgendjemanden belehren können? Sie hatte sich ja selbst dafür entschieden, mit dem Wagen zu fahren. Dennoch war das ein wichtiger Punkt.

Tess verschränkte die Arme vor der Brust.

»Was meinst du, Ben?«, fragte Sammy seinen großen Bruder.

Gedankenvoll strich Ben sich über den braun gebrannten Arm. »Ich finde es in solchen Situationen immer total schwer, abzuwägen, was richtig und was falsch, was noch in Ordnung und was nicht mehr in Ordnung ist.«

»Die *Crucis* fährt ja auch mit Verbrennungsmotor«, warf Tess ein.

Alea nickte. Zwar bewegte sich die *Crucis* meistens allein durch den Wind in ihren Segeln vorwärts, und ihren Strom bezog die Cru größtenteils von Solarpaneelen auf dem Dach des Deckshäuschens. Dennoch hatten sie den Schiffsmotor schon viele Male angeworfen.

»Die *Crucis* ist ein altes Schiff, und der Motor ist auch alt«, sagte Ben. »Wir können uns nichts Neues, Umweltfreundlicheres leisten.« Er ließ den Satz einen Augenblick lang im Raum stehen, dann schickte er nach: »Eigentlich dürften wir auch keine Handys benutzen. Sie verbrauchen viel Strom und werden aus nicht nachhaltigen Rohstoffen hergestellt.«

Tess legte den Kopf schief. »Man kann Handys doch gut recyceln, oder?«

»Ja, schon«, bestätigte Ben. »Wenn man sein altes Handy

an eine Sammelstelle schickt oder zum nächsten Wertstoffhof bringt, wird es recycelt, und es müssen weniger Rohstoffe für neue Geräte gefördert werden. Trotzdem dürfte jemand, der alles richtig machen will, keins haben.«

Sammy ließ die Schultern hängen. »Sind wir gar keine richtigen Umweltschützer, weil wir Handys haben?«

»Wir *sind* Umweltschützer, denn wir strengen uns an und achten auf total viele Dinge«, war Bens Antwort. »Aber wir sind keine mustergültigen Vorzeigeexemplare.«

Mit Grübelmiene strich sich Tess eine Strähne ihrer Dreadlocks hinters Ohr. »Ich glaube, jedes kleine bisschen, das man richtig macht, ist etwas wert.«

»Das glaube ich auch«, pflichtete Lennox ihr bei. »Man muss nicht ohne Fehl und Tadel sein, um etwas Gutes zu bewirken.«

Das stimmte natürlich, dennoch fand Alea, dass man es sich auch nicht zu leicht machen durfte. »Muss man denn nicht ohne Fehl und Tadel sein, wenn man als jemand ernst genommen werden will, der angetreten ist, um die Ozeane zu retten? Als Elvarion?« Bald würde sie auf einer Bühne vor zigtausend Menschen stehen und ihre Umwelt-Texte singen. Damit präsentierte sie sich den Landgängern als Vorreiterin! Wie konnte sie den Leuten aber sagen, was sie in Bezug auf Umweltschutz tun und lassen sollten, wenn sie selbst …

»Niemand ist perfekt«, unterbrach Lennox ihren Gedankenfluss. »Auch Anführerinnen nicht. Und ich finde, das müssen sie auch gar nicht sein, um ihre Rolle gut auszufüllen. Setz dich nicht immer unter solchen Druck, Yavani.«

»Man kann eigentlich kaum am Leben teilhaben, ohne etwas *falsch* zu machen, oder?«, brummte Sammy.

»Leider stimmt das.« Ben rieb sich das Kinn. »Die umweltschädigenden Strukturen gehen so tief, dass man ihnen teilweise gar nicht ausweichen kann. Teilweise!«, betonte er und nahm Sammy den goldenen, in Plastik verpackten Lidschatten weg. »Wie wäre es stattdessen mit diesem hier?« Er hielt Sammy eine Biopalette mit Gelb- und Orangetönen hin.

»Näh! Das ist Grippe-Ocker!«, wehrte Sammy empört ab. »Damit sehe ich doch tierisch krank aus.« Da fiel sein Blick auf eine Schachtel weiter hinten. »Was ist das denn?« Zwischen anderen Paletten zog er eine kleine Pappbox mit Indigo-Blautönen hervor, die mit einem einfachen, dünnen Strick verschlossen war. »Die hier will ich!«, rief Sammy begierig, obwohl die Farben rein gar nichts spektakulös Pompöses an sich hatten.

»Im Ernst?«, wunderte sich Tess. »Blau ohne Glitzer?«

Sammy atmete tief durch, als wäre dies ein besonderer Moment in seinem Leben. »Ich kann es spüren – das ist das Richtige! Es muss genau das hier sein.«

Tess verdrehte die Augen. »*Bon*«, sagte sie achselzuckend und schlurfte davon, um sich bei den Accessoires umzusehen. Siska, die die ganze Zeit schweigend danebengestanden hatte, weil die Unterhaltung auf Deutsch geführt worden war, schloss sich Tess an. Sammy dackelte ihnen allerdings hinterher.

Alea, Lennox und Ben gingen indessen zur Kasse, um zu bezahlen. Ben kaufte Sammy den indigoblauen Lidschatten in der Pappschachtel und hatte für sich selbst schwarzen

Nagellack für den Auftritt ausgesucht. Lennox legte ein paar schwarze, vegane Lederhandschuhe ohne Finger auf den Verkaufstisch.

Als sie den Laden kurz darauf gemeinsam verließen, löcherte Sammy Siska wieder mit Fragen. Gerade wollte er auf Englisch wissen, ob sie zu Hause in Portugal viele Freunde hatte.

»Ehrlich gesagt, bin ich eine Einzelgängerin«, gestand Siska. »Ich hatte bisher noch nie das Gefühl, dass ich irgendwo dazugehöre.« Es sollte wohl leicht klingen, als wäre das völlig in Ordnung. In Siskas Augen schimmerte jedoch unübersehbare Traurigkeit.

»Ich habe in der Schule auch nicht viele Freunde gehabt«, erzählte Alea. »Eigentlich gar keine.«

Siska sah sie an, als könnte sie sich das kaum vorstellen. »Weshalb nicht?«

»Na ja, ich hatte immer das Gefühl, dass ich irgendwie anders bin als die anderen«, versuchte Alea zu erklären, und Tess half ihr mit ein paar englischen Vokabeln aus. »Also, nicht besser als andere!«, stellte Alea klar. »Aber eben nicht so wie die meisten. Ich wollte mich andererseits auch nicht komplett verbiegen, um reinzupassen. Das hat einigen in meiner Klasse nicht gefallen …«

»Warst du einsam?«, hakte Siska nach, und ihrer Stimme war deutlich anzuhören, dass sie wohl selbst manchmal mit Einsamkeit zu kämpfen hatte.

»Nein.« Alea horchte in sich hinein, ob das auch wirklich stimmte, dann wiederholte sie: »Nein, ich war nie einsam. Eigentlich habe ich auf dem Schulhof lieber allein rumgestanden, als bei jemandem, mit dem ich nicht so richtig auf einer Wellenlänge war.«

»Aber Kompromisse einzugehen, ist doch wichtig«, sagte Siska.

»Klar! Wenn man allerdings nicht man selbst sein kann – wenn man sich wie ein Chamäleon verändern muss, um akzeptiert zu werden!, – dann ist man allein besser aufgehoben, finde ich.«

»Man kann auch inmitten einer Gruppe ziemlich einsam sein«, bemerkte Lennox.

Alea stimmte ihm zu. »Vor allem in einer Gruppe, in die man nicht gut reinpasst. Da fühlt man sich als Einzelgängerin, also einfach ganz allein, weniger einsam als in einer solchen Gruppe.«

»Aber in unsere Gang passt du super rein, Schneewittchen!«, rief Sammy mit Nachdruck.

»Finde ich auch.« Spielerisch verpasste Alea ihm einen Stups auf die Nase. »Seit ich bei der Alpha Cru bin, habe ich zum ersten Mal das Gefühl, dass ich einfach ich selbst sein kann und genau dafür gemocht werde«, sagte sie. Dann fügte sie hinzu: »Wenn man ein komischer Vogel ist, muss man zwar länger suchen, bis man andere komische Vögel findet. Aber das ist die Mühe in jedem Fall wert.«

Sammy grinste Siska an. »Wir in der Alpha Cru sind alle komische Vögel.«

Mit dem nächsten Atemzug riefen Alea und die anderen wie aus einem Munde auf Deutsch: »Und zwar gerne!«

Lennox übersetzte, und Siska lächelte etwas verhalten. Sie

hatte ihnen aufmerksam zugehört, die Traurigkeit war allerdings noch nicht aus ihren Augen gewichen. Wie es schien, hatte sie es in ihrer Schule nicht ganz leicht. Nun war sie jedoch auf einen Club von Freaks gestoßen, in dem das Anderssein vom Oberguru Samuel Draco zur ultimativen Besteigenschaft gekürt worden war. Alea wollte Siska gerade sagen, dass sie bei ihnen gar nicht anders als anders sein musste. Da nahm Sammy Siskas Hand und lächelte die Darkonerin an, als wollte er ihre Traurigkeit vertreiben – nicht mit seinem typisch-schelmischen Schlawinerlächeln, sondern ganz offen, von Herz zu Herz, von Freak zu Freak. Nun griff er mit der linken Hand nach Lennox, während seine rechte noch immer die von Siska festhielt.

Ben nickte seinem kleinen Bruder zu und reichte Alea die eine Hand und Tess die andere. Rasch streckte Alea die freie Hand nach Siska aus, und als diese sie nahm, schloss sich die Kette.

Ein starkes Zusammengehörigkeitsgefühl lag plötzlich in der Luft und schien sie alle zu erfassen. Einen Augenblick lang standen sie nur da, dann machte Sammy den ersten Schritt und zog die lange Kette mit. Langsam spazierten sie die Straße hinab, ohne einander loszulassen. Die Leute wichen ihnen mit genervten Mienen aus, und viele warfen ihnen schräge Blicke zu. Doch das war Alea egal, und den anderen wohl auch. Für Siska musste die Situation zwar sehr ungewohnt sein – ihre Miene war eine Mischung aus Scheu und Verkrampftheit –, aber sie löste sich dennoch nicht aus der Reihe und schritt mit hocherhobenem Kopf voran.

Nachdem sie ein gutes Stück gegangen waren, japste Sammy, als hätte er auf einmal eine Superidee. An Siska gewandt, rief er: »Ab heute nenne ich dich *Sista Siska*!«

Damit brachte er die Darkonerin dazu, unerwartet laut aufzulachen, und Alea hätte Sammy am liebsten abgeknutscht. Nicht nur die Idee mit der Kette aus Händen, auch seine Sprüche halfen immer wieder dabei, schweren Dingen Leichtigkeit einzuhauchen. Das war Sammys Art von Magie, die für die Alpha Cru kein bisschen weniger wichtig war als die Superkräfte des Oblivions oder die Qualitäten einer Elvarion. Oder die unerschütterliche Verlässlichkeit ihres Kapitäns. Oder der blitzgescheite Verstand ihrer Piratenprinzessin. Jeder von ihnen verkörperte einen unverzichtbaren Teil ihrer Kette, die gleichzeitig ein Sicherheitsnetz war. Und das fing jeden auf, der ins Trudeln geriet. Siska bekam gerade zum ersten Mal einen Eindruck davon, aber Alea war in ihren dunkelsten Momenten schon dutzendfach von diesem einzigartigen Bandengeflecht aufgefangen worden. Sie wusste um die Kraft ihres Bundes, und Siska war nun ein Teil davon – so wie Kit und Niki, die Alea in diesem Moment am liebsten hergezaubert hätte. Da die beiden aber nicht hier sein konnten, bestand ihr Netz jetzt und hier aus zwölf Händen, die eine feste, beständige Struktur bildeten, sodass keiner von ihnen durch die Maschen fallen konnte.

Eine kleine Ewigkeit lang wanderte die Alpha Cru händehaltend durch die Straßen Venedigs, bis Sammy Knall auf Fall stehen blieb. Sie befanden sich in einer vergleichsweise ruhigen Gasse, etwas abseits des Trubels, am Hinterausgang eines Restaurants. Sammy verkündete, dass er unbedingt auf der Stelle den indigoblauen Lidschatten ausprobieren wollte.

»Du hast doch gar keinen Spiegel dabei«, muffelte Tess. »Kannst du dich nicht später in der Jugendherberge schminken?«

»Warum schminkst du mich nicht?«, fragte Sammy und nahm seinen Piratenhut ab. »Dann brauchen wir auch keinen Spiegel.«

Tess brummte bloß. Ebenso wie Alea benutzte sie so gut wie nie Make-up. Sammy kramte trotzdem seine brandneue Lidschattenpalette hervor, löste den dünnen Strickfaden, der die kleine Pappschachtel umschloss, und öffnete die Box.

Im Inneren befand sich allerdings kein Lidschatten.

Stattdessen prangte dort eine dunkle Muschel.

»Was zum Geier …« Verblüfft holte Sammy die Muschel heraus. Es war eine vollständige, bei der die beiden Hälften noch zusammenhingen.

»Warum ist da kein Lidschatten drin?« Tess zog eine Augenbraue in die Höhe. »Was ist das für eine Muschel?«

»Das wüsste ich auch gern«, sagte Alea staunend.

Mit verwunderten Mienen umringten sie Sammy. Dieser öffnete vorsichtig die Muschel und schaffte es, sie dabei nicht zu zerbrechen. Eine schwarz glänzende Perle kam zum Vorschein, die wie eine Königin in der Mitte der Muschel thronte.

Ben schnappte nach Luft. »Die Perle ist aus Obsidian! Das … gibt es gar nicht. Es gibt keine Perlen aus Obsidian!«

Da bemerkte Alea, dass in der oberen Innenseite der Muschel etwas auf Hajara geschrieben stand. Ben, Tess und Sammy konnten es als Landgänger nicht sehen, aber ihr leuchteten die Buchstaben geradezu entgegen.

In feiner Schrift stand dort geschrieben: *Die Kraft des Obsidians bringt euch zum Herz des Ozeans.*

Das Herz des Ozeans

»Das ist sie«, stieß Alea hervor. »Das ist die Weisung der Talassiopa.«

Lennox fuhr sich mit einer Geste übers Haar, als könnte er es kaum glauben. »Sie hat keinen Tasfaren geschickt, sondern … eine Lidschattenpalette.«

Tess schüttelte den Kopf. »Aber woher wusste die Talassiopa, dass Draco nach Lidschatten suchen würde? In genau diesem Laden!«

»Sweeney hat gesagt, die Talassiopa ist die Hüterin der Zeit«, entsann sich Alea. »Sie lebt im Gestern und im Morgen. Also kennt sie auch die Zukunft!«

Tief beeindruckt flüsterte Sammy: »Dass ich die Einladung finde, war Schicksal. Ich bin zum Werkzeug des Schicksals geworden.«

Siska verstand nicht, was sie auf Deutsch miteinander sprachen, deswegen übersetzte Lennox es ins Englische. Als Siska antwortete, tat sie das jedoch auf Hajara. »Wie soll die Perle denn jemanden zur Talassiopa bringen? Und … wo ist überhaupt das Herz des Ozeans?«

Sammy zupfte sie am Ärmel, und Siska wurde klar, dass er

nichts verstanden hatte. Während sie ihre Worte auf Englisch wiederholte, fragte Lennox Ben: »Können wir noch mal die Aufnahme von dem Tasfaren auf dem Dach hören?«

Umgehend zog Ben sein Handy hervor und spielte den Mitschnitt ein weiteres Mal ab. Die tiefe, vibrierende Stimme des Tasfaren erklang. *»In dieser Stadt so schön und alt, erreicht IHR Zeichen dich alsbald. Du wirst SIE selbst nicht hier erblicken, doch wird SIE dir die Weisung schicken. Im Angesicht des Augenblicks kommst du zum Herz des Weltgeschicks.«*

»Ist das Herz des Weltgeschicks dasselbe wie das Herz des Ozeans?«, fragte Lennox auf Hajara, und Sammy beschwerte sich abermals. Leider gab es keine Sprache, die sie alle sechs richtig gut beherrschten.

Mit einem Stirnrunzeln bat Siska darum, sich die Muschel etwas genauer ansehen zu dürfen. Sammy übergab sie ihr, als wäre sie ein rohes Ei, und mit entsprechender Behutsamkeit nahm Siska sie auch entgegen. Vorsichtig drehte und wendete sie sie. »Auf der Unterseite steht noch etwas!«, rief sie im nächsten Moment.

Tatsächlich! Nun sah Alea es auch. Auf der Unterseite der Muschel stand: *»Auch ihr sollt hier erscheinen, ihr Mitstreiter der einen.«*

Überrascht schnalzte Lennox mit der Zunge.

»Was? Was?«, quengelte Sammy, der nichts verstanden hatte.

Ben, der genug Hajara konnte, um diesen Satz zu übersetzen, erklärte ihm: »Wir alle sollen mitkommen … zum Herz des Ozeans.«

Mit weit aufgerissenem Mund kreischte Sammy: »Jaaa!«

Für Alea war klar gewesen, dass Lennox sie begleiten würde, aber dass nun die ganze Alpha Cru eingeladen war, fand sie sogar noch besser.

Tess brachte Sammy zum Schweigen. »Jetzt mal ganz ruhig! Das Herz des Ozeans ist doch bestimmt im Meer«, wandte sie energisch ein. »Und Siska kann nicht ins Wasser. Sie würde sterben.«

Sammys Mund war noch immer weit aufgerissen, allerdings kam nun kein Laut mehr heraus.

»Außerdem können wir Landgänger unter Wasser nicht atmen«, fügte Tess warnend hinzu. »Und wir haben keine Tauchflaschen.«

»Lennox, wann hast du eigentlich zum letzten Mal Rotfarntee getrunken?«, erkundigte sich Ben.

»Er braucht keinen Rotfarntee mehr!« Alea wurde klar, dass die anderen das noch gar nicht wussten. »Durch den Herrinnenschwur …«

»Ich bin durch Orions Serum immun gegen den Virus geworden«, erklärte Lennox. »Das Gegenmittel war beigemischt.«

»Was, echt?«, rief Sammy. »Hammer!«

In diesem Augenblick veränderte sich die Schrift in der Muschel. Mit perplexem Gesichtsausdruck überreichte Siska sie Alea, damit diese sehen konnte, was nun dort geschrieben stand. Wo zuvor noch die Einladung an die Mitstreiter geprangt hatte, las sie jetzt die Worte: *»Habt keine Furcht und nehmt die Hände, in vollem Schutz zur Zeitenwende.«*

»Oh …« In Aleas Kopf liefen die Gedanken Sturm. »Siska

wird nichts geschehen!« Anders konnte man die Worte in der Muschel nicht interpretieren. »Keiner von uns muss sich Sorgen machen.«

Siska gab ihr recht. »Die Talassiopa scheint magische Möglichkeiten zu haben, uns alle auf sichere Weise zu sich zu holen.«

»Wir müssen uns festhalten«, sagte Alea, während sie die Worte der Talassiopa noch einmal las. »*Nehmt die Hände!* So, wie wir es eben als Kette gemacht haben.«

»Und dann?«, hakte Ben nach.

»*Im Angesicht des Augenblicks …*« Alea überlegte. »Kann es sein, dass wir von einem Moment auf den anderen zur Talassiopa kommen?«, fragte sie auf Deutsch, und Tess übersetzte es für Siska ins Englische.

»Ja!« Sammy war ganz aufgeregt. »Wir nehmen uns alle an den Händen und schlagen die Hacken zusammen, wie in *Der Zauberer von Oz*, wenn Dorothy nach Hause gebeamt werden will.«

Lennox lachte, als wäre das ein guter Witz.

Alea hielt die Idee aber für gar nicht so schlecht. »Lasst es uns versuchen! Es schadet ja nicht. Bei solchen Sachen geht es in erster Linie darum, dass man sich auf etwas Bestimmtes konzentriert und seinen Geist darauf ausrichtet. Das ist bei allen magischen Dingen so.«

Dem konnte Lennox nicht widersprechen.

»Aber was wollt ihr mit euren Sachen machen?« Tess wies auf ihre schweren Rucksäcke und Lennox' Gitarre. »Die werden doch nass.«

Sammy deutete mit dem Kinn auf den Hinterausgang des Restaurants, vor dem sie stehen geblieben waren. »Wir fragen die Leute in dem *ristorante*, ob wir das Zeug bei ihnen unterstellen dürfen.«

Alea ging ein paar Schritte näher an das Gebäude heran und lugte durch eines der Fenster. Sie blickte direkt in die Küche, in der hektische Stimmung unter den Angestellten herrschte und alle offenbar mehr als genug zu tun hatten.

»Da drin ist die Hölle los«, sagte Tess, die mitgekommen war. »Wieso sollten die uns erlauben, die Sachen bei ihnen abzustellen?«

Sammy blieb ihr keine Antwort schuldig. »Weil niemand meinem Charme widerstehen kann!« Er war schon auf halbem Weg zur Restauranthintertür. Keine drei Minuten vergingen, da kehrte er zurück. »Sie sagen, es wäre kein Problem.«

Lennox grinste, nahm Alea und Siska ohne viel Tamtam ihre Rucksäcke ab, ließ sich von allen die Handys geben, verstaute diese in der Außentasche seines eigenen Rucksacks und stapfte schwer beladen mit Sammy in das Restaurant. Wenig später kamen sie ohne jeglichen Ballast wieder heraus.

»Wir durften alles in der Garderobe deponieren.« Sammy strahlte zahnlückenbreit und tippte sich an den Piratenhut, den er wieder trug. »Man kann mir einfach nichts abschlagen!«

Tess seufzte schwer.

»Sir Scorpio, ich wusste gar nicht, dass du Italienisch sprichst«, sagte Sammy nun einigermaßen erstaunt. »Und zwar perfekt!«

»Ich konnte es, ehrlich gesagt, immer nur ein bisschen.« Lennox hob leicht die Schultern. »Mein Vater ist Italiener, hat zu Hause aber meistens Deutsch gesprochen.«

Ben nickte, als wäre das für ihn nichts Neues.

Für Alea war es das aber. »Und wie kommt es, dass du es jetzt perfekt kannst?«

»Durch den Herrinnenschwur.« Lennox grinste schief. »Seit dem Schwur spreche ich die Sprache offenbar fließend – was ich aber auch erst heute festgestellt habe.«

Überrascht starrten alle ihn an – bis auf Siska, die der deutschen Unterhaltung nicht folgen konnte.

Lennox' Wangen röteten sich. *»Didn't we want to go to the ocean's heart?«* – Wollten wir nicht zum Herz des Ozeans?

Siska nickte, und alle Blicke hefteten sich nun auf Alea, als stünde es außer Frage, dass sie die Führung übernehmen würde.

Alea atmete tief durch, verdrängte alles andere aus ihren Gedanken und konzentrierte sich auf das, was sie vorhatten – und das war nicht weniger als eine magische Reise ins Ungewisse! »Gut, versuchen wir es«, sagte sie etwas heiser und hörte das Blut in ihren Schläfen pochen.

»Was, wenn irgendwas nicht klappt und wir unter Wasser doch nicht atmen können?«, fragte Tess.

»Oder wenn Sista Siska nass wird?«, hängte Sammy auf Englisch an.

Die Darkonerin räusperte sich. »Das Risiko nehme ich in Kauf.« Ihre Augen sprühten vor Tatendrang und Draufgängertum. »Zwar ist die Situation suboptimal, und es wäre mir lieber, ich könnte zuvor ein Sicherheitskonzept ausarbeiten. Aber die Variablen sind sowieso unberechenbar.«

»Mir wäre auch wohler, wenn wir mehr wüssten«, gestand Lennox.

»In vollem Schutz zur Zeitenwende«, zitierte Sammy. »Was kann da schiefgehen?«

Tess seufzte noch einmal.

»Die Talassiopa würde uns nicht in Gefahr bringen«, erklärte Alea überzeugt. »Sie wird für unsere Sicherheit sorgen.«

»Also machen wir es«, sagte Siska, die von ihnen allen das größte Risiko trug.

»Was machen wir genau?« Ben kniff die Augen zusammen. »Wir fassen uns einfach an den Händen?«

»Ja«, antwortete Alea mit Blick auf den Spruch in der Muschel. »Und dann konzentrieren wir uns darauf, dass wir zum Herz des Ozeans wollen.« In Windeseile verstaute sie die kleine Box mit der Muschel, ihre Samtmütze, Handschuhe und die Minutenringe in ihrer Bauchtasche, in der sich auch der Goldumhang und die beiden Silberfäden befanden. Diese Schätze hätte Alea niemals in einem Rucksack im Restaurant zurückgelassen, auch wenn die Fäden durch Muras Fluch unbrauchbar geworden waren.

Währenddessen nahm Siska ihre Kontaktlinsen heraus, legte sie in den zugehörigen kleinen Behälter und steckte diesen in ihre Jackeninnentasche.

»Heilige Flippflosse! So siehst du in echt aus?« Sammy stierte Siska an. »Deine Augen strahlen wie zwei Sommersonnen … im Ferienhimmel.«

»Ähm, danke?« Siska zog den rechten Mundwinkel in die Höhe. »Ich habe die Linsen herausgenommen, weil ich mich gleich zum ersten Mal in meinem Leben ins Meer begeben werde. Da will ich vollkommen *ich* sein.«

Alea ergriff ihre Hand. Die andere streckte sie nach Lennox aus. Ben, Tess und Sammy traten jeweils einen Schritt vor, und alle nahmen sich erneut bei den Händen. Diesmal entstand jedoch keine Kette, sondern ein Kreis.

Vor Aufregung brachte Sammy kleine Hibbelgeräusche hervor. »Meint ihr, wir werden gleich einfach weggebeamt?«

»Hmm …« Lennox schaute sich mit Argusaugen um. In der kleinen Gasse hinter dem Restaurant hielt sich gerade keine Menschenseele auf. Falls sie wirklich einfach weggebeamt werden würden, bekäme das wohl niemand mit.

»Das ist so krass«, brabbelte Sammy vor sich hin. »Richtig, richtig krass. Also, wunderseebärig. Megabärchen! Aber krass.«

»Pscht!«, machte Tess und sah aus, als würde sie im Stillen beten. Sie war sichtlich nervös. Das war Alea auch. Dennoch erhob sie die Stimme und sagte, einem spontanen Impuls folgend: »Die Kraft des Obsidians bringt uns zum Herz des Ozeans.«

Alea wollte die Hacken zusammenschlagen. Doch noch bevor sie das tun konnte, wurden sie fortkatapultiert – ihre gesamte Gruppe, sechs Personen auf einen Streich. Es war, als würde eine unermesslich große Macht sie fortziehen. Allerdings wurden sie nicht richtig fortgebeamt, waren nicht von einem Moment auf den anderen an ihrem Ziel angelangt.

Vielmehr schien es sich um eine Art Blitzreise in Schallgeschwindigkeit zu handeln, die sie wie auf Windesflügeln aus der Stadt hinausbeförderte. Auf einmal waren sie am Hafen, und dann, nur einen Wimpernschlag später, befanden sie sich im Meer. Alea hatte den Augenblick des Hineintauchens gar nicht bemerkt, aber nun waren sie unter Wasser! Blaue Tiefen und Fischschwärme jagten wie im Zeitraffer an ihnen vorüber.

Erschrocken stellte Alea fest, dass sie nur noch Lennox' Hand hielt. Siskas war ihr entglitten. Hastig schaute sie sich nach den anderen um, und ihr fiel ein Stein vom Herzen, als sie sah, dass Siska, Ben, Tess und Sammy noch immer direkt neben ihnen waren. Ihre Körper befanden sich jedoch nicht *im* Wasser. Eine Art Blase hatte sich um sie herum gebildet! Jeder von ihnen war von einem feinen, durchsichtigen Kokon umhüllt, der sie offenbar vom Wasser trennte und gleichzeitig dafür sorgte, dass sie atmen konnten. Die grün glitzernde Beschaffenheit der Blasen ließ keinen Zweifel zu – hier handelte es sich um Gilfenmagie!

»Sie sind sicher«, sagte Lennox, der neben Alea schwamm oder besser gesagt gemeinsam mit ihr und den vier Glitzerblasen durchs Meer gezogen wurde – und das mit einer Leichtigkeit, als erzeugte das Wasser keinerlei Widerstand und als flögen sie förmlich durch die Weiten.

Alea hatte es gar nicht bemerkt, aber Lennox und sie hatten sich verwandelt. Ihre Schwimmhäute und Kiemen hatten sich herausgebildet, und sie atmeten unter Wasser, als wäre alles ganz normal. Dabei war rein gar nichts normal!

Alea umklammerte Lennox' Hand und starrte gebannt auf

die einzigartigen Bilder, die sich ihr boten. Das wogende, üppige Stimmungsspiel der See schien ihren Wandereraugen regelrecht entgegenzuspringen, doch Alea konnte die Farben und Formen gar nicht richtig erfassen. Vielmehr zogen sie als verwischter, rauschender Regenbogen an ihr vorüber wie ein frisch gepinseltes Gemälde, über das jemand ein Glas Wasser geschüttet hatte und das nur noch aus buntem Chaos bestand.

Mit offenem Mund betrachtete Siska die vorbeischießenden Meereslandschaften, die sie auch ohne Wandererfarben tief berühren mussten. Für die Darkonerin war dieser Moment gewiss das bisher größte Abenteuer ihres Lebens. Noch nie zuvor war sie im Meer gewesen, und nun jagte sie mit magischer Blitzgeschwindigkeit zu den geheimsten Sphären des Ozeans.

Weiter und immer weiter ging es, durch scheinbar unendliche Tiefen, bis sich ihr Tempo stufenweise verlangsamte. Aufgeregt blickte Alea sich um. Hatten sie ihr Ziel erreicht? Sie mussten dem Meeresgrund sehr nah sein, denn inzwischen war es stockdunkel. Lennox' Hajaro-Augen strahlten in einem intensiven Azurblau, und Aleas Augen hatten ebenfalls in den Tiefsee-Katzen-Modus gewechselt, wodurch sie die Umgebung auch in der Dunkelheit deutlich erkennen konnte. Siskas Augen strahlten allerdings am hellsten. Obwohl die Darkonerin sich in ihrer Blase nicht verwandelt hatte, leuchtete kein Augenpaar heller als ihres. Zwei Sommersonnen im Ferienhimmel? Ja, das passte. Sammy, Tess und Ben hingegen konnten wahrscheinlich kaum etwas sehen.

Doch das änderte sich bereits im nächsten Moment. Mit einem Mal glomm in der Ferne ein pulsierendes Licht auf. Alea verspürte ein aufgeregtes Kitzeln im Nacken. Während sie geradewegs auf das Licht zu gezogen wurden, entwickelte es sich zu einem immer größeren und durchdringenderen Strahl, hell wie der rotierende Scheinwerfer eines Leuchtturms.

»Da!«, rief Alea und wies voraus. Sie meinte aber nicht das Licht – das war wohl keinem entgangen –, sondern etwas anderes: Hunderte von Skorpionfischen wimmelten dort drüben im Wasser! Einige Nachzügler erhoben sich gerade noch vom Meeresboden, und Alea erkannte, dass sie zuvor die Quelle des flutenden Lichts getarnt haben mussten. Als diese sich ihnen nun gänzlich offenbarte, begann Aleas gesamter Körper zu kribbeln. Vor ihnen lag eine Art riesiges, pulsierendes Herz, überwuchert von goldenen, grünen, blauen und silbernen Schlingpflanzen. Dies war der Ursprung des Lichts. In rhythmischen Impulsen schien das Herz es wie gleißende Flutlichtstrahlen in den Ozean hinauszuschicken.

»Ich glaube, das ist es«, sagte Alea atemlos. »Wir sind da.«

Wie von Zauberhand zogen sich einige der Schlingpflanzen zurück und bildeten einen Einlass für sie.

»Oh«, entfuhr es Alea, als sie bemerkte, dass sie von jemandem erwartet wurden. Ein Gilf verharrte am Eingang und blickte ihnen griesgrämig entgegen. Sein scharfzahniges Echsengesicht wirkte wenig einladend, aber Alea kannte Gilfen zu gut, um sich davon abschrecken zu lassen. Davon abgesehen, gab sein Stimmungsspiel Entwarnung. Rosafarbene Bläschen umwaberten die gedrungene Gestalt des Magischen, und die Wanderin konnte sicher sein, dass dieser Gilf wohlwollend und harmlos war.

Kurz vor dem Eingang ließ die magische Zugkraft, die sie herbefördert hatte, abrupt nach. Überrascht sah Alea auf ihre Arme und Beine, die nun wieder selbst dafür sorgen mussten, dass sie vorwärtskam. Hatte das Ziehen aufgehört, damit sie entscheiden konnten, ob sie das Herz wirklich betreten wollten? Das stand für sie jedoch völlig außer Frage.

Alea drehte sich zu Tess, Ben, Sammy und Siska um und erkannte, dass die vier sich ihr näherten. Anscheinend konnten sie ihre Glitzerblasen selbst manövrieren! »*Nscha*«, murmelte Alea mehr zu sich selbst und ging mit hämmerndem Herzen in Führung. Bedächtig schwamm sie auf den Einlass und den Gilfen zu. Lennox und die anderen waren gleich hinter ihr. Kaum dass sie den Gilfen erreichten, gab er eine Art grummeliges Bellen von sich und deutete mit seiner Krallenhand ins Innere.

Sie begaben sich hinein, und während Alea über die Schwelle glitt, hatte sie das Gefühl, in ein eigenes Universum einzutauchen. Staunend blickte sie sich um. Hier drin war viel mehr Platz als angenommen! Alles wirkte endlos weit, als gäbe es keine Beschränkungen. In der schieren Unermesslichkeit erinnerte dieser Ort Alea an den Raum der Ahnen in der Laube der Loreley. Doch während sie dort den Eindruck gehabt hatte, sie befänden sich in einer magischen Galaxie, waren sie hier offenbar in einer Art Zauber-Unterwasserwelt. Glänzende bunte Fische schwammen ausgelassen in sanfter Strömung.

An schillernden Felsen rankten langarmige Seepflanzen, die den zarten Wellen sachte wedelnd zu folgen schienen und obendrein je nach Lichteinfall die Farbe wechselten. Und das Licht … das Licht! Es veränderte sich ständig, kam mal von hier, dann von dort, als wollte es Pflanzen und Fische necken. Alea hätte nicht sagen können, was die Quelle des Lichts war. Es küsste sie von allen Seiten, umfing sie mit warmen Armen, und das Wasser selbst wirkte, als würde es übermütig mit den Strahlen spielen. Mit streichelnder Leichtigkeit wogten die Wellen durch den endlosen Raum, wie eigene Gezeiten, die im Rhythmus eines uralten Herzschlages hin und her brandeten. Alles pulsierte. Alles war Licht. Alles war ewig.

»Wir sind im Herz des Ozeans«, flüsterte Lennox. »Im Herz des Weltgeschicks!«

»Ja … das ist … unglaublich.« Die Situation fühlte sich derart überwältigend an, dass Alea nur stockend sprechen konnte.

Der Gilf begab sich nun daran, wortlos und mit grimmig-verbissenem Gesichtsausdruck die grün glitzernden Blasen von Tess, Sammy, Ben und Siska zu untersuchen. Er wollte wohl sicherstellen, dass sie reibungslos funktionierten.

»Wer bist du?«, fragte Alea ihn.

Der Gilf brummte allerdings nur etwas Unverständliches in sich hinein, dann wandte er sich ab und schlängelte sich mit wendigen Schwimmbewegungen davon.

Lennox hob die Achseln, als wäre von einem Gilfen kaum etwas anderes zu erwarten gewesen. Gleich darauf tauchte er tiefer in den Raum hinein – gewiss, um sich umzusehen und die nähere Umgebung auf Gefahren hin zu überprüfen.

Während Alea darauf wartete, dass er zurückkam, konnte sie nicht widerstehen – sie wippte im Rhythmus des Wasserspiels mit. Langsam streckte sie die Arme aus und ließ sie sanft durch das Wasser gleiten, genau wie die Schlingarme der Seepflanzen. Sie tanzte mit ihnen.

Plötzlich war Sammy hinter ihr. Er steckte zwar in seiner Blase, aber er tanzte ebenfalls mit! Alea strahlte ihn an, und er strahlte zurück. Zwar wusste sie genau, dass die Situation nicht unbedingt tiefenentspannt und sorglos-fröhlich war, dennoch fühlte sie sich so an.

Da hörte sie Ben. »Das werde ich mein Lebtag nicht vergessen …«, stieß er hervor. Offenbar waren die Glitzerblasen so dünn, dass man sich gut durch sie hindurch verständigen konnte.

Aufgekratzt kicherte Sammy. »Wenn wir das Opa Ernst erzählen, kürt er das zum besten Seemannsgarn aller Zeiten!«

Siska verstand ihre deutsche Unterhaltung nicht und blickte sich um. Ihrem Gesichtsausdruck nach schwelgte sie zwar ebenfalls in der Schönheit des Ortes, schien aber zugleich nach Hinweisen zu suchen.

Tess wiederum erweckte den Eindruck, als wäre sie ganz verzaubert. Mit entzücktem Lächeln starrte sie auf die farbwechselnden Pflanzen. »*Magnifique*«, kam es leise aus ihr heraus. »Es ist, als würde das Wasser sich über sich selbst freuen und sich feiern.«

Lächelnd kehrte Lennox zu ihnen zurück. Allem Anschein nach hatte er nichts Beunruhigendes finden können, und nun gestattete er sich wohl, ebenfalls in dem Anblick zu versinken.

Doch nur kurz, denn bald darauf ließ er den Blick schon wieder schweifen. »Wo ist die Talassiopa?«

Er hatte die Frage kaum ausgesprochen, da sagte Siska: »Ich höre etwas.« Die Stimme der Darkonerin senkte sich zu einem Flüstern. »Jemand kommt.«

Alea hatte selbst nichts gehört außer dem sanften, pulsierenden Rauschen dieses magischen Ortes. Aber auf Siskas feines Darkonergehör war Verlass.

Nur wenige Augenblicke später konnten sie erkennen, dass sich ihnen aus den Tiefen des Raumes etwas näherte. Auf den ersten Blick wirkte es wie ein Strahlenkranz, beim Näherkommen wurden allerdings die Umrisse einer Gestalt innerhalb des Strahlenkranzes deutlich – einer ganz und gar ungewöhnlichen Gestalt.

Aufs Äußerste gespannt, beobachtete Alea die sich nähernde Silhouette … und runzelte die Stirn. Nichts an den Gliedmaßen ergab Sinn. Doch mit jeder Sekunde waren die Konturen besser zu erkennen, und Alea wurde klar, dass es sich bei dem, was auf sie zukam, um ein Wesen handeln musste, das zwei verschiedenen Spezies zugleich angehörte. Anders als bei den Tasfaren jedoch, die bauchaufwärts wie edle Pferde und bauchabwärts wie überdimensionale Seepferdchen aussahen, schien dies hier eine Kreatur völlig anderer Art zu sein.

Tess sog scharf die Luft ein. »*Mon dieu …*«

»Holla die Waldfee«, kiekste Sammy.

»Wer?«, fragte Tess.

Sammy winkte ab.

Das Wesen, das sie beinahe erreicht hatte, schien einerseits ein Fisch zu sein – die untere Hälfte war ein delfingroßer, bunter Prachtfischleib mit üppigen, aufgefächerten Flossen, die die Kreatur wie ein bombastischer Fächer umgaben. Der Oberkörper hingegen glich dem eines Orang-Utans. Das Wesen hatte lange Arme wie ein Orang-Utan, die von feurig rotem Fell bedeckt waren, aber vor allem das Gesicht erinnerte eindeutig an die schönen Primaten. Die Kieferpartie ragte weit hervor, und über einer Nase, die aus kaum mehr als zwei kleinen Öffnungen bestand, blickten ihnen zwei weise, uralte Augen entgegen.

Ruhig schwamm das Wesen auf sie zu und war schließlich nur noch wenige Meter entfernt. Nun erkannte Alea, dass der Körper des Wesens rhythmisch flackerte. Das tat zwar dieser ganze Ort – hier pulsierte einfach alles! –, doch bei diesem Wesen führte das Flackern dazu, dass die Gestalt mal kräftiger, mal blasser wurde. So, als wäre dieses Geschöpf zwar hier, im nächsten Moment allerdings auch teilweise woanders. Der Lichtschein, der es umgab, wirkte bei näherem Hinsehen zudem weniger wie ein Strahlenkranz, sondern vielmehr wie … Alea schoss das Wort *Lichtpfeiler* durch den Kopf. Die Strahlen schienen das Wesen regelrecht festzuhalten, wie Ankergebilde, die es davor bewahrten, in jenes Woanders abzudriften. Als ob das Wesen zwischen den Welten von morgen und gestern schwingen würde, und die Lichtpfeiler stabilisierten es im Hier und Jetzt.

Die Gestalt hatte sie erreicht und hielt vor ihnen an. Ihr Stimmungsspiel sprach von nichts als Wohlwollen und Zuneigung. Goldgelbe Bläschen, die wie Konfetti um den einzigartigen Leib stoben, verrieten Alea außerdem, dass dieses Wesen große Freude darüber verspürte, sie zu treffen.

Alea fiel die Halskette des Wesens auf – an einem langen Strang Seetang prangte ein schneekristallgrüner, ovaler Stein, rund geschliffen wie ein opulenter Diamant.

Da meldete sich Sammy zu Wort. »*Misch Dayara*«, sagte er und winkte dem prächtigen Orang-Utan-Fisch zu. Sammy beherrschte zwar nur ein paar Brocken Hajara, aber einfach Guten Tag zu sagen, war an dieser Stelle vielleicht gar nicht so falsch.

Das Wesen betrachtete ihn freundlich, und Alea bemerkte, dass die Lichtpfeiler, die die Gestalt umstrahlten, nicht länger flackerten. Es war, als ob das Wesen nun vollkommen in der Gegenwart verweilte. Seine ohnehin schon Achtung gebietende Präsenz hatte sich dadurch noch intensiviert, und in seinen Augen schien die Weisheit der ganzen Welt zu liegen. Diese Augen richteten sich nun auf die Elvarion der letzten Generation.

Alea hob das Kinn. »*Misch Dayara*«, grüßte jetzt auch sie und verknotete vor Aufregung die Finger beider Hände ineinander.

Als Antwort erhielt sie zunächst nur ein Lächeln. Erst nach einer kleinen Weile, während der das Wesen Alea ausgiebig musterte, begann es zu sprechen. »Du bist meiner Einladung gefolgt, Alea Aquarius«, sagte es mit samtig tiefer Stimme.

»Und du hast sowohl deinen *dharrkon* als auch deine Mitstreiter mitgebracht.«

Aufgeregt nickte Alea.

»Ich bin die Talassiopa, die Hüterin der Zeit«, stellte sich der wundersame Orang-Utan-Prachtfisch vor, und die würdevolle Art, mit der er dies sagte, brachte Sammy dazu, sich in seiner Glitzerblase übertrieben tief zu verbeugen.

Tess schien zu fasziniert zu sein, um die Augen zu verdrehen.

Lennox, Siska und Ben starrten die Talassiopa ebenfalls ehrfürchtig an. Doch in Lennox' Körperhaltung konnte Alea auch eine gewisse Habtachtstellung erkennen. Sie wussten noch immer nicht, warum sie eingeladen worden waren.

Die Talassiopa ließ den Blick über die Reihe ihrer Besucher gleiten und ahnte wohl, wie viele Fragen sie haben mussten. »Ich bin so alt wie der erste Gedanke, der die Welt erschuf«, erklärte sie ihnen. Mit einem beinah kindlichen Kichern fügte sie an Sammy gewandt hinzu: »Meine äußere Erscheinung kreiere ich selbst. Ich verändere sie etwa alle paar hundert Jahre zur Abwechslung einmal.«

Sammy staunte sie mit offenem Mund an.

Interessiert beobachtete die Talassiopa seine Reaktion. »Bald wäre es wieder einmal Zeit für etwas Neues. Vielleicht … ein Kobrakorallenvogel? Oder ein Schmetterlingswalross?«

Sammy erwachte aus seiner Erstarrung. »Wie wäre es mit einer Wolkenrobbe?«

Die Talassiopa lachte ein warmherziges Lachen. »Das ist eine sehr gute Idee. Kreativ.«

Sammy verbeugte sich noch einmal.

Da flackerten die Lichtpfeiler, die den Körper der Talassiopa umrahmten, heftig auf. Plötzlich wirkte der Orang-Utan-Fischleib buchstäblich durchsichtig, doch nur einen Augenblick später waren seine Konturen und Farben wieder plastisch und kraftvoll. »Oh, weißt du was, Samuel Draco?«, fragte die Talassiopa amüsiert. »Ich werde über tausend Jahre in der Gestalt einer Wolkenrobbe verbringen!«

Alea rang nach Luft. War die Talassiopa etwa gerade in der Zukunft gewesen und hatte gesehen, dass sie auf Sammys Idee eingehen würde? Sie war beim Flackern ihrer Lichtpfeiler durch die Zeit gereist!

»Ich danke dir«, sagte die Talassiopa zu Sammy.

Der schien zwar überaus beeindruckt von ihr, machte aber eine wegwerfende Handbewegung. »Kein Ding. Solche Ideen kommen einfach so aus mir raus, wie Wasserfontänen aus einer geschüttelten Sprudelflasche. Also, ich mein … Sie haben mich geschüttelt.«

Jetzt verdrehte Tess doch die Augen.

Die Talassiopa schmunzelte. »Wenn du wüsstest, wie wichtig deine Ideen noch für die Menschheit sein werden …«

»Ja?«, hauchte Sammy.

»Oh, absolut. Bleib, wie du bist, Samuel Draco. Genau so braucht dich die Welt.«

Nun war Sammy tatsächlich einmal sprachlos.

Tess senkte den Blick.

Da fiel Alea etwas auf. »Wieso …« Verdattert blickte sie von Sammy zu Tess. »Wieso versteht ihr die Talassiopa? Sie spricht doch Hajara.«

Irritiert kräuselte Siska die Stirn. »Hajara? Ich dachte, sie spricht Portugiesisch.«

»Französisch!«, fuhr Tess dazwischen und sah aus, als hätte sie das von vornherein eigenartig gefunden.

»Für mich klang das wie Deutsch«, kam es voller Verwunderung von Ben.

Lennox schüttelte den Kopf. »Ich hätte schwören können, dass das Italienisch war.«

Alea verfolgte den Wortwechsel mit wachsender Verblüffung und hätte beim besten Willen nicht sagen können, in welcher Sprache sich die anderen eigentlich gerade unterhielten. Hatte Sammy soeben wirklich Hajara gesprochen oder –

Die Talassiopa hob die Hände, und das Gespräch verstummte. »Jeder von euch versteht mich, und ich verstehe jeden von euch.« Die Verwirrung der Cru schien sie zu erheitern. »Belassen wir es für den Moment dabei.«

Alea nickte langsam. Dann würde sie eben eine der anderen hundert Fragen stellen, die ihr im Kopf herumspukten. »Was ist das für Ort?«, wollte sie wissen. »Das Herz des Ozeans?«

Die Talassiopa kam noch etwas näher an sie heran, und Alea konnte die sanften Bewegungen ihrer prachtvollen Fächerflossen im Wasser spüren. »Richtiger wäre sogar: das Herz der Welt«, korrigierte die Talassiopa. »Wir befinden uns hier an dem Ort, an dem das erste Leben auf der Erde entstand.« Ihre rot behaarte Hand deutete in den unendlichen Raum. »Genau hier begann vor Millionen von Jahren alles mit einem einzigen kleinen Einzeller.« Wehmut huschte über ihr Gesicht. »Ein Teil von mir ist immer dort, in der so weit entfernten

Vergangenheit, und zelebriert diesen Augenblick ein ums andere Mal – diesen einen Augenblick und das Wunder des Lebens.«

Alea bekam eine Gänsehaut, denn sie hatte das Gefühl, dass sie es an diesem Ort spüren konnte – das Wunder des Lebens.

Der Blick der Talassiopa wanderte zu Lennox. »Du willst wissen, warum ihr hier seid, Krieger, nicht wahr?«

Lennox hob die Brauen, dann bejahte er.

Eingehend studierte die Hüterin der Zeit sein Gesicht und erweckte dabei den Eindruck, sie wüsste genau, wer er war – und wer er sein würde. »Ich habe euch zu mir gerufen«, hob sie schließlich an, »um euch bei eurer Mission zu unterstützen.«

Geräuschvoll atmete Lennox aus. Siska wirkte ebenfalls erleichtert – alle waren erleichtert! Einschließlich Alea.

Doch als die Talassiopa weitersprach, wurde ihr Tonfall mit jedem Wort ernsthafter. »Ihr ahnt gar nicht, wie viel von eurem Erfolg abhängt.« Sie nahm Alea ins Visier. »Ich kenne alle von hier ausgehenden Varianten der Zukunft, Elvarion.« Ihre verschmitzte Freundlichkeit schien nun völlig vom Grund ihres Hierseins überschattet zu werden. »Ich kann dir sagen, Alea Aquarius, dass die meisten Versionen nicht dem entsprechen, was du dir erhoffst.«

Ein kalter Schauder lief Alea über den Rücken. Es ging um die Zukunft? Die Zukunft der Menschheit? »Was … wird denn passieren?«, fragte sie mit dünner Stimme. Das hier war ernst. Sehr ernst. »Zerstören wir Menschen den Planeten?«

»Oh, der Planet wird nicht zugrunde gehen, keine Sorge«,

entgegnete die Talassiopa gelassen. »Er wird zwar lange Zeit brauchen, um sich zu regenerieren, doch er wird wieder zu neuer Pracht und Kraft gelangen.«

Die unausgesprochene Frage, die nun in der Luft lag, war so wichtig und gleichzeitig so schwer, dass Alea zuerst den Mut in sich sammeln musste, um sie zu stellen. Und dann tat sie es. »Aber die Menschen … die Menschen überleben nicht?«

Die Antwort war verheerend. »Nein, die Menschheit schafft es leider nicht.« Durchdringend blickte die Talassiopa Alea an. »In den meisten Versionen der Zukunft vernichtet sie sich selbst.«

Aleas Atem stockte und schien in ihrer Lunge zu Eis zu gefrieren.

Lennox krümmte sich, als hätte er einen Schlag in die Magengrube bekommen.

Siska presste sich die Faust gegen die Stirn.

Sammys Unterlippe bebte.

Aus Bens Gesicht war schlagartig alle Farbe gewichen.

»Ihr seid hier, um euch die wahrscheinlichste Zukunft anzusehen«, sagte die Talassiopa.

»Sie wollen … uns eine Zukunftsvision zeigen?«, stammelte Lennox und drückte sich die Hand auf den Magen, als hätte er Schmerzen.

»In der Tat.« Die Talassiopa schaute den Oblivion lange mit ihren tiefgründigen Orang-Utan-Augen an. »Alea und du kennt über die Fäden des Silberumhangs bisher nur kleine Zukunftsstückchen, die meist nur wenige Sekunden umfassten. Was ich euch zeigen werde, ist nicht damit vergleichbar.

Ihr werdet hier und heute Zeugen einer Vision, die euch die wahrscheinlichsten Ereignisse der kommenden Jahrzehnte vor Augen führen wird.«

Der kommenden Jahrzehnte. Furcht kroch Aleas Rückgrat hoch.

Die Talassiopa schien es ihr anzumerken und doch überzeugt zu sein, dass sie stark genug war, dies auszuhalten. »Eigentlich hätte der Silberumhang dir diese Vision zeigen sollen, Alea. Da dies jedoch nicht mehr möglich ist, habe ich euch hierher eingeladen.«

Lennox nahm Aleas Hand. Seine Finger waren eiskalt, genau wie ihre eigenen.

»Die Vision wird euch schockieren«, sagte die Hüterin der Zeit, und es schien ihr leidzutun, dass dem so war. »Aber es ist wichtig, dass ihr wisst, wofür ihr kämpft.«

Alea bemerkte, dass sich ihnen der Gilf von vorhin wieder näherte. Mithilfe eines Schiebers und eines kleinen Hammers beförderte er eine glatte schwarze Steinwand in ihre Richtung. Die massive Wand war mindestens zwei Meter hoch und zwei Meter breit, der Gilf schob sie allerdings mit seinen Werkzeugen vor sich her, als wäre sie federleicht. Nun erkannte Alea, dass auf der glasartigen Oberfläche der Wand feines Wasser rieselte – wie an den Anzeigesäulen!

Als der Gilf die Wand vor ihnen positioniert hatte, tippte er zweimal auf einen Knopf und schien ein bestimmtes Programm zu wählen. Anschließend schwamm er zur Seite.

Alea versuchte, sich zu wappnen. Aber wie bereitete man sich auf etwas vor, von dem man wusste, dass es erschütternd sein würde? Alles, was sie tun konnte, war, Lennox' Hand ganz fest zu drücken.

Einen Moment später erschienen Bilder auf der Wand. Es waren Bilder der Landwelt, Felder, Wälder, Berge, Städte, die sich in einer Art Zeitraffereffekt veränderten. Alea und die anderen sahen, wie sich die Welt im Laufe der Jahre stetig erhitzte. Die Hitze führte zu immer mehr Ernteausfällen. Seen trockneten aus und Flüsse versiegten, zurück blieben Wüsten. Tiere verendeten, Pflanzen verdorrten.

Alea hörte, wie Sammy ein gequältes Geräusch von sich gab, als könnte er diese Zukunft kaum ertragen.

Der Zeitraffer beschleunigte sich. Wetterkatastrophen, Starkregen, Stürme. Immer häufiger Extremhitze. Die Böden versalzten. Die Pole schmolzen, der Meeresspiegel stieg unaufhaltsam an. Tausende Orte und Städte wurden überflutet. Millionen Menschen waren auf der Flucht. Abermillionen ohne Lebensgrundlage. Hunger. Kriege ums Wasser.

Die Ozeane kippten.

Das Klima kollabierte.

Es war das Ende der Menschheit.

Hoffnungsträger

Vor Entsetzen war Alea wie gelähmt. Das Wort »grauenhaft« umfasste bei Weitem nicht den Schrecken dessen, was sie gerade gesehen hatte – den Untergang der Menschheit.

Als sie sich nun zu den anderen umdrehte, fühlten sich ihre Glieder tonnenschwer an. Lennox wirkte völlig erschüttert. Aus Tess' Miene sprach nackte Angst. Doch der Ausdruck in Bens Augen war das Schlimmste. Ben starrte noch immer auf die schwarze Wand. Dort war zwar nichts mehr zu sehen, aber Ben schien verzweifelt darauf zu warten, dass noch etwas gezeigt würde. Irgendetwas. Ein Hoffnungsschimmer. Als weigerte er sich zu glauben, dass dies das Ende war. Es brach Alea das Herz.

Die Talassiopa, die während der ganzen Zeit neben dem Gilfen verharrt und geschwiegen hatte, kam wieder näher. »Einst waren die Menschen die Wächter der Natur«, sagte sie mit großer Traurigkeit. »Das ist jedoch lange her.«

»Was können wir tun?«, brach es aus Lennox heraus. »Wie können wir verhindern, dass es so kommt? Oder …« Er erblasste. »… ist es schon zu spät?«

»Wenn es zu spät wäre, junger Oblivion, dann hätte ich euch nicht eingeladen«, gab die Talassiopa zurück.

Vor Erleichterung stöhnte Lennox auf.

»Aber wie denn?«, fragte Ben. »Wie kann man diese Ereignisse noch abwenden?«

Der Blick der Hüterin der Zeit ruhte einen Moment lang auf ihm. »Du wirst dafür kämpfen, Benjamin Libra. Du wirst alles dafür tun, dass diese Vision nicht Wirklichkeit wird.«

Bewegt versprach Ben mit fester Stimme: »Ja, das werde ich.«

Die Talassiopa nickte, als wüsste sie besser als er, dass dies die reine Wahrheit war. »Die Situation ist nicht völlig hoffnungslos.«

Flehentlich bat Alea die Talassiopa mit den Augen darum, weiterzusprechen.

»Es gibt alternative Versionen der Zukunft, in denen die Menschheit überlebt«, offenbarte die Talassiopa.

»Und wie haben wir das geschafft?«, fragte Alea verzweifelt. »Bitte sagen Sie uns, wie!«

Die Talassiopa schien ihre Antwort gründlich abzuwägen, und als sie erneut die Stimme erhob, muteten ihre Worte wie ein Appell an. »Das Wichtigste ist, dass ihr Menschen wieder lernt, im Einklang mit der Natur zu leben. Ihr solltet mit ihr zusammenarbeiten, anstatt sie kontrollieren zu wollen.«

Ben nickte heftig.

»Ihr seid Teil der Natur«, erklärte die Talassiopa. »Sie ist nicht etwas, was von euch abgetrennt ist und was ihr euch untertan machen könnt. Ihr und sie seid eine Einheit.«

Alea saugte jedes Wort in sich auf und wünschte sich, die ganze Menschheit könnte diesem eindringlichen Aufruf beiwohnen.

»Eure Art, die Erde auszubeuten und ihr nichts zurückzugeben, bringt euer eigenes Dasein an den Rand der Auslöschung«, führte die Talassiopa aus. »Ihr braucht die Erde. Sie hingegen braucht euch nicht.«

Es klang so simpel, und doch lag in diesen einfachen Sätzen eine der größten aller Wahrheiten.

»Um zu einem Gleichgewicht zurückzufinden«, fügte die Talassiopa hinzu, »müsst ihr eure Lebensweise gänzlich neu ausrichten.«

Sogleich hakte Lennox nach: »Wie soll diese neue Lebensweise aussehen?«

»Wir müssen sowohl den CO_2-Ausstoß als auch unseren Stromverbrauch verringern und keine Plastikprodukte mehr kaufen, oder?«, machte Alea gleich einen Vorschlag.

Die Talassiopa neigte den Kopf. »Auch wenn es dich überraschen mag, Elvarion, aber das sind nicht die großen Veränderungen, die vonnöten sind«, lautete ihre erstaunliche Antwort. »Denn dies wäre noch zu klein gedacht.«

»Zu klein gedacht?«, wiederholte Alea.

»Natürlich muss jeder Mensch darauf achten, was er erwirbt und welche Systeme er mit seinem Verhalten unterstützt«, räumte die Talassiopa ein. »Denn es stimmt: Jedes kleine Bisschen, das man richtig macht, ist etwas wert. Doch ihr könnt die Katastrophe nicht allein dadurch abwenden, dass ihr kein Handy besitzt oder nicht in das Auto mit dem Verbrennungsmotor steigt.«

Alea war sprachlos vor Verwunderung. Gab es überhaupt irgendetwas, was die Talassiopa nicht über sie wusste?

»Versteht mich nicht falsch – es ist wichtig, Umweltschäden zu vermeiden, wo es geht«, unterstrich die Talassiopa. »Aber die Entscheidung Einzelner, etwas Bestimmtes nicht zu tun oder nicht zu kaufen, ändert nichts am größten Problem eurer Zeit.«

»Und was ist das?«, wollte Tess wissen.

»Das größte Problem ist«, sagte die Talassiopa, »dass sämtliche Strukturen eurer Zivilisation auf ein grenzenloses Übermaß in allen Bereichen ausgerichtet sind – auf Überproduktion und Überangebot. Solange dies der Kern eures Systems ist, solange weder eure Wirtschaft noch ihr als Konsumentengemeinschaft bereit seid, den ständigen Überfluss aufzugeben, ändert es nichts, dass manche von euch anstatt Plastik eine Pappverpackung wählen. Ihr geht dennoch mit Riesenschritten eurem Ende entgegen.«

Siska stöhnte auf.

Alea fühlte sich ebenfalls ganz erschlagen, doch gleichzeitig wollte sie unbedingt verstehen. »Das bedeutet, ein bisschen Umweltschutz hier und ein bisschen Nachhaltigkeit dort reichen nicht«, sagte sie wie zu sich selbst. »Wir müssen unsere Einstellung zur Natur und zu der Art, wie wir produzieren und konsumieren, grundlegend überdenken …«

»… und *alles* ändern«, vervollständigte Lennox den Satz.

Die Talassiopa stimmte zu. »Die Menschheit muss eine gänzlich andere Richtung einschlagen. Und zwar schnell.«

»Aber was für eine?«, rief Siska und stemmte die Hände gegen das Innere ihrer Glitzerblase, als wollte sie vor Verzweiflung dagegenhämmern.

Die Talassiopa bedachte die Darkonerin mit einem beruhigenden Blick. »Zunächst muss eine innere Neuausrichtung stattfinden.«

Verdutzt fragte Ben: »Eine innere?«

Die Talassiopa strich sich mit ihrer behaarten Hand über die Wange, als wählte sie ihre Worte mit Bedacht. »Das vorherrschende Prinzip in eurem Dasein ist das der Spaltung.«

»Hä?«, fragte Sammy. »Was für eine Spaltung?«

»Sie ist allgegenwärtig«, erklärte die Talassiopa. »Überall seht ihr Widersacher, Gegner und Rivalen. Ihr fühlt euch nicht nur von der Natur abgetrennt, sondern auch von euren eigenen Brüdern und Schwestern. Ihr nehmt euch als einzelne Nationen wahr, als West und Ost, Nord und Süd, als Menschen verschiedener Hautfarbe …«

Tess gab ein trockenes Schnauben von sich, als wüsste sie nur zu gut, wovon die Talassiopa redete.

Diese nickte, als hätte Tess etwas gesagt. »Die Menschen sollten aufhören, in *wir* und *die* zu kategorisieren.«

Tess und Siska tauschten einen Blick. Alea konnte nur ahnen, was er bedeuten mochte.

»Die ständige Unterteilung in verschiedene Lager führt dazu, dass ihr eure Energien auf unwichtigen Nebenschauplätzen verschleudert«, sprach die Talassiopa weiter. »So packt ihr die großen, wichtigen Umwälzungen nicht an. Dabei liegt euer Überleben gleichermaßen in euer aller Interesse. Ihr alle zusammen seid die Menschheit.« Sie gab einen Laut von sich, der halb Seufzer, halb Brummen war. »Nur wenn ihr es schafft, die Spaltung zu überwinden, könnt ihr euch vereinigen, um euch gemeinsam mit eurer Welt neu auszurichten.«

»Aber wie soll man Menschen denn dazu bringen, nicht mehr *die* und *wir* zu denken?«, fragte Siska. Sie hatte die Hände sinken lassen, doch ihr Gesicht wirkte nicht weniger angespannt als zuvor. »Das machen alle. Schon immer!«

»Das wird in der Tat nicht leicht werden, junge Darkonerin«, gestand die Talassiopa ihr zu und schien darüber nachzudenken. »Betont das Verbindende, nicht das Trennende«, sagte sie dann. »Auch wenn euch am anderen etwas nicht gefällt, vergesst nicht, dass das Andere immer nur eine Variation des Gleichen ist.«

Sammy krauste die Nase, als käme er nicht mehr ganz mit.

»Es gehört alles zusammen«, erläuterte die Talassiopa, und jetzt klangen ihre Worte erneut wie ein Appell. »Seht sowohl eure Nachbarn als auch die Natur nicht als Gegenpartei an, sondern als Partner. Findet als EINE Menschheit und als EINE Erde zueinander.« Ihr Tonfall wurde scharf. »Es ist noch nicht zu spät, doch es bleibt auch nicht mehr viel Zeit.«

Betroffenes Schweigen breitete sich aus. Nachdem Alea ein paarmal tief durchgeatmet hatte, flüsterte sie: »Es ist Zeit für eine Zeitenwende.«

»Höchste Zeit«, bekräftigte die Talassiopa.

Alea hatte verstanden. Wenn sie die Welt retten wollten, mussten alle mitmachen. Alle Nationen, alle Völker. Und nur wenn diese sich nicht mehr als gegnerische Kräfte ansahen, konnte das überhaupt gelingen.

Die Talassiopa brachte nun noch einen anderen Punkt zur

Sprache. »Die Zeitenwende hängt überdies zu einem entscheidenden Teil von Menschen ab, die beide Seiten der Spaltung gut kennen.«

Alea stutzte. »Wie meinen Sie das?«

»Das Schicksal der Welt wird von Menschen bestimmt werden, die sowohl das eine als auch das andere sind.«

Jetzt verstand Alea überhaupt nichts mehr.

»Nehmen wir als Beispiel dich selbst, Alea«, sagte die Talassiopa, und nun mischte sich wieder eine gewisse Milde in ihre Stimme. »Du trägst das Meer in dir, bist jedoch an Land aufgewachsen, warst sogar eine Zeit lang genetisch verändert und eine vollständige Landgängerin. Du bist das Land und das Meer.«

»Ich bin … die Spaltung?«, fragte Alea verstört.

»Du bist die Versöhnung«, entgegnete die Talassiopa nachdrücklich. »Du hast deine innere Spaltung überwunden und deine gegensätzlichen Anteile miteinander in Einklang gebracht. Alles darf da sein. Alles ist gut, wie es ist.«

Alea musste zugeben, dass dies eine recht gute Analyse ihres inneren Prozesses der letzten Zeit war. Sie hatte in diesem Sommer gelernt, dass sie am stärksten war, wenn sie ihre vermeintlichen Schwächen – das *andere* – nicht bekämpfte, sondern als wertvollen Teil ihrer selbst ansah.

Der Blick der Talassiopa glitt zu Lennox. »Und du, junger Krieger, bist ebenfalls sowohl das eine als auch das andere.«

Lennox nahm die Schultern zurück.

»Dein Vater ist ein Landgänger, deine Mutter eine Hajaro. Du hast dich zwar danach gesehnt, ein vollständiger Meermensch zu sein, doch auch nach deiner Optimierung ist das Land noch immer Teil von dir.« Die Talassiopa zwinkerte ihm zu. »Aber nun freust du dich sogar darüber, nicht wahr?«

Alea zog die Stirn in Falten. Wovon sprach sie?

Lennox schien das jedoch zu wissen. »Ja, ich …«

»Dein Sprachtalent und deine Dichtkunst entspringen deiner Landgängerseite«, sagte die Talassiopa. »Das weißt du, und du hast es inzwischen akzeptiert. Mehr noch: Du kannst den Landgänger in dir jetzt als wichtigen Bestandteil deiner selbst anerkennen.«

Nachdenklich sah Alea Lennox an. Hatte das etwas damit zu tun, dass er plötzlich fließend Italienisch sprach? Oder hatte er sogar weitere Songtexte geschrieben, von denen sie noch nichts wusste?

Die Talassiopa wandte sich von Lennox und Alea ab. »Und ihr beide …« Sie richtete sich an Ben und Sammy. »Ihr seid Landgänger, habt allerdings fast euer ganzes Leben lang auf dem Meer gelebt.«

»Wir sind … irgendwas dazwischen«, sagte Ben.

Wie automatisch fügte Sammy hinzu: »Und zwar gerne.«

»Wunderbar.« Schmunzelnd drehte sich die Talassiopa zu Tess um und musterte auch sie mit diesem Blick, in dem sämtliches Wissen über alles noch Kommende zu liegen schien. »Und du, Thaissa Alizée Imani Odondo …«

Alea japste. Tess' vollständigen Namen hatte sie zuvor gar nicht gekannt.

Die Talassiopa schwamm ein kleines Stück näher an Tess heran. »Dir, Thaissa, fällt eine besondere Rolle zu.«

Tess hatte ganz offensichtlich keine Ahnung, wovon die Talassiopa sprach – ihre Miene war ein einziges Fragezeichen.

»Zwar hast du nicht dein halbes Leben auf dem Meer verbracht wie die Walendy-Brüder. Aber wer weiß besser als du, wie es ist, als *eine von denen* angesehen zu werden?«

Tess schwieg. Alea bemerkte allerdings, dass ihre Hände zu zittern begonnen hatten.

Die Talassiopa fuhr fort. »Du bist für viele die auf der anderen Seite, Thaissa. Schwarz. Reich. Queer.«

»Sie hat *queer* gesagt«, wisperte Sammy verwundert, denn das hatte er von einem magischen Wesen wohl nicht erwartet.

Die Talassiopa ließ Tess nicht aus den Augen. »Du kennst die zerstörerische Kraft der Entzweiung«, setzte sie nach. »Du hast sie schon oft am eigenen Leib zu spüren bekommen, ist es nicht so? Niemand weiß besser als du, warum die Spaltung überwunden werden muss.«

Tess zitterte mittlerweile am ganzen Körper.

»Aber nicht nur das …« Der Blick der Talassiopa durchleuchtete Tess regelrecht. »Der große Wandel, von dem ich soeben sprach, Thaissa …« Sie beugte sich vor, als wären ihre nächsten Worte von immenser Wichtigkeit. »Du bist der Schlüssel dazu.«

Alea verschluckte sich beinah. Hatte sie sich verhört?

Tess schien sich dasselbe zu fragen. »Ein Schlüssel?«, stieß sie fast lautlos hervor. »Wozu denn?«

»Du bist der Schlüssel dazu, dass der Richtungswechsel der Menschheit überhaupt gelingen kann. Ja, du, Thaissa.« Ein versonnenes Lächeln breitete sich auf dem Gesicht der Talassiopa aus. »Ich glaube, du weißt bereits, worum es geht, nicht wahr? Du hast nur Angst davor, zu tun, was zu tun ist.«

Tess wirkte wie erstarrt.

»Es bleibt keine Zeit zum Zaudern«, mahnte die Talassiopa und schwamm ganz nah an Tess' Glitzerblase heran. »Überwinde dich! Werde zu der Weichenstellerin, als die du geboren wurdest.«

Ben schüttelte den Kopf, als könnte er kaum glauben, was er hörte.

»Erfülle dein Schicksal, Tess Taurus, Thaissa Odondo!«, rief die Talassiopa. »Du bist nicht aus Zufall auf die Alpha Cru gestoßen.«

Sprachlos starrte Tess sie an.

Und Alea starrte Tess an. Worum ging es hier, und was wusste Tess bereits darüber?

Doch jetzt wandte sich die Talassiopa Siska zu.

Alea hätte am liebsten einen Augenblick gehabt, um das alles zu verarbeiten, aber die Talassiopa gönnte ihnen keine Pause. »Du, Siska, Tochter der Shavaan und des Zeirus, trägst sowohl das Land als auch das Meer in dir, so wie alle überlebenden Meerkinder. Ihr Hajaro-Nachkommen seid die Herolde der neuen Welt, ihr verkörpert die Überwindung der Polarisierung und den Neuanfang wie kaum jemand anderes.«

Siska machte einen ganz aufgelösten Eindruck. Inmitten der vielen Informationen hatte sie gerade nebenbei den Namen ihrer Mutter erfahren.

»Auch der Prinz Gat'Nambeessas, Cassaras, ist ein Wanderer zwischen den Welten, Nixe und Landgänger zugleich«, erwähnte die Talassiopa wie beiläufig. »Ebenso die Loreley – eine Grenzgängerin, die ein Nixenherz in der Landgängerbrust trägt.« Mit samtig warmer Stimme schickte sie nach: »In euch allen liegt die Hoffnung auf Vereinigung und das Ende der Spaltung.« Sie unterbrach sich, als wollte sie ihnen nun doch Zeit geben, ihre Worte zu verdauen.

Alea schnaufte. In ihrem Kopf drehte sich alles. Zugleich hatte sie das Gefühl, dass ihr Herz die Talassiopa bereits genau verstanden hatte.

Nach einer Weile nahm Lennox als Erster das Gespräch wieder auf. »Vereinigung und Überwindung der Spaltung klingt super, aber … es gibt doch nun einmal so etwas wie Gegner«, legte er vorsichtigen Einspruch ein. »Wir können nicht so tun, als wäre das anders. Unsere Widersacher plötzlich als Freunde anzusehen, macht sie nicht weniger gefährlich.«

Siska schien ihm vollauf zuzustimmen. »Genau.«

»Du sprichst von Doktor Aquilius Orion.« Unerklärlicherweise lächelte die Talassiopa. »In Bezug auf ihn habt ihr die Spaltung bereits überwunden.«

»Wie bitte?«, wunderte sich Alea.

Jetzt lachte die Talassiopa sogar. »Ihr habt für Doktor Orion eine weisere Lösung als Hass gefunden. Euer Plan, ihn von einer Lafora richten zu lassen, zeigt, dass ihr diesen Mann als Menschen wahrnehmt, nicht als Monster. Ihr wollt ihn nicht bloß ausschalten, sondern dass er begreift und bereut. Ihr hegt Hoffnung für ihn – euren ärgsten Feind!« Ihr Lächeln war hell wie die Sonne. »Genau das ist die Zeitenwende.«

»Wird es denn funktionieren?«, konnte Alea nicht widerstehen zu fragen. »Ich meine, dass wir Orion fangen und zu einer Lafora bringen?«

»In vielen Versionen der Zukunft gelingt euch das«, war die ermutigende Antwort. »Aber in einigen auch nicht. Ihr braucht Unterstützung.«

»Dafür sind wir ja heute hier …« Lennox klang, als wollte er gern erfahren, ob die Talassiopa vorhatte, ihnen ganz konkret zu helfen.

Die Hüterin der Zeit faltete die Hände und schien sich zu sammeln. Ihre Lichtpfeiler strahlten.

Alea durchströmte nun ein warmes Gefühl der Zuversicht, das sich nach dem Schock der Zukunftsvision wie Balsam für ihre Seele anfühlte.

»Der Silberumhang wurde durch einen bitteren Racheakt verflucht«, hob die Talassiopa wieder an. »Zahllose Jahrhunderte lang hat er viel Gutes bewirkt. Doch das ist nun vorüber.« Sie seufzte. »Ich werde euch also auf andere Weise helfen. Zu diesem Zweck habe ich meine alte Freundin Grarmathacht hergebeten.«

Überrascht schaute Alea sich um. Es kam noch jemand?

Da begann das Wasser zu brodeln. Vom Boden stiegen düstere Nebelschwaden empor. Eine Lafora erhob sich.

Gramathacht

Der Meeresboden erbebte, und durchs Wasser wälzten rollende Stoßwellen, die Alea und die Alpha Cru ins Wanken brachten. Dunkle Schatten drangen aus den Tiefen empor und vereinigten sich über dem Sand zu einem trüben Dunst exorbitanten Ausmaßes, in dessen Mitte sich zwei Strudel bildeten, brodelnden Augen gleich, die sich auf Alea und ihre Freunde richteten.

»*Hudi Wanuti*«, stieß Siska erschrocken hervor.

Das Nebelungetüm war gigantisch groß und wirkte in seiner wirbelnden Düsterkeit absolut angsteinflößend. Doch Alea war bereits zuvor einer Lafora begegnet – Wargebracht – und wusste, dass man sich vom Äußeren des Dunstgebildes nicht in die Irre führen lassen durfte. Nicht jeder Magische entsprach den Landgängervorstellungen davon, wie ein *gutes* Wesen auszusehen hatte. Zudem konnte Alea das Stimmungsspiel der Lafora deuten, und das stand in scharfem Gegensatz zu den finsteren Schwaden. Rosafarbene Tupfer umtanzten ihre Ausläufer. Diese Lafora meinte es gut mit ihnen.

Sammy, Ben, Tess, Siska und Lennox starrten den schwarzen Koloss mit großen Augen an.

Die Talassiopa schmunzelte in sich hinein. »Dies ist Grarmathacht, die mächtigste aller Laforas«, stellte sie vor.

Alea neigte den Kopf, um dem gewaltigen Nebelgeschöpf Respekt zu zollen, und bemerkte, dass die anderen es ihr gleichtaten.

Grarmathacht begann zu sprechen. »Gegrüßt seid ihr, Kinder der Zeitenwende.« Die Stimme der Lafora war ein durchdringendes Flüstern, das Alea in den Ohren kitzelte. »Meine Freundin, die Talassiopa, berichtete mir von euch und eurer Mission. Des Weiteren hörte ich von dem Mann, den ihr Doktor Orion nennt, und von eurem Plan, ihn einer der meinen vorzuführen.«

Aleas Herzschlag beschleunigte sich. War es möglich, dass sie Orion Grarmathacht übergeben konnten, wenn sie ihn erst einmal …

Die Lafora sprach weiter. »Hiermit biete ich euch an, den Doktor mithilfe der Obsidianmuschel zu mir zu bringen, sobald ihr ihn gefangen habt. Ich werde ihn richten.«

Lennox schrie auf. »Ja!«

Die unverhohlene Begeisterung in seiner Stimme teilte Alea vollauf. Dies war das Puzzlestück, das ihnen in ihrem Plan noch gefehlt hatte: Sie würden mit Orion zu Grarmathacht blitzreisen, sobald sie ihn dingfest gemacht hatten!

»Da es jedoch noch nicht so weit ist, werde ich euch heute zwei Geschenke machen«, überraschte Grarmathacht sie gleich noch einmal. »Die Talassiopa bat mich darum. Sie weiß, was euch in Zukunft den größten Nutzen bringen wird.«

Alea hielt den Atem an. Geschenke?

Auf einmal schwebten mehrere schneekristallgrüne Steine vor ihnen im Wasser. Wie aus dem Nichts hatten sie sich vor ihnen materialisiert, und Alea griff nach dem, der ihr am nächsten war. Der Stein war recht klein, oval und rundgeschliffen, ähnlich dem, den die Talassiopa an ihrer Kette um den Hals trug.

Lennox erhaschte ebenfalls einen der Steine und nahm ihn in Augenschein. Alea bemerkte, dass in den Grünglitzerblasen der anderen ebenfalls schwebende Steine erschienen waren – in jeder Blase einer.

Sammy schnappte sich den seinen. »Sind das magische Steine?«, rief er aufgeregt. »Kann man damit … oh mein lieber Scholli! Was kann man damit machen?«

Jetzt merkte Alea, dass außerhalb der Blasen noch etwa ein Dutzend weitere Steine im Wasser trudelten. Lennox und sie sammelten sie rasch ein und hielten sie schützend in ihren Händen.

Die allumfassende Flüsterstimme Grarmathachts erklang aufs Neue. »Diese Steine sind Sprachtauscher.«

Die Talassiopa klinkte sich wieder ein. »In der Zukunft wird das Sprachgewirr der vielen dir bei deiner Aufgabe hinderlich sein, Elvarion«, weissagte sie. »Zumal du nicht gut Englisch sprichst.«

Alea spürte, wie Hitze in ihre Wangen schoss. Ihr Englisch war in der Tat grottenschlecht.

»Wenn die Menschen dich aber nicht verstehen, wird es für dich schwer, sie zu überzeugen«, merkte die Talassiopa an.

Das leuchtete Alea ein. Sie blickte auf ihre gewölbten Hände, in denen sich mindestens sechs oder sieben der schneekristallgrünen Steine befanden. »Und wie …«

Grarmathacht antwortete ihr. »Sobald man einen der Steine bei sich trägt, ist man in der Lage, die Sprachfähigkeiten anderer anzutauschen.«

»Anzutauschen?«, wunderte sich Lennox.

»Man hört eine fremde Sprache und versteht sie, als wäre es die eigene«, erwiderte Grarmathacht, und ihr goldgelbes Stimmungsspiel verriet Alea, dass ihr dieses Geschenk großes Vergnügen bereitete. »Bei eurem jeweiligen Gegenüber ist der Effekt derselbe.«

»Anfangs denkt man beim Hören anderer Sprachen meist, es würde sich um die eigene Muttersprache handeln«, erklärte die Talassiopa. »Wenn man sich jedoch erst einmal etwas an die Steine gewöhnt hat, hört man irgendwann deutlich, dass es eine fremde Sprache ist – die man allerdings vollumfänglich versteht.«

Alea konnte es kaum fassen. Nun wussten sie, warum die Talassiopa sie alle verstanden hatte – und warum keiner von ihnen Probleme gehabt hatte, die Hüterin der Zeit zu verstehen. Auch die Lafora, die in Aleas Ohren Hajara sprach, benötigte ganz offensichtlich keinen Dolmetscher.

»Das funktioniert mit allen Sprachen der Welt?«, hakte Ben fasziniert nach.

»Ja, mit allen«, versicherte ihm Grarmathacht. »Ein einziger Stein sorgt bei Gruppengesprächen dafür, dass sämtliche Anwesende sich gegenseitig verstehen. Und bei technischer Übertragung eurer Worte ist es gleichgültig, ob Hunderte,

Tausende oder Millionen euch zuhören – sie alle verstehen euch.«

Alea wusste gar nicht, was sie sagen sollte. Das war einfach unglaublich. Und unfassbar nützlich! Ihr schlechtes Englisch würde in Zukunft keine Rolle mehr spielen. Zusätzlich waren auch die Sprachprobleme mit Siska überwunden!

Lennox lachte mit funkelnden Augen und hielt die Steine in seinen Händen wie einen Schatz.

»Für wen sind die übrigen Steine?«, fragte Sammy wissbegierig.

»Für diejenigen, die sich euch noch anschließen werden«, teilte ihm die Talassiopa vielsagend mit.

»Wie viele Leute werden das sein?«, bohrte Sammy nach.

Die Talassiopa lächelte. »Nun ja, es sind insgesamt zwanzig Steine. Es gibt allerdings auch Zukunftsvarianten, in denen mehr gebraucht werden. In diesem Fall müssten sich zukünftige Mitstreiter Steine teilen.«

Alea spürte, wie die Vorstellung, dass noch so viele weitere Leute zur Alpha Cru hinzustoßen würden, sie innerlich gleichzeitig aufjubeln und ganz demütig werden ließ. Wer auch immer diese neuen Mitstreiter sein würden, sie fühlte sich ihnen schon heute zutiefst verbunden.

»Bisher gehören der Alpha Cru neun Leute an«, hielt Tess fest und zählte die Namen der Bandenmitglieder in der Reihenfolge auf, in der sie zur Cru gestoßen waren. »Ben, Sammy, ich, Alea, Lennox, Fussel, Cassaras, Kit, Niki.«

»Oh, ich vermisse Fussel!«, rief Sammy, während Alea dachte, dass die Robbe bestimmt keinen Sprachstein brauchen würde. Und ob Cassaras jemals auf längere Zeit Seite an Seite mit ihnen arbeiten und dazu einen der Steine benötigen würde, stand in den Sternen. Alea hätte jedoch wetten können, dass es nur eine Frage der Zeit war, bis Siska – die schon jetzt einen Stein besaß – das Bandenritual vollzog. Und eines Tages … Thea.

»Thea, Nexon, Isla, Evelin?«, fragte Lennox Alea, als gingen seine Gedanken in dieselbe Richtung wie ihre. »Zuzana, Mio, Yasin … und noch viele Meerkinder mehr?«

»Das wäre ein Traum«, brachte Alea hervor. »Mein Traum.«

»Dein Traum ist nicht zu groß, um geträumt zu werden«, sagte die Talassiopa. »Kein Traum ist das jemals. Deiner ist aber nicht weniger als eine der größten Hoffnungen der neuen Welt, Alea.«

Das klang, als würde ihr Traum Wirklichkeit werden – als wäre er in irgendeiner möglichen Zukunft bereits Realität! »Werden die Meermenschen denn in die Ozeane zurückkehren?«, musste Alea nun unbedingt fragen. »Wird die Zivilisation der Hajaro neu entstehen?«

Tatsächlich antwortete die Talassiopa auch darauf. »Es ist möglich, Alea. Doch kann dies nur dann geschehen, wenn euer Lebensraum nicht zerstört wird.«

Gequält presste Alea die Lippen zusammen, als sie vor ihrem geistigen Auge abermals sah, wie die Ozeane sterben würden. Falls das wirklich geschah, konnte die Meermenschheit niemals zurückkehren.

Tess meldete sich zu Wort. »Sie haben von zwei Geschenken gesprochen?«, erkundigte sie sich rundheraus bei Grarmathacht, und Alea war überrascht, dass sie sich traute, die beeindruckende Nebelkreatur derart kess anzusprechen.

Grarmathacht gab ihr sogleich eine zischelnde Antwort. »Das ist richtig. Die Steine sind das erste Geschenk.«

»Und das zweite?«, konnte auch Siska kaum erwarten zu erfahren.

Die Augen der Lafora traten deutlicher hervor, und Alea hätte schwören können, dass dieses Wesen lächelte. »Ich habe deine Minutenringe verstärkt, Elvarion.«

Instinktiv streckte Alea die Finger, und ihr Blick schoss zu ihren Händen. Wo waren die Minutenringe? Ach ja, sie hatte sie in ihre Bauchtasche gesteckt. »Ups!« Durch ihre Handbewegung waren ihr die Sprachsteine entglitten, die Lennox schnell wieder einsammelte. Alea öffnete ihre Bauchtasche und stopfte die Steine, die Lennox ihr reichte, in das vordere Fach. Als alle sicher verstaut waren, zog sie die Minutenringe aus dem hinteren Fach. Dabei stellte sie fest, dass diese sich enorm heiß anfühlten.

»Was haben Sie mit den Ringen gemacht?«, fragte sie Grarmathacht verblüfft.

»Ihre Magie weilt nun länger«, antwortete die Lafora. »Die Minutenringe sind jetzt Stundenringe.«

»Stundenringe?« Alea war baff. »Das heißt, ich kann mit demjenigen, dem ich den anderen Ring anstecke, eine Stunde lang die Fähigkeiten tauschen anstatt nur eine Minute lang?« Wie lange war eigentlich eine Meerstunde?

Als hätte die Talassiopa ihre Gedanken gelesen, sagte sie: »Eine Meerstunde sind etwa neunzig Landgängerminuten.«

»Aha!«, rief Alea. »Das ist viel Zeit.« Sie wusste noch nicht, wofür sie die Ringe in Zukunft benutzen würde, aber eine Verlängerung der Tauschmagie war in jedem Fall eine erhebliche Ausweitung ihrer Möglichkeiten.

»Die Talassiopa versicherte mir, dass die Stundenringe entscheidend zum erhofften Gang der Dinge beitragen werden«, verriet Grarmathacht.

Fragend schaute Alea die Hüterin der Zeit an, doch in diesem Fall schien diese nicht verraten zu wollen, was sie über den *erhofften Gang der Dinge* wusste. Alea akzeptierte das mit einem Kopfnicken und richtete sich wieder an Grarmathacht. »Danke«, sagte sie und verneigte sich. »Vielen Dank. Tausend Dank!«, schob sie nach und hatte das Gefühl, dass diese kleinen Worte nicht ansatzweise ausreichten, um den Geschenken der Lafora gerecht zu werden.

Lennox und die anderen bedankten sich ebenfalls bei der Lafora, Sammy mit einer tiefen Verbeugung und einem anschließenden Knicks. Dabei hielt er seinen schneekristallgrünen Stein umklammert, als wollte er ihn nie wieder hergeben.

Alea verbeugte sich auch vor der Talassiopa, denn ihr war absolut klar, dass Grarmathacht ihnen diese Geschenke wohl niemals gemacht hätte, wenn sie nicht von der Hüterin der Zeit darum gebeten worden wäre. Darüber hinaus wollte Alea die Talassiopa noch etwas anderes wissen lassen. »Ich danke Ihnen auch für die Zukunftsvision«, sagte sie in aller Deutlichkeit. »Sie war zwar unaussprechlich grauenvoll, aber Sie haben recht: Jetzt wissen wir noch besser, wogegen wir kämpfen.«

»Nicht *wogegen*«, verbesserte die Talassiopa mit einem feinen

Lächeln. »Sondern *wofür.*« Im nächsten Augenblick flackerten ihre Lichtpfeiler auf, und ihr Körper wurde beinahe durchsichtig. Die Talassiopa reiste ein weiteres Mal durch die Zeit! Gleich darauf wurden ihre Konturen wieder kräftiger, und sie schien ins Hier und Jetzt zurückzukehren. »Die Zukunft hat sich durch unser Zusammentreffen bereits verändert«, sagte sie voll unverhohlener Freude. »Die Wahrscheinlichkeit, dass die Vision, die ich euch gezeigt habe, tatsächlich Wirklichkeit wird, ist nun geringer.«

Alea schwankte und musste sich an Lennox festhalten. »Oh«, stieß sie hervor. »Das ist … das …« Es gab keine Worte, die ihre Erleichterung beschreiben konnten.

Den anderen ging es wohl ähnlich. Mit einem kleinen Schrei vergrub Ben das Gesicht in seinen Händen. Es schien, als fiele ihm gerade der größte Stein aller Zeiten vom Herzen. Sammy beobachtete seinen großen Bruder und wischte sich eine schillernde Träne aus dem Augenwinkel.

Alea hätte beinahe ebenfalls geweint. Doch sie war sich auch darüber klar, dass trotz allem noch eine gewaltige Mammutaufgabe vor ihnen lag.

Grarmathacht begann nun, sich zurückzuziehen. Offensichtlich hielt sie ihr Zusammentreffen für beendet. Während die strudelnden Augen schnell kleiner wurden und die wabernden Nebel gen Meeresboden sanken, rief Alea der Lafora einen weiteren, tief empfundenen Dank zu. Kurz darauf war Grarmathacht verschwunden.

Die Talassiopa ergriff wieder das Wort. »Bevor ihr geht, noch eines, Alea.« Sie schürzte die Lippen. »Bitte den Goldumhang nicht mehr darum, dir Doktor Orions Aufenthaltsort zu zeigen. Der Umhang wird dir diese Information aus gutem Grund nicht preisgeben.«

Aleas Kopf brauchte einen Moment, dann begriff sie, warum die Talassiopa sie darum bat. Ihr Bauchgefühl hatte sie also nicht getrogen! Wenn sie richtig verstand, sollte sie sich nicht in diese Sache einmischen. Offenbar war es tatsächlich die Aufgabe der Magischen, Orions Geheimversteck aufzuspüren! Und dabei war das Suchen wohl wirklich wichtiger als das Finden. Die verschiedenen magischen Völker, die sich zusammengetan hatten und noch zusammenschließen würden, machten beim gemeinsamen Suchen offenbar gute Erfahrungen miteinander. Nun wurde Alea klar: Der Goldumhang hatte ihr nichts über die Pension gezeigt, weil es nicht nötig war, ja sogar kontraproduktiv gewesen wäre!

»Ich verspreche es«, willigte Alea ohne weiteres Nachhaken ein. »Ich frage den Umhang nicht mehr nach Orions Lager.«

Freudvoll faltete die Talassiopa die Hände. Sie schien sich ebenfalls verabschieden zu wollen.

»Wie kommen wir zurück nach Venedig?«, wollte Lennox noch wissen. »Können wir die Obsidianmuschel noch mal benutzen?«

»Ja, sie wird euch genau dorthin zurückbringen, wo ihr hergekommen seid«, antwortete die Talassiopa. »Ihr müsst auch gar keinen Spruch aufsagen oder eure Hacken zusammenschlagen.« Sie schmunzelte. »Richtet eure Gedanken darauf, wohin ihr gelangen wollt, und es wird geschehen.«

Da flackerten ihre Lichtpfeiler wieder auf. »Oh«, brachte die

Talassiopa in seltsamem Ton hervor. »Seid vorsichtig, wenn ihr das Herz des Ozeans verlasst.«

»Was?« Lennox' Muskeln spannten sich an. »Wieso?«

Siska schien wie er unverzüglich in den Alarm-Modus zu schalten. »Ist dort draußen eine Gefahr?«

Von der Talassiopa kam bloß ein lang gezogenes »Mhhhm …«

»Sollen wir lieber noch eine Weile hierbleiben?«, schlug Lennox sichtlich beunruhigt vor.

Die Talassiopa wiegte den Kopf, dann sagte sie: »Nein, begegnet der Gefahr. Es muss geschehen, was geschehen muss.«

»Da draußen ist die Lage unsicher, aber wir sollen trotzdem rausschwimmen?«, fragte Alea zweifelnd.

»Ja«, bekräftigte die Talassiopa. »Geht!«

Mit irritierten Mienen verabschiedeten sie sich von der Hüterin der Zeit, die ihnen aufmunternd zunickte und sich dann langsam von ihnen entfernte. Inmitten ihres strahlenden Lichtpfeilerkranzes ließ sie sich von den sanften Wellen, dem Herzschlag des Ozeans, hinfortziehen, immer tiefer in den unendlichen Raum hinein, bis sie nicht mehr zu sehen war.

Mit klopfendem Herzen wandte sich Alea den anderen zu. »Was machen wir jetzt?«

»Wir sind vorsichtig«, erwiderte Lennox. Siska und er sprachen sich kurz ab, wie sie der drohenden Gefahr begegnen wollten. Siska fand die Situation absolut »suboptimal«, denn sie konnte in ihrer Glitzerblase nicht viel tun, ebenso wenig wie Tess, Ben und Sammy. Was auch immer dort draußen lauerte – falls es sie attackierte, würden Lennox und Alea allein kämpfen müssen.

Als der Gilf den Einlass wieder öffnete und sie wortlos hinausließ, setzte sich Lennox an die Spitze ihrer Gruppe. Alle Muskeln seines Körpers schienen aufs Äußerste gespannt zu sein, all seine Sinne auf Empfang.

Mit einem außerordentlich mulmigen Gefühl schwamm Alea hinter Lennox her. Ihre gesamte Gruppe verließ das Herz des Ozeans.

Draußen wurden sie bereits erwartet.

»Mura!«, rief Alea erschrocken. Die Nixe hatte hinter einem Felsen auf sie gewartet! Mit wehendem weißen Haar schwamm sie nun dahinter hervor.

»*Schattfa!*«, rief Ben.

»Die Throndiebin?«, fragte Siska schrill.

Mura steuerte geradewegs auf sie zu, schien jedoch keine Eile zu haben und näherte sich ihnen betont langsam. Ihr stechender Blick war auf die Elvarion gerichtet.

Lennox baute sich vor Alea auf wie ein Bollwerk.

Mura lachte. »Mach dir nichts vor, Bengel. Mit einer wie mir kannst du es nicht aufnehmen.«

Lennox ließ sich von ihr nicht provozieren, sondern beobachtete mit Adleraugen jede ihrer Bewegungen. Oblivionen waren Verteidiger, keine Angreifer, und Alea war sich sicher, dass Lennox nur dann kämpfen würde, wenn Mura ihm keine Wahl ließ. Doch war es das, was sie wollte – einen Kampf?

Die pulsierenden Strahlen des Ozeanherzens tauchten das türkisfarbene, faltenzerfurchte Gesicht der Nixe abwechselnd in gleißendes Licht und dämmrigen Halbschatten. Alea schärfte den Blick. In Muras Stimmungsspiel wimmelte es nur so von rasiermesserscharfen Widerhaken, die in ihre Richtung flogen. Alea hatte so etwas noch nie gesehen, aber einen Augenblick später hatte sie ein Wort im Kopf: Hass.

»Alea Aquarius, Retterin der Meere«, höhnte Mura voller Sarkasmus. »So treffen wir ein letztes Mal aufeinander.«

Ein letztes Mal. Was hatte das zu bedeuten?

Im nächsten Moment überraschte Tess Alea damit, dass sie die Nixe ansprach. »Woher wussten Sie, dass wir hier sind?«, verlangte sie zu wissen, und Alea konnte kaum glauben, dass Tess das tatsächlich wagte.

Abschätzig grunzte Mura. »Landgängerpack«, spuckte sie in Tess' Richtung und hielt diese wohl für unwürdig, eine Erwiderung zu erhalten. Dann schien sie sich allerdings über etwas zu wundern. »Eine Landgängerin, die Hajara spricht …«, murmelte sie irritiert.

Die Sprachsteine! Mura hatte keine Ahnung, was die Alpha Cru soeben von Grarmathacht geschenkt bekommen hatte.

»Bestimmt sind Sie nur aus Zufall hier, Mura«, behauptete Tess, und obgleich das völlig abwegig war, brachte sie die Nixe damit dazu, zu antworten.

»Im Gegenteil!«, entgegnete die ehemalige Königin. »Ich wollte herausbekommen, wo ihr steckt, und wenn ich mir etwas in den Kopf setze, dann erreiche ich das auch.« Sie lachte hochmütig. »Man muss an den Anzeigesäulen eben das lesen, was unter dem ganzen Elvarion-Heldinnen-Unsinn in den Zusatznachrichten steht.«

Alea fiel es wie Schuppen von den Augen. Sweeney! Sie hatten dem Kobold verraten, dass sie von der Talassiopa ins Herz des Weltgeschicks eingeladen worden waren. Wie es schien, hatte Sweeney wirklich mit einem Gilfen gesprochen, und der musste diese Information an die Anzeigesäulen ins »Kleingedruckte« geschrieben haben. Doch im Grunde war es gleichgültig, wie die Nixe sie gefunden hatte. Viel wichtiger war, aus welchem Grund sie überhaupt nach ihnen gesucht hatte. War sie etwa hinter dem Goldumhang her?

Alea lugte um Lennox herum. »Was wollen Sie von uns?«, richtete sie das Wort an Mura.

Hasserfüllt starrte die Nixe sie an, und ihre Blicke prallten hart aufeinander. »Wenn du nicht gewesen wärst, Alea Aquarius, dann hätte mein Volk mich niemals infrage gestellt!«, spie sie hervor. »Nur weil Haruko in dir eine Art Rettung gesehen hat und Cassaras so dumm war, sich von dir in diesen ganzen Zirkus einspannen zu lassen, haben meine Untergebenen sich gegen mich aufgelehnt.« Ihr Tonfall war gallig und troff vor Bitterkeit. »Ohne dich wäre ich noch immer Königin der Nixen.«

Alea hörte Sammy leise warnen: »Sie will dir was tun, Schneewittchen!« Auch er verstand durch seinen Stein jedes Wort. »Sie will sich an dir rächen!«

Alea musste zugeben, dass er damit wahrscheinlich recht hatte. Offenbar war Mura nicht hier, um ihr den Goldumhang zu stehlen – falls sie überhaupt wusste, dass Alea ihn besaß.

Mit ruhiger Stimme sagte Alea: »Meine Aufgabe ist es, die Ozeane vor dem Untergang zu bewahren, und Sie müssen doch wissen, wie unglaublich wichtig das ist. Haben Sie mit dem Silberumhang denn wirklich nicht gesehen, in welch großer Gefahr wir alle schweben?« Die Zukunftsvision, die die Talassiopa ihnen gezeigt hatte, hätte ebenso gut mit dem Silberumhang gesehen werden können – und Mura hatte diesen lange genug besessen.

»Solche Visionen wollten sich mir immer wieder aufdrängen«, gab Mura unumwunden zu. »Aber ich habe den Umhang dann immer von mir geworfen!« Sie lachte, als hätte sie dadurch gegen die Visionen gewonnen.

Während Alea den arroganten Gesichtsausdruck der Nixe betrachtete, bekam sie das untrügliche Gefühl, dass Mura mit dem Umhang wahrscheinlich ausschließlich Bilder des Weltuntergangs gesehen hatte. Ihre Behauptungen über die Zukunft von Chiyoko und Shiro – alles gelogen.

»Ich musste mit dem Umhang gar nichts voraussehen«, sagte die Nixe, als hätte sie allen ein Schnippchen geschlagen. »Allein ihn zu besitzen, hat mich zur Königin gemacht.«

»Zu einer ziemlich schlechten«, kam es von Lennox, der noch immer vor Alea verharrte.

Neuer Zorn loderte in Muras Augen auf. »Was weißt du denn schon, Oblivion-Bengel?« Ihr Blick wanderte an ihm auf und ab. »Und was soll dieses protzige Kriegergehabe?«, spottete sie, als wäre Lennox eine totale Lachnummer. »Du glaubst doch nicht im Ernst, dass du mir irgendetwas entgegenzusetzen hast!«

Mura wusste nicht, dass Lennox Alea den Herrinnenschwur geleistet hatte und seine Fähigkeiten dadurch bis zum Maximum gesteigert worden waren. Ob ihn das aber in einem Zweikampf automatisch zum Überlegenen machen würde?

Alea hatte gesehen, mit welch brachialer Furiengewalt diese Nixe kämpfte, und wenn sie sich vorstellte, dass Lennox dem ausgesetzt sein würde, krampfte sich vor Angst alles in ihr zusammen.

»Wenn Sie hier sind, um sich an Alea zu rächen«, knurrte Lennox, »dann müssen Sie zuerst an mir vorbei.«

Muras Augen verengten sich. »Mit einem hast du recht, kleiner Krieger«, sagte sie herablassend. »Ich will Rache.«

Aleas Herz stockte. Die Art, wie die Nixe das Wort *Rache* aussprach, war furchterregend.

»Nur über meine Leiche«, versetzte Lennox mit einer Klarheit, die Alea kaum ertragen konnte.

Ben gab ein Geräusch von sich, als wollte er Alea ebenfalls verteidigen – als überlegte er, dazwischenzugehen! Doch das konnte er nicht. Nicht nur wegen der Glitzerblase, in der er steckte – wenn überhaupt jemand eine Chance gegen Mura hatte, dann Lennox.

Der Ernst der Situation war kaum zu begreifen. Soeben waren sie noch im Herz des Ozeans gewesen und hatten neue Hoffnung geschöpft. Das war erst wenige Minuten her! Und nun sprach Lennox davon, hier und jetzt für Alea zu sterben …

Mura lachte, und die pulsierenden Strahlen des Ozeanherzens erhellten ihr Gesicht einen Moment lang wie Scheinwerfer. »Nur über deine Leiche?«, äffte sie Lennox nach. »Das kannst du haben!« Die Nixe senkte den Kopf. »Kämpfe gegen mich, Oblivion«, forderte sie. »*Toran Tracarta.*«

Alea wurde eiskalt.

Toran Tracarta.

Auf Leben und Tod.

Mura wollte Lennox umbringen!

Langsam hob die Nixe die muskelbepackten Arme. »Und wenn ich dich getötet habe, Bengel«, fügte sie genüsslich hinzu, »töte ich Alea Aquarius.«

Alea sah, dass Siska in ihrer Glitzerblase gehetzt näher kam, das Gesicht verzerrt vor grimmiger Entschlossenheit. Es war, als wollte sie sich neben Alea in Position bringen, um im Zweifelsfall ihren schützenden Kokon zu durchbrechen und sich zwischen die Nixe und die Elvarion zu werfen. Aber wenn sie das tat, würde sie sterben! Der Virus würde Siska innerhalb kürzester Zeit töten!

Alea rang nach Atem. Sie konnte nicht verstehen, dass die Talassiopa diese Situation vorausgesehen und sie trotzdem hinausgeschickt hatte – direkt in Muras Arme!

Lennox machte sich kampfbereit.

Der stählerne Blick der Nixe war fest auf ihn gerichtet. Beinahe wirkte es, als freute sie sich darauf, ihn niederzuringen. Ihn zu bezwingen. Ihn zu …

Alea hatte das Gefühl, keine Luft mehr zu bekommen. Da schaltete sich der Elvarion-Modus ein. Mit einem Mal verflog ihre Angst, und sie war in der Lage, die Situation schnell und klar zu analysieren. Innerhalb weniger Sekunden kam sie zu dem Schluss: Der Kampf war unausweichlich.

»Deine Arme sind deine gefährlichste Waffe gegen sie«, wisperte Alea Lennox zu. Sie hatte nicht vergessen, wie Cassaras es geschafft hatte, Mura zu besiegen. »Wenn du sie eng an deinen Körper gepresst hältst, kann sie dich nicht mit ihrem Schwanz treffen.«

Lennox nickte, ohne den Blick von der Nixe abzuwenden. Dann schwamm er auf sie zu.

Muras Augen blitzten auf, und sie ging in Kampfhaltung.

Einen Moment später war Lennox bei ihr. Mit einem mächtigen Schwimmstoß nach vorn stürzte die Nixe sich auf ihn.

Der Kampf begann.

Hastig sagte Alea Ben, Siska, Tess und Sammy, dass sie zurückweichen sollten. Sie durften auf keinen Fall in das Kampfgeschehen hineingezogen werden. An den Gesichtern der anderen konnte Alea erkennen, wie entsetzt alle waren. Es war ein Albtraum.

Lennox und Mura rangen miteinander. Lennox hatte die Nixe sofort mit den Armen umfangen und hielt sie eng an sich gepresst, sodass sie sich nicht frei bewegen konnte. Ihr türkisfarbener Fischschwanz peitschte ziellos hin und her, und bei der schieren Wucht ihrer Bewegungen hätte einem angst und bange werden können. Alea befand sich allerdings noch immer im Elvarion-Modus. Zudem wurde schnell ersichtlich, dass Lennox stark genug war, Mura festzuhalten. Sie bemühte sich zwar nach Kräften, sich aus seinem Griff herauszuwinden, aber seine Arme drückten die ihren wie Stahlzwingen nieder. Das schien die Nixe hochgradig zu überraschen. Sie hatte ganz offensichtlich nicht damit gerechnet, dass Lennox ihr tatsächlich ebenbürtig sein könnte – oder sogar überlegen?

Mit einer plötzlichen Bewegung hechtete Lennox hinter die Nixe und drückte ihr seinen rechten Arm um den Hals.

Gleichzeitig griff seine linke Hand nach ihren Handgelenken und bekam eines zu packen. Mit der freien Hand versuchte Mura, seinen Arm von ihrem Hals zu lösen, doch es gelang ihr nicht. Lennox drängte sich mit vollem Körpergewicht an sie und hielt sie wie im Schwitzkasten gefangen. Dabei schnürte er ihr offenbar die Luft ab! Das Gesicht der Nixe verdunkelte sich mit jeder Sekunde mehr, und ihre Augen traten hervor. Verzweifelt versuchte sie, sich zu befreien, Lennox schien seinen Druck jedoch nur noch zu verstärken.

Alea erstarrte. *Toran Tracarta*. Wollte Lennox den Spieß etwa umdrehen und Mura töten?

Ihre Gedanken überschlugen sich. Das durfte er nicht! Die Talassiopa hatte gesagt, dass sie die Spaltung überwinden und nicht ihre Gegner umbringen sollten!

»Aufhören, Scorpio!«, schrie Ben. »Du erwürgst sie ja!«

»Sie will Aleas Tod«, keuchte Lennox, während er Mura unnachgiebig umfangen hielt. »Ich kann sie nicht einfach entwischen lassen!«

»Willst du etwa zum Mörder werden?«, gellte Alea. »Das könntest du dir niemals verzeihen!«

In Lennox' hochrotem Gesicht spiegelte sich sein innerer Kampf wider. »Ich könnte es mir niemals verzeihen, wenn Mura dich ermordet und ich das hätte verhindern können!«

Er wollte die Nixe wirklich und wahrhaftig töten. Rasch ging Alea alle Variablen durch, um Lennox' Entscheidung zu hinterfragen. Und dann traf sie ihre eigene.

Eine gegensätzliche.

In eisernem Ton rief sie: »Lass Mura sofort los, Lennox!«

Ihre Worte donnerten wie Geschosse durchs Wasser.

Siskas Kopf schnellte zu Alea herum, als könnte sie nicht glauben, was sie hörte. Alea hatte Lennox einen Befehl gegeben! Aber nicht aus Versehen, sondern im vollen Bewusstsein darüber, dass Lennox Mura nun loslassen *musste*.

Obwohl er das nicht wollte.

Alea wusste, wie schwerwiegend ihre Handlungsweise war und dass sie gravierende Konsequenzen für ihre Beziehung haben konnte. Erst vor wenigen Tagen hatte sie Lennox versprochen, den Herrinnenschwur niemals auf diese Weise zu benutzen, ihn niemals zu etwas zu zwingen. Doch nun war ihr keine Wahl geblieben. Das Risiko, dass Mura sie, Alea, umbringen könnte, war ihren Berechnungen nach sehr gering. Die Vorstellung hingegen, dass Lennox jemanden für sie töten würde, war vollkommen untragbar!

Der Elvarion-Modus führte Alea gleichzeitig jedoch glasklar vor Augen, dass es eine Schwachstelle in ihren Überlegungen gab …

Lennox' Arm war zurückgeruckt.

Mura war frei.

Auf Lennox' Miene breitete sich absoluter Unglaube aus, als könnte er nicht fassen, was Alea gerade getan hatte.

Mura schnaufte und würgte. »Das war ein Fehler, du Feigling!«, schleuderte sie Lennox entgegen. Zorn und Hass hatten sie so sehr im Griff, dass ihr Gesicht einer hässlichen Fratze glich. Sie hustete schwer. Und dann erhob sie erneut die Stimme. »Ich verfluche –«

Alea erzitterte. Genau das war die Schwachstelle in ihrem

Plan gewesen – ein möglicher Fluch! Nun musste Alea blitzschnell reagieren. »Halt ihr den Mund zu!«, wies sie Lennox scharf an.

Lennox' Hand zuckte vor. Bevor er sie Mura aber auf den Mund pressen konnte – und ehe die Nixe auch nur ein weiteres Wort hervorbringen konnte –, hörte Alea ein schneidendes Zischen.

Im nächsten Moment traf ein Dreizackpfeil Mura mitten ins Herz.

Die Nixe ächzte schwer und riss die Augen weit auf. Mit offenem Mund griff sie nach dem Pfeil, der sich in ihre Brust gebohrt hatte. Türkisfarbenes Blut strömte wie Tintenschauer aus der Wunde.

Muras Blick richtete sich auf etwas hinter Alea. »Du bist es …«, röchelte sie. »Du.«

Dann wurde ihr Blick starr.

Die Nixe war tot.

Alea hörte, wie hinter ihr jemand flüsterte: *»E Tracar tha emaar.«* Der Tod hat gesiegt.

Wie in Zeitlupe wandte Alea sich um und schaute in die Augen des Nixenprinzen.

Gehe hinüber

»Cassaras«, stieß Alea hervor und konnte noch gar nicht richtig begreifen, was gerade passiert war. Der Elvarion-Modus ebbte ab, und plötzlich fühlte sich Alea, als steckte sie während des Schleudergangs in einer Waschmaschine. Ihr war schwindelig, und ihr Herz hämmerte, als wollte es ihr aus der Kehle springen. »Sie haben … Sie haben Mura umgebracht …«

Der Nixenprinz hielt noch immer seinen Bogen in der Hand, mit dem er den tödlichen Dreizackpfeil abgeschossen hatte. Sein düsterer Blick war auf die tote Nixe gerichtet, und die Farben und Formen, die um ihn herumstoben, verrieten ein Wechselspiel von kaltem Entsetzen und der Überzeugung, das Richtige getan zu haben. »Ein weiteres Mal konnte ich sie nicht davonkommen lassen«, murmelte er und verstaute den Bogen neben seinem Pfeilköcher und dem Leierkasten auf dem Rücken. »Ich begehe nicht zweimal denselben Fehler«, sagte er und schien dabei mehr mit sich selbst zu reden. Sein langes, dunkles Haar trieb in der Strömung, und seine hartblauen Augen vermieden jeden Blickkontakt mit Alea oder den anderen.

»Sie sind nicht in Gat'Nambeessa geblieben?«, fragte Alea

und hatte Mühe, ihre Stimme zum Sprechen zu bringen. »Sie sind nicht … Nixenkönig geworden?«

Cassaras' Blick verweilte einen weiteren Moment lang auf der Leiche, dann sah er Alea endlich an. »Nein, Königsein ist nichts für mich.« Das Sprechen schien ihm ebenfalls nicht leichtzufallen.

»Und … wie haben Sie uns hier gefunden?«

»Ich bin Mura von Gat'Nambeessa aus bis hierher gefolgt. Ich wusste, dass sie nichts Gutes im Schilde führen konnte.«

»Warum haben Sie denn nicht eher eingegriffen?«, platzte es aus Ben heraus. »Sie hätten dem Kampf doch schon viel früher ein Ende machen können!«

Im Geiste fügte Alea hinzu: *Und hätten damit verhindert, dass ich Lennox diesen Befehl geben musste.* Aber der Nixenprinz wusste natürlich nichts vom Herrinnenschwur.

»Ich habe gesehen, dass euer Krieger sehr gut allein mit Mura zurechtgekommen ist.« In Cassaras' Tonfall schwang ein ganzer Reigen offener Fragen mit. Das auf- und abstrebende Wolkensilber in seinem Stimmungsspiel ließ Alea außerdem wissen, dass er ziemlich beeindruckt war. »Warum kämpfst du auf einmal noch so viel besser als vorher?«, wollte er von Lennox wissen.

Der antwortete ihm nicht. Lennox war nicht wieder zu ihnen zurückgeschwommen, sondern verharrte noch immer neben Muras Leiche. Sein Blick war starr nach innen gerichtet, kupferfarbene Schlieren walzten um ihn herum – er fühlte sich von der Situation völlig aus der Bahn geworfen. Zusätzlich nagten dunkle, lilafarbene Schatten an seinem Körper. Er war enttäuscht. Dazwischen flammten rote Zungen. Er war wütend.

Alea schluckte schwer, und sie hörte nur mit halbem Ohr zu, während Ben dem Nixenprinzen vom Herrinnenschwur erzählte und davon, wie stark Lennox deshalb geworden war. Als ihr Kapitän Cassaras erklärte, dass die neuen Fähigkeiten aber einen Preis hatten, nämlich denselben, den die Darkoner für den Schwur zahlten, und dass Lennox nun alles tun musste, was Alea ihm befahl, wirbelte der Prinz zu Lennox herum. »Bist du noch ganz bei Trost, jemandem freiwillig diesen verteufelten Schwur zu leisten?«, polterte er. »Die Darkoner sind Sklaven! Du hast dich selbst zum Sklaven gemacht!«

Lennox reagierte nicht und starrte weiter ins Leere. Seine finsteren Farben gingen Alea durch Mark und Bein. Als sie im Elvarion-Modus gewesen war, hatte alles ganz logisch und ihre Entscheidung überaus vernünftig gewirkt. Und bestimmt war sie das auch gewesen! Trotzdem war Alea nun stocksteif vor Angst und fragte sich, was sie womöglich angerichtet hatte. Lennox musste ihren Befehl als schrecklichen Vertrauensbruch empfinden. Sie hatte ihm schließlich versprochen, dass sie ihm niemals einen Befehl geben würde, der seinem eigenen Willen widersprach …

Am liebsten hätte Alea Lennox sofort erklärt, warum sie das getan hatte, warum sie so hatte handeln müssen! Aber die dunklen, barrikadenartigen Flächen, die inzwischen in seiner Aura aufgekommen waren, warnten sie eindringlich davor und schrien ihr förmlich entgegen, dass er nicht mit ihr reden wollte.

Angestrengt versuchte Alea, der Unterhaltung zwischen dem Prinzen und Ben zu folgen.

In Cassaras' Farben hatte sich silbrig-petrolfarbene Überraschung gemischt. »Wieso ist dein Hajara plötzlich so gut, Libra?«

Bens Antwort verwunderte Cassaras, denn er hatte offenbar noch nie etwas von magischen Sprachsteinen gehört.

Da fiel Alea siedend heiß etwas ein. »Der Peilsender!«, rief sie erschrocken. »Orion hat in Ihrem Leierkasten ein Abhörgerät und einen Peilsender installiert!«

»Das weiß ich«, beruhigte Cassaras sie sogleich. »Ich habe die Geräte längst gefunden – sie hatten den Klang meiner Lieder beeinträchtigt.«

Alea atmete auf. »Was haben Sie damit gemacht?«

»Der Peilsender klebt jetzt an einem Tanker, der nach Alaska fährt«, antwortete der Prinz. »Das Abhörgerät habe ich zerstört.«

Alea war heilfroh. »Das ist gut.«

Nun fand Sammy die Sprache wieder und berichtete dem Prinzen von der Weisung der Talassiopa. Der Bandenjüngste klang ganz bedrückt, was nicht verwunderlich war – er hatte mitansehen müssen, wie jemand starb! Von der Talassiopa zu reden, tat Sammy anscheinend gut, was sich allerdings änderte, als er zu der Schreckensvision kam. Seine Stimme wurde immer leiser, bis sie schließlich gänzlich verstummte. Aufgewühlt schaute Sammy den Prinzen an, als hoffte er auf eine Reaktion von ihm – Trost? Mitgefühl? Das Versprechen, mit ihnen gemeinsam für den Schutz der Meere zu kämpfen?

Cassaras zuckte die Achseln und tat, als ginge ihn das alles nichts an. Die orangefarbenen Strudel vor seiner breiten Brust verrieten Alea jedoch, dass ihn weder Sammys Bestürzung noch die Warnung der Talassiopa kaltließ.

Als Sammy in merkwürdig teilnahmslosem Ton sagte, dass Gilfenmagie zum Niederknien praktisch sei, schaute Ben seinen kleinen Bruder besorgt an. Alea teilte seine Sorge.

Cassaras ließ den Blick über die vier gilfenmagischen Glitzerblasen wandern. Als seine Augen auf Siska trafen, neigte er leicht den Kopf.

»Ich bin Siska aus dem Stamm der Darkoner«, stellte Siska sich in hochoffiziellem Ton vor, als hätte sie nur darauf gewartet, dass sie an der Reihe war. »Tochter der Shavaan und des Zeirus.«

Cassaras erbleichte. »Zeirus.«

Mit aufmerksamem Blick verfolgte Siska sein Mienenspiel und hätte garantiert nichts lieber getan, als den Prinzen gleich an Ort und Stelle über ihren Vater auszuquetschen, denn niemand hier kannte ihn besser als er. Doch Cassaras verschränkte demonstrativ die Arme vor der Brust, als wollte er die Darkonerin davon abhalten, ihn auszufragen. Seinen Farben nach ging es ihm vor allem darum, Siska nichts erzählen zu müssen, was ihr ganz gewiss nicht gefallen würde. Schroff wechselte er das Thema. »Warum ist Thea nicht bei euch?«

Alea erschrak. Cassaras hatte in den letzten Tagen wohl nicht bei den Anzeigesäulen vorbeigeschaut. Er wusste von nichts! »Thea ist …« Alea brachte es kaum über sich, den Satz auszusprechen, denn sie ahnte, dass der Prinz fuchsteufelswild werden würde. »Thea ist von Orion entführt worden.«

Cassaras entglitten alle Gesichtszüge. »Was?«

Mit zaghaften Worten schilderte Alea ihm, was in Sankt Goarshausen passiert war, nachdem er fortgeschwommen war, und Cassaras' Gesichtsausdruck verhärtete sich beim Zuhören immer mehr. Sein Stimmungsspiel sprach von Empörung und Fassungslosigkeit.

Während Alea redete, fuhr Cassaras unvermittelt Lennox an. »Du hast mir versprochen, Thea zu beschützen!«, schäumte er. »Ich habe mich auf dich verlassen, Scorpio!«

Langsam schwamm Lennox zu ihnen herüber. »Ich habe Ihnen gesagt, dass Alea immer meine erste Wahl ist«, entgegnete er matt, als hätte er weder die Kraft noch den Willen, sich auf einen Streit mit dem Prinzen einzulassen. Murmelnd fügte er hinzu: »Und ich habe auch Alea gesagt, dass sie mir niemals etwas befehlen soll, das diese Tatsache außer Acht lässt.«

Seine Worte schnitten Alea brutal ins Herz. Lennox war zutiefst enttäuscht von ihr, und das konnte sie auch gut verstehen. Aber sie hatte doch Gründe für ihr Handeln gehabt! Wenn sie den Befehl nur erklären dürfte! Die barrikadenartigen Flächen in Lennox' Aura hatten sich während der vergangenen Minuten jedoch nur noch verstärkt. Er war nicht bereit für ihre Erklärungen.

Cassaras schien ebenfalls zu erkennen, dass gerade nicht der richtige Zeitpunkt war, um Lennox mit seiner Wut zu konfrontieren. »Über Thea sprechen wir noch!«, ranzte er den Oblivion an, ohne ihm danach weitere Vorwürfe zu machen.

»Wir müssen uns jetzt um was anderes kümmern«, knirschte er zwischen den Zähnen hervor, öffnete seinen Bauchgürtel, kramte darin herum und zog eine kleine Sengbohne heraus. Diese richtete er auf Muras Leiche.

»Wollen Sie sie etwa verbrennen?«, japste Siska, die so etwas bestimmt noch nie gesehen hatte.

Ben nickte, denn es war eindeutig, was Cassaras vorhatte. »Die Meermenschen haben ihre Toten nie beerdigt, sondern von den Brim vaporisieren lassen.«

Cassaras schwamm näher an Mura heran, deren regloser Körper sanft von der Meeresströmung gewiegt wurde. Ihr weißes Haar hatte sich wie ein Fächerkranz um ihren Kopf ausgebreitet, und ihr zuvor zur Fratze verzerrtes Gesicht wirkte entspannt und geradezu zart. Friedlich.

Der Nixenprinz zog den Pfeil aus der Brust seiner Erzfeindin und betrachtete sie ein letztes Mal. In seinem Stimmungsspiel waren weder Hass noch Reue zu erkennen, lediglich eine gewisse Form von Verantwortungsgefühl nebst tief empfundener Erleichterung und … Genugtuung.

Mit einer rituell anmutenden Geste hob Cassaras die Sengbohne und zielte auf Muras Herz, dorthin, wo er sie tödlich verletzt hatte. Dann sagte er: »Kein Kampf mehr zu kämpfen, kein Schmerz mehr zu fühlen. *Opaarsch ti va nijarr shahaarr.*« – Gehe hinüber mit sanftem Wellenschlag.

Ein grüner Strahl schoss aus der Bohne hervor und vaporisierte Muras Körper binnen Millisekunden.

Tief versunken starrte der Prinz eine kleine Weile lang dorthin, wo Muras Körper gewesen war, dann öffnete er erneut den Bauchgürtel und steckte die Sengbohne ein. Dabei quoll ein Stück des Silberumhangs aus dem Gürtel hervor – Cassaras hatte ihn offenbar aus der Nixenhauptstadt mitgenommen.

Da kam Bewegung in Lennox. Er streckte die Hand aus. »Geben Sie mir den Umhang«, bat er den Prinzen. »Und die Sengbohne.«

Cassaras musterte ihn. »Du weißt, was mit dem Umhang passiert ist?«

»Ja. Alea hat in einer Vision gesehen, wie Sie gegen Mura gekämpft haben und der Silberumhang verflucht wurde.«

Mit einem Stirnrunzeln fragte der Prinz: »Und du willst den Umhang zerstören?«

»Ja. Niemand soll jemals in Versuchung geraten, ihn anzulegen, denn dieser Jemand würde …«

»… auf ewig ins Verderben gestürzt werden.« Cassaras schien die Sache abzuwägen, und schließlich händigte er Lennox sowohl die Sengbohne als auch den Silberumhang aus. »Zerstöre ihn, Lennox Scorpio«, sagte er und schien dies für das Beste zu halten. »Auf dass der Umhang niemandem Leid zufügen kann.«

Lennox dankte ihm und drehte den Kopf in Aleas Richtung. »Gibst du mir die Silberfäden?«, fragte er, ohne sie anzusehen. »Sie sind ebenfalls verflucht.«

Beinahe hätte Alea gerufen: »Bitte schau mich an! Rede mit mir!« Ganz eindeutig wollte Lennox aber gerade nichts anderes, als sich um den Umhang und die Silberfäden zu kümmern.

Es fiel Alea schwer, Lennox die Fäden zu geben, denn durch diese hatten sie in den vergangenen Monaten so viele wichtige Hinweise erhalten. Doch das war ein für alle Mal vorbei. Ohne weitere Verzögerung holte sie nun die Tüte aus ihrer Bauchtasche, und während sie Lennox die feinen Fäden vorsichtig reichte, versuchte sie, seinen Blick zu fangen.

Er schaute jedoch konsequent auf die Fäden.

Alea bemerkte, dass Tess sie betreten ansah. Die Eiseskälte zwischen Lennox und ihr schien sie ganz betroffen zu machen.

Alea schlug die Augen nieder und spürte Tränen in sich aufsteigen, die sie krampfhaft herunterschluckte.

»Zerstöre den hier gleich mit«, bat Cassaras und gab Lennox seinen Rilling – einen Knopf des Silberumhangs, mit dem der Prinz jahrzehntelang kleine Zukunftsanrisse hatte sehen können. Doch auch der Rilling war verflucht.

»In Ordnung.« Lennox bettete den Rilling und die Silberfäden in die Maschen des Silberumhangs ein und ließ diesen ein Stück vor sich im Wasser wallen. Dann richtete er die Sengbohne auf das magische Gewand und drückte ab. Der Silberumhang verschwand im Strahl des grünen Feuers.

Jetzt wurde Alea klar: Dies war Lennox' Silberfadenvision! Als er die Vision zum ersten Mal gehabt hatte, war er irritiert gewesen, weil die Hand mit der Sengbohne wie seine eigene ausgesehen hatte. Er hatte geglaubt, es könne doch gar nicht seine Hand sein, weil zwischen den Fingern Schwimmhäute gewesen waren. Die gehörten allerdings mittlerweile wirklich zu ihm! Es war tatsächlich seine eigene Hand, die den Umhang zerstört hatte.

Schweigend gab Lennox dem Nixenprinzen die Sengbohne zurück, und der verstaute sie in seiner Gürteltasche.

Alea entging nicht, dass auch Sammy ganz beklommen von Lennox zu ihr blickte, ebenso wie Ben, der sich wohl nicht nur um seinen kleinen Bruder Sorgen machte, sondern auch um seinen besten Freund – und um Alea.

»Bringt ein Gilf euch wieder an Land?«, durchbrach Cassaras die angespannte Stille. »Gibt es hier einen Glitzertunnel?«

Ben verneinte. »Wir gelangen mit der magischen Muschel zurück nach Venedig.«

»Venedig?«, fragte Cassaras überrascht.

Ben nickte.

Da fragte Sammy den Prinzen: »Kommen Sie mit?« Ihm stand ins Gesicht geschrieben, dass er sich nichts sehnlicher wünschte als das. Alea konnte das gut verstehen. Cassaras hatte ihnen ein weiteres Mal in höchster Not den Hals gerettet, und Sammy musste der Prinz trotz seines barschen Gebarens wie ein Fels in der Brandung erscheinen. »Kommen Sie mit uns nach Venedig?«, fragte er noch einmal.

»Auf keinen Fall!« Cassaras stieß ein hartes Lachen aus. »Ich mache mich natürlich sofort auf die Suche nach Thea.«

»Moment, nein!« Alea schüttelte den Kopf. »Wenn ich die Talassiopa richtig verstanden habe, sollen wir uns nicht an der Suche nach Thea beteiligen. Es ist besser, wenn die Magischen das übernehmen, weil sie sich dafür zusammenschließen und –«

»Ich bin ein Magischer!«, fuhr Cassaras ihr über den Mund. »Zumindest zur Hälfte. Und ich werde auf keinen Fall untätig herumsitzen, während Thea in der Gewalt dieses Irren ist!«

»Orion und Jinx behandeln Thea gut«, wandte Alea ein

und hatte Mühe, sich Cassaras' Vehemenz entgegenzustellen. »Thea hat es mir selbst gesagt.«

Der Blick des Prinzen wurde stechend. »Wie denn das?«

»Ähm … wir haben uns telepathisch unterhalten.«

Tess schnappte nach Luft, und Alea wurde klar, dass sie Ben, Sammy und Tess noch gar nichts davon erzählt hatte!

»Telepathisch?« Cassaras' Augen durchbohrten Alea regelrecht. »Das funktioniert also wirklich bei euch beiden? Wie bei Adetari-Doppelgängern?«

»Ja, ich glaube, genau so.« Stockend berichtete Alea von ihrer gedanklichen Unterhaltung mit Thea.

»Das ist unfassbar«, hörte sie Ben murmeln, und auch Tess und Sammy waren allem Anschein nach völlig verblüfft.

»Versuch es sofort noch einmal!«, verlangte Cassaras von Alea. »Ruf telepathisch nach Thea!«

»Was, hier?« Alea konnte sich beim besten Willen nicht vorstellen, dass Orion sein neues Lager irgendwo am Meeresgrund aufgeschlagen hatte. Cassaras war jedoch vor lauter Sorge, die schreiend olivgrün um ihn herumtoste, ganz außer sich. »Okay, okay«, sagte sie, schloss die Augen und richtete sich in Gedanken an Thea. »Hallo …?«

Alle schienen den Atem anzuhalten, und als Alea kurz darauf wieder aufschaute, wurde sie von allen Seiten erwartungsvoll angeblickt. »Thea ist nicht in der Nähe«, musste sie die anderen enttäuschen.

»Aber wo ist sie?«, rief Cassaras, und Alea erkannte deutlich, wie sehr er sich wünschte, für Thea da sein und ihr helfen zu können. »Was kann ich tun?«

»Kommen Sie mit uns mit«, wiederholte Sammy, und die flehentliche Bitte in seinen Augen ließ vermuten, dass er den Prinzen gerade dringend als Halt brauchte.

Rasch überlegte Alea. »Venedig ist Orions neuem Versteck bestimmt näher als das Herz des Ozeans.« Sie hatte zwar keine Ahnung, wo sie sich genau befanden, allerdings hatte der Doktor Europa bisher nie verlassen und war vielleicht noch immer in Italien. »Wenn Sie zusammen mit uns zurückreisen, Cassaras, probiere ich in Venedig noch einmal, Thea zu erreichen«, fügte sie hinzu, obgleich sie nicht damit rechnete, dass dabei etwas herauskommen würde. Es war nicht ihre Aufgabe, Thea zu finden.

Der Prinz schien mit sich zu kämpfen und strich sich die Haare zurück, als bräuchte er Zeit für ein inneres Zwiegespräch. Dann sagte er: »Gut, ich komme mit euch nach Venedig.« Während er sprach, flackerte etwas in seinen Augen auf, und in seiner Aura bildeten sich wogende, kirschrote Wellen. Offenbar verband den Nixenprinzen etwas sehr Persönliches mit Venedig, etwas, das sein Innerstes in Aufruhr versetzte.

Cassaras zog die Brauen zusammen. »Seit ich das letzte Mal dort war, sind über hundert Jahre vergangen.«

Einhundertdreiundfünfzig Jahre

Alea erinnerte sich daran, dass der Nixenprinz ihr einmal verraten hatte, wie alt er war: einhundertdreiundfünfzig Jahre. Seine Verbindung zu Venedig musste uralt sein …

Alea zog die Muschel aus ihrer Bauchtasche und bereitete sich darauf vor, in die Lagunenstadt zurückzukehren. Als ihr Blick jedoch auf Lennox' düsteres Stimmungsspiel fiel, schwappte eine neue Flut der Beklemmung über sie hinweg, sodass sie Schwierigkeiten hatte, sich zu konzentrieren.

Ben hatte das offenbar bemerkt und brachte an ihrer Stelle alle dazu, sich im Kreis aufzustellen. Cassaras verzog den Mund und schien das albern zu finden, doch dann machte er gezwungenermaßen mit. Sobald sie einen Kreis gebildet hatten, schloss einer nach dem anderen die Augen, und alle schienen ihre Gedanken fest auf die Rückreise zu lenken. Alea wusste, dass sie sich unbedingt zusammenreißen musste. So atmete sie tief ein und machte die Augen zu.

Bereits im nächsten Moment wurden sie fortkatapultiert, und die unbekannte Kraft, die sie hergebracht hatte, zog sie wie an einer Angelschnur zurück zum Festland. In Sekundenschnelle durchquerten sie die Tiefsee.

»Unglaublich …«, stieß Cassaras hervor und betrachtete staunend die vorbeirasenden Meereslandschaften.

»Gilfenmagie ist wirklich zum Niederknien praktisch«, wiederholte Ben Sammys Spruch von zuvor und schien seinen Bruder damit aufheitern zu wollen.

Sammy nickte allerdings nur ernst.

Kurz darauf erreichten sie ihr Ziel und standen von einem Augenblick auf den anderen wieder in der kleinen venezianischen Gasse. Erschrocken stellte Alea fest, dass auf der Stufe zum Hintereingang des Restaurants zwei Frauen saßen! Beide trugen Kellnerinnen-Outfits und legten wohl gerade eine Pause ein – sie rauchten.

»*Schattfa*«, hörte Alea Siska fluchen.

Wie vom Schlag getroffen, starrten die Frauen zu ihrer kleinen Truppe herüber, die für sie wie aus dem Nichts erschienen sein musste.

»Scorpio«, sagte Cassaras auffordernd, doch Lennox war schon auf dem Weg.

Im Eilschritt ging er zu den Kellnerinnen, hockte sich vor sie und schaute ihnen tief in die Augen. Alea hörte nicht genau, was er murmelte, aber sie konnte sehen, wie der Blick der Frauen leer wurde. Lennox hatte ihnen die Erinnerung genommen, und sie hatten vergessen, was sie soeben beobachtet hatten. Entspannt begannen die beiden nun, miteinander zu plaudern, während Lennox an ihnen vorbei ins Restaurant schlüpfte, vermutlich um die Rucksäcke und seine Gitarre zu holen.

Ben zog indessen Sammy in seine Arme. »Das war echt heftig«, sagte er, streichelte seinem kleinen Bruder liebevoll übers Haar und küsste seinen Scheitel. Sammy schien Bens Liebe aufzusaugen wie trockene Erde den Regen. Er vergrub sein Gesicht tief in Bens T-Shirt und ließ sich festhalten.

Alea bemerkte, dass Cassaras die Brüder nachdenklich betrachtete, und sie hätte gern gewusst, was in ihm vorging. Aber hier an Land konnte sie sein Stimmungsspiel nicht mehr sehen.

Unübersehbar war allerdings die Tatsache, dass der Prinz ebenso pitschnass war wie Alea. Von seiner engen schwarzen Kleidung flossen kleine Rinnsale auf das Kopfsteinpflaster. Tess, Siska, Ben und Sammy waren hingegen völlig trocken.

Während Alea sich ihr Haar auswrang, hatte sie eine Idee. »Vielleicht kann ich mich in der Restauranttoilette umziehen«, murmelte sie und lief schon zum Hinterausgang. *Und vielleicht kann ich drinnen doch kurz mit Lennox sprechen*, ging es ihr durch den Kopf. *Vielleicht lässt er es mich erklären …*

Mit einem entschuldigenden Lächeln drängelte sie sich an den Kellnerinnen vorbei und musste feststellen, dass Lennox anscheinend dieselbe Idee gehabt hatte wie sie und sich gerade auf der Herrentoilette umzog. Mit pochendem Herzen wartete Alea im Korridor vor der Tür auf ihn. Doch als Lennox herauskam, sah sie seinem Gesicht sofort an, dass er nach wie vor nicht reden wollte. »Yavani …«, stammelte sie mit bebender Stimme.

Lennox wich ihrem Blick aus. »Deinen Rucksack lasse ich stehen, dann kannst du dich auch umziehen«, sagte er tonlos und wies auf eine Garderobenecke, in der sich ihre Sachen stapelten. »Ich warte draußen.« Damit hängte er sich seine Gitarre vor die Brust, schulterte seinen und Siskas Rucksack und verließ das Restaurant ohne ein weiteres Wort.

Wie der sprichwörtlich begossene Pudel stand Alea da, blickte Lennox nach und war fassungslos, dass plötzlich solch ein tiefer Graben zwischen ihnen war. Zitternd nahm sie ein paar trockene Sachen aus ihrem Rucksack, zog sich auf der Toilette um und kehrte ein paar Minuten später in einem für sie ungewöhnlich unscheinbaren Outfit zu den anderen zurück. Tess blickte sie fragend an, und als Alea nichts sagte, nahm Tess einfach ihre Hand. Die Wärme ihrer Freundin fühlte sich ausgesprochen tröstlich an, und Alea stand ein weiteres Mal kurz davor, zu weinen. Aber auch dieses Mal riss sie sich zusammen und schaute tapfer in die Runde. Ben hatte den Arm um Sammy gelegt, der unter seinem Hut noch immer ganz schön blass aussah und offenbar tief in Gedanken versunken war. Lennox stand mit düsterer Miene am Rand der Gruppe. Siska starrte ins Leere. Der Nixenprinz, dessen Kleidung fast schon getrocknet war, wirkte ebenfalls abwesend. Selbstvergessen ließ er den Blick über die Gasse und die Häuser in der Umgebung schweifen.

»Also gut«, sagte Alea tatkräftig, doch ihre Stimme wackelte trotzdem. »Ich versuche jetzt noch mal, Thea telepathisch zu erreichen.«

Cassaras musterte Alea, als zweifelte er daran, dass sie dazu in der Verfassung war. Er schien sie allerdings auch nicht davon abhalten zu wollen.

Alea fühlte sich innerlich wie erschlagen, trotzdem schloss sie die Augen und rief in Gedanken nach ihrer Schwester. Mehrmals. Sie erhielt jedoch keine Antwort. »Thea scheint nicht in der Nähe zu sein«, teilte sie den anderen nach dem dritten Versuch mit und gab auf.

Cassaras schnitt eine Grimasse. »Ich glaube eher, dass du gerade zu gestresst bist, um die Verbindung herzustellen.« Bedeutungsvoll sah er zu Lennox und dann wieder zu ihr.

Alea biss sich auf die Lippe. »Tut mir leid.«

»Du kannst es später noch einmal versuchen«, brummte der Prinz. »Ich werde zuerst etwas erledigen, und danach komme ich zu euch zurück.« Damit wandte er sich ab, als wollte er ohne ein weiteres Wort fort.

»Wohin gehen Sie?«, rief Sammy ihm nach.

Cassaras gab ein missgestimmtes Grummeln von sich. »Das geht dich gar nichts an.«

Sammy nickte. »Ja, gut, aber … bleiben Sie doch erst mal«, schlug er vor, als läge ihm viel daran. »Hier ist es auch ganz schön.«

»Ich möchte zu einem besonderen Ort«, gab der Nixenprinz überraschenderweise preis, als hätte er Mitleid mit dem abgekämpft wirkenden Jungen. »Jemanden besuchen.«

Sammy wurde hellhörig. »Dann … können wir vielleicht mitkommen?«

Cassaras stöhnte und bereute wahrscheinlich, dass er so offen gewesen war.

»Sagen Sie nicht nein!«, bat Sammy.

»Nein«, sagte der Nixenprinz.

»*Ein besonderer Ort* klingt gut«, kam es beinahe zaghaft aus Sammy heraus. »Richtig gut.«

Da verdrehte Cassaras die Augen. »Meinetwegen«, schnaubte er. »Aber geht mir nicht auf den Geist!« Damit stapfte er los, als wäre es ihm egal, ob sie ihm folgten oder nicht.

Sammy tauschte einen Blick mit Alea und den anderen, und dann machten sie, dass sie hinterherkamen.

Alea wusste zwar nicht, wohin der Nixenprinz wollte, hatte allerdings auch nicht vor, ihn danach zu fragen. Sie war froh, einfach nur mitlaufen zu können und für den Moment keine Entscheidungen über Leben und Tod treffen zu müssen.

Lennox hielt so viel Abstand wie möglich von ihr, und sie versuchte gar nicht erst, ihre Schritte neben seine zu lenken. Er machte einen derart verschlossenen Eindruck, dass auch Ben sich wohl nicht traute, ihn anzusprechen.

Die Alpha Cru folgte Cassaras durch die Straßen Venedigs. Der große, athletische Mann war mit seinen Schläfenmalen, seiner eng anliegenden Kämpferkluft und den Waffen alles andere als ein alltäglicher Anblick, und er erregte schnell Aufmerksamkeit. Immer wieder drehten sich Passanten nach ihm um, aber Cassaras ignorierte sie alle mit stoischer Miene.

Eine Zeit lang hatte die Cru Mühe, mit dem Prinzen Schritt zu halten, doch nach einiger Zeit ließ sein Tempo nach. Alea bemerkte, dass er sich nun häufiger umschaute, als wäre jede Straßenecke, jede *piazza* voller Erinnerungen für ihn. Der Prinz kannte sich in dieser Stadt ganz offensichtlich nicht nur gut aus – sie bedeutete ihm etwas.

Kurz darauf durchschritt Cassaras ein altes, quietschendes

Tor, das in eine Art Park führte. Bereits nach wenigen Metern erkannte Alea jedoch, dass es sich gar nicht um einen Park handelte. Dies war ein Friedhof.

Ben atmete geräuschvoll durch. »Und ich dachte, der Prinz könnte dazu beitragen, uns ein bisschen aufzumuntern«, brachte er resigniert hervor und musterte Sammy von der Seite. Seinem Bruder schien es allerdings nichts auszumachen, zwischen Gräbern herumzulaufen – er blickte sich kaum um, sondern hielt sich beharrlich in Cassaras' Windschatten.

Zugegebenermaßen war der Friedhof eher imposant als unheimlich, und Alea fragte sich, ob er möglicherweise zu den Sehenswürdigkeiten Venedigs gehörte. Bei den Grabmälern handelte es sich augenscheinlich ausnahmslos um historische Stätten. Keines von ihnen stammte aus diesem Jahrhundert, und die wunderschönen Marmorengel und anderen uralten Skulpturen ließen einen geradezu in der Zeit zurückreisen.

Plötzlich blieb Sammy abrupt stehen. »Ich möchte Sie um etwas bitten«, verkündete er laut und entschieden, und es war klar, dass er Cassaras meinte.

Der hielt an und wandte sich langsam zu ihm um. »Ich habe dir bereits zwei Bitten erfüllt«, knurrte er. »Ich bin mit euch nach Venedig gekommen, und ich habe euch erlaubt, mich zu begleiten.«

»Und das ist auch super, ähm … Danke dafür.« Es war, als hätte Sammy irgendetwas in seinem Inneren gedreht und gewendet, und nun wollte es hinaus. »Vorhin, am Meeresgrund, habe ich Sie darum gebeten, mitzukommen, weil ich nicht wollte, dass Sie gleich wieder wegschwimmen. Ich musste noch Mut sammeln. Und jetzt hab ich fertig gesammelt.«

Alea blieb stehen, so wie die anderen, und wunderte sich.

»Wofür musstest du Mut sammeln?«, fragte Tess Sammy und klang, als vermutete sie irgendeine Kinderei.

Der Prinz senkte das Kinn. »Was willst du von mir, Samuel Draco?«

»Okay, ich sag es jetzt einfach.« Sammy holte tief Luft. »Cassaras, bitte verfluchen Sie Orion.«

Überrascht kniff Alea die Augen zusammen.

Der Nixenprinz blinzelte jedoch noch nicht einmal. »Orion ist bereits verflucht«, wehrte er unbeeindruckt ab. »Mura hat ihn wegen des Diebstahls in unserer Heiligen Schatzkammer dazu verflucht, für alle Zeiten von jeglicher Meeresmagie ausgeschlossen zu sein und –«

»Das wissen wir«, unterbrach ihn Sammy. »Die Magie wird sich eines Tages gegen Orion wenden, die magischen Völker werden sich erheben und ihn vernichten«, rezitierte er Muras Fluch, den er sich offenbar gut gemerkt hatte. »Aber Sie könnten den Doktor zusätzlich zu etwas anderem verfluchen. Nämlich dazu, dass er und seine Gretzerteams nicht mehr in der Lage sind, Abfall in den Ozeanen abzuladen.«

Alea dachte kurz darüber nach und stellte fest, dass sie Sammys Idee gut fand. Nein, eigentlich war sie sogar genial! Ben, Tess und Siska wirkten ebenso positiv überrascht von dem Vorschlag. Auf Cassaras' Zügen lag hingegen ein Gemisch aus Abwehr und Unbehagen.

Sammy sprach weiter. »Wenn Muras Fluch bewirken konnte,

dass sich Orion kein magischer Gegenstand mehr öffnet und ihm kein magisches Ritual mehr gelingt, dann müsste doch auch ein Fluch möglich sein, der verhindert, dass Orion seinen Gretzergeschäften nachgehen kann.« Sammy nickte, als wollte er sich selbst beipflichten. »Ich stell mir das so vor, dass es für ihn und seine Leute dann unmöglich wäre, Atommüll oder anderen Mist ins Wasser abzulassen – das ginge einfach nicht!« Murmelnd schickte er nach: »Und dadurch wäre die Vision der Talassiopa ein gutes Stück weniger wahrscheinlich.«

Das wäre in der Tat ein Riesenschritt, dachte Alea bei sich. Sammys Überlegungen waren bemerkenswert, denn Cassaras gehörte zu den wenigen, die tatsächlich einen Fluch aussprechen konnten. Die Nixen waren die einzigen Lebewesen, die dies vermochten, und warum sollte der Prinz es nicht tun? Alea war sich mittlerweile hundertprozentig sicher, dass ihm der Schutz des Meeres ungemein am Herzen lag – andernfalls hätte er ihr niemals den Silberumhang überlassen!

»Ich weiß, ich weiß«, schwächte Sammy ab. »Selbst wenn man Orion aufhält, sind die Ozeane noch lange nicht gerettet. Zu der Verschmutzung tragen ja auch die Landgänger bei – sogar in noch viel größerem Maße als Orion. Aber der Doktor verschlimmert die Sache halt total und –«

»Ich bin nur zur Hälfte eine Nixe«, grätschte Cassaras harsch dazwischen. »Ich weiß gar nicht, ob ich überhaupt einen Fluch aussprechen könnte.«

Alea bemerkte den Blick, den Lennox Cassaras zuwarf. Bestimmt erkannte er in den Worten des Prinzen sich selbst, denn aus ihnen klang deutlich die Frustration darüber heraus, nicht *vollständig* zu sein. Allerdings musste Alea daran denken, was die Talassiopa gesagt hatte – dass die Zeitenwende zu einem entscheidenden Teil von Menschen abhing, die beide Seiten einer scheinbaren Gegensätzlichkeit in sich trugen …

Sammy versuchte, den Prinzen zu überzeugen. »Der Fluch wäre wie eine Sperre, die Orions Gretzerei zur Vollbremsung bringen könnte!«

Während Alea Sammy zuhörte, kamen ihr mit einem Mal Zweifel – obwohl seine Idee schlau war und obendrein sehr verlockend klang. Aber war solch ein Fluch überhaupt notwendig? Wenn ihr Rom-Plan funktionierte, landete Orion vor Grarmathacht und würde aller Voraussicht nach sowieso mit dem Gretzen aufhören.

»Sie könnten es zumindest mal versuchen«, bearbeitete Sammy den Prinzen weiter. »Falls es klappt, würde die Magie – Ihre Magie! – das Ende von Orion als Gangsterking einläuten.«

Ben wirkte beeindruckt von Sammys Argumentation. »Sie könnten es schaffen, Orion aufzuhalten, Cassaras«, sprang er seinem Bruder bei. »Als Magischer, der –«

Cassaras schüttelte heftig den Kopf. »Ihr versteht nicht, wie Flüche funktionieren!«, gebot er ihnen Einhalt. »Es ist nicht so, dass man sie einfach aussprechen kann, ohne dafür einen Preis zu zahlen.«

Ben hatte den Mund geöffnet, als wollte er noch etwas sagen, aber jetzt schloss er ihn wieder.

»Ein Fluch besteht aus nichts als Hass«, erklärte Cassaras,

und seine Worte jagten Alea unvermittelt eine Gänsehaut über den Körper. »Aus reinem Hass, der sich in Form des Fluchs außerhalb von einem selbst manifestiert.«

Vor Schreck war Sammy ebenso verstummt wie Ben.

»Jeder Fluch macht etwas mit demjenigen, der ihn ausspricht.« Cassaras suchte nach Worten. »Ein Fluch … schwärzt die Seele. Er hinterlässt einen unabänderlichen Fußabdruck der Niedertracht im Herzen, und er verändert den Fluchenden auf ewig.«

Ben zog Sammy näher zu sich heran.

»Mura war schon immer missgünstig und hinterhältig«, sprach Cassaras weiter. »Aber der erste Fluch verwandelte sie in ein regelrechtes Scheusal. Und der zweite in ein Ungeheuer.«

Sammy fuhr sich mit der Hand an den Kopf, als täte ihm sein Vorschlag furchtbar leid. »Dann verfluchen Sie Orion bloß nicht!«

»Sie dürfen auf keinen Fall riskieren, zum Ungeheuer zu werden, Cassaras«, sagte Alea erschüttert. »Sie sind doch einer der Guten.«

Bei den Worten »einer der Guten« machte Cassaras einen schmalen Mund, als wäre das übertrieben. »Ich muss zumindest jemand sein, auf den man sich verlassen kann«, relativierte er. »Jemand, auf den Thea sich verlassen kann.«

Alea lächelte ihn an, und er lächelte ein ganz kleines bisschen zurück.

»Das war eine blöde Idee von mir!« Sammy vergrub seine Hände tief in den Hosentaschen. »Eine ganz blöde!«

»Du wusstest ja nicht, wie Flüche funktionieren«, nahm Ben ihn vor sich selbst in Schutz. »Wenn man dafür Hass als Motor benutzen muss, wollen wir das natürlich auf keinen Fall.«

Nachdenklich murmelte Alea: »Ich glaube, man muss in Bezug auf die Mittel, mit denen man kämpft, aufpassen, nicht selbst unmenschlich zu werden …«

Ben nickte. »Egal wie schlimm es ist, man muss sich davor hüten, sich vom Hass hinreißen zu lassen.«

Cassaras sah aus, als wüsste er nur zu gut, wovon Ben redete. Und dennoch hatte er widerstanden – für Thea.

Das erinnerte Alea an etwas. »Es gab da einen Moment zwischen Orion und mir«, erzählte sie nun leise. »In Sankt Goarshausen, in der Fischhalle. Da kam der Hass auf Orion über mich wie eine Woge, die mich wegreißen wollte. Und ich wusste, wenn der Hass gewinnt, frisst er mich auf.«

»Und was hast du gemacht?«, fragte Tess, die der ganzen Unterhaltung bisher – ebenso wie Lennox und Siska – schweigend zugehört hatte.

»Ich … habe mich festgehalten … an der Liebe«, antwortete Alea holprig und merkte, dass sich ihre Wangen röteten. »Ich habe an Lennox gedacht und … seine Liebe in Gedanken wie einen Schutzschild benutzt. Das hat geholfen, und der Hass … hatte keine Chance mehr.« Sie traute sich nicht, Lennox anzusehen, merkte allerdings, dass alle anderen es taten. Aus den Augenwinkeln konnte Alea erkennen, dass sich etwas an Lennox' Haltung verändert hatte – sein Körper wirkte weicher, weniger verhärtet. Aber womöglich bildete sie sich das nur ein?

Cassaras blickte von Lennox zu Alea und schien seine eigenen Schlüsse zu ziehen. »Gehen wir weiter«, nuschelte er und marschierte wieder los.

Siska, die zutiefst nachdenklich wirkte, folgte ihm als Erste, dann alle anderen. Ohne Frage hatte jeder und jede von ihnen viel zu verarbeiten, und in aller Stille über den idyllischen Friedhof zu wandern, gab ihnen für kurze Zeit die Luft, die sie zum Atmen brauchten.

Cassaras ging voran, als wäre er schon viele Male hier gewesen. Nur hin und wieder schien er zu überlegen, welcher der verschlungenen Pfade der richtige war – was nicht verwunderte, wenn man bedachte, dass er diesen Ort seit mehr als hundert Jahren nicht mehr gesehen hatte. Doch wen wollte der Nixenprinz eigentlich hier besuchen?

Schließlich kam Cassaras vor einem Grab zum Stehen. Alea und die anderen schlossen zu ihm auf und stellten sich neben den Prinzen, der zu Boden blickte, als läge unter der Erde jemand begraben, den er gekannt hatte. War er also hier, um eines Verstorbenen zu gedenken?

Am Kopfende des Grabes ragte ein uralter Grabstein auf, und Alea versuchte, die teilweise verblichene Inschrift zu entziffern. Als es ihr gelang, stockte ihr der Atem.

Alessandro Lando, 1839 – 1891

Aleas Blick schoss zu Lennox, der die Inschrift offenbar ebenfalls gerade gelesen hatte. Seine Augen traten hervor.

Lando.

Auch Bens Kopf ruckte zu Lennox herum. Sammy hingegen schien dem Grabstein noch keinerlei Aufmerksamkeit gewidmet zu haben. Er stellte Cassaras gerade eine Frage. »Wer liegt denn hier begraben?«

Der Prinz antwortete ihm. »Mein Vater.«

Alea spürte, wie ihre Beine nachgeben wollten, und sie konnte sehen, dass Tess die Kinnlade herunterfiel. Ihr war der Nachname wohl auch nicht entgangen.

Völlig entgeistert starrte Lennox Cassaras an. Der schien das allerdings nicht zu bemerken, davon abgesehen war er mit seiner Antwort für Sammy noch nicht fertig. »Mein Vater war Landgänger, wie ihr wisst.«

»Ein Italiener aus Venedig«, schlussfolgerte Sammy.

Cassaras schüttelte den Kopf. »Aus Palermo, aber sein Beruf führte ihn hierher.«

»Was war er denn von Beruf?«, hakte Sammy nach.

»Musiker. Er spielte die Mandoline.« In Cassaras' Stimme schwang Anerkennung oder sogar so etwas wie Bewunderung mit. »In dieser Stadt hat er seine besten Jahre verlebt, und ich habe ihn ein paarmal hier spielen hören.« Als er weitersprach, mischte sich Traurigkeit in seinen Tonfall. »Mein Vater verdiente nicht besonders viel Geld mit der Musik, und das bisschen, was er hatte, gab er meist gleich in der nächsten Schenke aus. Er war ein Trunkenbold.«

Jäh spannten sich Lennox' Hände um die Gurte seines Rucksacks, als könnte er nicht glauben, was er hörte.

Tess, Ben und Alea blickten einander fassungslos an, und Siska, die trotz der Sprachsteine nicht ganz zu verstehen schien, was vor sich ging, zog die Brauen zusammen.

Alea wies auf den Grabstein.

»Lando!«, entfuhr es Siska. »Lennox, das ist doch dein Nachname!«

»Wie bitte?« Cassaras' Augen verengten sich schlagartig. »Scorpio, du heißt … Lando?«

Lennox nickte wie in Zeitlupe.

»Das ist ein sehr seltener Name!«, rief Cassaras verblüfft.

Einen Augenblick lang waren alle wie erstarrt.

»Weißt du, wo dein Vater herkommt?«, fragte der Prinz.

Schwankend erwiderte Lennox: »Er wurde in Palermo geboren.«

Sammy japste. »Im Ernst?«

Kaum hörbar fügte Lennox hinzu: »Meine Großeltern leben meines Wissens noch immer dort.«

»Wie heißen sie?«, verlangte der Prinz zu wissen.

»Meine Großeltern? Ich glaube, Francesco und Giulia.«

Cassaras wurde kalkweiß. »Mein Vater hatte zwei Söhne. Mich und meinen jüngeren Halbbruder Francesco.«

Siska schnappte nach Luft.

»Soweit ich weiß, hat Francesco seinen Sohn ebenfalls Francesco genannt«, fuhr Cassaras fort, und die Stimme versagte ihm fast. »Und dieser seinen auch.«

Der Prinz starrte Lennox an, und Lennox starrte zurück. In der Luft lag eine Erkenntnis von solch explosiver Kraft, dass Alea meinte, sie wie ein elektrisches Kribbeln auf der Haut spüren zu können.

»Heißt das …«, fragte Sammy, »dass ihr beide miteinander verwandt seid?«

Der Oblivion und der Nixenprinz starrten einander noch

immer an, als wären sie unschlüssig, was sie tun sollten. Keiner von ihnen antwortete Sammy.

»Das ist doch … gut«, stellte Sammy fest.

Cassaras fuhr sich mit beiden Händen durch das lange Haar und sah zu dem alten Grabstein, als fragte er seinen Vater im Stillen etwas. Dann lenkte er den Blick wieder auf Lennox. »Es ist an der Zeit, über ein paar Dinge zu sprechen.«

Die Art, wie der Prinz das sagte, ließ Alea ganz stark vermuten, dass er allein mit Lennox reden wollte.

Ben schien es auch herausgehört zu haben. »Dann … unterhaltet ihr euch am besten zu zweit.« Mit den Augen holte er sich Aleas Zustimmung, dann schnalzte er mit der Zunge. »Ich glaube, uns anderen täte eine Ablenkung gut.«

»Machen wir was Schönes?« Noch während Sammy diese Frage stellte, schien er einen Einfall zu haben. »Fahren wir mit einer Gondel? Bitte! Das wollte ich schon immer mal machen!«

Alea blickte zu Siska. »Wäre das in Ordnung für dich?«

»Wir passen auf, dass du nicht nass gespritzt wirst!«, versprach Sammy sofort.

»Es wird schon gehen.« Siska nahm die Schultern zurück. »Ich wollte schon immer mal mit einer Gondel fahren«, sagte sie und zwinkerte dem Bandenjüngsten zu.

»Jaaa!« Sammy riss die Arme in die Höhe. »*Wonderbeary!*«

»*Absolutely wonderbeary*«, erwiderte Siska und grinste.

Gondelfahrt

Sie verabredeten, dass Lennox und der Nixenprinz anrufen würden, sobald ihr Vieraugengespräch beendet war und sie wieder zu ihnen stoßen wollten.

Alea, Siska, Ben, Tess und Sammy ließen die beiden am Grab von Alessandro Lando zurück, und während sie über die verwinkelten Pfade des Friedhofs fortschlenderten, raunte Tess Alea zu: »Ich wüsste zu gern, worüber die zwei jetzt reden.«

Alea war genauso neugierig wie sie, aber ein anderes Gefühl überlagerte ihre Wissbegier: Es fühlte sich verdammt falsch an, von Lennox wegzugehen, obwohl dermaßen viel zwischen ihnen ungeklärt war. Inständig hoffte Alea, dass sie später noch die Möglichkeit haben würden, über all dies miteinander zu sprechen, und dass Lennox dann weniger abweisend sein würde. Denn das konnte sie kaum aushalten.

Ben bemühte sich, die Stimmung zu heben, und fing an, »Anker im Sturm« zu singen – ihren selbst geschriebenen Song über schön schräge Vögel. Tess und Sammy ließen sich nicht lange bitten und fielen mit ihren starken Stimmen ein. Alea konnte hingegen nur daran denken, dass die Zeilen in der ersten Strophe, die eigentlich Lennox gehörten und nun von den anderen gesungen wurden, ohne ihn hohl und seltsam verkehrt klangen. Als Tess sie beim Refrain jedoch sanft mit dem Ellbogen anstupste, stimmte auch Alea in den Chor mit ein, und ihr Lied zauberte ein Lächeln auf Siskas Gesicht.

Ben wirkte außerordentlich zufrieden, und als sie den Friedhof singend verließen und das quietschende Tor hinter sich schlossen, war bereits ein Teil der heutigen Schwere von ihnen abgefallen.

Sammy blinzelte in die Strahlen der tief stehenden Abendsonne. »Ich möchte durch die Kanäle fahren und … einfach nur da sein.«

»Sehr gute Idee«, seufzte Alea.

Siska deutete nach vorn. »Ich glaube, da entlang geht es zu den Gondeln.«

»Na, dann los!« Ben nahm Sammy bei der Hand und begann, im Hüpfschritt die Straße entlangzutänzeln. Sammy lachte übermütig und machte sofort mit. Viele der entgegenkommenden Leute guckten komisch, einige grinsten allerdings auch. Und Alea stellte fest, dass sie selbst zum ersten Mal seit dem Kampf gegen Mura wieder lächeln konnte. Mitzuhüpfen war für Siska und sie wegen der schweren Rucksäcke zwar kaum möglich, aber allein den ausgelassen herumspringenden Brüdern zuzusehen, tat gut.

Wenig später fanden sie eine Kanalstelle, an der man die typischen, bananenartig gebogenen Gondeln besteigen konnte. Eine Zeit lang mussten sie in der Schlange anstehen und warten. Als sie jedoch endlich an der Reihe waren, begrüßte der Gondoliere sie auf charmanteste Weise. Alea hörte nun deutlich, dass er Italienisch sprach, aber sie verstand jedes Wort, als wäre es Deutsch oder Hajara. So langsam schien sie sich an die Magie der Steine zu gewöhnen.

Ben hatte kurz schlucken müssen, als er gelesen hatte, dass eine Fahrt für fünf Personen einhundert Euro kostete. Doch er schien fest entschlossen, das Beste daraus zu machen, und nahm neben Sammy direkt vor Alea und Tess Platz. Siska saß mit den beiden Rucksäcken hinter ihnen und schien Alea genau im Auge zu behalten. Alea vermutete, dass das mit der Abwesenheit des *dharrkons* zu tun hatte und Siska sie wohl an seiner Stelle beschützen wollte, falls es nötig war. Alea hatte allerdings nicht das Gefühl, dass irgendeine Gefahr in der Luft lag, und für eine Weile wollte sie einfach nur da sein und alles andere vergessen.

Als der Gondoliere jedem von ihnen einen Strohhut mit rotem Band reichte, lächelte Alea in sich hinein, denn sie ahnte, was auf der Fahrt geschehen würde …

Der Gondoliere positionierte sich mit einem langen Stab am Heck der Gondel und begann, das meterlange Gefährt fachkundig durch die schmalen, mit Gondeln überfüllten Kanäle zu manövrieren. Es ging zwischen den uralten Häusern Venedigs hindurch, die allesamt geradewegs auf das Wasser gebaut zu sein schienen. Malerische Brückchen zogen über ihren Köpfen hinweg wie die Kulisse eines kitschig-süßen Märchenfilms.

Aleas Lächeln erlosch. Die Tatsache, dass Lennox nicht hier war, um die romantische Atmosphäre mit ihr zu genießen, saß ihr wie ein Stachel im Herzen. Andererseits hätte Lennox garantiert nicht der Sinn nach Romantik gestanden, denn Alea hatte auf unverzeihliche Weise sein Vertrauen missbraucht …

Ihre Gedanken drifteten ab, und je länger sie darüber nachdachte, was sie getan hatte, desto schäbiger fühlte sie sich. Sie hatte Lennox aufhalten *müssen.* Ja. Aber der Preis dafür war so hoch, dass sie nun vor Verzweiflung hätte schreien können.

Während Alea die vorüberziehenden Bauten betrachtete und sich ihr Gemüt trotz der sie umgebenden Schönheit immer mehr verdunkelte, rief Sammy: »Schneewittchen, ich habe ganz stark das Gefühl, dass sich eine deiner Silberfadenvisionen jeden Moment verwirklichen könnte!« Grinsend drehte er sich zu ihr um. »Eine italienische Arie liegt in der Luft, die –« Als sein Blick auf Alea fiel, sackten seine Mundwinkel herab. »Schneewittchen, du siehst ganz herzgebrochen aus.«

Ben wandte sich um und erschrak. »Alea …«

»Alles in Ordnung«, log Alea und setzte sich aufrecht hin. »Ich bin nur ein bisschen …«

»Herzgebrochen?« Abermals griff Tess nach Aleas Hand.

Im selben Moment legte Sammy seine Hand auf Aleas rechtes Knie, und Ben platzierte seine auf ihrem linken. Als Alea spürte, dass Siska ihr die Hand von hinten auf die Schulter legte, füllten sich ihre Augen mit Tränen. Unaufhaltsam bahnten diese sich ihren Weg und ließen sich einfach nicht länger unterdrücken.

Jemand begann zu singen. Doch es war weder Sammy noch Ben, die in Aleas Silberfadenvision gemeinsam eine italienische Arie geschmettert hatten. Es war Tess. Die Französin stimmte ein sanftes Singer-Songwriter-Lied an, das Alea gut kannte, denn es stand auf Tess' Favoriten-Playlist und war inzwischen auch eines von Aleas Lieblingsliedern.

»*When you're down and troubled and you need a helping hand …*« Tess' tiefe, kratzige Stimme hallte von den Mauern der Häuser wider, über das Wasser des Kanals und direkt in Aleas Herz. Während dicke Tränen über ihre Wangen rollten, drückte sie Tess' Hand und fühlte, wie ihr kaltes, verletztes Herz im Sicherheitsnetz der sie stützenden Hände wieder wärmer wurde.

Als der Refrain kam, drehte Tess richtig auf. »*Winter, spring, summer or fall, all you have to do is call and I'll be there, yeah, you've got a friend.*«

Erstaunt stellte Alea fest, dass Siska leise mitbrummte – zwar ziemlich schief, doch Alea war so gerührt, dass sie ihre freie Hand auf die der Darkonerin legte und ihr einen dankbaren Blick zuwarf. Etwas hölzern zog Siska den rechten Mundwinkel in die Höhe, wirkte gleichzeitig aber so bewegt, dass Alea grinsen musste. Mit dem Ärmel wischte sie sich über die Augen und atmete tief durch, während Tess die zweite Strophe anstimmte und die Passagiere in der Gondel hinter ihnen sie spontan anfeuerten und aufforderten, noch lauter zu singen.

Alea rief den Leuten zu: »Ihr hört gerade den nächsten großen Superstar!« Sie hatte auf Deutsch gerufen, die Leute in der anderen Gondel – die dem Klang der Sprache nach aus Osteuropa stammten – verstanden sie allerdings ganz genau und jubelten Tess noch begeisterter zu. Diese wandte sich um und sang das Lied mit voller Kraft über das Wasser in Richtung der Gondel hinter ihnen, und Alea war furchtbar stolz auf ihre stimmgewaltige, bombastisch wunderbare Freundin.

Sie stellte fest, dass der Songtext für sie nach wie vor ganz eindeutig englisch klang, aber sie verstand – anders als zuvor – jedes Wort.

Als »You've got a friend« endete, gab es schallenden Applaus von den Leuten hinter ihnen, und ihr Gondoliere strahlte über das ganze Gesicht. Seine Kundschaft schien ihm zu gefallen.

Alea bedankte sich bei den vieren für ihren Beistand und drückte Ben und Sammy kurz die Hand.

Sammy zwinkerte ihr zu. »Du siehst schon besser aus.«

»Das liegt an meinen Freunden«, gab Alea zurück, und Sammy schnaufte zufrieden.

Nachdem sie sich alle wieder normal hingesetzt hatten, versuchte Alea aufrichtig, die Gondelfahrt zu genießen und nicht mehr so viel zu grübeln. Sie wunderte sich allerdings darüber, dass der Gesang von Ben und Sammy, den sie als Silberfadenvision doch schon mehrmals vorhergesehen hatte, komplett ausgeblieben war. Zwar wusste sie natürlich, dass die Zukunft nicht in Stein gemeißelt und durchaus veränderbar war, aber eine derart große Abweichung hatte sie bisher noch nie erlebt …

»Ich würde gern Kit anrufen«, sagte Tess plötzlich und bat Alea um ihr Handy – gewiss, weil ihr altes vom Flohmarkt keine Videofunktion hatte. »Ich will ihr das hier zeigen.«

»Klar!« Behutsam zog Alea ihr Smartphone aus dem Rucksack und achtete dabei darauf, dass ihr Gondoliere den daran klebenden Skorpionfisch nicht zu sehen bekam.

»*Merci.*« Tess nahm das Handy mit dem Fisch achtsam entgegen und wählte die Nummer des Mädchens, in das sie bis über beide Ohren verliebt war. Schon erschien Kits freundlich-keckes Gesicht mit der großen Brille auf dem Bildschirm. »Hey, Traumfrau«, grüßte sie und wirkte freudig überrascht.

»Hey, Traumfrau«, antwortete Tess mit Flirtstimme.

Kit grinste und warf Tess einen Luftkuss zu. Dann fragte sie: »Alea und Lennox sind wieder bei euch?«

Sogleich hielt Tess das Handy so, dass auch Alea auf dem Bildschirm erschien. Diese winkte in die Kamera. »Hi, du! Ja, wir sind alle in Venedig.«

»Oh Mann, wie gern ich bei euch wäre!« Kit seufzte, schien den Gedanken aber bereits im nächsten Moment zur Seite zu schieben. »Heute war in der Meerkinder-Chatgruppe richtig viel los«, berichtete sie. »Dieser Evelin hat in mehreren Sprachnachrichten ein paar spannende Sachen über sich erzählt. Adetari sind so was von … interessant!«

»Das kannst du laut sagen!« Alea nahm sich vor, später alle Nachrichten aus der Chatgruppe abzuhören.

»Nexon hat heute übrigens seine Prüfung bestanden.«

»Oh, super!«

»Und Fiona hat einen vierten Job als Babysitterin angenommen«, erzählte Kit weiter. Fiona war eines der zahlreichen Meerkinder, die außer ihren Raffnarben keine besonderen äußerlichen Merkmale besaßen und sich fragten, welchem Stamm sie angehören mochten. »Als ich Fiona gefragt habe, ob es nicht langsam stressig wird, jeden Abend zu babysitten, hat sie gesagt: *Kein Stück. Ich liebe das einfach.*« Überlegend spitzte Kit die Lippen. »Könnte es sein, dass Fiona eine Marmulla ist?«

»Das könnte sogar sehr gut sein«, stimmte Alea zu, denn das hatte sie sich auch gerade gedacht. Die Marmullas waren in der Meerwelt so etwas wie Lehrerinnen und Pädagogen gewesen, und soweit Alea wusste, hatten sie nicht nur ein phänomenales Händchen für Kinder gehabt, sondern auch die Gabe, diesen auf spielerische Weise die Welt zu erklären.

Kit zog die Augenbrauen hoch. »Sagt mal, seid ihr etwa auf einer Gondel?«

»So ist es!« Tess lachte. »Wir gönnen uns heute mal richtig was.« Sie vollführte einen Kameraschwenk, und dabei konnte Kit nicht nur den Kanal und die anderen Gondeln sehen, sondern entdeckte auch die Darkonerin hinter Alea.

»Siska, bist du das?«, fragte Kit und schob ihre Brille hoch. Die Meerkinder hatten in der Chatgruppe wohl lediglich mitbekommen, dass Siska Lennox und Alea in Sankt Goarshausen treffen wollte. »Du bist mit nach Italien gefahren?«

»Sista Siska hat Lennlea von Sankt Goarshausen nach Venedig kutschiert«, tischte Sammy Kit brühwarm das Neueste auf. »Dafür hat sie einen Mietwagen geklaut!«

»Entwendet«, korrigierte Siska. »Ausgeliehen!«

»Auf jeden Fall hast du das Ding echt gut gedeichselt«, fand Sammy.

»Alea und Lennox brauchten jemanden für die Logistik«, wiegelte Siska ab. »Also habe ich mich darum gekümmert.«

Kit pfiff durch die Zähne. »Du bist echt … superdarkonisch.«

»Siska ist eine Spitzendarkonerin im De-luxe-Format!«, rief

Sammy. »Und ihre geheime Superpower ist Extrem-Darkoning!«

Alea musste lachen, und das tat ihr ungemein gut.

Siska lachte ebenfalls, wenn auch etwas verhaltener, und Ben lächelte still in sich hinein.

»Was habt ihr denn heute alles erlebt?«, fragte Kit Tess.

»Das erzähle ich dir später, wenn wir wieder in der Jugendherberge sind.« Tess blitzte ihre Traumfrau an, als könnte sie es kaum erwarten, die Erlebnisse des Tages mit ihr zu teilen. »Ich glaube, du wirst vom Stuhl fallen, wenn du das hörst.«

Kit wuschelte sich durch das raspelkurze blonde Haar. »Jetzt bin ich so gespannt, dass ich garantiert an gar nichts anderes denken kann«, beschwerte sie sich lachend. »Ich hab allerdings auch was ziemlich Cooles gemacht – ich war vergangene Nacht als Müllmaid unterwegs.« Den Namen *Müllmaid* hatte Alea Kit scherzhaft verpasst, weil sie fand, wer sich eine geheime Identität als Abfall-Fortzauberin zulegte, benötigte auch eine besondere Bezeichnung.

Tess schien mehr von Kit hören zu wollen. »Was hast du denn genau gemacht?«

»Abfall aus öffentlichen Mülleimern verschwinden lassen!«, erwiderte die Brim voller Stolz. »Ich bin in mehreren Kölner Stadtteilen unterwegs gewesen. Opa Ernst war auch dabei. Er wollte gern mitkommen, und zu zweit ist so was sowieso viel schöner.« Ernst war der Großvater von Sammy und Ben, aber zwischen Kit und ihm war in der Zwischenzeit ebenfalls ein starkes freundschaftliches Band entstanden. »Außerdem ist Opa eine gute Tarnung.«

»Tarnung?«, meldete sich Ben fragend zu Wort.

»Opa hat sich wieder den Rollstuhl von seinem Kumpel Walter geliehen«, erklärte Kit. »Und immer wenn gestern Nacht jemand mitbekommen hat, dass ich an den Mülleimern herumgewurschtelt habe, tat Opa so, als wäre er ein gebrechlicher alter Mann, der von seiner Enkelin notfallmäßig ins Krankenhaus gebracht werden musste. Das hat die Leute schnell alles andere vergessen lassen.« Kit strahlte von einem Ohr zum anderen. »Wir haben gestern Nacht mindestens fünfzig Mülleimer mit der Sengbohne geleert. Und jedes Stück Abfall, das weg ist, kann die Umwelt nicht mehr belasten.«

»Du bist topbärchentoll, Kit!«, rief Sammy. »Aber *Müllmaid* klingt irgendwie noch nicht sensationell genug. Wie wäre es mit … *Mega-Müllerin*? Nee. Ich glaube, ich muss noch daran feilen.«

Tess brummelte etwas Unverständliches, und Kit giggelte.

»Opa Ernst hat *Müllmännin* vorgeschlagen«, erinnerte sich Alea an ihr Gespräch in der Müllhalle von Sankt Goarshausen.

»Müllmännin?« Sammy brach in grölendes Gelächter aus. »Opa ist der absolute Knaller!«

Tess musste ebenfalls grinsen.

Die Unterhaltung wandte sich nun anderen Themen zu, und sie sprachen über Ben und Sammys Onkel Oskar, der offenbar auf dem Weg von Tibet nach Europa war und vielleicht schon bald zu ihnen stoßen würde. Während sich Ben, Sammy und Kit über die Details austauschten, klinkte Alea sich aus der Diskussion aus, nahm einen tiefen Atemzug und hatte das Gefühl, dass sich die Dinge trotz allem in eine gute Richtung entwickelten. Seufzend lehnte sie sich gegen Siskas angezogene Knie und genoss die restliche Gondelfahrt ganz still für sich.

Schließlich verabschiedeten sie sich von Kit, und auch die Fahrt neigte sich dem Ende zu. Als sie wieder angelegt hatten und die Gondel verließen, gaben sie dem Gondoliere die Strohhüte mit den roten Bändern zurück und dankten ihm herzlich für eine unvergessliche Fahrt.

Sie hatten sich erst wenige Schritte von der Anlegestelle entfernt, als Bens Handy klingelte. Offenbar war Cassaras dran, denn Ben begann zu beschreiben, wo sie sich gerade befanden. Wie es schien, wollte der Nixenprinz zu ihnen kommen. Alea dachte mit Beklommenheit daran, dass auch Lennox gleich wieder zu ihnen stoßen und sie womöglich weiterhin rigoros links liegen lassen würde.

Die Alpha Cru bummelte ein kleines Stück von den Gondeln fort, doch schon bald blieb Ben stehen.

»Warten wir hier auf Cassaras und Lennox?«, fragte Siska ihren Kapitän, der allerdings auf einmal ein wenig zerstreut wirkte. Anstatt Siska zu antworten, blickte er Tess nachdenklich an, und als diese das merkte, zuckte sie leicht zusammen.

Da fiel Alea ein, dass es noch etwas Wichtiges zu besprechen gab! Inmitten der sich überschlagenden Ereignisse hatte sie das ganz vergessen, aber so, wie Ben Tess anschaute, hatte er vor, die Sache nun zur Sprache zu bringen.

Schon richtete er sich an die Piratenprinzessin. »Sag mal, worüber hat die Talassiopa eigentlich geredet?«

»Meinst du das mit der Weichenstellerin?«, fragte Tess zurück.

»Genau das«, bestätigte Ben. »Die Talassiopa hat gesagt, du wärst der Schlüssel zu den großen Umwälzungen der Zeitenwende.«

»Und dass du bereits wüsstest, was du zu tun hast!«, ergänzte Sammy, der sich jetzt auch daran zu erinnern und wie auf Knopfdruck sehr neugierig zu werden schien.

»Na ja, also …« Tess' Blick verschleierte sich, und sie nestelte an ihren Dreadlocks herum. »Bisher habe ich immer gedacht, dass ich im Weltgeschehen bestimmt keine bedeutende Rolle spielen werde«, sagte sie. »Höchstens vielleicht als Sängerin. Aber doch nicht als … Arrangeurin für irgendwas Größeres.«

»Die Talassiopa hat in dir etwas ganz Besonderes gesehen«, half Alea ihr auf die Sprünge.

»Offenbar hat sie das.« Tess' Blick wurde klarer. »Und wenn das wirklich stimmt, dann bin ich auch bereit, meinen Teil beizutragen.« In ihre Stimme trat eine Entschlossenheit, die Alea schon am Meeresgrund bemerkt hatte, als Tess sowohl Grarmathacht als auch Mura mutig und selbstbewusst entgegengetreten war.

»Also hast du tatsächlich eine Ahnung, worauf die Talassiopa angespielt haben könnte?«, blieb Ben am Ball. »Du weißt, welchen Teil du beitragen sollst?«

Tess schien ihre Worte abzuwägen, doch ihre Antwort ließ auf sich warten.

Ben beugte sich ein Stück vor und fixierte Tess. »Sag uns, Thaissa Alizée Imani Odondo, was weißt du über die Weichen des Schicksals?«

Weichenstellerin des Schicksals

In diesem Moment traten der Nixenprinz und Lennox zu ihnen. Alea hatte sie gar nicht kommen sehen, denn sie war viel zu gespannt gewesen, was Tess Ben antworten würde. Doch nun machte ihr Herz einen schmerzhaften Satz, und ihre Gefühle wirbelten wirr durcheinander.

»Gut, dass ihr wieder da seid«, sagte Ben knapp zu Cassaras und Lennox, denen man beim besten Willen nicht ansehen konnte, ob sie ein gutes oder schlechtes Gespräch geführt hatten. »Wir reden gerade über etwas sehr Wichtiges.« Ben schien Tess nicht vom Haken lassen zu wollen. »Erzähl doch bitte, wieso die Talassiopa über dich als Schlüssel zur Zeitenwende gesprochen hat.«

»Oh ja, das wüsste ich auch gern«, sagte Lennox.

Alea musterte ihn und stellte fest, dass er nicht mehr ganz so unnahbar wirkte wie zuvor. Sofort keimte zarte Hoffnung in ihr auf. Sie erlaubte sich allerdings nicht, zu viel zu erwarten. Vielleicht würde seine Miene wieder finsterer werden, je länger er neben ihr stand.

Ben hatte derweil seine ganze Aufmerksamkeit auf Tess gerichtet, die sich mit dem Handrücken über die Stirn fuhr, als wäre ihr klar, dass sie nun alle Karten auf den Tisch legen musste.

Gebannt schauten die Umstehenden sie an, und selbst der Prinz schien neugierig zu sein.

»Ich bin mir nicht sicher«, begann Tess, »aber … also, das Ganze könnte etwas mit meinen Eltern zu tun haben.«

Alea stutzte. »Mit deinen Eltern?« Rasch überlegte sie. »Dein Vater arbeitet bei der europäischen Polizei, richtig?«

»Bei Europol?«, fragte Cassaras alarmiert.

»Was, wirklich?«, rief Siska erstaunt. »Aber … dann könnte dein Vater doch helfen, Orions Gretzernetzwerk zu zerschlagen, Tess!«

Alea und die anderen sagten nichts dazu, denn darüber hatten sie vor einiger Zeit bereits mit Tess gesprochen.

Siska war hingegen sichtlich irritiert. »Warum hast du deinen Vater denn nicht schon längst gefragt, ob er und Europol helfen könnten?«

»Wenn mein Vater wüsste, was bei uns los ist, hätte er mich schon längst nach Hause geholt«, entgegnete Tess. »Und das … wäre schlecht, denn in Paris könnte Orion mich ganz leicht finden – anders als auf der getarnten *Crucis* oder hier, mitten in der großen weiten Welt.«

»Du meinst, er könnte dich entführen?«, fragte Siska.

»Ja. Orion könnte Alea damit drohen, mir was anzutun, wenn sie sich ihm nicht ausliefert. Und so, wie ich Alea kenne, würde sie sich wahrscheinlich auf der Stelle gegen mich eintauschen lassen.«

Alea war sich nicht sicher, ob das ein Kompliment war oder

heißen sollte, dass sie sich manchmal wie eine übereifrige Idiotin verhielt.

»Würde dein Vater das denn nicht einsehen und dich in diesem Fall lieber bei der Cru lassen?«, wunderte sich Siska. »Deine Argumente sind ja stichhaltig. Wenn du deinem Vater alles erklärst, würde er dich doch bestimmt nicht nach Hause holen, oder? Er würde verstehen, dass du daheim in viel größerer Gefahr schwebst als bei der Alpha Cru.«

»Um ihn davon zu überzeugen, dass ich bei der Cru sicherer bin, müsste ich ihm erst mal beibringen, dass es Magie und so etwas wie Beschützer-Oblivionen, Darkoner und Nixenprinzen überhaupt gibt. Er ist aber ein sehr rationaler Mensch. Bestimmt würde er mir kein Wort glauben.«

Siska ließ nicht locker. »Dann müssen wir es ihm zeigen!«

»Was zeigen?«

»Magie!«, rief Siska. »Per Videoanruf könnte dein Vater zusehen, wie Lennox ein Auto den Abhang hochschiebt! Oder wie Alea sich im Wasser verwandelt! Oder Cassaras redet mit ihm.«

Abwehrend hob der Prinz beide Hände, als wollte er sich auf keinen Fall in irgendeinen Plan einspannen lassen.

Tess machte ein perplexes Gesicht. »Äh … das wäre krass. Ich habe keine Ahnung, wie mein Vater reagieren würde.« Sie schien in sich hineinzuhorchen. »Irgendwie hab ich bei der Vorstellung aber ein schlechtes Bauchgefühl.«

»Man muss immer auf sein Bauchgefühl hören!«, mahnte Sammy.

»Tess, war es denn die Hilfe deines Vaters, von der die Talassiopa gesprochen hat?«, forschte Alea nach. »Meinst du, sie hat ihn und Europol gemeint?«

»Eigentlich … eher nicht«, antwortete Tess. »Ich glaube, es ging um etwas anderes.«

Alle Augen richteten sich wieder auf sie.

»Also«, druckste Tess herum und schien erst einmal ihre Gedanken ordnen zu müssen. »Ich hatte da mal eine Idee …«

»Was für eine?«, hakte Alea nach.

»Ben, du hast mal etwas gesagt«, begann Tess zu erklären. »Ist schon länger her. Damals haben wir über Umweltschutz gesprochen und darüber, was man als Gesellschaft besser machen könnte.«

Ben wiegte den Kopf. »Okay …?«

»Du hast gesagt, die Natur müsste Rechte haben.«

Ben schien sich zu erinnern, allerdings noch nicht ganz zu begreifen, worauf Tess hinauswollte.

»Du hast gesagt, jeder Mensch hat Rechte«, sprach Tess weiter. »Kinder haben Rechte. In Deutschland haben sogar Tiere Rechte. Aber die Ozeane haben keine.«

Alea versuchte, sich das Gespräch ins Gedächtnis zu rufen. Sammy nickte, als wüsste er wieder, worum es dabei gegangen war.

Tess fuhr fort. »Ich habe ziemlich viel darüber nachgedacht, Ben, und ich glaube, dass das ein richtig guter Ansatz ist. Man müsste der Natur an sich Rechte verleihen.«

Irgendetwas in Alea klickte, als wäre gerade ein Rädchen in Gang gesetzt worden, das nur darauf gewartet hatte, sich endlich drehen zu dürfen.

Tess redete weiter. »Es wäre dann so: Wenn jemand gegen die Rechte der Natur verstößt, würden ebensolche Strafen verhängt werden wie bei Rechtsverstößen gegen Personen.«

»Dafür bräuchte man ein neues Gesetz«, wandte Cassaras skeptisch ein.

»Und wie entstehen neue Gesetze?«, wollte Siska wissen, der die Vorstellung gut zu gefallen schien.

»Ich habe mich erkundigt«, erwiderte Tess. »Grundsätzlich hat nur die Europäische Kommission das Recht, Gesetzentwürfe vorzulegen. Aber das Europäische Parlament, der Ministerrat und der Europäische Rat können die Kommission auffordern, tätig zu werden.«

Alea wusste nicht genau, was diese Europäische Kommission war oder was sie machte, aber plötzlich war sie ganz aufgeregt.

»Und dann?«, fragte Siska. »Was passiert, nachdem ein Gesetzesvorschlag vorliegt?«

»Er wird zuerst im Europaparlament besprochen«, führte Tess aus. »Eventuelle Änderungsvorschläge des EU-Parlaments werden dem Ministerrat übermittelt. Das Gesetz ist aber erst dann erlassen, wenn der Ministerrat zustimmt, also die Regierungsvertreter der Mitgliedstaaten.«

Alea hatte es noch nicht genau verstanden. »Aber wie kriegt man diese Politik-Instanzen dazu, überhaupt einen Gesetzesentwurf vorzulegen?«

»Jemand muss sich dafür einsetzen – dafür kämpfen«, lautete Tess' Antwort. »Jemand mit viel Einfluss und Erfahrung.«

Bens Augen wurden groß. »Deine Mutter!«

»Deine Mutter ist am Europäischen Gerichtshof!«, stieß Alea hervor. Madame Odondo war eine berühmte Staranwältin, die sich um die ganz großen Fälle kümmerte!

»Genau.« Tess klang nun auch ein wenig aufgeregt. »Ich wollte eigentlich erst noch mehr recherchieren, bevor ich mit euch darüber spreche. Aber jetzt ist es halt raus.« In ihren braunen Augen blitzte es. »Das wäre eine Chance, im ganz großen Stil etwas zu verändern.«

Alea wurde von einem gigantischen Schauder erfasst.

Cassaras machte hingegen noch immer einen eher skeptischen Eindruck. »Kennt deine Mutter denn Leute aus der Politik?«

»Viele! Bei uns sind ständig wichtige Persönlichkeiten zum Essen eingeladen.« Tess sagte das, als wäre es nichts Besonderes. »Zum Beispiel die EU-Außenministerin, verschiedene Abgeordnete oder der Europa-Staatssekretär. Die Präsidentin des Europäischen Rates ist sogar mit meiner Mutter befreundet und geht bei uns ein und aus.«

»Heilige Flippflosse!«, quietschte Sammy. »Ich würde mit den Ohren schlackern, wenn ich es könnte.« Mit den Händen drückte er seine Ohrmuscheln nach vorn.

Das sah ziemlich lustig aus, aber niemand lachte. Alle schienen viel zu aufgewühlt dazu zu sein.

Ben wirkte sogar richtig ergriffen. »Du glaubst, deine Mutter weiß, wie man so etwas anpacken muss, Tess?«

»Auf jeden Fall. In letzter Zeit habe ich ja auch oft mit ihr über den Zustand der Ozeane gesprochen, und sie hat sich dem Thema immer mehr zugewandt.«

Alea kniff die Augen zusammen. »Hattest du dabei schon im Hinterkopf, dass sie die perfekte Kandidatin wäre, um sich für neue Gesetze im Naturschutz einzusetzen?«

Tess grinste. »Öhm … eventuell ein ganz kleines bisschen.«

Alea grinste zurück.

Ben grinste ebenfalls.

»Wenn ich meine Mutter bitten würde, dafür zu kämpfen, dass die Natur Rechte bekommt …«, sagte Tess.

Alea beendete den Satz. »… dann wärst du die Weichenstellerin des Schicksals.«

Guter Wellenschlag

Mit hochroten Wangen und aufgeregten Stimmen diskutierte die Alpha Cru darüber, wie Tess ihre Mutter am besten davon überzeugen könnte, sich dieses gigantischen, weltverändernden Falls anzunehmen, und was geschehen würde, wenn Madame Odondo tatsächlich Erfolg hätte.

Lennox schien die Debatte aufmerksam zu verfolgen, sagte aber selbst kaum etwas, und Alea konnte schlecht einschätzen, was in ihm vorging.

Auch der Nixenprinz hörte eher zu, als dass er etwas beitrug, doch nach einer Weile unterbrach er die Unterhaltung. »Ich mache mich jetzt auf den Weg«, ließ er sie wissen und fasste sein Haar mit einem Lederband zum Zopf zusammen, als müsste er sich auf eine längere Schwimmstrecke vorbereiten. »Versuchst du vorher noch mal, Thea zu erreichen, Alea?«

»Kann ich machen.« Alea hatte zwar das Gefühl, dass das nichts bringen würde, aber sie tat dem Prinzen den Gefallen und rief in Gedanken nach ihrer Zwillingsschwester. Vergeblich.

»Nun gut.« Cassaras schien nicht weiter in sie dringen zu

wollen. »Ich werde zu einer Anzeigesäule schwimmen. Vielleicht gibt es neue Hinweise. Und wenn nicht, suche ich eben auf eigene Faust nach Thea.«

»Sie könnten auch eine Finde-Finja rufen und sie um Hilfe bitten«, regte Alea vorsichtig an.

Der Prinz widersprach nicht. »Mal sehen.«

Alea lächelte. Falls das wirklich geschah, hätten sich ein weiteres Mal verschiedene Magische zusammengetan, um gemeinsam etwas zu bewirken.

Jetzt schaltete sich Lennox ein. »Ruf mal an«, bat er den Nixenprinzen.

Cassaras nuschelte zur Antwort etwas in sich hinein, aber Alea hätte schwören können, dass er »Mach ich« gesagt hatte.

Mit dem nächsten Atemzug drehte der Prinz sich um und stapfte davon, ohne Auf Wiedersehen zu sagen.

»Jaheer garuu falit nschama shaharr dhenn«, rief Alea ihm nach. Möge Sie stets guter Wellenschlag begleiten.

Gleich darauf verschwand die markante Gestalt des Prinzen zwischen den Touristenschwärmen und war nicht mehr zu sehen.

Während die Alpha Cru ihm schweigend nachblickte, vermeldete Sammy: »Ich hab Hunger.«

»Ich auch«, sagte Ben.

Alea stöhnte. »Boah, ja, ich auch.«

Ben zählte nach, wie viel Geld sie noch hatten. »Zweiundneunzig Euro. Damit könnten wir essen gehen.« Er kratzte sich am Kopf. »Wenn wir nur was Kleines und keine Getränke bestellen, müsste es hinhauen.«

Alle waren einverstanden, und schnell war entschieden, dass sie in dem Restaurant essen wollten, in dem man ihnen netterweise erlaubt hatte, ihre Sachen unterzustellen. Während sie dorthin zurückspazierten, waren alle ganz in ihre Gedanken versunken, und in Aleas Kopf tanzten Überlegungen zur Rettung der Welt und zur Rettung ihrer Beziehung wild durcheinander.

Eine halbe Stunde später saßen sie an einem großen Tisch im *Ristorante Luigi,* und alle außer Alea steckten die Nasen in die Speisekarte. Alea nutzte den unbeobachteten Moment, um Lennox' Miene zu studieren. Doch es war unmöglich zu sagen, was er dachte.

»*Superfood di mare*«, las Sammy aus der Karte vor und legte seinen Piratenhut beiseite. »Das klingt echt wunderbärchen – Grünalge, frittiert in Bierteig, serviert als Meeressalat. Hammer und Doria!«

»Donner und Doria«, verbesserte Ben.

»Wieso Donner?«

»Weil … das eben so heißt.«

»Aber ich hab mir immer so eine Doria mit Hammer vorgestellt.«

»Was für eine Doria?«

»Na, die mit dem Hammer!«

Ben verpasste Sammy eine Kopfnuss.

Sie einigten sich darauf, dass sie alle die frittierte Grünalge versuchen wollten, und bestellten beim Kellner.

Während die Cru auf das Essen wartete, nahm Tess Lennox ins Visier, der auf dem Weg hierher weiterhin sehr schweigsam gewesen war. »Wie war eigentlich das Gespräch mit Cassaras?«, fragte sie ihn und beeilte sich, hinzuzufügen: »Wenn du nichts erzählen willst, ist das absolut in Ordnung.«

»Nein, schon gut«, erwiderte Lennox, und jetzt war Alea sich sicher, dass er weniger abweisend war als zuvor. Er klang sogar beinahe normal. »Das Gespräch war … wichtig.«

»Erzähl!«, forderte Sammy ihn auf und schien gespannt wie ein Flitzebogen. »Wie kam es, dass sich Cassaras' Vater in eine Nixe verliebt hat? Ich mein, wie ist er ihr begegnet? Ist er nicht aus allen Wolken gefallen, dass es so was wie Nixen wirklich gibt? Und wie können Nixen überhaupt Sex mit Landgängern haben?«

»Keine Ahnung.« Lennox machte eine unschlüssige Handbewegung. »Darüber haben wir nicht gesprochen.«

»Bestimmt im Wasser«, ergriff Siska in aller Ernsthaftigkeit das Wort. »Oder am Strand. Denn Nixen können ja nicht laufen. Sie kommen nicht an Land, oder?«

»Ich glaube nicht«, sagte Alea, die darüber noch nie nachgedacht hatte. »Es sei denn, es verhält sich bei Nixen wie bei Tasfaren, bei denen sich der Seepferdchenschwanz an Land in Beine verwandelt …«

»Leute!«, bremste Tess ihre Spekulationen. »Ich würde wirklich gern hören, was der Prinz gesagt hat.«

»Yo.« Sammy machte eine Geste, als würde er an seinem Mund einen Reißverschluss schließen.

»Zuerst war es ein bisschen seltsam«, gestand Lennox. »Cassaras hatte zwar gesagt, dass er mit mir reden will, aber dann stand er einfach nur so da und starrte den Grabstein an. Ich musste mehrmals nachfragen, bis er endlich den Mund aufgemacht hat.«

»Und dann?«, fragte Ben.

»Er hat mir von seinem Vater erzählt, der allem Anschein nach mein Ururgroßvater war.«

»Was ich immer noch unglaublich finde«, kommentierte Sammy. »Die Wege des Schicksals sind –«

Tess warf ihm einen strengen Blick zu, und Sammy verstummte.

»Es gibt einige Gemeinsamkeiten zwischen uns«, resümierte Lennox mit Denkerfalte zwischen den Brauen. »Der Prinz und sein Vater hatten auch keine gute Beziehung – was aber natürlich zum Teil daran lag, dass Cassaras bei seiner Mutter im Meer aufgewachsen ist und weder seinen Vater noch seinen Halbbruder allzu oft gesehen hat.«

»Außerdem war Alessandro Alkoholiker?«, hakte Ben nach. »Genau wie Stefano?«

Alea erinnerte sich, dass »Stefano« der Name von Lennox' Vater war.

»Ja, und Cassaras war deswegen ebenso wütend auf seinen Vater wie ich auf meinen«, sagte Lennox nachdenklich. »Zu Anfang musste ich Cassaras jedes Wort aus der Nase ziehen, schließlich hat er aber offener erzählt – darüber, wie es war …« Unvermittelt verdunkelte sich Lennox' Gesichtsausdruck. »Alessandro ist wohl öfter mal die Hand ausgerutscht, so wie meinem Vater auch. Andererseits hat Alessandro in Cassaras die Liebe zur Musik geweckt.«

»Ich dachte, dass alle Magischen Musik sowieso lieben?«,

erkundigte sich Siska und schien sich nicht sicher zu sein, ob die Frage gerade unpassend war.

»Das hatte ich auch gedacht«, kam Ben ihr zu Hilfe. »Magische können ja selbst keine Musik machen. Ich war davon ausgegangen, dass sie sie gerade deswegen so sehr lieben …«

»Wäre möglich.« Lennox hob leicht die Achseln. »Bei Cassaras ist es jedenfalls so, dass Musik ihm regelrecht heilig ist, er aber offenbar weder ein Instrument spielen noch singen kann.«

Als Alea sich vorstellte, wie es sein musste, Musik derart zu lieben, selbst allerdings keine Note hervorbringen zu können, tat ihr der Prinz richtig leid.

Lennox fuhr fort. »Cassaras' Liebe zur Musik wurde durch die Auftritte seines Vaters in Venedig wohl immens verstärkt. Nachdem er ihn ein paarmal spielen gehört hatte, fing Cassaras an, Alessandros Lieder in einem magischen Leierkasten zu sammeln – um die Musik auch im Meer immer wieder hören zu können.« Ein Lächeln glitt über Lennox' Gesicht. »Er hat mir ein paar Aufnahmen von Alessandro vorgespielt.«

»Aufnahmen davon, wie sein Vater im neunzehnten Jahrhundert Mandoline gespielt hat?«, fragte Alea.

»Genau«, antwortete Lennox ihr in ganz gewöhnlichem Ton, als würde der Graben zwischen ihnen gar nicht existieren. »Alessandro war ein richtiger Virtuose und hat die Mandoline beherrscht wie kein Zweiter.«

»Diese Aufnahmen würde ich auch gern mal hören«, bemerkte Tess, die gedankenvoll über die karierte Tischdecke strich. »Könnte es sein, dass das Talent für Saiteninstrumente bei euch in der Familie liegt, Scorpio?«

»Das ist ohne Frage so«, sagte Ben im Brustton der Überzeugung.

Überrascht sah Lennox ihn an. »Wieso bist du dir da so sicher?«

»Dein Italienisch hat sich durch den Herrinnenschwur enorm verbessert …« Ben merkte wohl gar nicht, dass Lennox bei der Erwähnung des Schwurs leicht zusammenfuhr. »Und die Talassiopa hat gesagt, dass nicht nur deine Meermenschen-Attribute, sondern auch deine Landgängertalente intensiviert worden sind«, sprach Ben unbeirrt weiter. »Und das betrifft ganz offensichtlich auch dein Gitarrenspiel.« Siska schien nicht ganz folgen zu können. Alea jedoch ebenso wenig. »Heute bei dem Auftritt hast du nämlich noch viel besser Gitarre gespielt als vorher.«

Alea staunte. War das tatsächlich so? Das hatte sie vor lauter Nervosität gar nicht bemerkt!

Langsam strich sich Lennox das dunkle Haar aus der Stirn. »Kann sein …«

Also war es ihm selbst aufgefallen!

»Ich hätte nicht gedacht, dass man überhaupt noch besser spielen kann«, sagte Sammy, dem das Ganze ebenfalls nicht entgangen zu sein schien. »Aber heute hast du wirklich gespielt wie ein junger Gott, Sir Scorpio!« Er klimperte Lennox mit den Wimpern an. »Hab ich dir eigentlich schon mal gesagt, dass ich total verliebt in dich bin?«

»Nö, noch nie!« Lennox lachte.

Als Alea ihn lachen hörte, atmete etwas in ihr auf, das seit einer gefühlten Ewigkeit keine Luft mehr bekommen hatte. Das Gespräch mit dem Nixenprinzen hatte irgendetwas in Lennox bewirkt, und Alea hätte alles dafür gegeben, einen Blick auf sein Stimmungsspiel werfen zu können. »Du hast gesagt, dass die Unterhaltung mit Cassaras wichtig war«, wagte sie nachzuhaken. »Was genau war denn daran wichtig für dich?«

Lennox hob den Blick, und seine azurblauen Augen richteten sich auf Alea. Zum ersten Mal sah er sie wieder richtig an.

Die anderen schienen den Atem anzuhalten.

»Wir haben über dich gesprochen«, war Lennox' Antwort.

Ruckartig versteifte sich Aleas Rücken. Über sie? Cassaras und Lennox hatten über sie gesprochen? Erst einen Moment später wurde ihr klar, dass das höchstwahrscheinlich etwas Gutes war. Immerhin wirkte Lennox viel zugänglicher.

Sein Blick wurde weicher. »Das war der eigentliche Grund, warum Cassaras um ein Gespräch gebeten hatte. Es ging um dich.«

»Und was …«, begann sie, aber ihre Stimme erstickte an der Welle überschießender Emotionen, die gerade über sie hereinbrach – Unsicherheit, Furcht, Neugier, Hoffnung.

»Später«, sagte Lennox. Nur dieses eine Wort, doch es lag das Versprechen darin, dass sie sich bald in Ruhe über alles unterhalten würden.

Alea war so erleichtert, dass sie geräuschvoll ausatmete. Lennox wirkte allerdings ebenfalls aufgewühlt. In seinen Augen schimmerte es verdächtig, und Alea wurde klar, dass er sich ebenso um ihre Beziehung sorgte wie sie. Auch er hatte Angst.

Da kam das Essen, und die anderen machten sich über die frittierten Algen her. Alea begann nur langsam zu essen, dann merkte sie jedoch, wie lecker das Gericht und wie groß ihr Hunger war, und langte zu.

Die Unterhaltung wandte sich leichteren Themen zu, und als sie das Restaurant einige Zeit später verließen, war der Himmel nachtschwarz, die Laune der Alpha Cru hingegen erstaunlich gut.

Tess, Ben und Sammy schlugen den Weg zu ihrer Jugendherberge ein, in der sie auch heute wieder übernachten wollten. Beim Gehen zählte Ben noch einmal ihr Geld und musste feststellen, dass sie nicht mehr genug für die Übernachtung dreier weiterer Personen im *Ostello* hatten.

»Kein Ding.« Lennox winkte ab. »Alea und ich können auf dem Dach der Jugendherberge schlafen.« Fragend schaute er sie an. »Oder?«

»Ja … gern«, sagte sie erstaunt.

Siska, die einen Großteil ihres Geldes fürs Tanken ausgegeben hatte, fand in ihrer Börse noch genug für eine Übernachtung und wollte ebenfalls in der Herberge schlafen.

Sobald das geklärt war, erkundigte sich Lennox bei Ben: »Das Gebäude hat doch ein Flachdach?«

»Das hast du dir gut gemerkt.« Ben warf Alea einen zuversichtlichen Blick zu. »Wenn ihr unbemerkt hinaufkommt, seid ihr da oben ganz für euch.«

»Das klingt prima«, murmelte sie und wurde bei der Vorstellung, mit Lennox auf dem Dach zu übernachten, ganz kribbelig. Zugleich schob sich von irgendwoher ein Angstgedanke in ihren Kopf: *Was, wenn Lennox Schluss machen will?*

Bereits im nächsten Augenblick kam allerdings eine überwältigende Gewissheit über sie – die Gewissheit, dass das schlichtweg unmöglich war. Sie hatte die Tränen in Lennox' Augen schimmern gesehen. Doch auch ohne diese war sie sich einer Sache sicher: Lennox würde sie niemals verlassen. Und sie ihn nicht. Gleichgültig, was zwischen sie getreten war.

Alea zeigte dem fiesen Angstgedanken im Geiste den Mittelfinger, so, wie Thea es getan hätte, und wurde ganz ruhig. Sie wusste, dass sie Vertrauen in ihre Liebe haben konnte, und an diesem Wissen hielt sie sich nun fest.

Sie waren Lennlea. Für immer.

Für immer, Yavani

Tess, Sammy, Siska und Ben lenkten den Nachtwächter an der Rezeption ab, und Alea und Lennox schlichen sich unbemerkt in die Jugendherberge. Während sich Alea in den Toilettenräumen der Mädchen wusch, machte Lennox sich bei den Jungs frisch. Anschließend huschten sie gemeinsam durch das Treppenhaus mehrere Etagen hinauf zum Dach. Bestimmt war es nicht erlaubt, hier zu schlafen, aber zum einen hatten sie kein Geld mehr, und zum anderen brauchten sie dringend einen ungestörten Ort für eines der wohl wichtigsten Gespräche ihres Lebens.

Als sie durch die oberste Treppenhaustür auf das Dach hinaustraten, erkannte Alea gleich, dass dies ein guter, geschützter Ort war. Darüber hinaus war die Aussicht einfach grandios. Im Licht der Sterne konnten sie über die Dächer Venedigs blicken, und wenn Alea nicht dermaßen angespannt gewesen wäre, hätte die nächtliche Kulisse sie gewiss verzaubert.

Lennox blieb stehen und ließ den Blick über die Stadt schweifen. »*Che bello*«, murmelte er. »Sollen wir unsere Isomatten hier an den Rand legen?«, schob er hinterher, und Alea konnte spüren, dass er ebenso nervös war wie sie.

»Ja, gut.« Sie setzte ihren Rucksack ab.

Lennox tat es ihr gleich. Schweigend breiteten sie ihre Matten und Schlafsäcke aus und nahmen im Schneidersitz darauf Platz. In Aleas Herz lagen Furcht, Gewissensbisse und Hoffnung derart nah beieinander, dass sich in ihrem Inneren alles zu einem lähmenden Knäuel vermengte und sie das Gefühl hatte, keine Silbe hervorbringen zu können.

Eine Zeit lang saßen sie stumm nebeneinander, aber schließlich durchbrach Lennox die Stille. »Ich habe meine Landgängergroßeltern nur ein einziges Mal getroffen, und damals war ich noch klein.«

»Hm?« Alea war ganz verdutzt, dass Lennox von seinen Großeltern sprach. Vermutlich wollte er jedoch erst einmal über etwas weniger Schwieriges reden, und eigentlich war das eine gute Idee. »Du kennst sie also gar nicht richtig?«

»Nein, später habe ich nie wieder etwas von ihnen gehört.« Lennox schaute Alea nicht an. Die Art, wie er das sagte, machte allerdings klar, dass er bereit war, sich zu öffnen. »Ich frage mich, ob mein Vater den Kontakt zu seinen Eltern abgebrochen hat, weil er sich dafür schämte, was aus ihm geworden war.«

»Das wäre möglich«, antwortete Alea mit klopfendem Herzen. Beinahe klang er wieder wie *ihr* Lennox, der sich nicht scheute, ihr gegenüber seine geheimsten Gedanken und Gefühle zu äußern. »Findest du, dein Vater sollte sich schämen?«, setzte sie vorsichtig hinzu.

»Hmm, ich weiß nicht.« Lennox rieb sich den Nacken. »Er hatte es nicht leicht. Und manche Leute kommen mit schwierigen Lebensumständen weniger gut klar als andere.«

»Das hört sich an, als hättest du deinem Vater verziehen.« Alea erinnerte sich, dass sie diesen Eindruck heute schon einmal gehabt hatte. Lennox schien irgendeine Art von Frieden mit Stefano geschlossen zu haben – trotz der Schläge und der seelischen Vernachlässigung.

»Ich glaube, irgendwie habe ich das.« Lennox' Augen sahen in die Ferne, doch sein Herz war genau hier, und er erlaubte Alea wieder einen Blick hinein. »Meine Vorliebe für Texte und Poesie und auch mein Talent für Musik habe ich ganz offensichtlich von meinem Vater, und dafür bin ich ihm dankbar.« Lennox zog die Beine an den Körper heran. »Gleichzeitig macht das aber noch lange nicht wieder gut, wie er sich mir gegenüber verhalten hat.«

Alea suchte in Lennox' Gesicht nach Anzeichen von Verbitterung, fand jedoch keine mehr. »Und trotzdem hast du ihm vergeben?«

»Ja, allerdings nicht seinetwegen. Sondern meinetwegen.«

Alea hob die Augenbrauen.

»Es ist so, dass …« Lennox suchte nach Worten. »Ich habe gemerkt, dass der Groll, den ich so lange für meinen Vater empfunden habe, vor allem mir selber schadet«, erklärte er. »Mein Vater hätte es zwar verdient, dass ich ihm sein Verhalten auf ewig übel nehme, und – versteh mich nicht falsch! – ich will ihn niemals wiedersehen. Aber der Hass auf ihn hing ständig wie ein Schatten über mir.«

Verblüfft sagte Alea: »Du bist zu demselben Schluss gekommen wie ich, als mir klar wurde, dass mich der Hass auf Orion auffrisst, wenn ich ihn ungezügelt in mir wüten lasse.«

Lennox nickte. »Als du das heute erzählt hast, war ich überrascht darüber, dass wir uns in den letzten Tagen beide mit diesem Thema beschäftigt haben.«

»Vielleicht haben wir zeitgleich erkannt, dass man die Welt nicht mit Hass im Herzen retten kann.«

»Hm, ja.« Lennox räusperte sich. »Die Art und Weise, wie du gegen den Hass vorgegangen bist, fand ich übrigens … bemerkenswert.« Plötzlich wankte seine Stimme. »Das mit dem Schutzschild …«

Alea wurde von seinen Worten schlagartig wie unter Strom gesetzt. Ganz eindeutig wollte Lennox nun zu dem überleiten, um das sie wohl lange genug einen Bogen gemacht hatten. »Meinst du, dass ich deine Liebe wie einen Schutzschild gegen den Hass auf Orion benutzt habe?«

»Mhm.«

Alea spürte jeden einzelnen ihrer Herzschläge in der Brust, als sie erwiderte: »Deine Liebe … hat mich beschützt.«

Einen Augenblick lang sagte Lennox nichts. Dann entgegnete er: »Ich glaube eher, dass dich dein Einfall, meine Liebe auf diese Weise einzusetzen, beschützt hat.«

Die Art, wie er *meine Liebe* sagte, brachte Aleas Herz dazu, einen tollkühnen Salto zu schlagen, denn es hatte den Anschein, als wäre seine Liebe zu ihr noch immer genauso groß und unerschütterlich wie zuvor. »Bereust du, dass du mir den Schwur geleistet hast?«, rutschte es ihr heraus, obwohl sie diese Frage eigentlich erst viel später hatte stellen wollen.

Lennox setzte sich kerzengerade auf, als hätten ihre Worte

ihn unter Strom gesetzt. »Nein, ich bereue es nicht«, sagte er. »Aber … ich bin sauer.«

»Das kann ich sehr gut verstehen.«

»Nicht nur, dass du mir etwas befohlen hast, was ich nicht tun wollte«, begann er und wollte jetzt wohl endlich loswerden, was er stundenlang mit sich herumgetragen hatte. »Mura loszulassen, war extrem gefährlich! Es hätte gut sein können, dass sie dich angreift!«

Alea war erleichtert, dass Lennox ihr seinen Zorn endlich offen zeigte. Damit konnte sie sehr viel besser umgehen als mit seinem Schweigen. »Das Risiko bestand durchaus«, gab sie ihm recht. »Trotzdem –«

»Du hast dich durch den Befehl selbst in Gefahr gebracht. Dabei hattest du mir hoch und heilig versprochen, das niemals zu tun!«, brauste er auf und schien erst einmal reden zu müssen, bevor er ihr zuhören konnte. »Hast du denn immer noch nicht kapiert, wie wichtig du bist – nach allem, was die Talassiopa gesagt hat?« Verständnislos schüttelte er den Kopf. »Du hast deine eigene Sicherheit hintangestellt und dabei nicht nur riskiert, zu sterben, sondern auch, dass ich dann damit hätte leben müssen, als dein Beschützer vollständig versagt zu haben«, warf er ihr in aufgebrachtem Ton vor. »Du … du musst mich meinen Job machen lassen, Alea!«

Lennox' Worte prasselten wie Kanonenfeuer auf Alea ein. Er wollte sie offenbar nicht schonen. Aber das fand sie gut. Alles in ihr krampfte sich jedoch zusammen, wenn sie daran dachte, dass ihr Befehl tatsächlich dazu hätte führen können, dass Lennox als gebrochener Mensch hätte weiterleben müssen.

Es entstand eine kurze Unterbrechung, während der Alea vornehmlich dagegen ankämpfte, von ihren Schuldgefühlen überwältigt zu werden. Dann holte sie tief Luft, um Lennox nun ihre Sicht der Dinge zu erklären. »Als ich dir den Befehl gegeben habe, Mura loszulassen, tat ich das, weil ich erkannt hatte, dass die Gefahr für mich selbst nicht sehr groß war.« Beim Sprechen gewann ihre Stimme an Kraft, denn es half ihr, sich auf die Fakten zu konzentrieren. »Du hättest Mura eingeholt, wenn sie auf mich zugestürzt wäre. Du hättest verhindert, dass sie mich tötet, denn du warst eindeutig schneller als sie – und auch stärker.«

»Die Gefahr war vielleicht gering«, hielt er dagegen, »trotzdem war sie da!«

»Das ist richtig«, musste Alea zugeben. »Es war eine Abwägungssache, aber das eine war bei Weitem wahrscheinlicher als das andere. Außerdem war klar: Wenn der Kampf weitergegangen wäre, hättest du Mura mit allerhöchster Wahrscheinlichkeit besiegt. Und ich habe gehofft, dass du siegst, ohne dass sie sterben muss.«

»Mura hätte allerdings jederzeit einen Fluch aussprechen können – und hat es ja sogar auch versucht! Je länger der Kampf gedauert hätte, desto mehr Möglichkeiten hätte sie gehabt, dich zu verfluchen.«

»Auch das stimmt. Aber du warst die ganze Zeit im Zweikampf mit ihr. Du hättest ihr jederzeit innerhalb von Sekunden den Mund zuhalten können, so, wie du es zum Schluss ja auch gemacht hast.«

»Das hätte auch schiefgehen können«, konterte er sofort,

doch Alea merkte an seinem Tonfall, dass ihre Erklärung ihn bereits ein wenig besänftigt hatte.

»Es gab noch einen weiteren Punkt, der bei meiner Entscheidung wichtig war«, fügte sie hinzu. »Nämlich, dass die Talassiopa uns nicht aus dem Herzen des Ozeans hätte hinausschwimmen lassen, wenn ihr nicht klar gewesen wäre, dass unser Aufeinandertreffen mit Mura aller Wahrscheinlichkeit nach gut ausgehen würde.«

Lennox schien einen Moment lang darüber zu brüten. »Das klingt logisch«, räumte er ein. »Aber was hätten wir mit Mura gemacht, wenn Cassaras nicht aufgekreuzt wäre? Hätten wir sie geknebelt, mitgenommen und riskiert, dass sie flieht?«

»Nein.« Alea war verwundert, dass er das fragte, denn für sie war die Antwort völlig offensichtlich. »Wir hätten Mura zu Grarmathacht gebracht. Die Lafora war ja direkt dort. Sie hätte Mura an Ort und Stelle richten können.«

»Oh. Daran habe ich nicht gedacht.« Lennox wirkte ein klein wenig zerknirscht. »Du hattest wirklich alles bis ins kleinste Detail analysiert und geplant …«

Alea ließ das unkommentiert im Raum stehen, denn sie wollte ihm diese Tatsache nicht auch noch unter die Nase reiben.

»Cassaras hatte recht«, sagte Lennox leise.

»Womit?«

»In unserem Zweiergespräch hat Cassaras mich daran erinnert, dass du die Elvarion der letzten Generation bist und bestimmt im Elvarion-Modus warst, als du mir befohlen hast, Mura loszulassen.«

»Das war ich auch!«

Lennox schloss kurz die Augen. »Daran habe ich in meiner Wut nicht gedacht.«

Alea staunte. Auf diese Idee wäre sie gar nicht gekommen. Der Nixenprinz aber offenbar schon!

»Cassaras hat mir erzählt, wie das früher bei Elvarionen war«, fuhr Lennox fort. »Wenn sie mithilfe ihres Klargeisteffekts eine Entscheidung getroffen hatten, wurde diese niemals angezweifelt. Alle wussten, dass sämtliche zu beachtende Faktoren miteinbezogen worden waren. Und auch, wenn jemandem der Beschluss einer Elvarion nicht gefiel, stellte er diesen niemals infrage.«

»Wirklich nicht?« Das verwunderte Alea. Der Elvarion-Modus war zwar absolut einzigartig, doch war er tatsächlich unfehlbar?

»Das hat der Prinz zumindest gesagt.« Lennox senkte den Kopf. »Ich war zuerst auch skeptisch und konnte das kaum glauben. Irgendwie *wollte* ich es nicht glauben, weil ich so sauer war. Aber eigentlich war mir natürlich klar, dass Cassaras keinen Quatsch erzählt, und jetzt ... jetzt hast du mir deine Abwägungen erklärt, und es ergibt alles Sinn.«

Einen Augenblick lang schwiegen sie, und Alea versuchte zu verarbeiten, dass Lennox ihr anscheinend keine weiteren Vorwürfe machen wollte – weil sie im Elvarion-Modus gewesen war. Doch trug sie deswegen wirklich keine Schuld?

»Cassaras ist es ganz klar nicht gewohnt, sich in emotionale Angelegenheiten einzumischen«, sagte Lennox.

»Durch sein Eingreifen wollte er zwischen uns vermitteln?«

»Es scheint so. Er hat wohl erkannt, dass ich mich komplett abgeschottet und in meine Wut hineingesteigert hatte.« Lennox fuhr sich über das Gesicht, als wäre ihm seine Reaktion inzwischen peinlich. »Dass wir miteinander verwandt sind, hat Cassaras offenbar berührt und dazu gebracht, sich zu überwinden und … uns zu helfen.«

»Aber diesmal nicht mit Muskelkraft.«

»Nein, diesmal nicht.« Lennox lachte leise.

Das Geräusch war so schön, dass Alea innerlich aufseufzte. Dank der Worte des Nixenprinzen hatte Lennox augenscheinlich eine innerliche Wendung vollzogen, und ihre eigene Erläuterung schien ihn vollends überzeugt zu haben. Alea fand allerdings, dass Lennox' Reaktion berechtigt gewesen war. Denn trotz allem hatte sie sein Vertrauen missbraucht – wenn sie auch triftige Gründe dafür gehabt hatte.

Wortlos hingen sie ihren Gedanken nach, doch schließlich begann Alea das Gespräch erneut, denn eines wollte sie Lennox noch fragen. »Hättest du es wirklich getan?« Sie flüsterte fast. »Hättest du Mura umgebracht?«

Lennox schien in seinem Inneren nach der Antwort zu suchen. »Ich … weiß es nicht«, brachte er hervor. »Ich wollte sie nicht töten. Aber ich dachte, ich könnte sie auch nicht einfach wegschwimmen lassen. Mura hatte vor, dich zu ermorden!«

»Das war eine furchtbare Zwickmühle.«

»Furchtbar ist gar kein Ausdruck!«, rief Lennox, und seine Verzweiflung trat noch einmal deutlich zutage. »All die Argumente dafür, Mura freizulassen, sind mir in der Situation einfach nicht eingefallen. Im Nachhinein erscheint das Ganze völlig einleuchtend, aber mitten im Kampf geht immer alles viel zu schnell, und man kann kaum klar denken!« Er strich sich übers Haar, als wollte er sich damit beruhigen. »Ich weiß nicht, was passiert wäre, wenn du nicht eingegriffen hättest. Es war gut, dass du mich aufgehalten hast. Es war richtig.« Seine Stimme wurde leiser. »Außerdem bin ich froh, dass ich nicht zum Mörder geworden bin.«

»Das bin ich auch. Aber davon abgesehen, habe ich mein Versprechen gebrochen.«

»Das hast du.«

Alea musste schlucken. »Du warst nicht nur wütend auf mich – du warst enttäuscht von mir.«

»Hast du das in meinem Stimmungsspiel gesehen?«

»Ja«, antwortete sie kaum hörbar.

Lennox' Miene hatte sich wieder verdunkelt. »Es stimmt, ich war enttäuscht.« Noch immer sah er auf seine Hände, anstatt Alea anzuschauen. »Dass du dich über meine Entscheidung hinweggesetzt und mir befohlen hast, das Gegenteil zu tun … das war hart, und das … muss ich erst mal wegstecken.«

Aleas Brustkorb zog sich schmerzhaft zusammen.

»Aber ich war nicht nur enttäuscht, ich war … erschüttert.« Lennox drückte sich die Hand aufs Herz, als wollte er ihr zeigen, wo sich die Erschütterung am schlimmsten angefühlt hatte. »Ich habe mich übergangen und machtlos gefühlt.«

Es zerriss Alea das Herz. »Du hast jedes Recht, wütend und enttäuscht und erschüttert zu sein. Und auch, mich infrage zu –«, begann sie, doch dann überrollten sie ihre Gefühle, und ihr schossen Tränen in die Augen. »Es tut mir so leid«, stieß sie hervor. »So unendlich leid …«

Lennox hob den Blick. Endlich schaute er sie wieder an.

Alea suchte in seinen Augen nach der Wut, der Enttäuschung und der Erschütterung, sah dort jedoch nichts dergleichen.

»Du hast bloß deinen Job gemacht«, flüsterte Lennox.

Alea stutzte, dann lachte sie bitter. »Nein, ich …«

Mit aller Zartheit strich Lennox ihre Träne weg, und was er nun sagte, ließ Alea regelrecht zusammensacken.

»Ich verzeihe dir, Yavani.«

Aleas Kopf sank auf ihre Knie, und sie begann hemmungslos zu weinen. Heftiges Schluchzen schüttelte sie, und die bisher zurückgehaltenen Emotionen brachen unkontrolliert aus ihr heraus.

Sanft zog Lennox sie in seine Arme. Alea war zuerst ganz steif, denn sie hatte das Gefühl, seine Vergebung nicht zu verdienen. Aber je länger Lennox sie festhielt, desto deutlicher konnte sie erkennen, dass dieser Gedanke einfach selbstzerstörerisch war und sie nur tiefer in die Frustration treiben würde. Also hob Alea ein zweites Mal innerlich den Mittelfinger und jagte auch diesen Gedanken zum Teufel.

Nach ein paar weiteren Augenblicken rückte Alea von Lennox ab und sagte heiser: »Du bist wirklich zu gut, um wahr zu sein.« Da sah sie, dass er ebenfalls weinte. Glitzernde Tränen rannen über sein Gesicht. »Oh.«

»Ich …« Lennox wischte sich über die Wange. »Nach dem Gespräch mit Cassaras … hatte ich echt Angst«, kam es stockend aus ihm heraus. »Angst, dass meine … Überreaktion und meine Sturheit dich so sehr verletzt haben könnten, dass du …«

»… Schluss machst?« Alea lachte zittrig. »So ein Unsinn! Niemals!« Sie fuhr sich über die Augen, aus denen neue Tränen quollen. »Aber ich verstehe deine Angst. Ich hatte selbst befürchtet, dass du …«

»Was? Niemals. Du … Nein!« Aufgewühlt nahm er ihre Hand. »Es tut mir leid, dass es heute so lange gedauert hat, bis ich kapiert habe, dass du das Richtige getan hast. Bis ich … über meinen Schatten springen konnte.« Er verschränkte seine Finger mit den ihren. »Du wirst mich niemals verlieren.«

»Das weiß ich«, erwiderte sie gepresst. »Es hat nur auch bei mir etwas länger gedauert, bis ich wieder klar sehen konnte.«

Er nickte und holte bebend Luft. »Ich will, dass du nie wieder daran zweifelst, Yavani …« Er schien sich kurz zu sammeln, dann sagte er: »Selbst wenn ich wütend auf dich bin, liebe ich dich. Selbst wenn ich dich nicht verstehen kann, liebe ich dich. Und selbst wenn du deine Versprechen brichst, liebe ich dich.«

Seine Worte drangen wie ein helles, warmes Licht in ihr Herz.

»Das gilt auch für mich«, wisperte sie und neigte sich ihm entgegen. »Für immer, Yavani.« Sie schloss die Augen und küsste ihn.

Alea zog Lennox an sich und tauchte in seinen Duft nach Weite, Wärme und Wasser ein wie in einen sicheren Hafen. Ihr Herz beruhigte sich mit jedem Atemzug mehr, und sie hatte das Gefühl, dass ihre Liebe trotz der angsteinflößenden Intensität des Konflikts gestärkt aus diesem hervorgehen würde.

Es dauerte eine ganze Weile, bis sie sich wieder voneinander lösten und sich gegenseitig die letzten Tränen von den Wangen strichen.

»Was wäre wohl aus mir geworden, wenn du mich nicht gefunden hättest?«, fragte Lennox selbstversunken. »Damals in Amsterdam, als Straßenjunge, war ich auf direktem Weg in die Dunkelheit.«

»Es war Schicksal, dass wir uns getroffen haben«, sagte Alea, ohne zu zögern, denn mittlerweile glaubte sie von ganzem Herzen daran. »Im großen Weltenplan war es nicht vorgesehen, dass du und ich uns nicht begegnen.«

Damit entlockte sie Lennox ein Lächeln. »Du verbringst zu viel Zeit mit Samuel Draco.«

»Im Gegenteil.« Alea begann zu grinsen. »Ich bin seine aufmerksame Schülerin, denn durch Sammy … glitzert alles.«

Jetzt lachte Lennox, und als Alea in sein Lachen einstimmte, fielen die letzten Überbleibsel von Anspannung und Sorge endgültig von ihr ab.

Lennox legte ihr den Arm um die Schultern und neigte den Kopf zur Seite, sodass seine Schläfe die ihre berührte. Gemeinsam blickten sie in den Sternenhimmel, und nun schien es Alea, als umspannte das samtblaue Himmelszelt ihre Liebe wie ein gigantisches Glitzergebilde aus magischen Möglichkeiten. »Skandalös pompös«, sagte sie lächelnd.

Lennox grinste. »So was von.«

Im nächsten Moment entdeckte Alea eine Sternschnuppe, die vom Himmel fiel, als wollte sie ihr geradewegs in die Hände springen. »Guck mal!«

Lennox hatte sie auch gesehen. »Wir dürfen uns was wünschen.«

Alea musste gar nicht lange überlegen, was sie sich wünschen sollte: Dass ihnen ein Weg aufgezeigt würde, wie Lennox sich vom Herrinnenschwur befreien konnte. Ob Lennox an dasselbe dachte, wusste sie natürlich nicht, aber sie fragte auch nicht danach, denn auf keinen Fall wollte sie riskieren, dass der Wunsch nicht in Erfüllung ging.

Eine ganze Zeit lang saßen sie da, schauten in den funkelnden Nachthimmel und tauchten in eine Stille ein, in der Worte nicht einfach nur abwesend, sondern überflüssig waren.

Nach einiger Zeit rieb sich Alea die Augen. »Ich bin müde.«

»Leg dich doch hin und schlaf etwas«, schlug Lennox vor.

»Und du? Bist du nicht müde?«

»Nicht so richtig.« Er wirkte sogar noch taufrisch, und Alea fragte sich, ob es vielleicht wirklich so war, dass er durch die Optimierung ein geringeres Schlafbedürfnis hatte. »Ich würde gern noch ein paar Gedanken aufschreiben«, erklärte Lennox, griff in seinen Rucksack und holte einen Stift und sein kleines Notizheft heraus.

»Wunderbärchen.« Gähnend schlüpfte Alea in ihren Schlafsack und kuschelte sich darin ein.

»Schlaf gut, Yavani«, sagte Lennox, beugte sich zu ihr herab und küsste sie. Dann begann er, in sein Heft zu schreiben.

Alea beobachtete ihn noch etwas dabei, aber bald fielen ihr die Augen zu. Beim Einschlafen hörte sie sachte Gitarrenanschläge, schön und traurig zugleich. Offenbar schrieb Lennox einen Song! Doch Alea war zu müde, um die Augen noch einmal zu öffnen, und so begleiteten die Klänge der Gitarre sie wie ein zarter Soundteppich in einen tiefen und erholsamen Schlaf.

Am nächsten Morgen erwachte Alea in Lennox' Armen. Die ersten Sonnenstrahlen kitzelten ihre Nase, und Vogelgesang schwirrte durch die Luft. Alea ignorierte den lockenden Spätsommertag jedoch und schmiegte sich noch einmal tiefer in Lennox' Umarmung. Dadurch weckte sie ihn auf.

»Hm?«, brummte er, öffnete die Augen und sah mit seinem Schlafgesicht so süß aus, dass Alea ihn einfach küssen musste.

Lennox schien gar nicht zu wissen, wie ihm geschah, dann spürte Alea allerdings, dass er lächelte. Sie zog seinen Kopf näher zu sich heran, und ihr Kuss vertiefte sich.

Alea verlor jegliches Zeitgefühl und versank vollständig in ihrer Zweisamkeit. Sie genoss jede Sekunde, in der sie Lennox derart nahe war, und ihr Körper schien ein regelrechtes Fest zu feiern.

Als sie sich schließlich voneinander lösten, war Lennox ganz verstrubbelt. Alea liebte es, beim Knutschen in seinem Haar herumzuwuscheln, und sie liebte es, wie er danach aussah.

»Jetzt bin ich wach«, stellte er grinsend fest.

Sie grinste zurück. »Ich hoffe, das ist okay für dich.«

»Okayer geht gar nicht.« Er küsste sie gleich noch einmal. »Du siehst aber auch ziemlich wach aus«, neckte er und streichelte ihre erhitzten Wangen.

»Bestwach.« Sie richtete sich auf, streckte die Arme in die Höhe und begrüßte den Tag mit einem kleinen Urschrei.

Lennox lachte, streckte ebenfalls die Arme und versuchte, ihr komisches Geräusch nachzumachen.

Kichernd nickte Alea. »Du hast sehr viel Potenzial!« Nun fiel ihr Blick auf Lennox' Gitarre, die neben seiner Matte lag. »Hast du letzte Nacht einen Song geschrieben?«

»Das hab ich«, bestätigte er und wirkte selbst etwas überrascht. »Zuerst wollte ich nur ein paar Gedanken festhalten, dann wurde daraus so etwas wie ein Gedicht, und später hatte ich eine Melodie im Kopf.«

»Darf ich das Lied hören?«, bat Alea gespannt.

Lennox setzte sich aufrecht hin. »Ich habe es aber noch nicht laut ausprobiert, weil ich dich nicht stören wollte …«

»Dann ist jetzt der perfekte Zeitpunkt, es zum ersten Mal zu singen.«

»Also gut.« Lennox nahm seine Gitarre zur Hand. »Der Song heißt *Ocean's Heart.*«

»Du hast über das Herz des Ozeans geschrieben?«

»Ja. Obwohl gestern auch sehr viel anderes passiert ist …« Er seufzte. »Aber das, was wir im Herz des Ozeans gehört und gesehen haben, musste ich irgendwie verarbeiten.«

»Kann ich mir vorstellen. Die Zukunftsvision war grauenerregend.«

»Die absolute Hölle! Andererseits war der Ort, das Herz des Ozeans, pure Magie. Es war, als wäre die Schönheit aller Gewässer der Welt dort hineingeflossen. Man konnte die Heiligkeit des Wassers richtig spüren – die Heiligkeit des Lebens.«

»Das Gefühl hatte ich auch«, pflichtete Alea ihm bei und fügte in etwas bitterem Ton hinzu: »Umso schlimmer ist die Vorstellung, dass all dies zerstört werden könnte.«

Traurig nickte Lennox. »Genau darum geht es in dem Lied.«

»Du hast es dem Titel nach auf Englisch geschrieben?«

»Ja, mir kamen vor allem englische Worte in den Sinn.«

»Ist dein Englisch etwa auch optimiert?«, fragte Alea, aber eigentlich hatte er die Sprache bereits vor dem Schwur ziemlich gut beherrscht.

»Könnte sein.« Lennox zuckte mit den Achseln. »Der Text ist einfach so aus mir rausgeflossen.«

»Ich kann es kaum erwarten«, sagte Alea gespannt.

Lennox warf noch einen Blick in sein Notizheft, dann schloss er die Augen und begann zu spielen. Es war ein ruhiges Lied, herzbewegend, mit einer ergreifend melancholischen Melodie, und es packte Alea von der ersten Note an.

Here, here's where it lies
The magnitude of life
Deep, deep in the sea
Is where we came to be

Take me down to the ocean's heart
The deep blue sea holding silently all that once was sacred
Take me down to the ocean's heart
Where waters bright revel in their light
As if they weren't dying

Waves, your rhythm declines
While we're dancing with the tides
What can I do
Cause I just cannot be losing you

Take me down …

Soul, I'm calling on you
Now tell me what to do
Is here where it ends
Cause we didn't take our chance

Just take me down …

Als Lennox endete, brachte Alea keinen Ton heraus. Das Lied hatte sie im Kern ihres Seins berührt, hatte sie völlig niedergeschmettert und zugleich auf kraftvolle Weise inspiriert.

Lennox war es gelungen, in poetischen Worten die Zerbrechlichkeit des Meeres zu beschreiben, die Untätigkeit der Menschen im Angesicht der Gefahr und die Kostbarkeit der Ozeane – die im Sterben lagen. Die Angst vor dem Ende, die die Schreckensvision der Talassiopa heraufbeschworen hatte, war in dem Song fast physisch greifbar.

»Das ist das Beste, was du je geschrieben hast«, sagte Alea mit bebender Stimme.

»*Swadaan.*« Danke. »Ich habe ein paar Ideen, wie man das Lied produzieren könnte, und freu mich schon, wenn wir wieder auf der *Crucis* sind und ich mit dem Laptop an Flächen tüfteln kann.«

»So was wie sphärische Keybord-Sounds und ganz viel Platz für deine Stimme wären schön.«

Lennox sah sie an. »Ehrlich gesagt, habe ich mir beim Schreiben vorgestellt, dass du den Song singst.«

»Was, ich?«

»Ja, du! Die Botschaft des Liedes kommt bestimmt noch viel besser rüber, wenn es von der Elvarion der letzten Generation gesungen wird.« Er lächelte sie an, als wüsste er ganz genau, dass sie protestieren würde. »Außerdem liebe ich deine Stimme und würde mich wahnsinnig freuen, wenn du es singen würdest«, nahm er ihr jeden Wind aus den Segeln.

Alea starrte ihn an, dann sagte sie: »In Ordnung.«

»Wirklich?« Er hatte wohl nicht damit gerechnet, dass er sie gar nicht lange überreden musste.

»Das Lied ist einfach wunderschön … und wichtig.« Alea hatte das Gefühl, dass dieser Song für sie gemacht war. Und sie wusste inzwischen, dass sie sich hundertprozentig auf ihr Bauchgefühl verlassen konnte. »Aber die Stimmlage ist mir zu tief.«

»Ich spiele das Lied einen Halbton höher!« Lennox freute sich sichtlich und blickte auf den Gitarrenhals, als überlegte er, wie er das Lied Aleas Sopran am besten anpassen konnte. Einen Moment später begann er wieder zu spielen. Zart flossen die Akkorde dahin, nun etwas höher.

Alea griff nach Lennox' Notizheft, um den Text zu lesen. »Singst du in den Strophen mit?«, bat sie ihn. »Ich glaube, den Refrain kriege ich alleine hin.« Das Herz des Songs, der Refrain, hatte sie dermaßen tief berührt, dass die Melodie sich ihr praktisch in den Kopf eingebrannt hatte.

Lennox fing an zu singen, und Alea begleitete ihn mit etwas zurückgenommener Stimme. Für Lennox war der Song nun ein klein wenig zu hoch, aber Alea war froh, dass sie die Strophenmelodie noch einmal hören konnte. Im Refrain hob sie dann alleine ab, und es war, als würde das Lied sie geradewegs zurück ins Herz des Ozeans katapultieren.

Der Song passte Alea wie angegossen, und als sie den letzten Ton gesungen hatte, schaute Lennox sie mit einem Blick an, in dem sowohl Anerkennung als auch ein unverhohlenes *Wusste-ich's-doch* lagen.

Da hörten sie eine Stimme. »*Dio mio* …«

Alea und Lennox fuhren herum. In der Tür zum Treppenhaus stand ein Mann im blauen Kittel, der sie mit einer Mischung aus Rührung und Empörung ansah. Auf Italienisch sagte er: »Mein Gott, war das schön.« Er schien den Song zu meinen. Mit dem nächsten Atemzug fügte er allerdings ungehalten hinzu: »Habt ihr etwa hier oben übernachtet?«

Alea und Lennox erhoben sich. »Ja«, antwortete Alea wahrheitsgemäß und schlüpfte hastig aus ihrem Schlafsack.

»Dafür müsste ich euch eine Strafe aufbrummen!«, schimpfte der Mann und fuchtelte mit den Händen herum. »Wie kommt ihr dazu, euch einfach hier heraufzuschleichen?«

»Wir hatten kein Geld für ein Zimmer«, erklärte Lennox auf Italienisch und begann, seinen Schlafsack zusammenzurollen. »Wir verschwinden sofort. Bitte entschuldigen Sie.«

Der Mann im blauen Kittel schien unschlüssig, was er tun sollte. Dann fiel sein Blick auf Lennox' Gitarre, und er ließ die Hände sinken. »Was war das für ein Lied?«

»Das hat mein Freund geschrieben«, erwiderte Alea stolz, während sie ihre Schuhe anzog.

»Wirklich?« Der Gesichtsausdruck des Mannes wurde weicher. »Dann macht jetzt aber, dass ihr nach unten kommt.«

»Sofort.« Alea und Lennox schulterten ihre eilig gepackten Rucksäcke und marschierten mit schnellen Schritten zum Treppenhaus. Der Mann schloss sich ihnen an und wollte offenbar sicherstellen, dass sie die Jugendherberge auch wirklich verließen. Rasch liefen Alea und Lennox die Treppen hinab und durchquerten die Rezeptionshalle. Als sie schließlich vor dem Eingang des großen Gebäudes standen, baute sich der Mann, der ihnen bis hierher gefolgt war, vor der Tür auf und verschränkte die Arme.

»Äh, dann noch einen schönen Tag«, wünschte Alea auf Deutsch.

»Gleichfalls«, antwortete der Mann knapp auf Italienisch, doch als Lennox und Alea sich umdrehten und davonschlurften, hörten sie ihn rufen: »Und immer schön weiter Musik machen!«

Grinsend entfernten sie sich und blieben erst wieder stehen, als sie um eine Straßenecke gebogen waren. »Was für ein Glück, dass der Hausmeister Musikfan ist«, stellte Lennox lachend fest.

»Tja, wir haben ihn wohl richtig bezirzt«, gab Alea kichernd zurück. »Wir zwei sind ein echtes Superteam.«

»Unbezwingbar«, stimmte Lennox zu und hob die Hand.

Übermütig klatschten sie einander ab, und ihr Lachen hallte durch den venezianischen Morgen.

Hupen für den Frieden

»Sollen wir die anderen anrufen und sie fragen, wo wir uns treffen könnten?«, schlug Alea Lennox vor.

Gesagt, getan. Bereits zwanzig Minuten später stießen Ben, Siska, Tess und Sammy zu ihnen. Siska trug wieder ihre braunen Kontaktlinsen und außerdem ein cooles Oberteil von Tess. Zudem hatte sie sich Tess' hellgelbes Bandana um den Kopf geschlungen, was in der Kombination mit Siskas kurzer Afrofrisur und ihrer schwarzen Haut phänomenal gut aussah. Wie es schien, hatte Tess eine kleine Styleberatung vorgenommen, und Alea fand das Ergebnis extrem gelungen. Sie selbst sah heute allerdings alles andere als wie aus dem Ei gepellt aus, denn sie trug noch immer die Klamotten vom Vortag und hatte gerade eben nur eine Katzenwäsche in der Toilette eines Cafés gemacht.

Dieses Mal waren alle Cru-Mitglieder schwer mit ihren Rucksäcken beladen, denn heute wollten sie die Reise nach Rom antreten und zurück zur *Crucis* fahren. Ihr Schiff lag gut vertäut im Hafen eines kleinen Ortes ganz in der Nähe der Hauptstadt.

»Habt ihr Hunger?« Ben hatte Alea und Lennox etwas vom

Frühstücksbüfett aus dem Speisesaal der Jugendherberge mitgebracht.

»Super, danke«, sagte Lennox, nahm ein Sandwich entgegen und biss herzhaft hinein.

Sammy, der wieder seinen Piratenhut trug, beäugte Lennox ungeniert, dann wanderte sein Blick zu Alea. »Habt ihr euch ausgesprochen?«, wollte er wissen und stellte damit wohl die Frage, deren Antwort alle brennend zu interessieren schien, denn auf einmal wurde es mucksmäuschenstill.

»Haben wir«, erwiderte Alea und hörte Tess erleichtert aufseufzen.

Auch Ben wirkte mehr als froh. »Gut.« Brüderlich legte er Lennox die Hand auf die Schulter. »Sehr gut.«

Lennox lächelte ihn an, und es war offensichtlich, dass er gern ausführlicher mit Ben darüber reden wollte. Doch jetzt mussten sie erst einmal den Weg aus Venedig hinausfinden.

»In diese Richtung!« Siska deutete voraus, als hätte sie sich zuvor informiert, wo es langging.

Eifrig setzte Alea sich in Bewegung. »Los geht's!«

Ein letztes Mal spazierten sie nun über die Plätze und Brücken von Venedig. Währenddessen futterten Alea und Lennox Sandwiches, Mandarinen und Mini-Schokocroissants, die Tess ihnen im Speisesaal stibitzt hatte. Anschließend putzten sich Lennox und Alea mit Wasser aus Bens Flasche im Gehen die Zähne. Die Entgegenkommenden starrten sie verwundert an, und Sammy erzählte den Leuten ungefragt etwas von »Bestbürsting«. Alea und Lennox grinsten und stießen mit ihren Zahnbürsten an wie mit Weingläsern.

Siska schien die Route zur Bushaltestelle genau im Kopf zu haben und stellte immer wieder sicher, dass sie nicht falsch abbogen. Die Alpha Cru wollte mit dem Bus zurück zu ihrem Leihwagen fahren, den sie gestern außerhalb geparkt hatten.

Während sie fast die gesamte Stadt zu Fuß durchwanderten, nahm Sammy einen neuen Eintrag für das Bandentagebuch auf. Dieses Audiotagebuch war eine Sprachmemosammlung, in der Sammy alle wichtigen Ereignisse und Abenteuer der Alpha Cru in bester Hörbuchsprechermanier festhielt. Mit Bens Handy vor der Nase erzählte er nun von einem galaktisch guten Straßenbandauftritt, von einer magischen Lidschattenpalette und von einer Zauberreise in die Tiefen des Ozeans. Alea marschierte direkt neben Sammy und lauschte seinem Bericht mit voller Aufmerksamkeit.

Als sie schließlich die Bushaltestelle erreichten und stehen blieben, war Sammy mit seiner Erzählung gerade bei ihrer Begegnung mit Mura angekommen. Seine Stimme begann zu wackeln. Alea wollte ihn schon fragen, ob alles in Ordnung war, da griff er an seinen hinteren Hosenbund. Dort steckte die Gute-Laune-Hupe, mit der er in der Vergangenheit schon so manches »unnütze, grummelige Doofgefühl« vertrieben hatte. Mit einer entschlossenen Bewegung zog Sammy das rostige alte Ding hervor.

Schnell warnte Alea Siska: »Halt dir die Ohren zu!«

Die Darkonerin blickte sie verdattert an, doch dann tat sie, was Alea gesagt hatte.

Gleich darauf hupte Sammy mehrmals nachdrücklich. Die

Leute in ihrer Nähe zuckten zusammen, denn das quäkende, durchdringende Geräusch war einfach grässlich.

»Hupen ist gut für den inneren Frieden«, informierte Sammy alle geflissentlich, und niemand widersprach.

Während Sammy die Hupe zufrieden wegsteckte, bemerkte Alea, dass sich Lennox ebenfalls die Ohren zugehalten hatte. »Oh nein!«, entfuhr es ihr, als ihr klar wurde, was passiert war. »Ich habe im Imperativ gesprochen!«

Lennox seufzte tief und vergrub seine Hände in den Taschen seiner schwarzen Lederjacke, als wollte er sie dort festklemmen.

»Es tut mir leid«, brachte Alea hervor und bemerkte, dass Ben und Tess sie ganz betroffen ansahen. »Ich wollte Siska warnen …«

»Und das war auch gut so«, sagte Lennox in Siskas Richtung. »Oder nicht?«

Die Darkonerin blickte unsicher von Lennox zu Alea. »Ja, das Hupen hätte mir sonst bestimmt ganz schön wehgetan.«

»Oh, an deine empfindlichen Ohren hab ich gar nicht gedacht!«, rief Sammy erschrocken. »Sorry! Ich glaube, in Zukunft sollte ich wohl besser nicht mehr hupen.«

»Aber hupen ist doch gut für den Frieden!«, entgegnete Siska, die Sammys persönlichem inneren Gleichgewicht wohl nicht im Weg stehen wollte.

»Wenn wir erst wieder auf der *Crucis* sind, gibt es jede Menge andere Möglichkeiten.« Sammy nickte, als wollte er sich selbst beipflichten. »Versprich mir, dass du auf dem Schiff jeden Morgen eine Lachrunde mit mir machen wirst.«

Siska hatte natürlich keine Ahnung, was eine Lachrunde war. Tess stöhnte warnend, doch Siska war schon dabei, es Sammy zu versprechen.

Alea war gefühlsmäßig indessen noch mit etwas anderem beschäftigt und warf Lennox einen fragenden Blick zu. Der blinzelte ihr langsam zu, als wollte er nicht weiter über den Imperativ-Vorfall nachdenken und die Sache gut sein lassen.

»Wenn dir diese Lachrunde hilft, dann mache ich mit, Draco«, sagte Siska gerade und klang ein wenig besorgt. Wahrscheinlich hatte sie seinen Tagebuchausführungen ebenfalls gelauscht, obwohl sie beim Gehen am weitesten von ihm entfernt gewesen war und ein normaler Mensch Sammys Stimme inmitten der Geräuschkulisse der Stadt auf diese Distanz wohl kaum gehört hätte. »Ich finde, manches von dem, was so passiert, ist ganz schön heftig für einen Neunjährigen«, fügte Siska behutsam hinzu, als wollte sie niemandem zu nahe treten.

»Ich bin durch und durch Abenteurer, Sista Siska«, gab der Bandenjüngste zurück. »Und Abenteurer erleben die Welt als Jaguar, nicht als Hauskatze.«

Siska nickte bedächtig, als ließe sie seine Worte in ihrem Inneren wirken. »Ich glaube, ich bin auch ein Jaguar.«

»Natürlich bist du das!« Sammy blickte sie an, als wäre ihm niemals etwas anderes in den Sinn gekommen. »Du bist zwar tierisch süß, aber in deinem Blick funkelt die Raubkatze.«

Die Darkonerin zog den rechten Mundwinkel in die Höhe. »Na ja, bisher habe ich ein Hauskatzenleben geführt. Innerhalb der letzten drei Tage habe ich allerdings mehr erlebt als in all den Jahren davor.«

»Und zwar gerne?«, fragte Alea.

»Und zwar gerne«, antwortete Siska, und Alea konnte tatsächlich die Raubkatze in ihren Augen funkeln sehen.

Bald darauf kam der Bus. Da fiel Alea ein, dass sie kein Geld für Fahrkarten hatten. Siska sagte jedoch mit erstaunlicher Ruhe: »Wir fahren ohne Tickets, oder?«

Alea protestierte erst gar nicht, als sich alle dafür aussprachen, genau das zu tun. Die Alpha Cru stieg mit ihren schweren Rucksäcken und der schwarzen Gitarre ein und fiel im Gewühl der vielen kofferbeladenen Touristen kaum auf. In rasantem Tempo fuhren sie dann über die ewig lange Straßenbrücke zwischen Venedig und dem Festland bis zu der Haltestelle, an der Alea, Lennox und Siska am Tag zuvor eingestiegen waren. Ohne Probleme fanden sie den blauen Kombi wieder, und Ben lobte Siska für ihre Weitsicht, ein derart geräumiges Auto ausgewählt zu haben.

Siska machte eine wegwerfende Handbewegung, schien sich jedoch über das Lob zu freuen. »Alle einsteigen, bitte!«, rief sie in fröhlichem Ton und nahm hinter dem Steuer Platz. Ben setzte sich auf den Beifahrersitz, und Tess und Sammy quetschten sich mit mehreren Rucksäcken auf die Rückbank.

Lennox hievte die übrigen Rucksäcke und seine Gitarre in den großen Kombi-Kofferraum, bevor Alea und er ebenfalls hineinkletterten. Es war zwar ein bisschen eng, aber wenn sie den Kopf etwas einzogen, hatten sie genügend Platz zum

Sitzen und zum Beineausstrecken. Zufrieden lehnten sie sich nun mit dem Rücken gegen die Rucksäcke, und Lennox zog von innen die Kofferraumklappe zu. »Es kann losgehen«, gab er nach vorne durch, und Siska startete den Wagen.

»Rom, wir kom-men!«, sang Alea ausgelassen. Die Fahrt würde insgesamt neun bis zehn Stunden dauern, da sie eine Route ohne Mautgebühren nehmen mussten.

Sobald sie losgefahren waren, blickten Alea und Lennox für eine Weile durch die Heckscheibe auf die sich immer weiter entfernende Lagunenstadt. Dann nahm Alea ihr Smartphone mit Skorpionfisch zur Hand und hörte gemeinsam mit Lennox die neuesten Sprachnachrichten in der Meerkinder-Chatgruppe ab. Für die anderen waren die Nachrichten aufgrund der Fahrgeräusche nicht gut zu verstehen, aber Alea ging davon aus, dass Siska alles mitbekam.

Evelin hatte in der Tat viel von sich berichtet, und obgleich Alea das meiste schon wusste, fand sie es spannend, ihm zuzuhören. Auch Isla hatte heute etwas zu erzählen, nämlich, dass sie erste Erfolge damit erzielt hatte, auf ihrem kleinen Grundstück Kaffeebohnen anzubauen. Und Kit war in der Nacht offenbar ein zweites Mal mit Opa Ernst und der Sengbohne unterwegs gewesen und hatte fleißig Müll vaporisiert.

Mit einem zufriedenen Lächeln legte Alea ihr Handy wieder weg und hatte das Gefühl, dass die Meerkinder, obwohl sie über den ganzen Erdball verstreut waren, mit jedem Tag enger zusammenwuchsen. Vielleicht würden sie sich trotz der Widrigkeiten alle irgendwann Auge in Auge gegenüberstehen und sich mit vereinten Kräften der Aufgabe widmen, die Welt der Meermenschen wiederaufleben zu lassen.

Alea unterbrach ihre Träumerei. *Wenn das bloß alles so einfach wäre*, dachte sie seufzend. Ihrem Traum stand so manches im Wege, aber ganz besonders eines: der Virus. Solange die Meerkinder nicht ins Wasser konnten, hatten sie keine Chance darauf, am Meeresgrund eine neue Zivilisation aufzubauen.

Alea seufzte erneut, diesmal jedoch mit einer Prise Hoffnung, denn womöglich würde sich eines Tages ja eine Lösung finden. Immerhin hatte ihre Mutter bereits an einem Gegenmittel gearbeitet! Nelani war eine überaus erfahrene Virologin, die es mit der medizinischen Fachkenntnis von Doktor Orion zweifelsfrei aufnehmen konnte. Doch wo steckte Nelani? Seit Alea vor drei Tagen von ihr gehört hatte, war keine weitere Nachricht eingetroffen, und Alea fragte sich, was wohl in der Zwischenzeit geschehen war. Hatte Nelani Keblarr gefunden?

Da kam Alea eine Idee. Vielleicht konnte sie mithilfe von Magie etwas über den Verbleib ihrer Eltern herausfinden!

»Was machst du?«, fragte Lennox, als Alea in ihrer Bauchtasche herumzuwühlen und zahllose Sprachsteine zur Seite zu schieben begann.

»Ich will wissen, was in Hafnarfjörður passiert ist«, erwiderte sie und zog den goldenen Umhang der Vergangenheit aus ihrer Tasche.

Lennox pfiff durch die Zähne. »Kein schlechter Einfall«, sagte er. »Hoffentlich lässt sich der Umhang dieses Mal darauf ein, dir zu zeigen, was du sehen willst.«

Das hoffte Alea auch. Gespannt zog sie sich den Goldumhang über die Schultern und schloss die Augen. Gleich darauf zogen Bilder wie aus Nebelschwaden vor ihrem inneren Auge auf, Bilder einer weit entfernten Insel im Norden.

Island.

Nelani und Keblarr

Alea erkannte die raue, wilde Landschaft der Vulkaninsel gleich wieder. Wie im Sturzflug nahm der Umhang sie mit über Grasflächen und Geröll, bis eine Stadt in Sicht kam. Die »Linse« des Umhangs ließ sie geradewegs ins Zentrum des Ortes springen, und plötzlich war es, als stünde Alea direkt vor einem kleinen Supermarkt.

Im nächsten Moment machte ihr Herz einen Satz. Dort war Nelani! Sie war es wirklich! Die Tochter der Annula und des Bilor stand aufrecht da und strahlte mit jeder Faser Stolz und Willensstärke aus. Genau so kannte Alea sie. Doch Nelani wirkte auch ein klein wenig verwahrlost. Noch immer trug sie die alte Jeans und das fleckige T-Shirt, die sie bei ihrem letzten Zusammentreffen angehabt hatte. Mittlerweile hatte sie darin sogar Tausende von Kilometern im Meer zurückgelegt. In ihren klargrünen Augen glänzte hingegen absolute Entschlossenheit – und eine große Portion Aufregung.

Nelani stand auf dem Gehweg und behielt die Eingangstür des Supermarkts im Blick. Nun begann sie, unruhig auf und ab zu gehen, aber bereits nach kurzer Zeit machte sie ein Geräusch, als wollte sie nicht länger warten. Stattdessen straffte sie sich und betrat den Supermarkt. Alea war ihr dank des Umhangs dicht auf den Fersen. Das Herzklopfen war ihrer sonst so toughen Mutter deutlich anzumerken, und nun war sich Alea relativ sicher, dass es um ihren Vater gehen musste. Denn sie konnte sich kaum vorstellen, dass irgendjemand sonst Nelani derart flatterig machen konnte.

Mit raschen Schritten lief Nelani die Gänge des Supermarkts ab und spähte in jeden hinein.

Dann blieb sie wie angewurzelt stehen.

Die Perspektive des Umhangs änderte sich, sodass Alea sehen konnte, wohin Nelani starrte.

Vor dem Konservenregal stand ein Mann. Er schien eine Dose zu inspizieren und wandte Nelani den Rücken zu. Alea erkannte ihn jedoch auch von hinten.

Keblarr.

Ihr Vater hatte sich verändert, seit sie ihn das letzte Mal gesehen hatte. Sein dunkles Haar war gut geschnitten, und er wirkte nicht mehr so ausgezehrt und hager wie zuvor, sondern sogar richtig kraftvoll. Zudem war seine gramgebeugte Haltung verschwunden, die immer den Eindruck vermittelt hatte, er trüge die Last der ganzen Welt auf den Schultern. Jetzt machte Keblarr einen ganz anderen, gesunden und selbstbewussten Eindruck.

Wenn man das von der Rückansicht allein überhaupt sagen kann, bremste Alea ihre vorschnelle Beurteilung. Doch sie hatte das starke Gefühl, dass ihr Vater längst nicht mehr der todunglückliche, halb verhungerte Mensch war, den sie in der Kolonie der Überlebenden kennengelernt hatte. Bereits bei ihrem späteren Zusammentreffen in der Villa Konungur, als Keblarr der Cru gemeinsam mit seinem Freund Ramin zur Flucht verholfen hatte, war er verändert gewesen, und seitdem schien er sich noch weiter erholt zu haben.

Langsam schritt Nelani auf ihn zu, und Alea konnte sehen, dass ihre Hände zitterten. Wie musste es sein, den Menschen, den man liebte, nach elf Jahren wiederzusehen? Nelani hatte eine halbe Ewigkeit lang geglaubt, Keblarr wäre dem Virus zum Opfer gefallen, und erst vor Kurzem von Alea erfahren, dass dem nicht so war. Keblarr hingegen ging bestimmt noch immer davon aus, dass Nelani es nicht geschafft hatte, denn Alea erinnerte sich genau daran, was er damals in der Kolonie zu ihr gesagt hatte: *Deine Mutter ist höchstwahrscheinlich tot …*

Während Nelani Keblarr immer näher kam, begann Aleas Herz zu rasen. Wie schnell musste da erst das Herz ihrer Mutter schlagen?

Hinter Keblarr kam Nelani zum Stehen. Nach wie vor hatte er keine Ahnung, dass seine große Liebe jeden Augenblick wieder in sein Leben treten würde.

Da sprach Nelani ihn auf Hajara an. »Fall jetzt nicht vor Schreck um, Keblarr, Sohn der Kizu und des Yanarr.«

Keblarr erstarrte. Die Konservenbüchse, die er in der Hand gehalten hatte, landete mit einem lauten Knall auf dem Boden.

»Ich bin es.« Nelanis Stimme schwankte. »Ich lebe noch.«

Keblarr schien wie zur Salzsäule erstarrt.

Vorsichtig legte Nelani ihm die Hand auf den Oberarm. »Kebbe …«

Nun drehte er sich um, ganz langsam, als hätte er Angst, der Moment würde sich in Luft auflösen, wenn er sich zu schnell bewegte. Als seine klargrünen Augen auf die ihren trafen, brachte er ein Geräusch hervor, das aus den tiefsten Tiefen seines Inneren kommen musste. Die Trauer und Verzweiflung der vergangenen Jahre und fassungslose Verblüffung spiegelten sich in seinem Gesicht. »Lani …« Keblarr hob die Hand und legte sie an ihre Wange. Die Geste wirkte derart liebevoll und vertraut, dass Alea vor Freude hätte heulen können.

Aufgelöst rang Nelani nach Luft. »Ich habe dich gefunden«, stieß sie hervor. »Nach all den Jahren …«

»Das ist … nicht zu fassen«, brachte er stockend hervor. »Du bist es wirklich.«

Da warf sich Nelani in Keblarrs Arme, schien ihn mit der ganzen Kraft ihrer Liebe an sich zu ziehen und regelrecht in ihm zu versinken.

Keblarr umschloss sie und bewegte stumm die Lippen, als spräche er ein Dankesgebet. »Wo warst du bloß all diese Jahre?«, fragte er dann.

»Das ist eine lange Geschichte.« Nelani machte sich ein Stückchen von ihm los und strich sich das kurze, dunkle Haar zurück. »Ich werde dir alles erzählen.«

»Wie hast du mich gefunden?«

»Deine Mitbewohner, dieser Roix und die Hoa, haben mir gesagt, dass du zum Einkaufen hier bist.« Ihr Blick durchleuchtete ihn. »Bist du mit der Hoa zusammen? Sie wirkte … wahnsinnig nett.«

»Mit Dirie?« Keblarr lachte, als wäre die Vorstellung absurd. »Nein, sie ist nur eine Freundin.« Abermals legte er seine Handfläche auf ihre Wange. »Ich habe nie etwas mit einer anderen Frau angefangen. Wie hätte es irgendeine andere nach dir geben können, Lani?«

Nelani begann strahlend zu lächeln. »Ich hatte auch nie einen anderen. Ich –«

Bevor sie den Satz beenden konnte, nahm Keblarr ihr Gesicht in beide Hände und küsste sie.

Alea jubelte innerlich, und während die unbändige Freude darüber, dass ihre Eltern ganz offensichtlich wieder vereint waren, ihr ganzes Wesen erfasste, verblassten die Bilder des Goldumhangs und ließen Nelani und Keblarr mit ihrem Glück allein.

Ganz beseelt von dem, was sie gesehen hatte, zog sich Alea den Goldumhang von den Schultern.

Lennox blickte sie an. »Und?«

»Irgendwann während der vergangenen drei Tage haben meine Eltern sich wiedergefunden«, antwortete sie und konnte nicht aufhören zu lächeln.

»Du hast sie wirklich gesehen?«, fragte Lennox freudig überrascht. »Wahnsinn! Der Goldumhang erfüllt also doch Wünsche.« Er runzelte die Stirn. »Meinst du, Nelani und Keblarr sind wieder zusammengekommen … als Paar?«

»Ich bin sogar ganz sicher!« Alea lachte. »Sie haben geknutscht wie frisch Verliebte!«

»Wirklich? *Nijih!*« Großartig. Lachend schüttelte Lennox den Kopf, dann wurde sein Blick nachdenklich. »All diese

Jahre haben sie keinen anderen in ihre Herzen gelassen, als gäbe es für sie niemanden sonst auf der Welt …«

»Sie sind Yavanis«, sagte Alea, ohne zu zögern. »Und sie zusammen zu sehen, war einfach unbeschreiblich schön.« Ihr Lächeln wurde bittersüß, und plötzlich meinte sie, wieder den Gesang der Wale – den Sehnsuchtsgesang – aus ihrem Traum zu hören. »Wenn bloß Thea auch hätte dabei sein können.«

»Eines Tages wird sie das«, erwiderte Lennox, als wüsste er das ganz genau. »Und dann schwimmt ihr zu viert unter dem Wind und wandert mit den Kalemsopeka-Orcas.«

Alea war gerührt, dass er sich den Namen ihrer Familienwale gemerkt hatte, mit denen Keblarr und Nelani früher regelmäßig im Nordmeer auf Trosk gewesen waren. »Wanderer werden meist von Oblivionen bei ihren Abenteuern begleitet«, bemerkte sie verschmitzt.

Lennox lächelte. »Wenn ihr mich mitnehmt, schwimme ich bis ans Ende der Welt mit euch.«

Alea lächelte zurück und stellte fest, dass sie sich gerade zum ersten Mal erlaubte, von solch einer Zukunft zu träumen. Inzwischen war ein Szenario wie dieses keineswegs mehr völlig aus der Luft gegriffen, denn Lennox besaß nun Kiemen und Schwimmhäute.

Lennox lachte leise in sich hinein. »Aber mach dich darauf gefasst, dass außerdem ein Nixenprinz dabei sein wird, der deiner Schwester, sobald auch nur die kleinste Gefahr droht, keinen Zentimeter von der Seite weicht.«

»Damit könnte ich leben«, scherzte Alea und fand die Vorstellung eigentlich sogar ziemlich schön. Dann wurde sie schlagartig wieder ernst. Wo war in diesem Wunschtraum Platz für Sammy, Ben und Tess? Die drei würden niemals unter Wasser leben können …

Alea wandte sich zu den anderen um. Sammy erklärte Siska gerade etwas auf Deutsch, und die Darkonerin nickte aufmerksam. Durch die Sprachsteine verstand sie nun jedes Wort und war noch ein gutes Stück näher mit den übrigen Mitgliedern der Alpha Cru zusammengerückt. Jetzt hörte Alea genauer darauf, worüber Sammy redete: Offenbar erläuterte er Siska, wie sie es schaffen konnte, »den Stock im Hintern loszuwerden« und ihr Herz so wie er auf der Zunge zu tragen. »Am besten übst du mithilfe von Selbstgesprächen«, riet er ihr. »Selbstgespräche sind überhaupt mega – weil man einen interessanten Gesprächspartner hat.«

Alea konnte im Rückspiegel erkennen, dass sich Siskas Augen rundeten und sie wohl keine Ahnung hatte, was sie darauf erwidern sollte.

Tess verpasste Sammy eine Kopfnuss.

Grinsend drehte Alea sich wieder um. Sie wollte auf keinen Fall eine Zukunft ohne die Alpha Cru. Gleichgültig was das Leben für sie noch bereithielt, es würde sich eben etwas einfallen lassen müssen, damit sie auch mit den drei Landgängern zusammenleben konnte.

Gedankenvoll verstaute Alea den Goldumhang wieder in ihrer Bauchtasche. »Ob meine Eltern bereits auf dem Weg zu uns sind?« Sehnsüchtig warf sie einen Blick auf ihr Handy. »Warum melden sie sich bloß nicht?«

Da öffnete der Skorpionfisch, der an der Rückseite ihres Handys klebte, plötzlich die Augen. Alea erschrak, denn während der vergangenen Tage hatte der magische Fisch immer gewirkt, als läge er in tiefem Schlaf. Aber nun blickte er Alea direkt an, und es war, als würde er etwas abwägen. Gleich darauf machte er die Augen jedoch schon wieder zu und klebte so reglos wie zuvor an ihrem Telefon.

»Hast du das gesehen?«, fragte Alea Lennox staunend.

»Ja! Wie seltsam …«

Im nächsten Moment klingelte Aleas Handy.

Es durchfuhr sie wie ein Blitz. »Eine unbekannte Nummer!«, rief sie. »Ein Videoanruf!« Schnell tippte sie auf *Annehmen*, und auf dem Bildschirm erschienen Nelani und Keblarr.

Alea starrte die beiden an und war so überrascht, dass es ihr die Sprache verschlug.

»Hi«, grüßte Lennox an ihrer Stelle. »Schön, dich unter weniger dramatischen Umständen wiederzusehen«, fügte er an Keblarr gewandt hinzu, den er vor einigen Wochen in der Villa Konungur kennengelernt hatte.

Keblarr schien allerdings ebenso erstarrt zu sein wie seine Tochter.

»Hallo, ihr beiden«, übernahm Nelani. »Endlich erreichen wir euch!«

»Habt ihr es etwa vorher schon mal versucht?«, fragte Lennox.

»Seit Tagen probieren wir immer wieder, Alea anzurufen!« Nelani hob die Hände. »Aber wir sind einfach nicht durchgekommen.«

Lennox legte den Kopf schief, als hätte er eine Idee, woran das gelegen haben könnte.

Alea konnte sich darauf keinen Reim machen, sich gerade jedoch auch schlecht auf diese Frage konzentrieren, denn ihr Vater sah sie an, als hätte er sehr lange auf diesen Moment gewartet.

»Alea«, sagte er mit brüchiger Stimme. »Endlich … endlich können wir wieder miteinander sprechen. Ich habe so oft darüber nachgedacht, was in der Kolonie passiert ist, und … es tut mir furchtbar leid.«

»Das muss es nicht«, antwortete Alea sofort.

»Ich war damals völlig niedergedrückt von all der Hoffnungslosigkeit.« Es schien ihm viel daran zu liegen, ihr das zu erklären. »Außerdem war ich gründlich überrumpelt von deinem Auftauchen bei uns. Ich konnte mich gar nicht richtig auf dich einlassen, weil alles so schnell ging … und ich außerdem innerlich ganz leer war.«

»Aber das hat sich inzwischen geändert, oder?«, fragte Alea ihn vertrauensvoll. »Viel ist seitdem passiert.«

»Ja.« Seine klargrünen Augen begannen zu strahlen. »Seit unserer Begegnung habe ich mich wieder dem Leben zugewandt. Und jetzt –« Er blickte Nelani an. »Jetzt ist alles anders.«

Alea bemerkte, wie ihr Herz ganz ruhig wurde, denn es fühlte sich plötzlich so an, als wäre die Welt wieder ein kleines Stück mehr in Ordnung.

»Deine Mutter und ich haben uns über alles unterhalten«, sprach Keblarr weiter, »und ich begreife nun endlich, wovon du in der Kolonie gesprochen hast, Alea.«

»Was meinst du?«

»Du hast gesagt, wenn man den Virus im Wasser unschädlich machen könnte, stünde einer Rückkehr der Meermenschen in die Ozeane, Flüsse und Seen nichts mehr im Wege. Du hast mir von deinem Traum erzählt, und ich habe ihn als Unsinn abgetan.« Er legte die Handflächen zusammen. »Tochter, das war unverzeihlich!«

»Nichts ist unverzeihlich«, flüsterte Alea.

Ihr Vater blickte sie an, als wäre er unendlich erleichtert, dass sie es so sah. »Anscheinend gibt es sogar auch eine ganze Reihe Meerkinder, die überlebt haben und deinem Traum Leben einhauchen könnten.«

»Ja, wir sind viele.«

Keblarr lächelte. »Das ist gut. Das ist die denkbar größte Hoffnung.« Sein Lächeln vertiefte sich. »Ich habe nun etwas, woran es zu glauben und wofür es sich zu kämpfen lohnt.«

Alea wurde ganz warm ums Herz, denn offensichtlich meinte er *sie* – seine Tochter und ihren Traum. »Ich bin so froh, das zu hören«, stieß sie hervor, doch während sie dies sagte, fiel ihr auf einmal etwas auf. Ihre Eltern schienen in einem Forschungslabor zu stehen – einem Labor, das demjenigen von Doktor Orion erstaunlich ähnlich sah. »Wo seid ihr eigentlich?«

»Wir sind noch immer auf Island«, verriet Nelani. »Und zwar in der Villa Konungur.«

»Was?«, rief Lennox aufgeschreckt. »Was macht ihr denn in Orions Villa?«

»Der Doktor ist nicht hier, und die meisten seiner Leute

ebenso wenig.« Schelmisch zog Nelani die Achseln hoch. »Und auch in seinem tipptopp eingerichteten Labor ist keine Menschenseele …«

»Ihr habt euch in die Villa geschlichen, damit du in Orions Labor forschen kannst?«, fragte Alea baff.

»Genauso ist es.« Nelani grinste mit unverhohlenem Stolz. »Hier habe ich die modernste Ausrüstung, die man sich nur vorstellen kann, und im Computer sind jede Menge Dateien und Dokumente, die mir viel über Orions Arbeit verraten.«

»Euch in sein Labor zu schmuggeln, ist ziemlich ausgekocht«, sagte Alea anerkennend. »Aber wie seid ihr denn da hineingekommen?«

»McDonnahall hat das Sicherheitssystem der Villa ausgetrickst, und wir konnten uns unbemerkt hineinschleichen.« McDonnahall war der Kobold, der sich mit Nelani angefreundet hatte und wohl inzwischen zu ihrem Korteaner geworden war. Alea erinnerte sich gern an den kleinen Griesgram mit dem Motzgesicht – den besten Klabautermann der Welt! –, denn er hatte ihnen mehrmals aus der Patsche geholfen.

»McDonnahall ist ein Held«, sagte sie.

»Das ist er.« Nelani schaute nach unten und machte ein Zeichen mit dem Daumen über der geschlossenen Faust. Dann öffnete sie die Faust wieder, und McDonnahall höchstpersönlich hüpfte auf ihre Handfläche.

»Tach, Alea Aquarius und Lennox Scorpio«, brummte der knallgelbe Kobold. »Wo sind die Landgänger-Heiopeis?« Damit meinte er Tess, Sammy und Ben.

Aleas Lippen kräuselten sich. »Die sitzen weiter vorn im Auto und hören wahrscheinlich nichts.« Mittlerweile lief das Radio, und es war bestimmt so laut, dass niemand ihr Gespräch verfolgen konnte – zumindest keiner der Landgänger. »Du hast meine Eltern in Orions Labor eingeschleust?«

»Joa. Ich hatte gerade nichts Besseres zu tun«, sagte der Kobold und verzog das knautschige Gesicht.

Alea grinste. McDonnahall hatte schon zuvor immer jede Menge bärbeißiger Sprüche auf Lager gehabt und so getan, als ginge ihn keines ihrer Probleme etwas an – nur, um ihnen dann doch zu helfen.

Schmunzelnd nickte Nelani, als würde sie dem Kobold ebenso wenig glauben wie Alea. »McDonnahall hat einfach nichts Besseres zu tun, als uns jeden Tag Essen zu besorgen und aufzupassen, dass niemand ins Labor kommt.«

Der Kobold nickte, als entspräche das den Tatsachen.

Nelani musste lachen.

»Ihr verlasst das Labor nie?«, fragte Lennox.

»Nein.« Nelani fuhr sich über die Augenbraue, was sie oft tat, wenn sie sich konzentrierte. »Es sind zwar nur wenige Wachleute hier, und bisher ist noch nie jemand hereingekommen, aber wir halten uns zur Sicherheit ausschließlich in den Laborräumen auf. McDonnahall versorgt uns mit allem, was wir brauchen.«

Der Kobold zuckte die Achseln. »Warum nicht?«

»Klar, warum nicht!« Jetzt lachte auch Keblarr.

»Tja, ich muss dann mal wieder«, brummelte der Kobold und sprang von Nelanis Hand. »Tschüss, ihr Knallköppe!«

»*Aree Marabarr!*«, rief Alea dem Magischen nach – Auf Wiedersehen –, wusste jedoch nicht, ob er das noch hörte.

»McDonnahall ist … wie er ist.« Entschuldigend hob ihr Vater die Hand. Dann fügte er hinzu: »Wir haben uns hier gut eingerichtet und können nur hoffen, dass Orion nicht so bald zurückkehrt.«

»Das wird er nicht.« Alea war sich dessen recht sicher. »Die Villa ist unter den Magischen als sein Hauptstandort bekannt. Orion würde riskieren, von ihnen aufgespürt zu werden, wenn er nach Island zurückkehrt.«

»Und seine Angst vor den Magischen ist garantiert zu groß dafür«, führte Nelani den Gedanken weiter. »Der Fluch besagt immerhin, dass sie Orions Untergang sein werden.«

»Ihr kennt Muras Fluch?«

»Ja, McDonnahall war in den letzten Tagen ein paarmal im Meer und hat das Neueste an den Anzeigesäulen gelesen«, antwortete Keblarr. Mit einem gewissen Unterton hängte er an: »Wir sind also gut informiert. Über *alles*.«

Alea konnte sich nicht recht darüber freuen, dass ihre Nachricht dem Anschein nach bis nach Island verbreitet worden war. Denn so, wie ihr Vater sie ansah, hatten ihre Eltern wohl tatsächlich *alles* erfahren. »Ihr wisst von Thea?«, quetschte sie hervor.

»Ja.« Keblarr senkte das Kinn. »Wir wissen, dass du Thea gefunden hast und sie noch am selben Tag von Orion entführt wurde.«

»Offenbar ist aber die gesamte magische Meerwelt auf den Flossen, um Thea zu finden.« In Nelanis Stimme schwang sowohl Erstaunen als auch unüberhörbare Freude mit. »Von Seh-Saffieren bis zu Wribbels, Jarias und Isibellen scheinen sich unzählige magische Völker zusammengeschlossen zu haben, um Orions geheimes Versteck aufzuspüren. Das ist nicht nur enorm beeindruckend, sondern auch verdammt beruhigend.«

»Allein diese Neuigkeit hat uns davon abgehalten, uns sofort selbst auf die Suche nach Thea zu machen«, erklärte Keblarr. »Denn die Magischen werden sie finden – schneller, als wir das könnten.« Er sah Nelani an, und die nickte. »In der Zwischenzeit ist es von größter Wichtigkeit, dass Lani einen Weg findet, gegen Orions Viren-Irrsinn vorzugehen. Und dabei zählt jeder Tag.«

Dem konnte Alea nicht widersprechen. Nicht nur, dass ihre Mutter ein Mittel gegen den Wasservirus entwickeln musste, damit Meerkinder wie Siska in die Ozeane zurückkehren konnten. Nelanis Forschung in Bezug auf Orions zweiten Virus war sogar noch sehr viel dringender, denn wenn sie dem Doktor nicht Einhalt gebot, würde es ihm womöglich doch gelingen, die Magischen auszulöschen.

»Ich stehe kurz vor einem Durchbruch in Bezug auf den Wasservirus«, sagte Nelani nun. »Hier im Labor habe ich Zugriff auf Orions Versuchsergebnisse der letzten Monate und –«

»Diesen Sommer hat der Doktor das Mittel gegen seinen Wasservirus selbst entwickelt!«, schnitt Alea ihr aufgeregt das Wort ab. »Mithilfe meines Blutes!« Orion hatte das Gegenmittel danach nicht nur erfolgreich bei den Darkonern angewandt, sondern auch bei Lennox.

»Genauso ist es.« Nelani lächelte, und es mischte sich eine

Spur Verwegenheit hinein. »Ich kenne durch Orions Aufzeichnungen nun die vollständige Sequenz des Gegenmittels und habe es bereits in mehreren Kulturen angelegt.«

»Wow«, stieß Alea perplex hervor. Ihre Mutter war bereits dabei, das Gegenmittel herzustellen!

»Allerdings arbeite ich zusätzlich an einer Möglichkeit, das Mittel nicht allen Überlebenden einzeln verabreichen zu müssen«, sprach Nelani weiter. »Stattdessen möchte ich den Virus direkt im Wasser unschädlich machen und ihn dort abtöten, wo er sitzt: in den Algen.«

Aleas Augen wurden schmal, während sie konzentriert versuchte, ihrer Mutter zu folgen.

»Sobald mein eigenes Gegenmittel fertig ist«, fuhr Nelani mit glühendem Blick fort, »geben wir es an mehreren Stellen in den Wasserkreislauf, wo es sich im Folgenden von selbst verteilen wird. Es ist dann nur eine Frage der Zeit, bis der Virus der Vergangenheit angehört!«

»Auf diese Weise müssten sich zukünftige Generationen gar nicht mehr mit irgendwelchen Gegenmitteln beschäftigen«, erläuterte Keblarr. »Sämtliche Gewässer wären dann ein für alle Mal virusfrei.«

»Hammer und Doria«, flüsterte Alea.

»An wie vielen Stellen wollt ihr das Mittel denn ins Wasser geben?«, hakte Lennox nach.

»An so vielen wie möglich – auf der ganzen Welt!«, erwiderte Nelani und klang, als hätte sie mächtig Respekt vor der Größenordnung dieser Aufgabe. »Je öfter wir das Mittel ausbringen, desto schneller ist der Virus besiegt.«

»Ihr bräuchtet Hilfe«, murmelte Alea. »Von einem riesigen Netz aus Mitstreitern …«

Nelani blitzte sie an. »Hast du da eine bestimmte Idee?«

Alea lächelte. »Darüber sprechen wir, wenn dein Gegenmittel fertig ist. Was glaubst du, wann das ungefähr sein wird?«

»Es kann sich eigentlich nur noch um wenige Tage handeln.«

Alea spürte, wie prickelnde Freude in ihr aufstieg. »Wenn der Virus erst besiegt ist, kann sich im Meer alles ändern …«

»Falls dann aber ein anderer Virus wütet, haben wir eine neue Katastrophe verheerenden Ausmaßes«, sagte Lennox und blickte Alea an, als täte es ihm leid, ihrer Freude einen Dämpfer verpassen zu müssen.

»In Bezug auf den Virus gegen Magische macht Lani zum Glück ebenfalls Fortschritte«, beruhigte Keblarr sie.

Nelani nickte. »Ich kenne das Genom des Magischen-Virus ja von Korsika.« Als sie dort in Orions Gefangenschaft gewesen war, hatte der Doktor sie gezwungen, mit ihm zusammenzuarbeiten, und Nelani hatte miterleben müssen, wie nahe Orion der Fertigstellung des Magischen-Virus gekommen war, bevor sie sein Labor zerstören konnte. »Den Virus zu kennen und ein Gegenmittel zu entwickeln, sind allerdings zwei grundverschiedene Dinge.« Sie fuhr sich über die Braue. »Aber ich versichere euch, dass ich alles daransetze, für diesen Virus ebenfalls so schnell wie möglich eine Lösung zu entwickeln.«

»Und das wird dir auch gelingen«, sagte Alea voll aufrichtiger Zuversicht, und Lennox stimmte ihr zu.

»Wir bleiben so lange hier in der Villa, bis Lani alle Versuchsreihen abgeschlossen hat.« Keblarr wirkte optimistisch, dass das bald der Fall sein würde. »Bis wir wissen, wie man *beide* Viren unschädlich machen kann.«

»Tut das«, ermutigte Alea ihn. »Und macht euch keine Sorgen um uns, wenn es länger dauert. Wir kommen gut klar.«

»Das wissen wir.« Nelani schien Alea und Lennox trotzdem noch einmal näher in Augenschein zu nehmen. »Mir wäre jedoch sehr viel wohler, wenn wir regelmäßig telefonieren könnten. Tagelang haben wir vergeblich versucht, euch zu erreichen! Was, wenn das wieder passiert?«

Lennox antwortete ihr. »Ich glaube nicht, dass das noch mal vorkommen wird.«

»Wieso nicht?«, fragte Nelani verwundert. »Hast du eine Ahnung, was das Problem gewesen sein könnte?«

»Äh, ja.«

Gespannt blickten alle ihn an.

»Wahrscheinlich hat der Skorpionfisch, der an Aleas Handy klebt, verhindert, dass eine Verbindung zustande kommt«, erklärte Lennox. »Schließlich ist es seine Aufgabe, Aleas Telefon zu tarnen, sodass ihre Verfolger sie nicht über das Gerät finden können. Und ein Anruf aus der Villa Konungur – sozusagen aus dem Herzen der Finsternis – kam dem Fisch bestimmt ganz und gar nicht geheuer vor.«

Nun fiel es Alea wie Schuppen von den Augen. »Ach so!«

»Gerade eben haben wir allerdings darüber gesprochen, wie sehr sich Alea wünscht, von euch zu hören«, fuhr Lennox an ihre Eltern gewandt fort. »Und das hat der Skorpionfisch mitbekommen.«

»Na, dann können wir ja froh sein, dass das geklärt ist«, sagte Keblarr pragmatisch. »*Swadaan, dschan.*« Danke, Freund, setzte er hinzu und meinte damit offensichtlich den magischen Fisch.

»Und jetzt erzählt mal: Was habt ihr in den letzten Tagen alles erlebt?«, wollte Nelani wissen.

Alea überlegte, wo sie beginnen sollte, und dann fing sie an, zu berichten – von ihrer Reise nach Sankt Goarshausen und von ihrer ersten Begegnung mit Thea, von der Laube der Loreley und vom Raum der Ahnen, von Theas Entführung, von ihrer Flucht vor den Darkonern, von der telepathischen Verbindung zu Thea und vom Herrinnenschwur.

Nelani und Keblarr waren entsetzt, als sie davon erfuhren. »Junge, deine Treue zu Alea in allen Ehren«, sagte Keblarr zu Lennox, »aber dieser Schwur klingt wie ein absoluter Albtraum.«

»Wir müssen uns auch erst noch damit zurechtfinden«, erwiderte Lennox. »Ich glaube allerdings, dass wir stark genug sind, damit umzugehen.«

Keblarr und Nelani tauschten einen Blick. »Ihr seid offensichtlich Yavanis«, sagte Keblarr, »und die können alles überstehen.«

»Ja, das sind wir«, bestätigte Alea. »Und wir *werden* alles überstehen.«

Nelani lächelte. »Das glaube ich auch.«

Alea lächelte wehmütig und glücklich zugleich zurück. »Dann lasst uns ab jetzt öfter telefonieren.«

»Das machen wir«, versprach ihr Vater, und das Gespräch

schien sich seinem Ende zuzuneigen. »Passt gut auf euch auf, ja?«

»Immer«, versprach Lennox.

»*Schedaaya*«, sagte Nelani nun – bis bald – und verabschiedete sich gemeinsam mit Keblarr für heute von ihnen. »Möge euch stets guter Wellenschlag begleiten.«

Zusammen

Nach dem Gespräch mit ihren Eltern legte Alea ihr Handy beiseite, und Lennox und sie erzählten Sammy, Ben, Tess und Siska, was gerade passiert war und was sie von Nelani und Keblarr erfahren hatten. Die anderen jubelten über die guten Neuigkeiten, und Ben rief vor Erleichterung so laut »Yesss!«, dass Siska zusammenzuckte.

Inmitten des Freudensturms warf Tess Alea einen langen Blick zu.

»Was ist denn?«, fragte Alea.

Tess' Blick intensivierte sich, und ein zartes Lächeln umspielte ihre Mundwinkel. »Deine Mutter hilft im Meer, und meine wird an Land helfen.«

Alea begann ebenfalls zu lächeln und nickte ihr zu. Tess nickte zurück.

Durch und durch hochgestimmt, kuschelte sich Alea an Lennox und blickte zur Heckscheibe hinaus. Ihre Gedanken tanzten wild durcheinander, und es dauerte eine ganze Weile, bis sie sich wieder sortierten und ruhiger wurden.

Sie waren schon recht lange unterwegs, als Sammy Siska darum bat, den Rest der Strecke am Meer entlangzufahren. Da die Idee allen gefiel, wich Siska von der geplanten Route ab, und wenig später brauste der Kombi über gewundene Küstenstraßen am Tyrrhenischen Meer entlang. Das Wasser war von außergewöhnlich intensivem, strahlendem Blau, und Alea konnte kaum den Blick abwenden. Sie bat Sammy, das Fenster zu öffnen, sog die Schönheit des Wassers mit allen Sinnen tief in sich hinein und lud ihre Batterien auf.

Um sich die Zeit zu vertreiben, begann die Alpha Cru, Popsongs und Klassiker zu singen. Lennox versuchte, dazu im Kofferraum Gitarre zu spielen, was aufgrund des Platzmangels aber nicht funktionierte. Der guten Stimmung tat das allerdings keinen Abbruch. Lauthals schmetterten sie Rockhymnen und zahllose Sixties-Nummern, und Sammy taufte ihr Auto das »rock'n'rollende Alpha-Mobil«.

Nach einiger Zeit fuhr Siska jedoch plötzlich rechts ran und stoppte den Wagen.

»Was ist los?«, wunderte sich Alea.

»Wir müssen tanken«, antwortete Siska leicht verlegen. »Ich hatte gehofft, dass wir es noch bis nach Rom schaffen, aber der Tank ist fast leer.«

»Wir haben rein gar kein Geld mehr, oder?«, fragte Sammy, und man konnte regelrecht dabei zusehen, wie sich seine gute Laune verflüchtigte.

»Ich glaube, es sind nur noch ein paar Euro übrig.« Ben holte seine Börse heraus, zählte nach und schnitt eine Grimasse. »Wir müssen noch mal auftreten.«

»Ist doch kein Problem«, rief Lennox von hinten. »Gut eingesungen sind wir ja.«

»Stimmt«, erwiderte Ben und lachte. »Am besten fahren wir zu dem kleinen Ort zurück, durch den wir gerade eben gekommen sind. Da gab es einen Stadtkern mit Straßencafés.« Er fuhr sich durch die Rockstarfrisur, als bereitete er sich innerlich schon auf einen Straßenauftritt vor.

»Wir brauchen gar nicht viel Geld, um nach Rom zu kommen, oder?«, erkundigte sich Tess.

Siska schüttelte den Kopf. »Dreißig Euro müssten genügen. Vielleicht haben wir die nach zwei oder drei Songs zusammen.«

»Alles klar, drehen wir um«, entschied Ben.

Als Siska den Wagen anlassen wollte, hielt Alea sie jedoch zurück. »Wäre es für euch in Ordnung«, fragte sie etwas zaghaft, »wenn ihr ohne Lennox und mich auftreten würdet?«

Erstaunt sah Lennox sie an. »Wieso?«

»Ich würde wahnsinnig gern im Meer schwimmen.«

»Oh ja!« Lennox' Augen leuchteten auf. »Ich auch!«

Siska machte ein Gesicht, als hätte sie ebenfalls nichts lieber als das getan. Aber das ging natürlich nicht – noch nicht.

»Das Meer ist hier wirklich superschön.« Ben lächelte nachsichtig. »Es ruft euch, oder?«

»Und wie!«, sagten Alea und Lennox wie aus einem Munde. »Außerdem könnten wir nach einer Anzeigesäule suchen, um zu gucken, ob es etwas Neues gibt«, fügte Alea hinzu.

Tess drehte sich zu ihnen um. »Dann geht ihr beide doch schwimmen, und wir anderen kümmern uns in der Zeit darum, dass wir ein bisschen Geld bekommen und der Wagen getankt wird.«

Alle waren einverstanden. »Ab ins Meer mit euch!«, ordnete Ben an, stieg aus dem Wagen und öffnete den Kofferraum.

Mit steifen Gliedern kletterten Lennox und Alea heraus, streckten sich ausgiebig und überlegten, ob sie irgendetwas mitnehmen mussten. Aber eigentlich brauchten sie nichts.

»Wir holen euch in einer Stunde ab«, sagte Ben. »Kommt dann wieder hierher.«

Alea und Lennox versprachen es, und die Vorfreude war ihnen wohl deutlich anzusehen.

»Dann viel Spaß«, wünschte Ben schmunzelnd.

»Danke!«, erwiderte Alea und wandte sich schon dem Meer zu. Beim Anblick des strahlenden Wassers taten ihre Raffnarben richtig weh, als wollten sie unbedingt in ihren Urzustand zurückversetzt werden. Aleas ganzer Körper lechzte danach, in die Wellen zu springen und abzutauchen!

Sobald das Alpha-Mobil davongefahren war, nahm Lennox Aleas Hand und fing an zu laufen. Alea lachte auf, und gemeinsam jagten sie zum Strand hinab. Offenbar befanden sie sich in der Nähe eines Touristenortes, denn auf dem schmalen Streifen Strand lagen einige Menschen auf Handtüchern im Sand, die alle zu dösen oder mit sich selbst beschäftigt zu ein schienen. Alea sah zudem, dass die gelbe Flagge der Strandwache gehisst war, was einem Schild nach bedeutete, dass gerade keine Badeaufsicht stattfand – und das passte Alea und Lennox perfekt in den Kram.

Der salzige Duft des Meeres lockte sie mit betörender Intensität, und Alea beschleunigte ihre Schritte noch. Kaum beim Wasser angekommen, zogen Lennox und sie sich bis auf die

Unterwäsche aus, ließen die Sachen einfach im Sand liegen und rannten Hand in Hand in die Brandung hinein. Sobald sie tief genug im Wasser waren, tauchten sie unter und verwandelten sich. Alea seufzte leise, und ihre Raffnarben, die zu starken, sehnigen Schwimmhäuten geworden waren, pulsierten unbändig. Sie wollte keine Sekunde mehr verstreichen lassen, kickte mit den Füßen und schwamm los. Lennox folgte ihr, überholte sie im Nu und neckte sie mit seiner Schnelligkeit. Übermütig lieferten sie sich ein ausgelassenes Wettschwimmen, das Lennox um Längen gewann. Alea machte das jedoch überhaupt nichts aus. Sie war einfach nur überglücklich, richtig atmen und sich frei bewegen zu können. Schon schoss sie erneut davon und kümmerte sich nicht um die Richtung, die sie einschlugen, sondern schwelgte selig im Augenblick und im Zauber des Wassers. Lennox schien sich ebenso frei und unbeschwert zu fühlen wie sie. Um seinen Körper stoben goldgelbe Bläschen, die für nichts als reine Freude standen. Zusätzlich waren da auch rosarote, flirrende Funken, und diese verdeutlichten Alea, was ihr Herz bereits wusste: Er war verliebt.

Überschwänglich zog Alea Lennox an sich heran und küsste ihn, doch als sich ihr Kuss vertiefte, kam ihr der Gedanke, dass sie so nah am Touristenstrand besser keinen Bussitunnel riskieren sollten – einen Wirbel, der durch liebestolle, intensive Empfindungen entstand und sie aus dem Wasser katapultieren konnte. Schweren Herzens ließ Alea Lennox los. »Wie wäre es, wenn wir nach einer Anzeigesäule suchen?«, schlug sie vor.

»Machen wir das.« Lennox blickte sich um, als überlegte er, wo eine sein könnte. »Einfach mal in diese Richtung?«

Alea nickte, und sie schwammen drauflos, jedoch deutlich langsamer, damit sie von Skorpionfischen gesehen werden konnten, die diese Säulen meist tarnten.

Plötzlich hielt Lennox abrupt inne.

»Was ist?«, fragte Alea alarmiert. Doch dann sah sie, was – oder besser, *wer* – Lennox zum Anhalten gebracht hatte.

»*Hudi wanuti!*«, piepste der tintenblaue Kobold, der sich vor Lennox schlängelte. »Ich glaub, meine Seegurke gurgelt!«

»Was machst *du* denn hier?«, rief Alea verblüfft.

»Erinnert ihr euch an mich?« Der Kobold warf sich in Pose, verschränkte die Händchen hinter dem Rücken und streckte den Bauch vor. »Mein Name ist Sweeney, und ich bin sehr fröhlich.«

»Natürlich erinnern wir uns an dich!«, antwortete Lennox. »Wie bist du hierhergekommen?«

»Ihr wurdet gesichtet«, erklärte Sweeney, als würde er ihnen ein Geheimnis anvertrauen. »Als ihr vorhin ins Meer getaucht seid, hat eine Finde-Finja euch entdeckt und die Info, dass ihr euch im Wasser befindet, sofort über das aquarische Netz an all ihre Finde-Schwestern weitergegeben.«

»Und woher weißt du das?«, wunderte sich Alea. Sweeney war immerhin ein Kobold und keine Finja.

Sweeneys Brust schien vor Stolz anzuschwellen, und sein Stimmungsspiel war voller hüpfender Tüpfelchen, die auf große Aufregung hinwiesen. »Ich bin mit einer Finde-Finja unterwegs! Und zwar mit der berühmtesten Finja der Welt!«

»Finni Nannini?«, fragte Alea erfreut. Sie hatte sich den Namen gut gemerkt.

»Ja! Das ist der Wahnwitz überhaupt, oder?« Sweeneys Stimme überschlug sich beinah. »Finni Nannini hat sich bereit erklärt, mit mir zusammen nach dem Gretzerkönig zu suchen.«

»Und wo ist sie?« Suchend drehte Alea sich um die eigene Achse. Da bemerkten sie, dass sich ihnen still und heimlich eine silbergraue Finde-Finja genähert hatte – eine augenscheinlich sehr besondere Vertreterin ihres Volkes. Auf den Zweigen des Korallenkrakenbäumchens saßen unzählige Augen, wie bei allen Finjas, doch Alea merkte dieser Magischen gleich an, dass sie eine ungeheure Autorität ausstrahlte und sich mit großer Würde bewegte.

»Das ist sie«, hauchte Sweeney, als wäre diese Finja ein Superstar. »Das ist Finni Nannini.«

Mit gemessenen Bewegungen kam die Finja näher und betrachtete Alea und Lennox prüfend mit ihren magischen Augen.

Alea neigte das Haupt. »Es ist mir eine Ehre.«

Lennox verbeugte sich ebenfalls, und Sweeney fasste sich an den Kopf. »Bei allen Wattwürmern, das hier wird in die Geschichtsmuscheln eingehen!« Die Nasenlöcher des Kobolds erbebten. »Und ich bin dabei.«

Die Finja begann mit zirpender Stimme zu sprechen. »Alea Aquarius, auch mir ist es eine Ehre, dich und deinen *dharrkon* kennenzulernen.«

»*Swadaan.*« Alea neigte gleich noch einmal den Kopf. »Warum haltet ihr euch hier im Meer auf?«, fragte sie neugierig. »Seid ihr irgendeiner Spur hierher gefolgt?«

»In der Tat«, bestätigte die silbergraue Finja. »Eine meiner Schwestern sah am frühen Morgen einen Drehflieger über diesem Gebiet.«

»Einen Drehflieger? Meinst du einen Hubschrauber?«

»Einen … Flugapparat.« Die Finja klingelte unschlüssig. »Wie auch immer. Meine Schwester konnte mit ihrem Wipfelblick erkennen, dass sich der Gretzerkönig höchstpersönlich darin befand.«

»Was? Orion ist heute über dieses Gebiet geflogen?«

»Das ist er. Aber nicht nur das: Ein junges Mädchen saß neben ihm, das dir, Alea Aquarius, wie aus dem Gesicht geschnitten war.«

»Thea.« Einem überwältigenden Impuls folgend, schloss Alea sofort die Augen und rief in Gedanken nach ihrer Schwester. Doch diese antwortete ihr nicht. Wenn Thea am Morgen hier gewesen war, hatte Orion sie inzwischen wohl schon ein ganzes Stück weiter fortgebracht. »Wo sind sie hingeflogen?«

»Nach Süden«, erwiderte Finni Nannini. »Mehr wissen wir leider auch nicht. Irgendwann schwenkte der Flieger aufs Land über, und wir verloren ihn aus den Augen.«

»Höchstwahrscheinlich sind Orion und Thea immer noch in Italien …«, murmelte Alea.

»Hmm.« Sweeney steckte sich einen Finger in die Nase, als dächte er darüber nach. »Ich glaube schon.«

»Das klingt, als wärst du dir relativ sicher«, stellte Alea fest.

»Habt ihr in der Zwischenzeit denn noch mehr herausfinden können?«

»Ja, das haben wir«, erklang eine Stimme neben ihnen.

Alea und Lennox fuhren herum. Zwei Gilfen schwammen im Wasser! Mit ihren ausgeprägten Echsengesichtern wirkten sie alles andere als freundlich, doch das konnte Alea längst nicht mehr beeindrucken. »Hallo!«, rief sie überrascht. *»Unah!«*

Sweeney machte ein ganz leises Kotzgeräusch. Als Finni Nannini daraufhin streng mit ihren Zweigen in seine Richtung wedelte, tat er so, als hätte jemand anders das Geräusch gemacht, und sah sich suchend nach demjenigen um.

Um die Gilfen kreisten ganz ähnliche hüpfende Tüpfelchen wie um Sweeneys Körper – die mürrisch dreinblickenden Echsen waren ebenfalls aufgeregt. »Es gibt Neuigkeiten an den Anzeigesäulen«, sagte einer von ihnen zu Alea.

»Wir haben leider noch keinen Blick darauf werfen können«, entgegnete Alea in entschuldigendem Tonfall.

»Die neueste Neuigkeit ist die, die wir soeben selbst an die Säulen geschrieben haben: Dass du und dein *dharrkon* hier seid«, gab der zweite Gilf bekannt. »Sobald Finni Parossi uns darüber informiert hat, haben wir die Information verbreitet.«

Jetzt bemerkte Alea eine pastellgrüne Finde-Finja, die halb verdeckt hinter dem ersten Gilfen schwamm und nun hervorglitt. Freundlich wedelte sie mit ihren vieläugigen Zweig-Armen in Finni Nanninis Richtung, als wollte sie diese begrüßen. Finni Nannini wedelte zurück. Dann sagte die pastellgrüne Finja – Finni Parossi – säuselnd zu Alea: »Sei willkommen in unseren Gewässern, Alea Aquarius, Elvarion der letzten Generation.«

»Ich danke dir.« Alea blickte von der Finja zu den Gilfen. »Ihr arbeitet zusammen?«

»So ist es«, bestätigte der erste Gilf.

Am liebsten hätte Alea laut aufgejubelt.

»Im Angesicht der Gefahr müssen wir unsere Kräfte vereinen«, schickte der Gilf nach und spielte damit bestimmt auf den Virus an, der wie ein Damoklesschwert über allen Völkern der Magischen hing.

Da bemerkte Alea aus den Augenwinkeln etwas Riesiges, Blaues, das mit einer unfassbaren Geschwindigkeit auf sie zuraste.

»Seh-Saffiere!«, rief Lennox.

Der saphirblaue Funkelspuk zischte heran und war bereits in der nächsten Sekunde bei ihnen. Gleich drei der gewaltigen, schlangenartigen Magischen bauten sich vor ihnen auf und erhoben die Köpfe wie Kobras. Ihre Körper waren mindestens sieben Meter lang, und ihre glitzernden, dunkelblauen Schuppen klirrten bei jeder Bewegung leise aneinander wie tausend Glasstücke. Nun richteten sich ihre wagenradgroßen, bernsteinfarbenen Augen auf die kleine Ansammlung vor ihnen.

»*Hudi wanuti!*«, hörte Alea Sweeney hervorstoßen, als wäre er zuvor noch nie einem Seh-Saffier begegnet.

»Alea Aquarius, Lennox Scorpio, die Gilfen ließen uns wissen, dass ihr hier seid«, sagte der Saffier in der Mitte der drei mit hallender Stimme.

Die beiden Gilfen verbeugten sich vor den Saffieren, und diese neigten zur Antwort die drachenartigen Köpfe.

Währenddessen hörte Alea leises Getuschel. »Sie sind es wirklich!«, wisperte jemand, und helles Kinderlachen erklang.

Jetzt erkannte Alea, dass auf den Seh-Saffieren kleine Wesen mit überlangen Armen und Beinen saßen – Isibellen, die auf den gigantischen Funkelschlangen ritten, als wären es Heringe.

Alea entfuhr ein überraschtes Lachen. Der Anblick war einfach … magisch. Lächelnd winkte sie den zierlichen Reiterinnen zu, und diese begannen zu kichern und winkten zurück. »Ist hier in der Nähe ein Fluss?«, fragte Alea, denn die Isibellen waren schließlich die Hüterinnen der Flüsse.

»Wir sind ins Meer gekommen, um uns der Suche nach dem Gretzerkönig anzuschließen«, antwortete eine der Isibellen und wackelte mit dem Kopf, sodass sich ihr Wolkenhaar aufbauschte wie Zuckerwatte am Stiel. »Als Gemeinschaft sind wir stärker.« Sie strich dem Saffier, auf dessen Hals sie saß, über die blaue Funkelhaut, als verliehe seine Kraft ihr Zuversicht.

»Ich bin so froh, dass du das sagst!«, rief Alea und hörte Lennox flüstern: »Sie arbeiten nicht nur gezwungenermaßen zusammen, sie finden das anscheinend richtig gut!«

Da ergriff Finni Nannini wieder das Wort, und alle anderen verstummten. »Es sind ungewöhnliche Zeiten, die ungewöhnliche Maßnahmen verlangen.« Sie machte ein Geräusch, das wie ein zirpendes Seufzen klang. »So ungern ich es zugebe: Wir Finjas allein können den Gretzerkönig nicht ausfindig machen, denn er bleibt stets an Land, und dort halten wir uns nicht gern auf.«

Die Isibellen nickten, und Alea lächelte ihnen beklommen zu, denn sie wusste, dass Isibellen sogar starben, wenn sie vollständig von der Luft erfasst wurden.

»Wir Finjas steuern jegliche Information bei, die man im oder über dem Wasser finden kann«, ergänzte Finni Nannini.

Lennox hakte nach: »Und wer macht an Land weiter?«

»Nun …« Die Finja wedelte mit ihren Ärmchen in Sweeneys Richtung. »Ich muss sagen, dass sich das Volk der Kobolde als äußerst nützlich erwiesen hat.«

»Wir können halt mehr als nur Bilder malen!«, krähte Sweeney. »Wir können –«

»Durchaus«, murmelte der zweite Gilf. »Ihr habt ungeahnte Talente, die teilweise recht beeindruckend sind.«

Sweeney entglitten die Gesichtszüge. Mit großen Augen starrte er den Gilfen an und schien sich zu fragen, ob er sich gerade verhört hatte.

Der Gilf zuckte daraufhin mit den Echsenschultern, als wäre das, was er gesagt hatte, eben einfach die Wahrheit.

Finni Nannini sprach weiter. »Auch Gilfen, Kras und Pudelpfuhler haben diese Suche immer wieder entscheidend vorangebracht. Und unser Land-Trupp wächst beständig.«

Alea tauschte einen Blick mit Lennox und sah, dass er grinste wie ein Honigkuchenpferd.

Jetzt erklang die hallende Stimme des Seh-Saffiers erneut. »Das Lager des Gretzerkönigs wurde übrigens gefunden.«

Alea schnappte nach Luft. »Was? Wirklich?«

»Ja, und zwar bereits dreimal«, erklärte Finni Nannini. »Doch jedes Mal wurde unser Land-Trupp von den Darkonern des Gretzerkönigs entdeckt, und dann brach der Halunke Orion stets Hals über Kopf auf und flüchtete mit seinen Leuten.«

Alea überlegte kurz und fand, dass das alles in allem sehr gute Neuigkeiten waren. Offenbar waren die Magischen Orion ganz dicht auf den Fersen, und wenn sie ihn seit gestern Morgen bereits zwei weitere Male gefunden hatten, war Orion mittlerweile bestimmt im absoluten Panik-Modus. Die Magischen hetzten ihn ja geradezu von einem Versteck zum anderen!

»Wir suchen unermüdlich weiter«, sagte Finni Nannini, und einer der Gilfen fügte hinzu: »Du musst nur auf die Anzeigesäulen schauen, um zu erfahren, wie es mit der Suche vorangeht, Elvarion.«

»Eigentlich hatten wir mit dem Gilfen Gnorfius ausgemacht, dass er uns Bescheid sagt, wenn es etwas Neues gibt«, warf Lennox ein.

»Oh, Gnorfius sollte euch mithilfe eines Landgängergerätes in Kenntnis setzen, richtig?«, fragte der zweite Gilf.

»Genau! Mit einem Handy, das wir ihm geschenkt haben.«

Der Gilf kratzte sich mit seiner Krallenhand am Stachelnacken. »Gnorfius hat an die Anzeigesäulen geschrieben, dass er dieses Landgänger-Gesprächsmittel gründlich untersucht hat und zu dem Schluss gekommen ist, dass es mit Magie in keiner Weise mithalten kann. Deswegen sieht er davon ab, es zu benutzen.«

»Öhm …« Alea runzelte die Stirn. »Heißt das, Handys sind unter seiner Würde?«

Finni Parossi klingelte amüsiert, und die Isibellen lachten.

»Handys sind der Wahnwitz überhaupt!«, protestierte Sweeney. »Mit so einem Gerät ist man in der Lage, einen Adetari zu sehen! Und eine Anschu! Eine Zalti! Und einen Oblivion mit langen Haaren!« Er plusterte sich auf. »Wenn man so ein Ding hat, kann man mit verschollenen Meerkindern sprechen!«

Die anderen Magischen blickten ihn an, als glaubten sie ihm kein Wort.

»Es stimmt«, bezeugte Alea jedoch. »So ein Handy kann sehr nützlich sein. Aber in Zukunft werden wir einfach regelmäßig nach den Anzeigesäulen Ausschau halten. Auf diese Weise bekommen wir auch alles mit.«

Die Gilfen wirkten sehr zufrieden. »Wir werden dafür sorgen, dass dort immer der aktuellste Stand der Suche steht.«

»Wir danken euch.« Alea lächelte den Gilfen zu und wandte sich dann wieder an alle Magischen. »Wir danken jedem von euch für die Hilfe, und dafür, dass ihr euch überwunden habt und am selben Strang zieht. Das ist … der absolute Wahnwitz!«

Die Isibellen tuschelten erfreut, Sweeney griente, und Finni Nannini klingelte beschwingt.

»Wir müssen langsam zurück an Land.« Alea schaute zu Lennox, und der nickte, als hätte er auch das Gefühl, dass bald eine Stunde vergangen sein könnte. »Ich glaube allerdings, dass wir uns in naher Zukunft wiedersehen werden«, fügte Alea an die kleine Versammlung gerichtet hinzu. »Denn das Wichtigste kommt erst noch.«

Die Magischen schienen zu verstehen, was sie meinte.

»Wir sind zur Stelle, wenn du uns brauchst, Alea Aquarius«, versicherte ihr Finni Parossi. Die anderen Magischen fielen ein und versprachen Alea dasselbe, dann verabschiedeten sich die ersten. »*Schedaaya*«, riefen die Isibellen, und nachdem diese auf den Seh-Saffieren davongeprescht waren, verbeugten sich die Gilfen gemeinsam mit Finni Parossi und schwammen ebenfalls von dannen.

»Macht es gut, Alea und Lennox«, sagte nun auch Sweeney, der sich wohl wieder gemeinsam mit Finni Nannini aufmachen wollte. »Winkt den anderen Meerkindern von mir.« Er streckte die vollendet unförmige Knollennase in die Strömung. »Auf bald, im Meer oder an Land!« Mit diesen Worten schwamm er winkend davon, und Finni Nannini wedelte ihnen zum Abschied zu. Seite an Seite verschwanden der Kobold und die Finja in den Tiefen des Wassers.

Alea und Lennox blickten ihnen nach, und es war gar nicht nötig, irgendetwas zu sagen. In Lennox' Stimmungsspiel tummelten sich goldgelbe Bläschen neben blitzartig aufploppenden, grellhellen Klecksen. Das hieß, er war nicht nur glücklich, er war regelrecht euphorisch. Und das entsprach genau Aleas Gefühl. Denn wie es schien, ging ihr Plan sogar noch besser auf, als sie zu hoffen gewagt hatten!

Während sie zum Strand zurückschwammen, grinsten sie von einem Ohr zum anderen, und nachdem sie aus den Fluten an Land gestapft waren und sich wieder angezogen hatten, kam es Alea vor, als liefe sie wie auf Wolken.

Lennox fragte einen der Urlauber am Strand nach der Uhrzeit, und sie stellten fest, dass bereits mehr als eine Stunde vergangen war. Im Eilschritt wetzten sie zur Straße zurück und sahen, dass das Alpha-Mobil bereits an der verabredeten Stelle parkte.

Tess, Ben, Siska und Sammy saßen auf einer kleinen Mauer und warteten auf sie. Als die vier sie entdeckten, sprangen sie auf. »Wir haben fünfzig Euro verdient und dafür getankt!«, rief Sammy ihnen von Weitem entgegen.

»Wie war es?«, rief Ben gleichzeitig.

»Die Magischen suchen nicht nur ausnahmsweise zusammen nach Orions Lager, sie sind richtige Partner geworden!«, antwortete Alea beim Laufen, und ihre Stimme war viel zu hoch. Aber sie war einfach so verdammt glücklich!

Kaum dass sie die anderen erreicht hatten, erzählten sie, was geschehen war, und Alea verhaspelte sich vor Aufregung ein paarmal.

Ihre überbordende Glücksstimmung schwappte wohl auf die anderen über, denn als sie fertig waren, begann Sammy ohne Vorwarnung zu tanzen – mit jählings umherzuckenden Armen, als wollte er eine Wespe vertreiben. »Die Gefühle müssen raus!«, informierte er sie atemlos, bevor er einen Zahn zulegte und noch wilder tanzte.

Tess verdrehte die Augen, und Siska zog den rechten Mundwinkel hoch. Doch Alea hob die Arme und begann spontan mitzutanzen. Mit zuckenden Bewegungen schüttelte sie alle sprudelnden Gefühle aus ihren Händen heraus, so, wie Sammy es tat, und stampfte dabei mit den Füßen.

Sammy lachte und stampfte ebenfalls, und zwar so heftig,

dass im hohen Bogen Staub aufwirbelte. Aber dann hielt Sammy plötzlich inne. »Es wird alles gut, Leute!«, rief er japsend und mit glänzenden Augen. »Ich spür's in jedem Knochen: Wir kriegen das hin. Zusammen mit den Magischen. Zusammen mit allen, die uns helfen. Mit der Kraft des Schicksals!«

Da streckte Alea die Hand aus. Einer nach dem anderen legte die Hand über die ihre, und gleich darauf erscholl aus sechs Kehlen ihr Bandenruf. »Alpha Cru!«, donnerten sie im Chor, und die Worte erhoben sich wie ein dickes Ausrufezeichen in die Luft, um dort mit einem *BÄM!* zu explodieren.

Alea strahlte die anderen an. »Fahren wir nach Hause.«

Ben strahlte zurück. »Auf der *Crucis* ist es im September sowieso am schönsten«, verkündete er grinsend.

Alea lachte. »Das glaube ich dir aufs Wort!«

Mit ganzem Herzen sehnte sie sich nach dem alten, abenteuererprobten Schiff, nach seinen knarrenden Holzplanken und stolzen Segeln, nach ihrer Lieblingsstelle am Bug und nach der einzigartigen, windumtosten Freiheit, die allein die Seeleute kannten. »Ich will heim«, fügte sie beinahe andächtig hinzu.

Alle nickten feierlich, und sie blickten einander an, als gäbe es nichts, was sich ihnen nun, da sie schon so weit gekommen waren, noch in den Weg stellen konnte – Benjamin Libra, Samuel Draco, Tess Taurus, Sista Siska, Lennox Scorpio und Alea Aquarius.

Meer-Musik: Die Songs der Alpha Cru

Tanya Stewner
Guido Frommelt
Alea Aquarius. Die Songs
1 CD · ab 5 Jahren
EAN 4260173788570

Es ist so weit: Die beliebten Lieder der Alpha Cru bekommen endlich ihren eigenen Auftritt. Autorin Tanya Stewner und ihr Mann Guido Frommelt haben zusammen 14 tolle Songs geschrieben, die von dem Kino- und Kinderlieder-erfahrenen Team von 3Berlin musikalisch wunderschön umgesetzt wurden. Und weil beliebte Casting-Jungstars Alea und der Cru ihre Stimmen geben, kommt das perfekte Wir-Gefühl der Crucis auf.
Die Lieder erhältst du als CD, als Download und im Streaming.

Die Alpha Cru erweitert ihr Song-Repertoire um einen weiteren Song: „Ocean's Heart" heißt das neue musikalische Herzstück und ist als Download und im Stream erhältlich.

Oetinger
MEDIA

Weitere Informationen unter:
www.alea-aquarius.de und **www.oetinger.de**

Ein Muss
für alle Alea-Fans!

Tanya Stewner
Mein Alea Aquarius Bestfanbuch
Einband und farbige Illustrationen
von Claudia Carls
160 Seiten · ab 10 Jahren
ISBN 978-3-7512-0281-7

In diesem umfangreichen Fanbuch bist du ganz nah dran an Alea Aquarius und deinen Lieblingscharakteren. Hier kannst du schmökern, in die Unterwasserwelt abtauchen und erhältst jede Menge neue, aufregende Hintergrundinfos – über die Hauptcharaktere, spannende Nebenfiguren und vieles mehr. Und das Beste: In diesem Nachschlagewerk findest du auch noch eine unveröffentlichte Lennox-Geschichte aus der Feder von Autorin Tanya Stewner. Das ultimative Buch für alle, die Alea und die Alpha Cru lieben!

Tauche ein in Aleas Welt. Möge dich stets guter Wellenschlag begleiten.

Oetinger

Weitere Informationen unter:
www.alea-aquarius.de und **www.oetinger.de**